U0815843

·博物君导读版·

让你欲罢不能的 侦探故事

DETECTIVE STORIES

主编/邢 卓

天地出版社 | TIANDI PRESS

《让你欲罢不能的侦探故事》

博物君导读小报

- ______月______日　开始阅读　　阅读难度：☆☆☆☆☆
- ______月______日　结束阅读　　喜爱程度：☆☆☆☆☆

阅读目标

- □ **培养阅读兴趣，享受阅读快乐**
- □ **提升思维的周密性、逻辑性**
- □ **学习推理小说设置悬念的方法**
- □ **了解不同作家笔下的侦探故事特点**

阅读建议

时间安排

建议用四周时间完成本书的阅读。

第一周

通读第一章。看故事中的侦探是怎样找到案件突破口并顺利破案的，文中哪些细节暗示了真凶是谁。

第二周

通读第二章。看故事的结局和你设想的是否一致，如果不一致，你忽略了哪些信息，你的逻辑有哪些漏洞。

第三周

通读第三章和第四章前两篇故事。看侦探故事是怎样营造紧张、悬疑的气氛的，罪犯通常会有哪些犯罪心理。

第四周

通读第四章后两篇故事和第五章。学习故事中侦探的推理方式，并用故事中的案例加以验证，体会思维的乐趣。

阅读策略

1.查找相关资料，了解侦探故事的分类，以及不同类型侦探故事的特点。

2.查阅世界著名的侦探小说，总结成功的侦探故事需要具备哪些要素。

本书知识路线图

阅读与思考

1 《茶会疑案》中，谁是杀害欧文的凶手？

2 侦探杜宾怎样推断出杀害“香水女郎”玛丽的凶手的？

3 本书哪些侦探故事中动物为破案立下了奇功？

4 《火车卧铺命案》中，凶手本想杀的是谁？结果却错杀了谁？

前言 foreword

灵感与智慧的奇异碰撞……

推理世界的解谜盛宴

侦探推理小说一向被人们称为“智慧文学”，它以精妙绝伦的结构布局、诡谲离奇的氛围营造、滴水不漏的精彩推理，深受广大读者的欢迎。侦探推理小说起源于19世纪40年代，美国著名作家爱伦·坡是其鼻祖。他的开山之作《莫格街谋杀案》自问世以来迷倒了万千读者，奠定了侦探推理小说的写作模式。其后，更是涌现出了一批又一批名震世界的推理大师，他们写下了无数经典名作，塑造的名侦探形象更是深入人心。

世界侦探推理小说浩如烟海，为了让广大读者在最短的时间内一窥侦探推理小说的精髓，获得最佳的阅读体验，我们优中选优，精心选编了本书。本书遴选了颇具代表性的世界经典推理小说二十余篇，书中的每一篇作品都演绎着一个跌宕起伏、扣人心弦的故事，险象环生的情节、令人瞠目的诡计、无懈可击的推理论证，定会让你不知不觉沉醉其中。在这里，你将和著名的大侦探们一起，走进罪犯布下的迷局，亲历一个个惊心动魄的罪案现场，拨开纷乱复杂的迷雾，探索事实的真相，在意想不到的结局中感受真相水落石出的乐趣。

侦探推理小说是大师们献给读者的精神大餐，更是一把开启读者智慧头脑的“金钥匙”。阅读本书，朋友们收获的将不仅是新鲜奇特的阅读感受，而且还能开启一段全新的思维探险历程，在破解难题的过程中，培养思维的灵活性、深刻性、周密性、逻辑性，从而受益终身。

目录 CONTENTS

Chapter 1

死亡陷阱

目录 | CONTENTS

Chapter 2

祸从天降

Chapter 3

诡谲迷局

Chapter 4

惊天奇案

Chapter 5

天衣有缝

1 Chapter 死亡陷阱

埃勒里去参加朋友家的茶会，主人却在当晚离奇失踪。是绑架，还是谋杀？一个会隐身的钟暗含什么玄机？送礼的幽灵究竟是怎么回事？谜团接踵而来……翻开本章，你将开启一段奇异的旅程，一个个迷雾重重的离奇案件、一场场天衣无缝的杀人阴谋，在带给你震撼的同时，更能使你获得前所未有的阅读体验。

Detective Novels

◎ 埃勒里 · 奎因 [美国]

茶会疑案

埃勒里 · 奎因

"埃勒里 · 奎因"是曼弗雷德 · 班宁顿 · 李（1905—1971）和弗雷德里克 · 丹奈（1905—1982）这对表兄弟合用的笔名，也是其笔下神探的大名，兄弟二人堪称侦探推理小说史上承前启后的作家。

其代表作有《罗马帽子之谜》《十日惊奇》《九尾怪猫》等。埃勒里 · 奎因作品的最大特点是：设局精巧，推理严密。不看到最后，读者很难猜到罪犯是谁。

埃勒里·奎因站在火车站门口，门外大雨如注。和他一起下车的旅客都已坐车走了，可接他的欧文却一直不见踪影。听着门外哗哗的雨声，埃勒里感到一阵莫名的烦躁，他甚至有些后悔自己在这种倒霉的天气里到这个鬼地方来。

埃勒里·奎因是中心街理查·奎因侦探事务所的探长。自从跟着父亲老奎因一起侦破了几个奇案后，他名声大振，常常会接到一些达官显贵的邀请，请他去参加他们的鸡尾酒会或者家庭聚会。认识金融界的新贵理查·欧文就是在这样的一次酒会上。

昨天下午，埃勒里接到了欧文先生打来的电话，诚恳地邀请他参加在新居里为他九岁的儿子琼纳森举办的生日茶会。欧文先生还说，将有一些有趣的人参加茶会，其中包括大名鼎鼎的女演员爱玛·韦尔斯。爱玛小姐美貌非凡，她的父亲曾经做过驻利比里亚的大使。正当她的父亲期望她能进入政界时，她却进了演艺圈，并且立刻红得发紫。埃勒里很想结识这个爱玛，看看她究竟是一个什么样的女人。

就在这时，一辆轿车驶到了他身边。"是埃勒里·奎因先生吗？"司机带着浓重的得克萨斯口音。埃勒里眯缝着眼点了点头。小伙子赶紧走下车，上前提起埃勒里的手提箱，道："真对不起，我是欧文先生的司机米勒。非常抱歉，欧文先生不能亲自来迎接您，家里来了好几位客人。请上车，奎因先生。"埃勒里钻进小车。小车向黑暗中驶去，一个新的故事开始了。

在车上，米勒告诉埃勒里，欧文先生现在的这所新居，是一个月前刚买下的，房屋的建筑师今天也在被邀请之列。明天是他的宝贝少爷琼纳森九岁的生日，邻居的孩子们都将来为他庆贺，现在欧文先生正在“彩排”，所以无法来车站接埃勒里。

“彩排？”埃勒里饶有兴趣地问。“是的，”米勒嘟囔着，“都是那个演员的主意。他们要让少爷高兴，小家伙醒的时候没法排练，得等他睡觉之后再排练，这都是为了明天的生日茶会……”

埃勒里下车的时候，雨还在下着。他谢绝了米勒为他通报的好意，执意自己走进了欧文的新居。客厅里灯火通明，装饰很具现代派的格调。客厅的尽头腾出来做了临时舞台，舞台上坐着一位姑娘，漂亮的浅棕色头发披散在肩头，身上一条小姑娘穿的粉纱裙，显得那样别出心裁，两条修长的腿穿着白短袜……埃勒里想，这大概就是爱玛了，真是一个让人心醉的女人。她旁边的一位绅士戴着大白兔的面具，嘴正一张一合地说着台词；“大白兔”身边是个扮成懒耗子角色的夫人，一张笑眯眯的小脸，动作懒散；他们的身后站着一位男人，贴着扫把式的眉毛，一身老式服装，头戴一顶布制的高帽子。他们排练得很认真，完全没发现埃勒里的到来。埃勒里看出这是《爱丽丝漫游仙境》中的一幕。

观众是两位妇女：一位是满头白发的老夫人，一位是红头发的漂亮女人，穿着银色的晚礼服，钻石项链和耳坠闪闪发光。

等到帷幕缓缓合上时，埃勒里一边鼓掌一边走进客厅，赞道：“太妙了！”客厅里的人都转过头来。欧文摘掉高帽子，迎了上来，涂了油彩的脸显得有些滑稽。他伸开双臂，用夸张的声调说：“欢迎光临，我们的大侦探先生，一定又是什么棘手的案子使您耽搁了！”“是糟糕的天气。”埃勒里道。

“来，我给你介绍一下。”欧文热情地指着沙发上那位白发老夫人，说，“我夫人劳拉的母亲，曼斯菲尔德夫人。”老夫人微笑着点了点头，埃勒里彬彬有礼地鞠了一躬。欧文又指着穿银色晚礼服的漂亮女人说：“这位是乔纳太太，卡罗琳·乔纳。”埃勒里笑着鞠了一躬，道：“见到您非常荣幸。请允许我猜一下，您一定是著名建筑师博罗·乔纳的太太。”“过奖了。”扮成大白兔的乔纳先生摘下面具，走过来握住埃勒里的手，友善地笑道。这几年，他在建筑界声名鹊起，欧文的新居就是他的杰作。他最近刚刚娶了一位年轻貌美的妻子。

埃勒里说："您有一位能干的丈夫。""我一直说博罗是个天才，"乔纳太太笑道，"可他就是不信任我。""得了吧，卡罗琳，你以为奎因先生会相信你的话？"乔纳尽管笑着抗议，但两眼的光芒却消失了，一丝阴影掠过他的眼睛。他不经意地瞥了欧文一眼。

欧文显然还在兴奋中，他拉着埃勒里的胳膊，指着那个扮演懒耗子的小个子妇女，打趣道："我的太太劳拉，一只可爱的懒耗子。"劳拉向埃勒里礼貌地笑了笑，可埃勒里觉得这笑很勉强，含着无可奈何的苦涩。埃勒里想说些安慰的话，可欧文已经拉着他转向舞台上的那位姑娘了。"看吧！这位是天下独一无二的演员爱玛，美丽的爱玛·韦尔斯！"欧文得意扬扬地说，"韦尔斯小姐，来见一见我对你说过的大侦探埃勒里·奎因先生。""奎因先生，但愿您不是来这儿办案的。"爱玛甜甜地说。"哦，当然不是！"埃勒里道，"很高兴认识您，您穿着戏装很迷人。"

博罗·乔纳脱了戏装，走过来说："今天就排到这儿吧，我和卡罗琳还要回家呢！下雨天，路不好走。"乔纳太太也站了起来。"别走了，这大雨天开车太危险，今天你们就住在这儿吧！"劳拉拉着乔纳太太的手，礼貌而周到地挽留着。"只有四英里路，劳拉。"乔纳先生竭力谢绝着。

"为什么不呢？"欧文插嘴说，"我们有好几间客房，在这种鬼天气开车，四英里可比四十英里还要远！就这样定了。博罗，怎么样，再喝一杯？""不了，谢谢。""那么，卡罗琳，您一定不会拒绝再来一杯吧？今天你真美！"欧文忘乎所以地看着乔纳太太。乔纳太太放肆地睁着大眼望着欧文，兴奋得脸上放光。"当然，理查！"她说。博罗的神情有些尴尬，一丝阴影又回到他的眼里。劳拉不自在地转过身去，整理那身毛茸茸的戏装。曼斯菲尔德夫人站起身来，轻声说道："请原谅，我有点累，年纪大了……劳拉，亲爱的，晚安！"她吻了吻女儿的额头，转身上楼去了。埃勒里皱了皱眉，他望着欧文那张满是油彩的苍白的脸，开始意识到欧文真是有点醉了。

埃勒里在床上辗转反侧，窗外的暴风雨搅得他不能安睡。他索性坐起来，打开灯，拿起手表看了看，两点十五分。他穿上睡衣，想到楼下书房去找本书看看。他打开房门，走廊里黑洞洞的，安静得吓人，只有楼梯灯发出微弱的黄色的光。他突然感到一阵恐惧，自己也说不清是什么缘故。

他慢慢地走下楼梯，前厅也是一片漆黑，壁炉里的火已经熄灭，一点光亮都没有，风雨敲打着门窗……他不知电灯开关在哪里，只得摸着黑走进前厅。他摸到一扇门，轻轻地打开，里面也是漆黑一片。他极力想看清里面的摆设，但还是什么也看不见……埃勒里正要走进去，可突然觉得这里不是书房，于是他退了出来，轻轻把门关好。他又摸索着向左边走去，走了几步，又摸到一扇门。他打开门，在墙上摸到了开关，于是他打开灯，正是书房。里面挂着厚厚的窗帘，一排书橱靠墙放着。他走了过去，在沿墙的书架上浏览着，然后抽出一本马克·吐温的《哈克贝利·费恩历险记》。他关上灯，走出书房，突然前厅楼梯上传来脚步声。他抬头一看，发现楼梯口有个男人的侧影。

“是欧文吗？”博罗·乔纳沙哑着声音问。“是我，奎因。乔纳先生，您也睡不着吗？”“可不是，这鬼天气叫人睡不安稳。隔壁我妻子睡得死死的，我正想下楼找本书看看。”身穿睡袍、头发凌乱的博罗·乔纳站在埃勒里面前，沙哑的声音像被人卡住了脖子。“会抽烟吗？到我屋里聊一会儿怎么样？”埃勒里建议。“如果不妨碍您的话，愿意奉陪。听侦探讲故事总比看小说强。”

两人走进埃勒里的房间，把自己笼罩在烟雾中。从西班牙的古建筑到啤酒的价格，从哈雷彗星的发现到总统的竞选，一直聊到浓浓的睡意重新袭来，乔纳先生才打着哈欠告辞回自己的房间，埃勒里则昏昏沉沉地躺在床上睡着了。

埃勒里觉得有人在摇他，睁眼一看，天已大亮，司机米勒正站在床前，一脸紧张不安的神情。“奎因先生，快醒醒！欧文先生失踪了……”埃勒里顿时没了睡意：“你说什么，小伙子？”“欧文先生不见了，我们到处都找遍了，他真的没了……”

埃勒里一骨碌爬起来，边换衣服边说："你先下楼，告诉欧文太太，在我见到她之前什么也别干。另外，这幢房里的任何人都不许离开，也不许打电话，明白了吗？快点。"米勒赶紧跑下楼去。

埃勒里下楼时，所有的人都已在客厅里，连琼纳森也被叫了起来，整个客厅笼罩在惶恐不安的气氛中。劳拉头发蓬乱，穿着睡衣蜷缩在沙发上哭泣，曼斯菲尔德夫人正竭力安慰着她……"对不起，欧文太太，能告诉我发生了什么事吗？"埃勒里尽量使自己的声音体贴一些。

"哦！奎因先生，帮帮我！"劳拉满是泪痕的脸着实让人怜悯，"昨天夜里，欧文送您到您的房间以后，下楼对我说还要到工作室办点公事，让我先去睡。我提醒他别熬得太晚，然后我也上楼去了……直到半个多小时前，我醒来时才发现他根本没上床，他的衣服还搭在椅子上。我连忙下楼，可他已经走掉了。"劳拉又哭了起来，浑身颤抖，曼斯菲尔德夫人无奈地看着她。

"衣服？难道他没穿衣服就走了？""不，椅子上的是他换上戏装前的衣服……""这就奇怪了，"埃勒里纳闷地说，"照您的说法，欧文先生出走前穿着那身高帽子戏装，他会不会穿走其他衣服？""没有，所有的衣柜我都看了，衣服全都在。他死了，他一定是死了。哦！太可怕了……"劳拉喃喃地说。

埃勒里安慰她说："您先别着急。欧文先生近来有没有什么叫他着急的事，譬如说生意方面？""没有，肯定没有。他不是那种爱着急的人，何况近来他的生意不错。""那么他最近受到过什么惊吓吗？我的意思是说有没有人恐吓他，一封信或一个电话……""没有，至少在家里这种事从来没发生过。""他会不会有什么急事，以至于没换衣服就去了办公室？""不，不会的。欧文没有星期六办公的习惯，再说，他上办公室从来都穿戴整齐。"

埃勒里转过身来，大声问米勒："欧文先生的车在车库吗？""是的，所有的车都在，一辆也没动。""那么，各位，你们有谁在睡觉以后见过欧文先生？"大家面面相觑。"您认为……"乔纳夫人欲说又止。她好像一下子失去了光彩，看上去让人觉得欧文的失踪对她的打击比对劳拉的打击还要大。"你别说了！"乔纳先生粗暴地阻止了她。

埃勒里眯起了眼睛："我还想问一下，欧文太太，您最后见到欧文先生是在哪里？客厅里，还是……""在他的工作室门口，就是那间。"劳拉指着书房右边那扇门。埃勒里的眉头皱了起来，他想起昨天晚上，他曾推开过这扇门。“女士们，先生们，好了，但愿欧文先生跟我们开了个玩笑。现在请大家记住我的话，不要离开这幢房子，不要打电话。我想我应该看看这间工作室了。”埃勒里说完，走进了工作室，并随手关上了门。

这间屋子看上去有些狭长，室内一尘不染，似乎不像有人在这里犯过罪。可埃勒里总觉得有些异样。他的目光集中到对面墙上的一块从天花板直到地面的大镜子上。在这间屋子里，只有这面镜子让人觉得不舒服。镜子正对着房门，他从镜子里可以看到自己瘦长的身躯和身后的房门，门框上面那一只闪光的钟十分显眼。他转过身来，抬头看了看这只直径1.5英尺的钟，在早晨灰暗的光线里，挂钟的指针闪闪发光。一种感觉在埃勒里的脑海中一闪而过……

埃勒里打开门，厅里的人都默默地看着他，他呼唤米勒：“有梯子吗，米勒？”等米勒把梯子搬来，埃勒里爬上梯子，仔细检查起这只钟：一只最新出品的鹰牌挂钟，钟面古朴典雅，钟挂得很牢固，运转正常。埃勒里用手遮住光线，指针和字母发出绿幽幽的磷光，十分清晰。“奇怪！”埃勒里自言自语。他爬下梯子，打开房门，吩咐米勒搬走梯子，然后走进客厅。

“怎么样？”劳拉急切地问。“欧文太太，”埃勒里道，“您装修过屋子吗？”“装修？不，我们一买下房子就搬了进来……”劳拉困惑地看着埃勒里。“那么，您一定记得工作室里那只钟……”“钟？”劳拉更加不解了，“是的，搬家那天，欧文在莱特兄弟表行里买的。”“可这挂钟和欧文的失踪有什么关系？”曼斯菲尔德夫人好奇地问。埃勒里耸耸肩，道：“这正是我想搞清的。今天凌晨两点多，我睡不着，就下楼找书房，碰巧打开了这扇门往里看过，当时我什么都没看见。”“您是看不见，奎因先生，”乔纳太太小声说，“屋子里是那么黑。”埃勒里看了她一眼。“正因为黑，我才应该看见点什么。各位，我请大家想一想，”埃勒里站了起来，“这间屋子正对着房门有面巨大的镜子，而门框上面有只直径1.5英尺的钟，它的指针和字母上填满了闪闪发光的磷。那么，在漆黑的屋子里，我对着镜子应该看见这只钟的磷光，可奇怪的是我什么都没看见。”“会不会有人站在镜子前，挡住了钟？”乔纳沙哑着嗓子问，他脸色苍白，一直站在窗前。“钟的位置是在门框上面，离地足有七英尺，没有人能挡得住。不，乔纳先生，这不可能。它一定是被人移动过，现在又放回去了。”

“够了，年轻人，你们在胡说什么？”曼斯菲尔德夫人打断了他的话，

“欧文失踪了，你们竟在讨论钟，太不可思议了！”“曼斯菲尔德夫人，”埃勒里平静地说道，“一个会隐身的钟也许会告诉我们些什么。您不妨想一想，一个暴风雨的夜晚，欧文先生突然失踪了，可他穿着戏装，戴着那顶高帽子，连车都没开。这件事太不寻常了。那么，这是怎么回事？请允许我用这个词：绑架。也许欧文先生被人绑架了。”接着，埃勒里问劳拉：“您的丈夫有仇人吗？今天早上您收到过字条或邮件什么的吗？”“仇人？不，我敢肯定没有。绑架？他们为什么要绑架他？这太可怕了。”劳拉歇斯底里地揪着头发。

曼斯菲尔德夫人有些生气了：“够了，奎因先生，您不要再吓她了，她都快被您吓疯了。没有字条，也没有邮件，我不相信这种可能，欧文昨天喝了不少酒，也许醉醺醺的不知跑到哪儿去了……”埃勒里抱歉地点了下头：“对不起，欧文太太，我这只是一种猜测。曼斯菲尔德夫人说得也有道理，我们暂时把这件不愉快的事放在一边，没准儿欧文先生一会儿就被人送回来了。如果欧文先生到天黑还不回来，我们再考虑下一步该怎么办。不过我有一个建议，在欧文先生没回来之前，作为他的朋友，我们都不应该离开这里。对不起，这是一个探长的请求。哦，雨停了，也许好天气会给我们带来好运气。”

劳拉已经平静下来了，她突然想起了什么，说：“糟糕，琼纳森的生日茶会怎么办？我差点忘了！”埃勒里摇摇头：“唉！看来只有说琼纳森身体不

舒服，茶会取消了。欧文太太，您最好赶紧通知所有的孩子，向他们表示歉意。”说完，他转身进了书房。

尽管屋外阳光明媚，可这个周末笼罩在昨晚事件的阴影中，大家都提不起兴趣。上午慢慢地消磨过去了，什么事情也没有发生。午餐也提不起大家的兴趣。下午，沉闷的气氛越来越令人忐忑不安。爱玛一支接一支地抽烟，弄得屋里到处都是烟雾；乔纳先生烦躁不安地在屋里走来走去；乔纳夫人坐在沙发上，看着雕花的天花板发怔。倒是埃勒里忙了一下午，他似乎在查找什么，几乎一下午都泡在书房和工作室里。他出来时，天色已经灰暗。房子里很安静，大家都已回到了自己的房间里。埃勒里走到电话机旁，轻声跟纽约通了一次电话，然后，他上楼进了自己的房间。一个小时后，当大家聚在楼下客厅准备用晚餐时，埃勒里从后门偷偷溜了出去，没有人发现他。过了好一会儿他才回来。

晚饭很晚才开始。尽管疲惫不堪的女主人尽力劝大家多吃些，但欧文的失踪令大家都没有胃口。饭后大家又开始议论纷纷，乔纳认为该出去找找，爱玛半闭着眼睛一声不吭，乔纳太太一直紧张地看着埃勒里，曼斯菲尔德夫人则坚决认为应该立刻报警。烦闷的客厅里充斥着不安的气氛，暖和的房间使所有的人都感到困倦，埃勒里也觉得头晕目眩，竟昏昏沉沉地睡了过去……

等他再次睁开眼时，天已大亮。他整整昏睡了一夜。“真够厉害的！”埃勒里努力使混沌的思绪集中起来。他摇晃着走到酒柜前，倒了杯威士忌，这才发现客厅里所有的人都在昏睡着。他走到爱玛身边，费了很大劲才把她摇醒。“我们被人麻醉了，”埃勒里说，“爱玛小姐，想法把大家叫醒，我出去看看。”埃勒里走进厨房，厨娘、女仆和米勒也都失去了知觉，桌上还放着没喝完的半壶咖啡。他拿起咖啡壶闻了闻，然后来到了劳拉的卧室。小琼纳森正安稳地睡在床上，他走进洗手间，在一大堆化妆品中间找到了一个安眠药瓶子。他打开一看，里面只剩四粒药片了……他皱了皱眉，快步走下楼梯。没多一会儿，埃勒里便走了出去。他在房子周围的树林里转了一会儿，等他一脸怅然地回来时，大家都已醒了。

“发生了什么事，奎因？”乔纳沙哑着嗓子问，两手拼命揉着太阳穴。“我们被人麻醉了，”埃勒里皱着眉头说，“问题一定出在那壶咖啡上。这个该死的家伙，趁厨娘去取菜，米勒在车库，女仆上楼时，把安眠药放进了咖啡壶……”“可是，奎因，”乔纳抗议道，“我们怎么办？这样下去太危险了。”爱玛大声说：“到底是谁干的，难道真要谋杀我们？”埃勒里冷笑着，突然他的目光转向门厅：“嘘！我好像听见门口有什么声音。”他走过去，猛地拉开门，门口的地上放着一件东西。

“一个包裹！”埃勒里翻来覆去地看着这个牛皮纸袋，纳闷地说，“是寄给您的，欧文太太，可是既没有邮戳，也没有地址，只写着‘劳拉·欧文收’，是用铅笔写的印刷体字。我想还是由我来打开包裹吧！”他扯开封口，一双男人的旧皮鞋呈现在大家面前，鞋底有些磨损。大家全都目瞪口呆。劳拉一下子瘫倒在沙发上，喃喃地说：“哦！上帝，这是欧文的鞋！”

一种恐惧感慑住了大家，爱玛甚至下意识地向埃勒里身边靠了靠。“奎因先生，我一点也看不出这个包裹说明什么。”她说。“我也看不出什么，”埃勒里答道，“要么是有人恶作剧，要么是一个巨大的阴谋。”说完，他又抓起帽子，朝大门走去。“您去哪儿？”乔纳太太有点控制不住了。“噢，去看看！别忘了，我是个探长。可你们如果不想出事，就不要离开这幢房子。”

一个小时后，他回来了，什么也没说……

午餐过后，门口又出现了一个包裹。包裹用的是同样的牛皮纸袋，同样是铅笔写的印刷体字，不过上面写着“爱玛·韦尔斯小姐收”，里面装着两只玩具小船。“我倒宁愿里面放着一把血淋淋的匕首或一粒子弹！”爱玛愤愤地说。“算了！”埃勒里盯着那两只乳白色小船，道，“欧文太太，您见过这两个小玩意儿吗？”劳拉已经差不多精神崩溃了，她捂着脸说：“天哪，不，奎因先生，是……是琼纳森的……”

“皮鞋和小船，这两样东西准是同时被偷走的。这个混蛋！”埃勒里生气地说，“赶快去看看还丢了什么东西。”大家匆忙上楼去查看自己的东西，可似乎又什么也没丢。

等大家下楼时，埃勒里正在翻看一个信封。“怎么了？”乔纳问。“又是从门缝里塞进来的，”埃勒里若有所思地说，“奇怪，刚才怎么没发现？”这是一个白色的信封，十分讲究，信封右上角印着一只灰色的鸽子，背面用火漆封住，封面上还是用铅笔写的印刷体。这次是给曼斯菲尔德夫人的。吓坏了的曼斯菲尔德夫人瘫倒在沙发上说不出话来，劳拉赶紧给她端来一杯冰水。

爱玛连忙说：“快把信打开看看！”埃勒里撕开信封，呆住了：“空的？”乔纳啃着手指甲，瘦瘦的脸变得青紫；乔纳太太跌跌撞撞走向酒柜，她今天已经第五次去取酒了；劳拉轻声说：“那可是妈妈专用的信封啊！”埃勒里看了看大家。“这件事越来越费解了。”他说，“鞋、玩具船，还有这个空信封，真叫人捉摸不透！”他摇摇头，仔细端详信封背面的那块火漆，“您看看这块火漆！”他对劳拉说。欧文太太认识这种海盗牌高级火漆。“欧文用的就是这种。”她说。这时候，门铃响了……

乔纳冲过去开了门。门廊上出现了一个菜篮子，两棵碧绿的白菜中间插着一张纸条，还是熟悉的字迹，这回是“博罗·乔纳先生收”。乔纳两眼发直。曼斯菲尔德夫人浑身发抖，不顾一切地报了案。然后，她对埃勒里说：“这种玩笑该结束了，警察有办法对付这个混蛋。一定是欧文自己干的，他离开前就偷走了所有这些东西，然后一件件送回来，他是想当着你们的面恐吓劳拉。这个畜生，当初我就不同意劳拉嫁给他！”

片刻工夫，警车呼啸而来。一胖一瘦两个警官走了进来。“我是诺顿，这儿出了什么事？”胖警官问。埃勒里介绍说自己是老奎因之子，中心街理查·奎因侦探事务所的探长。诺顿听后肃然起敬。他转过身，板着脸问曼斯菲尔德夫人：“您为什么没告诉我奎因先生在这里，夫人？您该知道……”“这帮人没一个好东西，他们跟欧文都是一伙的！”曼斯菲尔德夫人歇斯底里地高声嚷道。诺顿没有理会发狂的曼斯菲尔德夫人，而是转身对埃勒里说：“奎因先生，请告诉我这儿到底出了什么事。”埃勒里叹了口气，详细讲述了事情的经过。刚讲完，埃勒里就听到门外似乎有响声。“天哪！什么声音？那个幽灵又来送礼了！”他冲向门口，猛地打开大门，门廊上放着第五个包裹：一个扎着红丝带的小盒。两名警官冲了出去。埃勒里将盒子小心地拿进屋来，放在桌上。还是那种熟悉的字迹，这次是给乔纳太太的。他打开盒盖，只见里面放着两枚国际象棋棋子，一白一黑，都是王。“你们谁会下棋？”埃勒里大声问道。“上帝啊，我受不了了！”劳拉尖声喊道，“欧文会下！”埃勒里走进书房，检查了欧文的象棋盒，真的少了两个王。

两名警官喘着粗气，垂头丧气地回来了，看来他们一无所获。埃勒里对诺顿说：“诺顿先生，能不能听听我的建议？”他把诺顿拉到一边，两人低声交谈着。大家无精打采地站着，个个心事重重，这一天的打击是那么精准，他们每个人都没能逃脱。诺顿点点头，转身对着大家说：“全都到书房去！”大家面面相觑。“我说了，每个人都去，这场闹剧该结束了！”大家都进了书房。

门被关上了，书房里一片寂静，就像是坟墓里一般。

一个小时后，埃勒里把大家请进了工作室。“女士们，先生们，”他说，“这两天来，你们经受了也许是你们一生中最可怕的事件。不错，这确实称得上一桩离奇的案子。我们当中有人犯了罪。”恐惧弥漫在大家心头，没有人说话。劳拉的眼泪似乎已经哭干了。

埃勒里接着说：“大家一定还记得，我说过那天夜里我在这间房子的镜子里没看到这只闪闪发光的钟。那么，是什么使这只钟不见了呢？于是我有了一种设想：钟在原处，而那面照出挂钟的大镜子不在那儿。”

一片沉寂。大家都惊恐地看着镜子，乔纳的手痉挛地抓住椅子……埃勒里走到镜子前，在墙上的什么地方按了一下，于是整面镜子像一扇门一样打开了，露出里面的壁柜。妇女们都惊叫起来，捂住了眼睛。身穿戏装的理查·欧文站在壁柜里，高帽子下面两只可怕的眼睛望着大家。博罗·乔纳一下子站了起来，沙哑的声音几近疯狂：“不！这不可能！我亲手把他埋在大石头底下了。不，欧文，我不是故意的。哦！我的上帝！……”他的声音越来越轻，一下子昏倒在地上。埃勒里向躺在地上的乔纳做了一个对不起的手势，然后说道：“行了，德维尔，您可以出来了。”壁柜里的高帽子立刻晃动起来，表情不再像欧文。“诺顿先生，您可以把罪犯带走了。”埃勒里接着道。

当天晚上，埃勒里·奎因和爱玛·韦尔斯并排坐在返回宾夕法尼亚州的火车上。她困惑不解地望着埃勒里说：“奎因先生，我有好些地方闹不明白……”“我有一种直觉，那面大镜子后面藏着我们想知道的秘密。我费了好大劲才把它打开，发现了戴高帽子的欧文的尸体。因此我决定让凶手自己站出来，我把尸体留在那儿……”埃勒里缓缓道。

“您是说您老早就知道谁是凶手？”“是的。”埃勒里耸耸肩，“那扇镜子门设计得极为精巧。欧文一个月前买下这幢房子后，没有装修就搬了进来，显然这不是欧文安装的。我敢肯定，他们一家没有一个人知道这个壁柜的存在。还有谁能比建筑师本人对暗藏的壁柜了解得更清楚呢？所以凶手肯定是博罗·乔纳。我想起了那天夜里我下楼找书碰到了乔纳。我仔细推敲了一番，弄清了案件的全过程。欧文早就和乔纳太太卡罗琳好上了，乔纳对此已有察觉。星期五晚上，我们休息之后，喝了酒的欧文和卡罗琳在工作室幽会，被跟踪而来的乔纳发现。乔纳和欧文争吵起来，狂怒中乔纳杀死了欧文，可能并非是预谋。乔纳清醒后的第一反应是想把尸体移出去，可外面下着大雨。这时他想起了自己的杰作——大镜子后的壁柜。他决定先把尸体藏在里面，等雨停后再找机会。可就在他往里放尸体的时候，我打开了工作室的门，因此没有看到镜子里的钟。等我在书房找书的时候，乔纳关上门企图溜回房间，不巧的是我走了出来，并且看见他在楼梯口。于是，他马上假装认为我是欧文，并耐着性子陪我聊了半夜。

“星期六晚上，乔纳在咖啡里放了安眠药，使我们昏睡了一夜，自己趁机转移并埋掉了尸体。回来后，他自己也服了安眠药睡了过去。他自以为干得天衣无缝，可没想到星期六白天我已发现了欧文的尸体。星期日早上我醒来，查看了工作室，发现尸体不见了。我立刻猜到了我们被麻醉的原因。我到树林里找了一圈，没有发现埋尸的地点，我就找了个机会给德维尔打了个电话，他是我的戏剧界朋友，擅长扮演各类角色。我请他化装成‘欧文’。当诺顿警官命令你们到书房后，我把他安置在壁柜里。这样，一个圈套就设计好了，而乔纳正好钻了进去。韦尔斯小姐，如果一个被自己亲手杀死又亲手埋掉的人，突然活着出现在你面前，你还能保持自制力吗？”

爱玛仍然有些不解：“可那些奇怪的包裹又是怎么回事？”埃勒里微笑着说：“乔纳是个聪明的建筑师，只凭打开那个暗藏的壁柜，让欧文出现，还远不能彻底摧毁他的意志。必须让他对自己是否真的把欧文杀死产生怀疑，叫他晕头转向，神经高度紧张，处于崩溃的边缘，然后再给他致命的一击。我给我老爹打了个电话，他立刻派来了威里探长。我设法把那些偷来的小道具交给他，于是好戏开始了……”

◎爱伦·坡［美国］

玛丽·罗杰疑案

爱伦·坡（1809—1849）

19世纪美国小说家，被称为侦探小说鼻祖、恐怖小说大师。其推理小说怪异离奇，充满浓重的恐怖气氛，柯南道尔等人也深受其影响。

其推理小说代表作有《莫格街谋杀案》《玛丽·罗杰疑案》《金甲虫》《你就是杀人凶手》和《被窃的信》，每一部都富有独创性，开创了密室杀人模式、安乐椅探案模式、破译密码模式、心理破案模式和心理盲区模式五种推理小说模式，影响深远。

我的朋友杜宾自破获了“莫格街谋杀案”后，声名大振，巴黎警察局也常请他帮忙。在随后的几件案子中，我认为最重要的一起就是玛丽·罗杰被杀一案了。玛丽·罗杰是寡妇爱丝黛·罗杰的独生女。她幼年丧父，母女俩一直相依为命。母亲经营家庭小旅店，玛丽给她帮忙。姑娘出落得美丽大方，二十二岁时，一位名叫布兰克的香水商重金聘请她去为他卖香水。

玛丽的美貌使布兰克的店铺名声大噪，生意兴隆。玛丽在店里干了一年多，有一天忽然失踪了。罗杰太太急得六神无主，报界立刻将此事大肆渲染，警察也准备立案调查。可是，在一个风和日丽的早上，失踪了一个星期的玛丽又忽然回到了香水店。她身体毫发无损，只是面带愁容。当然，她对这段时间的行踪守口如瓶。人们只是从她母亲那里了解到她在乡下亲戚家住了一个星期。

人们逐渐淡忘了这件事以后，玛丽便向老板递上辞呈，回到圣安德烈街她母亲那里去了。回家后大约过了五个月，玛丽忽然再度失踪，这不禁又引起亲友们的一阵恐慌。前三天她杳无音讯，第四天有人发现她的尸体漂在塞纳河上，就在圣安德烈街那一区对面的岸边，离僻静的圆木门一带的荒郊不太远。

这显然是一起谋杀，由于此案的残暴性质，由于受害人的年轻美貌，敏感的巴黎人对此案极感兴趣。人们一连好几个星期都在谈论着这个热门话题。

警方对此案也特别重视，一发现尸体就开始了侦查。可三个星期过去了，侦查工作仍一筹莫展，弄得谣言四起。于是警察局局长在7月13号下午亲自来拜访杜宾，一直和杜宾谈到深夜。他最后以半开玩笑的口气恭维了杜宾一番，说对杜宾的“杰出才能”敬佩之至，并提出一笔优厚的酬金。我的朋友没有接受局长的恭维话，却欣然接受了酬金条件，虽然要到破案之后方可兑现这笔酬金。

第二天早上，我去警察局调出全部证词的详细笔录，又到各家报社，将所有刊载此案的报纸各取一份。我剔除掉那些不真实的消息后，这批资料的内容是这样的：

6月22日，星期日，上午九点钟，玛丽·罗杰离开圣安德烈街她母亲的住所。出门时她与一个名叫雅克·圣尤斯达西的先生打了个招呼，说她要到德罗姆街的姑妈家待一天。德罗姆街是一条又短又窄、人口稠密的街道，离塞纳河不远，从罗杰太太家去那里，抄近路只有两英里。圣尤斯达西是罗杰太太家的房客，也是玛丽的男友。他说好晚上去接玛丽，陪她回家。可那天下午下起了大雨，他认为玛丽可能会在姑妈家住一宿，所以没如约去接。

到了星期一，人们才知道玛丽根本没去德罗姆街。一天过去了，仍无她的音讯，于是大家各处寻找。到她失踪的第四天，才有了她的确切下落。那天，即6月25日星期三，一个名叫博韦的先生同一个朋友一起去圣安德烈区河对岸的圆木门一带找她，在圆木门他们听说塞纳河上有一位渔夫发现水中漂着一个女尸。拖到河边，博韦先生一看尸体，就认定这是“香水女郎”。而他的朋友也是第一眼就将死者认出。

死者的脸上还残留着污血。溺死者大都口吐白沫，可这个死者脸上没有白沫。死者的皮肉尚未变色，喉部有青紫印记和指甲痕。双臂弯于胸前，已经僵硬。右手紧握成拳，左手半张。左腕有两圈擦伤，显然是绳索勒系所致。右腕也有部分擦伤，背部满是伤痕，以肩胛骨一带最为严重。死者的脖子肿得很厉害，未见刀口，也未见任何硬伤。她的颈部紧勒着一条花边带子，带子已勒入肉中，几乎看不见，在右耳下方打了一个死扣。法医检查后认定死者是遭暴力致死。

死者的衣服很零乱。外衣被撕破，缠在身上，还打了结。外衣下的衬衣为麻纱质地，撕了一道半米长的口子。撕下的麻纱布条绕在死者的脖子上，打了一个死结。这条麻纱布条和那条花边带子之间拴着一根帽带，帽带上连着顶无边女帽。帽带打的不是女人们通常打的那种结扣，而是水手常打的水手结。

认尸之后，尸体在岸边不远的地方草草埋掉。博韦没有声张，尽量将此事掩盖起来，直到好几天后，公众才有所知晓。一家周报把这件事宣扬开来，于是警方将尸体挖出，重新检验。结果，除了上述情况外，什么也没验出。警方把衣服拿给死者的母亲和朋友们看，他们都证实说这正是玛丽出门时穿的。

这时，公众的好奇心越来越大。警方逮捕了几个嫌疑犯，又统统放掉。圣尤斯达西特别受到怀疑。一开始他说不清楚玛丽出门那天他在什么地方，后来又交给警察局一份具结书，把那天每个钟头干什么都列得详详细细。时间一天天过去了，案情仍无进展，于是无数相互矛盾的谣言迅速传开，新闻记者们也忙于推测分析。在这些推测分析中，最引人注意的是认为玛丽·罗杰仍然活着——河中捞到的尸体是另外一个不幸者。

我看不妨把这些推测摘给读者，以下几段就是从一家名叫《星报》的报纸上摘录下来的：

6月22日，星期天早晨，罗杰小姐离开母亲家，说是去看姑妈，从此便踪迹全无。星期三中午十二点，圆木门附近的河岸处漂浮一具女尸。假设玛丽·罗杰离开母亲家三小时即被人抛入河中，那么从她离家到尸体出现，也只有三天。所以，如果河中女尸真的是玛丽，那么尸体在水中也不过泡了两天半。据可靠数据，溺水者的尸体，或者遭暴力致死后立即抛入水中的尸体，需要六至十天才会因严重腐烂而浮出水面。因此我们不禁要问，在此案中，是什么力量使尸体违反自然规则，提前浮出水面呢？如果死者遇害，尸体一直放在岸边，直到星期二晚上才扔下水，那么在岸上就可以发现凶手的痕迹。此外，即使是人死两天后被扔进水里，尸体也未必那么快就浮上来。

编辑进而推论说，尸体泡在水中一定不止三天，至少十五天，因为尸体已经严重腐烂。接下去他的笔锋一转，开始对博韦发难。文章如下：

那么，博韦先生根据什么事实确信那就是玛丽·罗杰的尸体呢？他一撕开衣袖，就说发现记号，证明死者是玛丽。大家普遍认为，他所说的“记号”一定是疤痕之类的东西。其实他只摸了摸死者的胳膊，摸到了上面的汗毛——这也有点太玄了。博韦先生当天晚上没有回来，七点钟才捎话给罗杰太太，她女儿的案子仍在调查之中。退一步说，年逾七十、体弱多病的罗杰太太悲伤过度，无法亲临现场，当尸体辨明是玛丽时，也总该有个亲朋好友去现场了解一下验尸情况。可是竟没人出这个头。圣安德烈街好像什么事都没发生一样，就连寓居在罗杰太太家的房客都一点消息也没听到。玛丽的未婚夫圣尤斯达西先生也是房客之一，他供称，直到第二天早上博韦先生到他房里，他才知道找到了尸体。人命关天的大事，大家竟如此淡漠，真使我们惊讶。

这家报纸刻意描述玛丽亲友那种无动于衷的态度，暗示他们并不真认为尸体是玛丽的。文章寓意不言自明：因有人指责玛丽失贞，于是玛丽便在亲友的帮助下离开本市。塞纳河捞出的女尸有点像玛丽，于是亲友便借此机会，使公众相信她死了。

不过《星报》未免结论下得过早。事实上，亲友们对玛丽的死并不那么冷淡。老太太身体本就极弱，加上这么一刺激，当然无法前往现场。而圣尤斯达西呢，他悲痛欲绝，弄得神志昏乱，博韦只好找来一位亲友照顾他，并严禁他去参加开棺验尸。

后来，《星报》又撰文，企图将脏水泼到博韦身上去，该文说：

现在此案又发生了新变化，据说，有一位B太太去罗杰太太家，正赶上博韦先生要出门。博韦先生嘱咐B太太，对警察什么也不要说，等回来后由他来说，由此可见，博韦先生显然知道些不为人知的情况。没有博韦先生，案子就一筹莫展，不管你从哪里下手，都要先攻开博韦先生。出于某种原因，他决心自己独揽此案进程，不容别人插手。据某位当事人说，他巧妙地将死者的男性亲属挤出此案调查。看来他极为反对家属看尸体。

文中又举了一例，使博韦先生显得更加可疑。玛丽失踪前几天，有个人造访博韦先生办公室，碰巧博韦先生不在。此人发现房门的锁孔上插着一朵玫瑰花，旁边还挂着一个小留言牌，上书“玛丽”二字。

我们从其他报纸得到的印象是玛丽为一帮流氓所害，他们把她劫过河去，糟蹋了她，然后杀死了她。然而，颇有影响的《商报》却竭力反对这一看法，我在此引述几段它的文章：

我们认为，侦查工作已误入歧途，因为侦查目标始终是河对岸的圆木门荒郊。玛丽是一个大众认识的女子，她离家出门，正是街上人多时，所以如果她走过三个街区，就不会没人看到她。但是，至今尚无人说当时看见过她。

她的衣服被撕破，缠在身上，又打了结，这样一来，尸体就成了一个可以拎提的包裹。如果凶杀确实发生在圆木门荒郊，凶手就不必这样做了。尸体的确是在圆木门一带的水面上发现的，但这并不足以证明凶手是在那里弃尸的。

然而，就在警察局局长拜访我们的前几天，警察局曾得到一则重要情报，推翻了《商报》的主要论点。家住圆木门附近的德吕克太太的两个小男孩在树林玩耍时，偶然走进了密林深处，发现一组像椅子一样的石头，在状似靠背的石头上有一条白裙子，而形状像座位的石头上则放着一条围巾。地上有一柄太阳伞、一副手套、一条手帕，手帕上绣着“玛丽·罗杰”的名字。另外，地上还有践踏的痕迹，矮树枝也折断了，上面挂着衣服的碎布片，肯定是搏斗所致。在密林与河流之间，还发现了一处被弄倒的篱笆，根据地面的状况可以看出，有人拖着重物打此经过。

一家名叫《太阳报》的周报，对这一发现作了如下评论：

这些物品在那里至少三个星期了，都已发霉板结，有几件物品的周围还长了草。而且，这些物品确凿无疑是玛丽·罗杰的，因此，现在可以肯定地说，凶案现场已被找到。

紧接着这个重大发现后，又出现了新证据，德吕克太太称，她在离河岸不远的地方开了一个路边小酒馆，正对圆木门荒郊。那一带人迹罕至，十分荒凉。在出事的那个星期天的下午三点来钟，一个年轻姑娘和一个皮肤黝黑的青年来到酒馆。他俩在这儿待了一会儿，就顺着小路往密林的方向走去。姑娘身上的衣服和围巾与死者的一模一样。两人走后不久，就来了一群流氓。他们大吃大喝，吵吵闹闹，吃完了一抹嘴，连钱都不付就顺着那对青年男女所走的路走去。他们快天黑了才回来，匆匆地过河离去。这晚，德吕克太太和她的大儿子还听到附近有女人的尖叫声。

一个叫瓦朗斯的公共马车车夫也供称，出事的那个星期天，他曾看见玛丽·罗杰和一个皮肤黝黑的小伙子一起乘渡船过塞纳河。瓦朗斯认识玛丽，所以不会看错。密林中发现的物品，经玛丽的亲属辨认后，认明全部都是死者之物。

我根据杜宾的建议，从报纸中收集了许多证据和情报。杜宾仔细读完我摘录的资料后，说："不用我说你也看得出来，这个案子比莫格街凶杀案复杂多了。现在，咱们首先要做的就是验明尸体的正身，看死者是否就是失踪的玛丽·罗杰。《星报》的观点对公众舆论很有影响，但在我看，那篇文章声称玛丽·罗杰仍活着，是故作惊人之论，作夸大性的渲染，以哗众取宠来吸引读者。作者是想表明，从玛丽失踪到发现浮尸，这中间时间很短，所以尸体不会是玛丽的。他的论据是，溺水者的尸体，或者暴力致死后立即抛入水中的尸体，需要六至十天才会因严重腐烂而浮上水面，还说这是'自然规则'。

"其实，人的身体与塞纳河的河水比重差不多，在正常状态下，一个人身体的浮力，等于其排水量。也就是说，落水者差不多都可以浮出水面，只要他肯把自己全部浸于水中，使身体的排水量达到浮起自身的程度。只是，人的体重与其排水量很难保持平衡，比如，伸出一条胳膊，胳膊便失去了水的托浮，变成了额外的重量，身体就沉了下去。溺水者在水中挣扎，胃和肺里很容易进入大量的水，于是整个身体比以前重了，身体也会沉下去。可是，'溺水者的尸体'与'遭暴力致死立即被抛入水中的尸体'，二者是有区别的。后者不会在水中挣扎，水也不会进入胃和肺里，所以要使尸体浮在水面上，根本就是一件很容易办到的事情。把这一问题弄明白后，《星报》关于'自然规律'的说法就显得尤为可笑了。

"咱们再读一读该报对博韦辨认尸体的看法。关于胳膊上汗毛的描写，《星报》显然是信口雌黄。博韦先生不是傻瓜，绝不会一上来就看汗毛，仅仅凭胳膊上的汗毛就断定死者的正身，每个人的胳膊上都有汗毛。《星报》文中所说的话非常含糊笼统，这正好暴露出它在篡改证人的证词。证人一定说到了汗毛的某种特别之处，准是在颜色、疏密、长度等状况方面有什么特别之处。

"至于说博韦值得怀疑的那段，只应对它嗤之以鼻。你已经充分调查过这位好好先生，他是个爱管闲事的人，人挺浪漫，心眼儿不多。大凡这样的人，遇上刺激的事情，会有点举止失常，引起神经过敏者或别有用心者的怀疑中伤。根据你的报刊摘录看，博韦先生同《星报》编辑私下交谈过几次，他不管那位编辑对案情的看法，把自己的意见一股脑儿提出来，说尸体肯定就是玛丽的。这使编辑先生大为不快。现在且不评论《星报》所说，只说说这一点：在这类案子里，某人对某事极为了解，因此对某事深信不疑，但他却完全可能说不出一个简单的道理，使别人也相信他的深信不疑是有根据的。辨认人的事情

尤为如此，没多少道理可言。每个人都认得出自己的邻居，然而却很少有谁能说出他认出邻居的道理。博韦先生对自己的辨认深信不疑，这完全是正常的。

“我觉得，用‘浪漫而好管闲事’来解释博韦的可疑行径，要比作者所推论的‘博韦有罪’合理得多。至于锁孔上的玫瑰花、来客留言牌上的‘玛丽’、将死者的男性亲属挤出此案、反对家属看尸体、嘱咐B太太在他本人回来之前不要同警察谈话之类的事情，依我看只能说明博韦是玛丽的追求者之一。对此我不想多做评论，现在咱们姑且认为‘尸体身份’问题已解决。且认为尸体就是玛丽的，然后再一步步往下分析。”

我插嘴问道：“你对《商报》的观点有何看法？”

“它的观点比其他报纸的叫喊值得注意得多。它所做的推论是尖锐而又有一定学术性的。但是它所依据的前提有两点不够准确。《商报》想说明，玛丽出家门不远就被一伙流氓劫持。作者说‘玛丽是一个大众都认得的女子’‘如果她走过三个街区，那么就不会没有人看到她’。这种论点若要成立，前提必须是玛丽一定要在自己特定的熟人多的街区之内出现。然而玛丽出门的路线，总的来说可能是没有规律的。我们几乎可以这样认为，当时为避人耳目，她走的路线并不是她常走的。那么她就大有可能在街上没碰上一个熟人。

“不论《商报》的观点看上去多有说服力，只要一考虑到这位姑娘出门的时间，这种说服力就大大减少了。《商报》说：‘她离家出门时，正是街上人多的时候。' 其实并非如此。在平时，上午九点钟确实正是街上人多的时候，但星期天例外。星期天的上午九点钟，人们大都在家里准备去教堂。善于观察的人都会注意到，每个安息日，从早上八点到十点钟，城里格外冷清。”

我又问：“那你怎么看《太阳报》的文章呢？”

“很可惜，此文的作者不过是把那些已经见报的看法重复一遍而已。要想消去我的疑问，还需要更多的调查。我的想法是，进行这类调查时，人们往往只顾研究直接证据，而全然不管那些附带的细节。事实上，真相大多来自那些看起来似乎无关的事。在本案中，我就是要本着这种原则，先不去调查那些人们已调查了好久却毫无收获的重点线索，而去研究与其相关的环境证据。现在，我们再范围更广泛地看看报纸资料。”

接下来，我的朋友仔细而广泛地阅读了各种各样的报纸，苦干了一个星期后，他给我拿来这样一份摘录：

五个月前曾发生过一件轰动一时的新闻，那便是玛丽·罗杰从皇宫街布兰克先生的香水店贸然出走，弄得也和现在一样舆论沸腾。但是一星期后，她又像平时那样出现在了顾客面前，只是略显憔悴罢了。据布兰克先生和她母亲说，她只是去乡下看了一趟亲戚。这件事很快就平息下来。我们估计，她现在的这次失踪和上回情况差不多，过上一个星期，或者顶多一个月，她就又会回到我们大家中间了。

——6月23日《晚报》

昨天一家晚报提到罗杰小姐上一回的神秘失踪。很多人都知道，那次她从布兰克香水店出走，是去找一个放荡得出了名的青年海军军官。据猜测，只是因为他俩吵了一架，她才回家。这位海军军官名叫洛塔利奥，目前驻于巴黎，但却因种种不言自明的理由，不愿公开自己的身份。

——6月24日晨版《信使报》

前天傍晚本市近郊发生了一起极为残酷的暴行。有六名青年在塞纳河划船游玩。一位偕妻带女的绅士雇这些青年划船送他们过河。船抵对岸，三位乘客离船登陆。他们走了没多远，女儿忽然发现太阳伞丢在船里。她回去取伞时，这伙青年歹徒将她劫持，堵住她的嘴，载入河中施暴，然后又将她送回岸边。目前歹徒在逃。不过警方正在加紧追缉，其中几名很快就会被擒。

——6月25日《晨报》

6月23日星期一那天，一名受雇于税务局的驳船船夫看见塞纳河上漂来一条空船，船帆置于船底。船夫把这条船拖至驳船办事处。第二天，有人未同驳船办事处工作人员打招呼，即将该船取走。现在这条船的船舵仍留在驳船办事处。

——6月26日《交通报》

我们收到一两封检举信，指控曼纳斯为前几天发生的强暴少女案的罪犯之一。但是由于曼纳斯先生已经法律审查证明无罪，且检举信均热心有余，证据不足，所以本报认为不宜发表。

——6月28日《晨报》

我们收到数封措辞有别、来源各异的读者来信，来信者均肯定地认为，玛丽·罗杰是被一伙星期天在塞纳河一带捣乱的流氓分子害死的。本报认为这些来信者的推测是可信的。我们将开辟一个专栏，陆续登出部分来信。

——6月30日《晚报》

读过这几则摘要后，我觉得它们不仅风马牛不相及，而且与本案也没多大关系。我等着杜宾做出解释。

杜宾说："这些摘录中的前两条，是为了让你了解警察多么粗心大意。我从局长那里得知，他们竟还未去调查那位海军军官。如果因缺少证据，就认为这两次失踪没有联系，那就太愚蠢了。咱们暂且认为《晚报》所言是实：第一次失踪后，两个情人发生了争吵，所以玛丽回来了。玛丽的第二次出走，是否可看作那人的再次得手？请注意：第一次和第二次出走之间相隔数月，正好与海军军舰的出海周期差不多。我们据此可以假设：玛丽和那人的第一次约会，因出海任务而中断，所以那人一回国，就与玛丽进行了第二次约会。玛丽对此人极为信任，所以才同他一起在圆木门一带的密林里一直待到暮色降临。

"我们可以假设玛丽接受了那人的私奔计划。她离家时向别人说是去看望姑妈，并让圣尤斯达西傍晚去接她。乍一看，这些事实与我的假设大相径庭，不过咱们不妨设想她是这样考虑的：我要去见一个人，同他一起私奔，或者是为了干一件只有我自己知道是什么的事情。这件事情一定不可被别人打断。所以我要大家以为我这一天是去看姑妈了，我要让圣尤斯达西傍晚再去接我。这样，傍晚之前就不会有人来打扰我，我就得到了充裕的时间，而且合情合理。

"从你所摘录的资料来看，大家对这不幸事件的普遍看法始终是：这个姑娘被一伙流氓害死了。在此案中，我觉得'公众的看法'有偏激之处，我摘录的第三则消息是一起歹徒强暴少女的事件，大众对玛丽案的看法多多少少受这种案件的影响。玛丽，一个年轻貌美的姑娘，尸浮塞纳河，尸体上还伤痕累累，这当然震惊了巴黎。而在玛丽遇害的这段时间中，有一帮少年流氓也对另一名少女实施了类似暴行，于是，大家便以讹传讹，将这两起案件混为一谈了。

“我们再来研究一下圆木门密林中那所谓的凶杀现场。这个密林尽管幽深，却离公路不远。如果如《商报》所说，真正的凶手现场在圣安德烈街一带，那么杀人凶手自然就会因为大众密切关注正确的破案方向而感到胆战心惊。凶手会立刻想到必须采取某种行动，转移人们的视线。因此，既然圆木门一带的密林已受到怀疑，凶手自然就会想到把玛丽的遗物放到那儿去，让人发现。虽然《太阳报》认为，密林里的那些物品已放了好长时间了，但它却没有足够的证据说明这点。

“凡是对巴黎郊区稍有了解的人都知道，除非在很远的远郊，否则要找到一个‘僻静’之处是极为困难的，而要在圆木门树林里找到一个人迹罕至的隐秘场所，那根本不可能。在这种情况下，上述物品在巴黎近郊的树林中放了至少三个星期，竟没人发现，这实在是奇事一桩！

“除此之外，还有一些理由也令人产生怀疑。首先，请你注意发现那些物品的日期。你把这个日期同我摘录的第五则消息的日期比较一下，你会发现，刚有人寄信给《晚报》报社，那些物品就出现了。因此，我们可以这样怀疑：这片密林离德吕克太太家非常近，德吕克太太家的两个孩子常在密林的灌木丛中玩，那些物品若是放在密林中，为什么孩子们以前没发现这些物品呢？这是

因为这些物品以前根本就不在密林里，是写信的‘读者’在写信的当天，或写信前不久，亲手放到那里去的。

“如果说把死者的物品留在密林里是一种偶然，是凶手的一时疏忽，那么凶手就绝不会是一伙歹徒了。可以想象，这种偶然性只会发生在单个儿人的身上。咱们来看一看：某人杀了玛丽，林子中只有他和死尸，躺在地上一动不动的尸体令他心惊肉跳，他的一时之气已经消退，头脑冷静下来，恐惧之情自然也油然而生。然而，尸体无论如何也是要打发掉的。他把尸体背到河边，却把其他犯罪证据留了下来，因为一下子把东西都弄走是不可能的。然而，他费尽力气往河边弄尸体的路上，心里的恐惧也在不断地增加。他一路上心惊肉跳，走走停停，终于赶到了河边，也许是借助一条小船，处理掉了这具可怕的尸体。此时此刻，即使给凶手再大的甜头，他也不肯重走这条恐惧之路，去处理掉那些证据了。

“现在再来看看死者外衣的情况：衣服被撕破，缠在身上，还打了结，于是尸体变成了一个可以拎的包裹。说得太对了，凶手就是为了要弄出一个提手，好拎尸体。那么请问，在几个人的情况下才会用这样的方法？当然是一个人。

“德吕克太太的证词却说：一群流氓大吃大喝之后，一抹嘴，连钱都不付就顺着那对青年男女所走的路走去，直到快天黑才回来，匆匆地过河离去。这所谓的‘匆匆’，可能是德吕克太太在痛惜那些白白被吃掉的点心和啤酒，希望至少得到一点补偿。据说当晚，德吕克太太和她大儿子‘听到附近有女人的尖叫声’，可他们听到的尖叫声是在这伙流氓离开圆木门之后。但没有一家报纸和警察注意到这一情况。

“最后，我的分析结果是凶杀案发生的场所有两种可能性，一种是在德吕克太太的小酒馆，另一种是在圆木门荒郊的密林里。而凶手则是死者的情人，或者至少是一个暗中与死者关系暧昧的人。此人皮肤黝黑，这种肤色，再加上死者背后的‘扣结’和帽带上的‘水手结’，说明凶手是一个海员。再从《信使报》报道的第一次私奔来看，我们很容易产生一种想法：这个海员就是那个最初引诱不幸姑娘的‘海军军官’。

“这位海军军官已经好长时间不露面了，去了哪里？说不定是因为害怕成为杀人嫌疑犯，才不敢露面。因为如果是一个无辜的人，对这种事首先想到的应是说明事情的真相，并协助警方辨识凶手。他是不可能不知道这起暴行的。

如果现在他仍然活着，那么只有一种情况使他不去报案，那就是他是凶手。我们用什么方法来探明真相呢？要查查玛丽第一次失踪的细节，查查海军军官的全部历史、他目前的状况以及案发时他究竟在哪里；要仔细地比较一下每一封投寄给各大报纸的、旨在说明凶手是一伙人的读者来信，然后再把收到的信件与那位海军军官所写信件的笔体进行比较；还要再盘问一下德吕克太太和她的儿子以及公共马车车夫，进一步弄清那个‘皮肤黝黑’的人的长相和举止。

“接下来我们要去问问6月23日星期一早上捡到那条小船的驳船船夫。小船是在发现尸体之前捡到的，有人没向驳船办事处打招呼，就把它偷偷给取走了。只要仔细寻查，锲而不舍，准可以找到这条小船。一个问心无愧的人，是不会连问都不问一声，船舵也不要了，就偷偷把船取走的。在此我要插入一个问题，驳船办事处并没登广告招领失船，怎么会有人星期二一大早就知道了船的去向呢？除非这人与航运业或海军有关，知道船舶方面的一切小小动态。

“我说过，那个单个儿作案的凶手把尸体拖到了河边，他很可能有一条船。现在我们可以这样认为：玛丽·罗杰是从船上扔下去的，她背部和肩部的伤痕是被船底硌的。尸体上未系重物也证实了这一点。如果凶手在岸边抛尸，肯定会在尸体上系上重物。我们只能推测凶手划船离岸时一时疏忽，忘记带重物了。他抛尸入水时，发现了这一疏忽，但已没有别的法子。即使不系重物日后会有很多风险，但也总比返回那倒霉的岸边强。

“凶手抛下尸体后，就匆匆赶回市区，找了一个僻静的码头，一跃上岸。他为什么不拴住小船呢？他准是觉得把船拴在码头上，这无异于留下了一份于己不利的证据。他本能地希望，把一切与这桩凶杀有关的东西都扔得越远越好。可第二天早上，他却惊恐地得知小船已被人捡到，并被拖到了驳船办事处。到了夜里，他把小船偷走，但没胆量去把舵一起找来。现在这条无舵的小船在哪儿呢？这是咱们首先要查明的事情。只要找到了它，它就会把我们引向那个星期天午夜划过它的人。这样一来，证据一环套一环，凶手就无从藏身了。”

我听到这里，不禁拍案叫绝，催促杜宾立即行动。杜宾笑道：“下面的一切，该交给警察局局长干了。”

警察局局长尽管满腹狐疑，但还是勉强按杜宾的线索去查了。结果，与杜宾的推论丝毫不差，凶手就是那个海军军官，而杜宾也因此得到了局长许诺的酬金。

◎克里斯丁·凯瑟琳·拉许[美国]

猫咪的秘密日记

克里斯丁·凯瑟琳·拉许（1960— ）

美国女作家，创作涉及科幻、奇幻、侦探、言情和主流文学等不同领域，曾多次获得爱伦·坡奖和《埃勒里·奎因侦探小说杂志》读者选择奖。

其侦探小说题材独特，想象力超群，具有鲜明的黑色风格。代表作品有《猫咪的秘密日记》《二流角色》等。

霍默·齐夫并不相信什么箴言警句，但经过这件事后，他不得不佩服有人竟然创造出了“好奇害死猫”这样精辟的句子。

一切都是出于自己的好奇心——对猫的生活的好奇。霍默·齐夫一个人住，陪伴他的只有两只家猫与六只野猫，这六只野猫已经成了他的生活伴侣。

霍默见过自己的邻居，可是准确地说，他对他们的了解远不及对自家猫的了解，只是点头之交，甚至从来没有说过话。他不愿意跟他们说话，有一次他结结巴巴地跟一个性情乖戾的邻居打招呼，结果这个男人翻了一下白眼就走开了。霍默跟很多人都不大交谈，因为他一紧张，说话就会结结巴巴。几年来，他已学会了与自己的伙伴们相处。他喜欢一个人沉思，喜欢跟猫咪们独处，喜欢一个人待在家里。

霍默曾经是俄勒冈州立大学的物理学教授。他的思路条理清晰，可是他却很内向，甚至内向得有点儿病态，当着一群人说话，他就会紧张得要命。他害怕上大课，犹如害怕见到牙医。因此，他开始了写书。还好，他编写的书籍很受出版商青睐，也很受读者欢迎。这些出版的书籍为他带来了丰厚的回报。他买了一所漂亮的房子：房屋前面是一片小草坪，通往安静的小区街道；房子后面是一片数英亩的湿地。没有人在他家房子后面搭建房屋，但左右的地皮以及马路对面都已盖满了房子。在确定自己的财政状况良好后，他决定自己不需要再教书了，于是他辞了职，整天与猫咪为伴。

一天晚上，他上网时搜到一个德国人建立的网站。这个德国人似乎跟他志趣相投。这个人跟一只猫生活在一起，他想知道猫咪是如何在户外消遣度日的，所以，他改造了数码照相机，把它设置成每隔一分钟就拍摄一张照片的模式，然后把它挂在了猫的脖子上。猫咪拍摄的那些照片漂亮极了。这启发了霍默，他制造了六台猫用照相机。经过一番努力，霍默将相机挂在了五只猫的脖子上——其中一只名叫汤姆的老猫太过狡猾，霍默被它弄得伤痕累累，只好放弃了努力。他把猫咪放了出去，希望能借此探究猫咪的秘密生活。

他确实发现了各种奇妙的东西。邻居们的车底，还有霍默自己的福特车底，都成了猫咪们开会的场所。天气好时，猫咪们会到湿地里饮水。在自家院里、邻居的庭院里，还有街头一所百年校园里，到处都是猫咪们的踪迹……猫咪带着霍默进入了一种他未曾经历过的生活。

可一个周日的下午，一切都改变了。

那天，一只白色的小母猫，霍默叫它玛塔·哈莉，拍回来一些令人恐惧的照片。照片上是一片沼泽地，笼罩着雾气。沼泽地里有三个树干，还有一根树枝从淤泥里伸了出来，在令人恐惧的雾气里若隐若现。接下来的一张照片显示，沼泽地里有一个突起，看起来像是大象的坟墓，而哈莉正在玩弄一些骨头。而后来，其中的一块骨头上居然出现了一只人手！照片里的人手模糊不清，但手指却清晰可见。那染着黑色泥浆的手指伸向天空，指甲里、皮肤上全是泥土。霍默仔细研究着这些骨头。没错，这就是人骨。最近这里刚刚发生过一起命案。

霍默想知道，是否还有其他猫咪拍到这只手。他取下猫咪们身上相机里的存储卡，又小心翼翼地装上新的存储卡，然后回到房内下载照片。他找到一张照片，里面是一条完整的胳膊，上面布满淤伤，还拍到一点肩膀。

霍默在放大这些照片时，手不住地发抖。他看到了骨头，有些骨头还长满了苔藓。接下来，更恐怖的照片出现了：一个女人曲着后背，胳膊与腿四处伸开——起初他还以为那是树枝，女人的脸对着镜头。在放大这张照片时，霍默的手抖得更厉害了。这个女人面无表情，张着嘴巴，因遭人重击嘴巴上满是血痕，鼻子扁平，脸颊上沾满了血迹和泥土。

霍默靠在椅子上陷入了沉思。这个女人他曾见过，是的，就在四天前，她曾来过霍默的家里。当时，她把SUV停在路边，打开车窗。她的女儿，似乎只有十岁的样子，在车里哇哇大哭。

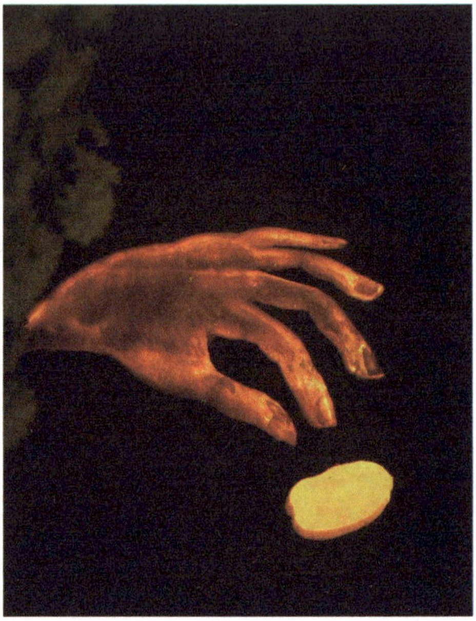

后来，这个女人下车敲开了他家的门。“我女儿在卖糖果，这样她就可以买球赛的门票了。”她笑着打开了盒子，“您要买点吗？”霍默并没有去看糖果，而是注视着在车里哭泣的小女孩，思索着究竟发生了什么事。他能猜个八九不离十：小女孩不想卖糖果，但她妈妈强迫她卖。最后实在拗不过小女孩，她妈妈就只好亲自出马了。“她很害羞。”小女孩的妈妈说，这正好印证了霍默的想法。

霍默无法容忍大人的这种行为，他讨厌任何形式的威胁，他自己小时候就是这种行为的受害者，直到现在，这种阴影仍挥之不去。这个女人让他莫名其妙地感到有些紧张，以致他不能表达出自己的真实意思。他本来想说：让你的女儿顺其自然吧，并不是每个人都能成为优秀的销售员的。可是，他却结结巴巴地说：“不……不用，多……多谢。”然后，他关上了房门。

女人似乎没想到他会如此粗鲁，她在门廊里站了一会儿，然后转身朝她的SUV走去。她把那盒糖果扔给可怜巴巴的女儿后，驱车离去。

如果她后来到了沼泽地里，到了小区的某个地方，那么，那个小女孩到哪儿去了呢？霍默实在想不清楚，于是他伸手拿起电话拨通911。电话接通后，他报了警：“我觉得我们小区附近有具尸体。”

警察很快就出现在了他家门口。他们身穿便衣，出示了各自的证件。霍默在地方报纸上见过这两位警官的照片，他们联手破获过几起重大案件。那名男警官留着满头银发，他是迪卡瑞奇警官，而他的搭档是一名女警官，这名女警官经常出现在各种新闻媒体上，所以霍默毫不费劲地就认出她是奥尔蒂斯警官。

他们想知道霍默是在哪里看到尸体的，于是霍默就拿来了自己打印出来的照片，他们又问这些照片是在哪里拍摄的。霍默就解释了他的猫咪相机，并带着他们来到了玛塔·哈莉的身边。“看到它脖子上……脖子上的盒子了吗？”他说，“盒子里面装有……装有相机，另外四只猫也装有相机。”

奥尔蒂斯终于明白霍默不是在开玩笑了。她转身看着他，深色的眼睛瞪得像铜铃。显然，她对霍默的做法很是震惊：“你用自己的猫做实验？”“哦，不是温顺的家猫，是野……野猫。它们多多少少有些……有些野性未改。”霍默解释道。“哦！”奥尔蒂斯松了口气。

“出于好奇心，”霍默继续解释，好像生怕被人误解为虐待动物一般，“我想知道……想知道它们一天到晚都在做什么。”迪卡瑞奇对猫并不感兴趣，他对照片兴趣十足。他再次看着这个死去女人的照片，问：“你真的不知道这是在哪里吗？”“不知道。”霍默说，“我甚至都不能确定这片沼泽地是不是在我家附近。”

“噢，上帝！”奥尔蒂斯说，“猫能在二十几英亩的范围内活动。”迪卡瑞奇转身看着她，仿佛他突然变得跟霍默一样疯狂了。她耸了耸肩解释道：“我是跟猫一起长大的。”迪卡瑞奇低声笑了。有这样一种人，当他发现自己是一群矬子里的将军时就会发出这种笑声。霍默小时候常听到这种笑声，而且他永远也不会忘记这种笑声。他的脸发热，喉咙发紧，结巴得更厉害了。“也……也许……我能拼出来它们……它们去过的地方。”他说。

接着，他把警官带回书房，打开电脑里的相册文件：“我有这……这几天的照片，也许会……会有些帮助。”他打开文件夹，从沼泽地与大象坟场的照片开始，一点点分析每只猫咪的相册夹。在霍默忙活时，奥尔蒂斯掠过他的肩头看着。迪卡瑞奇则在房间里走来走去，研究着霍默的书还有相框里的各种荣誉奖章。

“这些是你写的？”迪卡瑞奇问霍默。“是……是的。”霍默说。“你是科学家？”霍默本想谦虚地说“算是吧”，但“算”这个音读起来有点麻烦，于是他就结结巴巴地说了另外一个词“是的”。“我才猜只有像你这样的人才会做这样的事，才会让猫咪来拍照片。”迪卡瑞奇道。霍默小心翼翼没有回答这个模棱两可的问题，他隐隐感到迪卡瑞奇认为自己跟那个女人的死有关。

“该死！”这时，奥尔蒂斯在霍默身旁抱怨道，“这些猫在所有的东西下面跑来跑去。”一点不假，猫咪们在树叶下跑来跑去，在树丛间跑来跑去，在岩石下跑来跑去，而且没有明显的轨迹，一切都无从辨认。

“我们无法辨认具体的地点。”奥尔蒂斯说，“这些猫不能告诉我们尸骨的确切地点，如果我们跟踪它们，我想这些机警的猫肯定再也不会去那个地方了。”“我们要做地面搜索。”迪卡瑞奇说。

“那样会沿路破坏很多证据。”奥尔蒂斯叹了口气，说，“至少我们现在知道安妮·凯迈尔发生了什么事。”“是那……那个女人吗？”霍默问。奥尔蒂斯点点头。

“那她女儿怎……怎么样了？”霍默问。两名警官盯着他，似乎觉得他终于肯招供了。他清清喉咙以便告诉他们买糖果的事情，还有那辆SUV。

“是在四……四天前。”他说。“她就是那天失踪的。”迪卡瑞奇说，“只是，她女儿没和她在一起，她女儿一直在家里。”霍默摇摇头：“不对，我看见那个女孩子了。她在……在车里。她当时哭……哭得很凶，我以为……以为她妈妈故意……故意为难她。”

迪卡瑞奇眯起眼睛，扬了扬眉毛说：“我觉得我们对这个小姑娘掉以轻心了。”“我觉得她没有撒谎。”奥尔蒂斯说，“她一定是看到了什么。我敢打赌，她一定是吓坏了。”

迪卡瑞奇摇摇头：“她只是另外一个……”他看了看霍默，霍默知道了迪卡瑞奇想说哪个词。“她是结……结……”霍默无法说出这个词，他换了另外一个词，“她有语言……语言障碍？”“跟你一样。”迪卡瑞奇说。

“她在车里，”奥尔蒂斯说，“那么她就是在对我们说谎。”“说谎，”霍默慢慢地说，终于克服了结巴的毛病，“会让人结巴得更厉害。任何压力，甚至一点点压力，都会让人结巴得更厉害。”他说得很清楚，没有任何错误。

“你觉得这个孩子看见了什么事？”迪卡瑞奇皱了皱眉头，问道。霍默再次觉得他仍在怀疑自己，于是他耸了耸肩，没有说话。

“我敢打赌她一定看到了什么事。”奥尔蒂斯说，“我们还要再审问她。”“用这些照片作为证据。”迪卡瑞奇翻着打印的照片，问霍默，“我们能不能用用？”霍默点了点头。“她还会像上次一样害怕我们的。”奥尔蒂斯叹了口气说。霍默知道她的意思，试图审问一个嘴巴不听使唤的孩子，难度可想而知。

奥尔蒂斯从迪卡瑞奇那里取过照片，说：“真是遗憾，你不能在猫身上装摄像机，否则我们就能轻松地找到尸体和证据了。如果他过去五年一直用那个

地方作为杀人场地，现场肯定会留下证据的。“

五年！霍默非常震惊。他想起了报纸上的文章，说警方已组成重案组调查系列人员的失踪案，所有失踪人员都是三十多岁的女性，竟在光天化日之下消失了。难道这就是警方一直调查了五年的失踪案吗？五年来这个杀人狂一直将女尸抛到沼泽里？

“凶杀案现场……现场肯定不会太近。”霍默说，“否则我们肯定能闻到气味，我跟我的邻居都会闻到尸体的臭味……”“你说得有道理。”奥尔蒂斯点了点头，说，“但我们需要一张详细的地面图。”

“我想你还需要一份风向图吧？”迪卡瑞奇挖苦道。“我是认真的。”奥尔蒂斯说，“如果我们不需要问那个女孩就能找到尸体……”

“我们必须问她，”迪卡瑞奇说，“我们要弄清楚她为什么要说谎。”

霍默知道迪卡瑞奇说得有道理，他突然想到了什么。“不……不要给她看这些照片。”他说，“她看了照片以后，什么也不……不会说的。”

“听着，老兄……”迪卡瑞奇说，但奥尔蒂斯用手碰了碰他的胳膊，阻止了他。

霍默做了一个深呼吸，一字一句地说：“我的意思是说，也许我能改装一下相机，不要每隔六十秒拍照，我们可以把它设置为每隔五秒拍一张照片。”

“我们只会看到更多的树叶、树木和石子。”迪卡瑞奇不屑地说，“如果你想试试看的话，我想你只会得到更多相同的东西。”

“不会的。”奥尔蒂斯说，“也许这样拍摄的照片可以告诉我们猫咪进入树林的地点。你还可以设置上时间吗？”

“可以。”霍默说，“太阳光的角度可以告诉我们猫咪去的方向，这也许能帮我们找到那片沼泽地。”他意识到自己说完这些话后就不再紧张了，说话也不会结结巴巴了。他喜欢这位女警官，因为她不再让他感到有压力。

“这些猫不会抬头看，”迪卡瑞奇说，“它们拍不到阳光。”“我们可以通过地上的树叶找到一些有用的东西。迪卡瑞奇，你也帮帮忙。”奥尔蒂斯对他的同伴说，“我知道你曾经做过类似的影子实验。”

“我还是觉得地面搜索比较好。”迪卡瑞奇坚持着。

“我们给齐夫先生一个机会。”奥尔蒂斯说，“他的才能也许能帮得了我们。”迪卡瑞奇盯着霍默：“给你一天的时间来做这件事。只有一天，然后我们就要进行地面搜索。”

霍默不关心他们是否要做地面搜索，他只是希望他们能尽快找到那个可怜女人的尸体。

“能帮我复制一下这些照片的文档吗？”奥尔蒂斯问霍默，“我们有一些电脑专家，也许他们能帮我们找出一些线索。”

霍默点点头，把照片刻录到光盘上。她拍拍他的手臂表示感谢。

“酷极了！”她说着拿起光盘放到霍默给她的盒子里，“想不到猫咪还能做出这么有趣的事。”“是啊，”迪卡瑞奇边说边跟着她一起出门，“喜欢盯着死尸，这谁能想到啊。”

霍默不能让迪卡瑞奇的冷嘲热讽影响到自己的心情。他叹了口气，开始进行手头的事情。

庆幸的是，被老猫汤姆挣脱下来的第六台相机还在。霍默可以用这台相机做实验。他本想把拍摄时间设置为五秒一拍，可是没有成功，只能十秒一拍。

拂晓时分，他把改装好的相机重新挂在了猫咪的脖子上。

玛塔·哈莉第一个返回家里，它带回来一组可爱的照片。这些照片是在这条街上每一辆汽车底下拍的，后来，它又爬到了学校附近的篱笆下。

霍默在思考那里是不是猫咪去沼泽地的必经之路。他希望其他猫咪能带给他一些有用的东西，让他能找到答案。

带给他惊喜的是爱因斯坦，一只内向的小公猫，它带回来的线索让霍默大吃一惊。以前霍默觉得爱因斯坦不是每天都光顾沼泽地，因为它总爱到处乱跑，没有拍过一样完整的沼泽地的照片。但就在今天早上，它穿过玛塔·哈莉找到的篱笆洞，沿着羊肠小道来到了沼泽地。而篱笆洞就在一块石头附近，石头上方刻有1908年的字样。爱因斯坦沿着路堤钻进了杂树林里。

霍默在前面拍摄的照片里并没有注意到这条羊肠小道，因为它看起来就像是地面上光秃秃的电线，并没有什么引人注目之处。但在每隔十秒拍摄的照片里，霍默就能清晰地看到这条光秃秃的小道和其他小道相连接，这条小道通往杂树林。

紧接着，霍默看到一棵枯木的老树桩，上面长满了苔藓；一棵断木块前长着几朵迟开的鸢尾花。而沼泽地里尸体的情况更是糟糕，已经认不出是霍默先前见过的那个女人了。霍默把整张存储卡都复制到光盘上，又打印出照片，然后打电话给奥尔蒂斯。

霍默自报家门后就直奔主题："我想我知道尸体的位置了。""感谢上帝，"奥尔蒂斯说，"我们马上就到。"

十五分钟后，他们就到了，车子停在霍默家门前。两位警官今天看起来都有些垂头丧气。原来，霍默打电话给奥尔蒂斯时，他们正在跟那个姓凯迈尔的小女孩谈话，但迪卡瑞奇说："小女孩一点儿都不配合。"

霍默并没有多问，毕竟不是他在办案。他把打印的照片一字排开，照片旁边放了一张小区地形图。

"看到这个了吗？"他边说边指着照片上的篱笆，"这些篱笆属于这座房子。"他指了指离学校不远处的一座房子。

"看到这块石头了吗？"他说，"就在学校的后面。自建校以来，这块石头一直都在那里，去年刚刚给它举行过命名仪式。"

霍默重点讲解了他认为能通向杂树林的那条小道，然后说："我认为你们利用鸢尾花、老树桩，还有木块这些标志就能找到尸体。"

"你自己没去看看？"迪卡瑞奇问。

霍默摇了摇头。他认为即使自己懂得科学的调查方法，懂得如何保护犯罪现场不被破坏，也没有能力单独调查这案子。"没有，"他说，"我觉得，这……这是你们的事。"

他的结巴让他惊诧不已，他原以为自己有足够的自信就不会紧张，但迪卡瑞奇冷冰冰的语气还是给了他压力。

"我们要去那里看看。"迪卡瑞奇说。

"我们派一个小队过去。"奥尔蒂斯边说边研究着照片。

"在没有弄清准确位置之前，我们最好不要浪费纳税人的钱。"迪卡瑞奇反对道。

这一次，霍默倒是同意迪卡瑞奇的观点。他们没再对霍默多说什么，拿着打印的照片、地图和光盘离开了。

霍默感到无所适从。他很清楚警方办案的规定，但他还是很希望自己能够介入这件案子。毕竟是他的猫找到了奥尔蒂斯所说的弃尸场。要是猫咪们经过训练该多好啊，这样，他就可以命令它们沿着小道去沼泽地拍摄警方寻找安妮·凯迈尔尸体的情况了。

可是，他不能给猫指派任何任务，他只能分析猫们关注的东西。多数时候，这些猫咪只对汽车感兴趣。

他皱着眉头，继续倾身观看电脑里的照片。跟普通汽车相比，猫咪更喜欢躲在SUV的车底。SUV的轮胎很大，车身很宽，但车底要比卡车的低。这样猫咪藏在里面会觉得更安全，车底的阴凉更是让它们感到舒适。

突然，一张照片进入了霍默的眼帘。这张照片是由一只叫伽利略的猫咪拍摄的，就在失踪的那人来卖糖果的那天。照片模糊不清，霍默当时并没在意。可是这是那辆SUV车底的照片。霍默赶紧将伽利略拍摄的照片收集起来，仔仔细细地又看了一遍。终于，他发现了他想要的照片，实际上是两张照片：一张照片里有条细腿，脚上穿着女式网球鞋；另一张照片里是个粉蓝相间的模糊物，

消失在街道对面的长椅后。

霍默闭上眼睛，努力回忆那天下午那个小女孩所穿的衣服，但只记得她的脸和哭肿的眼睛，还有那辆SUV，是蓝色与银色金属边。

他睁开眼睛，继续研究下面的照片，但没有发现其他照片里有粉蓝相间的模糊物。可照片里的那条长凳他再熟悉不过了。那条长凳与他家仅隔着几户，就在街对面那个性情乖戾的邻居家门前。是的，那个邻居听到霍默结结巴巴和他打招呼时，冲他翻了一个白眼。

霍默浑身冰冷。他在思索着要不要给奥尔蒂斯打个电话。在现在这个时刻，他实在不想打扰她，不想当她在罪案现场办案的时刻去打扰。

他打开电脑里的文件，看着之前下载的小区图，研究湿地。

湿地覆盖的范围很广，他家屋后、整条街道、旁边的百年老校，甚至更远的街区，都在湿地之中。任何人都可以将尸体从自家荒地搬到湿地，然后穿过茂密的树林来到沼泽地，又不被人看到。

难怪迪卡瑞奇会怀疑霍默，因为霍默符合所有的犯罪条件：他一个人独居，房子通往所谓的弃尸场，而他自己又千方百计地想插手调查这件案子。

霍默的双手又开始发抖了。他深陷椅子里，嘴巴干涩。他是无辜的，奥尔蒂斯应该清楚这一点，否则她会没收他的电脑，会搜查他的房子。也许他们在等着找到尸体？也许他们需要一个更恰当的理由？

霍默正在胡思乱想的时候，突然传来一阵敲门声。他的心又开始怦怦地跳了起来，脸色发红。他清楚自己现在看起来完全像是一个有罪之人：他小心翼翼，但还是露出了马脚。

有人会来抓他，只是早晚的问题。他离开书房，穿过客厅，透过门上的玻璃向外看。奥尔蒂斯站在门口，双手背在身后；没有看到迪卡瑞奇。奥尔蒂斯看到霍默，点点头，但面无表情。

霍默想，她会先给自己一个友好的警告，接着会问能否搜查他家。而他会要求她出示搜查令，还会用一笔钱请全国最好的律师来替自己辩护；他还会找出版商来替自己作证，证明霍默是个好人，一定是他们弄错了。

霍默定了定神，打开了前门。“我们找到了她的尸体，”奥尔蒂斯的声音听起来是那么疲惫不堪，“还有其他人的尸体。我来只是想告诉你，你的猫是对的。”

他等着她说后面的话，等着她说要搜查他家，可是她却没有说。“哇，”他只好开口，“那些照片有用吗？”

“嗯，我们正是根据照片找到那条‘猫路’的。”她说，“采证科人员现在正在那里采证。一团糟！难怪没有人闻到气味，那里离房子实在太远了。”

“猫咪们能闻到。”霍默说。

“嗯。猫一定是嗅到了腐烂的味道才到那里去的。可这些腐肉又激不起它们的食欲，因为它们都不饿。”

霍默不由得笑了。她也注意到了他养的那些野猫都过着“丰衣足食”的生活。

“嗯，”他说，“我还在思考着另外一件事情。那个小女孩呢，她从她妈妈身边跑开了吗？”

奥尔蒂斯皱着眉头说：“你是怎么知道的？”

“我想我又找到了其他照片。”

奥尔蒂斯什么也没说，脱掉鞋子径直走到电脑跟前。她的鞋子有股腐烂的沼泽味，也许她身上现在就散发着这种味道。

“我觉得我找到了SUV的照片。”霍默说。他告诉奥尔蒂斯猫咪们在汽车底下聚会，还告诉她猫咪们似乎非常喜欢车底下这个阴凉之处。

“刚才我们问了那个小女孩一些问题。”奥尔蒂斯说，“可怜的孩子，她后半生恐怕都要接受治疗了。”

他看着女警官，而她则盯着电脑上的照片。

“接受治疗？为什么？”霍默问。

“她似乎受到了惊吓。她说她妈妈进了一家房子卖糖果，半天都没有出来，而她自己却跑开了。她去了奶奶家，但她奶奶又把她送回了家。”

“没有人再看到她妈妈？”

“没有。”奥尔蒂斯说，“如果车子和人一起失踪了的话，是不会有人觉得奇怪的。人们只会以为她妈妈开车离开了而已。”

霍默不再问了，而是指了指照片里的细腿、粉色的鞋子，还有街对面粉蓝相间、模糊不清的物体。

“你知道这是哪里，对吗？”奥尔蒂斯说。

霍默点了点头。

奥尔蒂斯笑了：“我们不能给你家的猫付工资真是太遗憾了。”

“你们不能雇佣它们，”霍默认真地说，“它们有自己的生活方式。”

奥尔蒂斯满意地带着更多的打印照片与光盘文件离开以后，霍默才意识到自己竟然可以跟一个自己喜欢的人进行一段完整的谈话，而不再结结巴巴。至少结巴得很少。他认为这是个胜利。他没有意识到这也是他人生旅途的一个新的起点。

奥尔蒂斯与迪卡瑞奇拿到搜查证，搜查了那个性情乖戾的邻居的房子，结果在他家的地窖里发现了血迹，还有各种各样可怕的东西。正如霍默所猜测的一样，这个男人趁女人来他家推销糖果的时候，杀了这个女人，等到天黑时，他穿过湿地，把她的尸体运到沼泽地，并在那里弃尸。而其他的女人，他也是采用类似的方法，将她们杀害后弃尸的。有时他是在杀了她们之前处理掉她们的车，有时是在杀了她们之后再处理她们的车。

迪卡瑞奇认为会有像弃尸场一样的弃车场，但目前还没有找到。

奥尔蒂斯一直对霍默赞不绝口，甚至还来拜访过他几次，询问猫咪的事情。后来，她还对他说想和他一起共进晚餐，但不是现在，要等到案子审判结束以后。

审判！霍默还没有想到这一点。不过他知道到时候一定会有大陪审团、证人的证词，还有法庭辩护。他能预测将要发生的事情：他会成为整个案件的焦点，说得再准确点，是他的猫会成为焦点。到时，他又会像一名失败的教授那样，结结巴巴地讲述事情的来龙去脉。他多么希望能够找到一种方法减少说话这一环节啊。

他决定写出证词，作一个详细的计划，并用照片穿插全篇证词。

终于，霍默出庭作证的时刻来临了。他觉得窘迫不安。不过他写出的证词还有那些照片帮了他的大忙。

案子很快就结了。那个小女孩在她爸爸的陪同下指证了自己最后一次看到的和母亲在一起的那个男人——那个性情乖戾的邻居。从此以后他不会再对说话口吃的人翻白眼了，因为法官宣判了他的罪行，他被就地正法了。

更让人高兴的是，奥尔蒂斯警官——现在霍默知道了她叫苏珊，兑现了诺言，请他吃牛排晚餐作为庆祝。她称赞他，说他很聪明，甚至说他风趣幽默。

霍默，还有他的猫成了令人瞩目的明星。霍默又开始写书了，这次他要和人们分享猫咪秘密生活的点点滴滴。

◎爱德华·霍克［美国］

屋桥谜案

爱德华·霍克（1930—2008）

美国“短篇推理之王”，是20世纪欧美“不可能犯罪”创作史上的最后一位大师。他是一位高产的作家，但作品都保持着较高的水准，极具趣味性、意外性，创意和解答更是让人拍案称绝！

其代表作有《长方形的房间》、短篇小说集《山姆·霍桑犯罪诊断书》以及长篇小说《粉碎的大乌鸦》等。

1922年1月22号，山姆·霍桑医生开着一辆黄色敞篷车来到了北山镇。他请了一位名叫爱玻的矮胖女子当护士，买了些二手家具，就在镇上安顿了下来。

3月的一个礼拜二早上，山姆医生驾着马车走北大路到布林洛夫妇的农场去。当夜下了一场大雪，可那根本不算什么，他急着要给布林洛太太做每周一次的诊疗。她从山姆医生初到镇上开始就一直不舒服，而山姆医生每个礼拜二到农场去已成了例行公事。

杰可柏·布林洛家里除了他和他的太太之外，还有他们的三个孩子——汉克，一个二十五岁、长相英俊的小伙子，帮着他父亲经营农场；还有苏珊和莎莉，一对十六岁的双胞胎女儿。汉克的未婚妻，蜜丽·欧布莱恩也在。蜜丽比汉克小一岁，他们俩非常相爱，婚期就定在五月。

“你好，山姆医生。”莎莉在医生走进厨房时向他打招呼。“你好，莎莉。你母亲今天还好吗？”山姆医生道。“她现在躺在床上，不过看起来蛮好的。”“那好，我们马上就能让她下床了。”

杰可柏·布林洛和他的儿子从边门走了进来，跺掉鞋子上的雪。“你好，山姆医生。”布林洛说。他是个大高个子，他的儿子汉克在他身边显得又瘦又小。“你好，”山姆医生说，“今早真冷。”接着，他向汉克点了点头：“在外面劈柴火？”“嗯，总有柴火要劈。”

汉克·布林洛是个很讨人喜欢的年轻小伙子。这栋房子里的书本和杂志全都是汉克的，他的外表也像一位喜欢读书的学者，而不像个辛勤工作的农夫。

蜜丽是个漂亮的女孩。每次山姆医生到这里来出诊，她几乎都在厨房里忙着。蜜丽倒了一杯咖啡，送过来给山姆医生，而他正在找地方坐下。“把那堆杂志挪开就行了，山姆医生。”她说。“两期的《赫斯特国际月刊》？”在农家很少会见到这种杂志，山姆医生不觉好奇地问。“2月和3月号。汉克在看分两期连载的新福尔摩斯探案。”“真的很好看，”山姆医生说，“我在念医学院的时候看过很多。”她对医生灿烂地笑着：“也许你能成为一个像柯南道尔那样的作家。”“大概不会。”咖啡很好，让医生在冷天驾车之后暖和了起来，“我该去看布林洛太太了。”

布林洛太太的房间在楼上。经过山姆医生一段时间的治疗，她的病况改善了好多。见山姆医生来了，她高兴地说：“你看，我已经好多了！山姆医生，我这个礼拜能下床吗？”“我想到礼拜五你就能下床了。”山姆医生微笑着道，“不过，我打赌你早已偷偷下过床了！”“哎，你怎么知道的？”“莎莉在门口碰到我时，我问她你好不好，她说你现在躺在床上，看起来气色不错。可你还能在哪儿呢？她之所以这么说的唯一原因就是你最近下过床。”“天啊，山姆医生！你该去当侦探！”“当医生已经够忙的了。”

医生测了布林洛太太的脉搏，又给她量了血压，道：“汉克的婚期越来越近了，是吧？”他猜想即将来临的喜事对她的恢复大有助益。“是呀，只剩两个月了，那会是我一生中最快活的日子。我想少了汉克在农场里帮忙，布林洛会觉得很苦，不过他会想办法的。”“蜜丽看起来是个好女孩子。”“再好不过了！当然啦，她是个天主教徒，可我们并不觉得这是她的缺点。当然她父母是希望她能嫁给隔壁农场的华特·雷姆赛，可是华特都三十多了——对像蜜丽那样的女孩子来说是太老了点。我猜她当初和他分手时，也知道这点吧。”

这时，门外响起轻轻的敲门声，苏珊走了进来。“妈妈，汉克准备出发了，他在问送给蜜丽妈妈的苹果酱在哪里。”“老天，我差点忘了！告诉他到地窖里的架子上拿一瓶去。”苏珊走后，山姆医生说：“你两个女儿都好可爱。”“真的，是吧？跟她们父亲一样长得高高的。”

山姆医生留下布林洛太太要吃的药，回到楼下。汉克·布林洛穿上了一件有毛皮领的大衣，准备上路到蜜丽家去。他需要沿着弯弯曲曲的路走上两英里，经过雷姆赛家的农场，还要过那道屋桥。

汉克拿起那装有六分之一加仑苹果酱的玻璃瓶说：“山姆医生，你跟我们一起走好吗？蜜丽的爸爸上个礼拜扭到了脚，他始终没找医生。不过既然你在附近，也许可以请你去看看。”

蜜丽听到他的要求似乎大感意外，可是山姆医生却并不反对：“好呀，我驾我的马车跟着你走。”到了外面，汉克说：“蜜丽，你坐山姆医生的马车，免得他迷路。”她对这话嗤之以鼻地说：“这条路通不到别的地方，汉克。”不过她还是爬上了医生的马车。

前面的路弯弯曲曲，两边都是树林。虽然时间已近中午，在他们前面积着新雪的路上却只有汉克的马车留下的痕迹。在冬天没有多少人会走上这条路。他们还没走多远，汉克就加快了速度，转过一个弯道，从他们眼前消失了踪影。“汉克好像和他父亲很不一样。”医生和蜜丽闲聊着。“那是因为布林洛是他的继父，”蜜丽解释道，“布林洛太太的第一任丈夫——汉克的生父——在他还是小婴儿的时候就因患伤寒过世了。她再嫁，后来才生了那对双胞胎。”

汉克的马车已经看不到了，可是现在他们看到了雷姆赛家的农场。因为华特·雷姆赛正把一群母牛赶回谷仓而挡住了路，医生不得不停了一下。华特挥

了下手说："汉克刚刚过去。""我知道，"蜜丽大声道，"他走得太快，我们都赶不上了。"

等牛群走过之后，医生加快了速度，仍然跟着汉克的马车在雪地里留下的辙痕前行。等他们绕过下一个弯时，医生本以为会看见汉克，可是前面只有那座屋桥，桥两旁那条空荡荡的路直通到欧布莱恩的农场。"他到哪里去了？"蜜丽大惑不解地问。"他想必是在屋桥里面等着我们。"医生道。"很有可能。"蜜丽轻笑着表示同意。"我老家那边——"医生刚开口，又停了下来。现在他们可以看到屋桥里面了，里面并没有马车在等着。"哎，他的确是进去了。雪地上还看得见印子。""可是——"蜜丽由座位上半站起身来，"桥面上有什么东西。是什么呢？"他们一直来到屋桥的入口，医生勒住了马。"那是他那瓶苹果酱，"他说，"从马车上掉下来打碎了。"

可是蜜丽并没有在看那瓶苹果酱。她正直瞪着屋桥那头毫无痕印的雪地。"山姆医生！""什么事？""没有过桥的车轮印子！他进了屋桥，可是没有出去！山姆医生，他到哪里去了？"天哪！她说的不错。汉克的马和车子的痕迹直进到屋桥里，然后渐渐淡去。可是里面没有马，没有车，没有汉克·布林洛，只有他原先带着的那瓶苹果酱碎在地上。

可是如果桥那头的雪地上没有印子的话，他想必——他一定得——还在这里！山姆医生的目光绕过将整座屋桥撑住的木头支架，向上望去，那里只有横梁和屋顶。这座屋桥非常坚固，在屋顶的保护下不受风吹雨打。两侧的边墙也很坚实，没有破损，木板缝里最多只有松鼠躲得进去。

"这里面有什么花样，"他对蜜丽说，"他一定得在这里。""可是在哪里呢？"蜜丽焦急地问。医生走到桥的另外一头，仔细看过平滑无痕的雪地，又由桥头欠过身去看桥下蛇溪冻结的河面。那里和其他地方一样，一点痕迹也没有。汉克驾着他的马车进了屋桥，只比跟在后面的蜜丽和山姆医生早一分钟，掉了他那一大瓶苹果酱，就此消失无踪。

"我们得找人来帮忙，"医生说。本能告诉他不能往前去蜜丽的家里而弄乱了桥那头的雪地。"在这里等着，我跑回雷姆赛家的农场去。"

医生在谷仓里找到了和那群牛在一起的华特·雷姆赛，他正在把干草从草堆里叉出来。"喂，医生，"他在架子上叫道，"什么事？""汉克·布林洛好像不见了，我从来没见过这种怪事。你这里有电话吗？""当然有，医生，”他跳到了地下，“到屋里来吧。”在跟着他由雪地里走过来的时候，医生问道：“汉克从你面前经过时有没有什么不对劲的地方？”“不对劲？没有。他因为天冷缩成一团，可是我知道那就是他，我把牛赶到路边，让他过去。”“他有没有说什么？”“没有，只挥了挥手。”“那你并没有真正看到他的脸或听到他的声音？”华特·雷姆赛转身对着医生说：“呃——没有。可是，见鬼了，我认得汉克那么久了！就是他没错。”

山姆医生也觉得奇怪，在那条路上没有任何地方可以把驾车的人给替换掉，而且就算换了人，那换上去的人又是怎么消失无踪的呢？他接过华特·雷姆赛递过来的电话，摇了摇，请接线生接到布林洛的农场，双胞胎姐妹中的一个接了电话。“我是山姆医生，我们好像把你哥哥跟丢了，他没有回家吧？”“没有，他不是跟你们在一起吗？”“现在不在。你爸爸在吗？”“他在外面田里，你要找妈妈吗？”“不要，她应该躺在床上。”现在还不需要打扰她。医生挂上电话，再打到欧布莱恩的农场去。蜜丽的哥哥拉瑞接的电话，他没有见到汉克，可是他答应马上往屋桥这边走，找找马车的轮印或脚印。

华特跟着山姆医生一起来到屋桥，蜜丽正站在马车旁边，一副很担心的样子。“你有没有找到他？”她问道。医生摇了摇头，道：“你哥哥正往这边过来。”华特和医生仔细检查着屋桥里的每一个角落，蜜丽站在桥的那头，等着哥哥的到来。拉瑞·欧布莱恩很年轻、英俊而且讨人喜欢，他和汉克·布林洛以及华特·雷姆赛都是好朋友。爱玻曾跟山姆医生说过，华特在他父母死后继承了那个农场，第一季栽种的时候，拉瑞和汉克都去给她帮忙。不过，虽然他们是好朋友，拉瑞却反对汉克娶他的妹妹。大概他和某些做哥哥的一样，总觉得没人能配得上自己的妹妹吧。

拉瑞到的时候，也没什么新的消息告诉他们。“从这里到农场一点儿痕迹也没有。”他证实道。山姆医生突然想到一件事。“等一下！”他说，“如果说那里一点印子也没有，那你今天早上是怎么到这边来的呢，蜜丽？”“我昨晚在汉克家。开始下雪之后，他们全家都坚持要我在那里过夜。我和双胞胎姐妹一起睡在她们那张大床上。”蜜丽说。拉瑞看看医生，问：“你觉得该怎么办？”医生低头看着那瓶摔烂了的苹果酱，道：“我觉得我们最好打电话给蓝思警长。”

蓝思警长是个胖子，动作很慢，思维也很慢。在此之前，他恐怕从未碰到过比马车被偷更大的案子了，所以，在屋桥里失踪对他来说简直就是天方夜谭。他听完这件事，惊慌失措地两手一摊，说：“这件事不会像你们说的那样。这根本就不可能。我想你们是在糊弄我——是提早三个礼拜来开愚人节的玩笑吧。”

大约就在这时候，压力终于让蜜丽承受不住了，她哭倒在地。拉瑞和医生把她送回家去。他们的爸爸文生·欧布莱恩到门口来接他们。“这是怎么回事？”他问拉瑞，“她怎么了？”“汉克不见了。”“不见了？你是说跟另外一个女人跑了？”“不是，不是那种事啦。”

拉瑞扶着蜜丽回她房间去的时候，医生跟着文生进了厨房。“汉克要我跟着一起来，”医生解释道，“说你伤到了脚。”“没什么，劈柴的时候扭到了脚踝。”“我能看一下吗？”“用不着。”可他还是很不情愿地拉高了裤腿，医生弯下腰去检查了一下。“不太糟，”他说，“不过你该泡泡热水。”医生四下看看，确定没有人会听到他们说话之后，放低了声音说：“你的第一个念头就是汉克·布林洛和另外一个女人跑了。你心里想的是谁？”文生一副不自在的样子：“没有谁呀。”“这事可能很严重，欧布莱恩先生。”他考虑了一下，最后说：“我不会假装说我女儿要嫁一个不信天主教的男人让我很高兴，拉瑞也有同样的感觉，何况，汉克还跟镇上一些女孩子鬼混。”“比方说是谁呢？”“比方说在银行做事的吉儿·佩姬。要是他跟她跑了也不奇怪。”医生看到蜜丽走下楼来，就把声音提高了一点：“你要泡泡脚踝，要用热水。”

“有什么消息吗？”蜜丽问。她已经恢复了正常，不过脸上还是没有血色。“没有消息，不过我敢说他会出现的。他有耍花样的习惯吗？”“有时他会拿苏珊和莎莉来唬人，你是说这个吗？”“我也不知道自己说的是什么，”山姆医生承认道，“可是他当时好像急着要你坐我的车，也许其

中有什么原因。”

医生吃完午饭，就急着赶到了镇上的银行。吉儿·佩姬是个眼光锐利的金发女子。她回答医生有关汉克·布林洛的问题时，带着阴沉而不信任的表情。“你知道他在哪里吗，吉儿？”“我怎么会知道他在哪里？”“你是不是打算在他结婚之前和他私奔？”“哈！我跟他私奔？告诉你，如果蜜丽·欧布莱恩那么急着想要他，就给她好了！”银行正要结束当天的营业，她边数抽屉里的现钞边说，“再说，我听说男人过了一阵之后，就会对婚姻生活厌倦了。我说不定会在镇上再见到他，可是我绝不会跟他私奔，然后就跟他绑在一起！”

山姆医生看到劳勃士——那家银行的经理，在盯着他们。

山姆医生离开银行的时候，看见蓝思警长走进对街的杂货店。医生跟了上去，在酸黄瓜桶前拦住了蓝思警长。“有新的消息吗，警长？”医生问。“我放弃了，医生，不管他在哪儿，反正不是从桥上出去的。”

这家杂货店正在山姆医生诊所隔壁，是个很舒服的地方，有大块的乳酪，一桶桶的面粉以及一瓶瓶的太妃糖。老板的名字叫麦克斯，他养的那只大苏格兰牧羊犬总睡在大肚火炉附近的地上。麦克斯从柜台后面绕出来找我们，说道：“每个人都在讲汉克的事，你们觉得到底是怎么回事？”“不晓得。”医生承认道。“会不会是有架飞机飞过来，把所有东西全给吊走了？”“我就驾着我的马车跟在他后面。根本没有飞机。”医生看了窗外一眼，碰巧看见吉儿·佩姬和那个叫劳勃士的经理一起离开了银行。“我听到有人说汉克和吉儿·佩姬很要好，是真的吗？”医生问。麦克斯抓抓他下巴上的胡子茬儿，大笑着说：“镇上每个人都跟吉儿很要好，包括那个老劳勃士在内，那根本不算什么。”“我想也是。”医生表示同意。可是，这也许对汉克·布林洛来说不算什么，但在蜜丽的爸爸和哥哥眼里是不是算什么呢？

蓝思警长和山姆一起离开了杂货店。他答应有消息就会通知山姆医生，而医生则回到了隔壁他的诊所。护士爱玻正等着听所有的细节。“我的天啊，你可有名啦，山姆医生！电话就没停过。”“这种事有名才糟糕呢，我什么也没看见。”“重点就在这里。换了别人他们都不会相信——可是你不一样。”山姆医生叹了口气，踢掉脚上湿了的靴子，说：“我不过是个乡下医生而已，爱玻。”“他们认为你能解开这个谜。”

外面候诊室里有几个病人在等着，于是医生去给他们看病。这天虽然和平常的日子大不相同，可是他还是得坐诊。到了黄昏时分，诊疗结束之后，天气已经转暖，外面开始下起了小雨。

“这下积雪会融掉了。”在医生准备回家的时候，爱玻说。山姆医生道：“是呀，真会那样。”“也许能露出一个线索。”爱玻又道。医生点了点头，可他并不相信这件事。汉克·布林洛早就去得远了，融雪不可能让他回来。

半夜四点钟，电话铃声把医生叫醒了。“我是蓝思警长，医生，”对方说，“抱歉，吵了你了，可我有差事要你做。”“什么事？”“咱们找到汉克·布林洛了。”“在哪里？”“在邮政路上，离镇南十英里路，他坐在他的马车上，好像停下来休息似的。”“他是不是——？”“死了，医生。所以我才要你来，有人从他脑袋后头开了一枪。”

医生赶着他的马车驶过湿滑泥泞的乡间小路，花了将近一个小时的时间才来到现场。虽然晚上不那么天寒地冻的，可是当他为那可怕的任务在黑暗中驾车赶路时，雨水却让他冷到了骨子里。他一直想着蜜丽·欧布莱恩，还有才从长期卧病中恢复过来的汉克的妈妈。这个消息对她们会是多大的打击呢?

蓝思警长弄了几盏灯笼，他身旁有两个副警长，还有一个住在附近的农夫。他们没有动那具尸体——汉克依然瘫坐在座位的一角，脚顶着马车前面。医生看到他的后脑时不禁倒吸了一口气。“猎枪。”他简单明了地说。“能不能说这里就是案发现场呢，医生？”蓝思警长道。“恐怕不是。”接着，医生转身对那农夫说，“是你发现他的吗？”那个人点了点头，又把他显然已经向他们说过的故事再说了一遍。“我老婆听到马蹄声。我们这条路上半夜里是没人来的，所以我到外面来瞧瞧，看到他就像这样瘫坐着。”

在灯笼的光的照射下，医生注意到了一件事——在马的肚子上有一块圆圆的印子，好像一碰就会痛。“你看，警长。”“这是什么？”“烫伤。凶手把汉克放在马车上，把缰绳绑好，用雪茄烟还是什么去烫那匹马，让它跑。可能跑了好几英里路才累得停了下来。”蓝思朝他的两名手下比画了一下。“咱们把他带回镇上吧。”然后他再转过身来对医生说，“至少找着他人了。”“不错，找到他了。可是我们还是不知道在那座桥上出了什么事，只知道那不是开玩笑。”

葬礼在两天之后举行。布林洛家的人当然都在场，还有蜜丽的父母以及镇上的人。葬礼之后，很多人都回到布林洛的农场。这是乡下的传统习俗，不管多伤

心都一样，还有很多邻居把食物送给这一家人。

山姆医生坐在客厅里，远离其他的人。那个叫劳勃士的银行经理来到他面前。“警长有没有找到什么线索呢？”他问。“据我所知没有。”“这真是个难题，不单是怎么发生的，而且还不知道为什么。”劳勃士道，“你如果想杀什么人，动手就是了，干吗还要想出什么奇奇怪怪的诡计让他先失踪？有什么道理呢？”医生想了想这个问题，但是没有答案。劳勃士走开之后，他走到布林洛太太那边，问她有没有不舒服。她用疲累的眼光看着他说：“我可以下床的第一天，就是去参加我儿子的葬礼。”

面对一个遭受丧子之痛的母亲，任何安慰的话都是苍白无力的。这时，医生看到麦克斯送过来一袋从他店里拿来的杂货，就准备过去帮忙。可是他的目光瞄到了客厅桌子上放着的一样东西，那是3月号的《赫斯特国际月刊》。他记得蜜丽说过汉克看过在2月和3月号连载的福尔摩斯探案。他在一叠旧报纸下面找到了2月号的杂志，翻到福尔摩斯探案的那页上。

那篇小说分上下两部，名叫“雷神桥之谜”。桥？山姆医生找到一个安静的角落，坐下来看书。他只花了半个小时的时间，就看完了这篇小说。之后，他找到了隔壁农场的华特·雷姆赛，他正和拉瑞·欧布莱恩站在侧门的门廊上。看到医生走过来，华特说：“拉瑞的马车里有上好的走私酒，要不要来一杯？”山姆医生道：“不用，谢了，华特，不过你可以帮我另外做件事，在你的谷仓里有没有一条很结实的绳子？”华特皱起眉头来想了想，说：“我想是有的。”“我们能不能现在驾车过去？我刚看了篇东西，让我想到汉克是怎么由屋桥里消失的。”

他们上了马车，沿那条弯弯曲曲的路走了一会儿，来到了华特的农场。这时候雪已经融了，那些母牛都在谷仓边的水槽附近。华特带医生进去，经过空空的畜舍，绕过杂乱的牛奶桶以及马车的轮子，来到了一间大工具房里。华特在各式各样的工具之间找到了一条长长的旧绳子。“这个可以吗？”他问。“正是要这个东西。要跟我一起到桥那边去吗？”山姆医生道。“当然！”

河上的冰仍然很结实，虽然路上都是烂泥巴。医生把绳子的一头交给华特，把另外一头放下去，直到碰到冰面。“这是做什么？”华特问道。“我读到一篇小说里说一支枪给拖进了水里，因此从桥上消失无踪。”山姆医生看上去一脸不解，“可是汉克的马车不可能到河里，河上的冰并没有破……不过，我还是认为这让我知道了一些事。谢谢你让我用这条绳子。”

华特把医生送回布林洛家里，虽然觉得奇怪，却没有多问什么。吊唁的客人开始告辞回家，医生找到了蓝思警长，说：“我对那件谜案有一个想法，警长，可是有点疯狂。”“在这个案子里，就算是疯狂的想法也是好的。”

杰可柏·布林洛带着一对双胞胎女儿从屋子那边转了出来，高大的身子并没有被葬礼的杂事压倒。“怎么了，警长？”他问道，“还在找线索吗？”“也许会有个线索，”山姆医生说，“我有个想法。”布林洛上下打量着医生，大概把他继子出的事怪罪在了医生身上。“你还是当你的医生吧，”他刚喝了酒，说话有点含糊不清，“去看看我老婆，我觉得她有点不对劲。”

山姆医生走进屋子里，发现布林洛太太脸色苍白，看起来很疲倦。医生命令她上床去，她什么话也没说就上床去了。麦克斯正要走，欧布莱恩一家人也准备离开，那位银行经理早就走了。可是等医生再回到门廊上时，杰可柏·布林洛还在等着他。他是在找麻烦，可能是伤心和走私进来的威士忌酒混在一起的结果。“警长说你知道是谁杀了汉克。”布林洛道。“我没有那样说，我只是有个想法。”“告诉我，告诉我们所有的人！”他说话的声音很响，拉瑞·欧布莱恩和蜜丽都停下来听。华特·雷姆赛也走了过来，远处靠近几辆马车的地方，医生看到了在银行做事的吉儿·佩姬。他在葬礼上没有见到她，可是她还是来向汉克作最后的致意。

“我们可以到里面去谈，”医生回答道，压低了声音。布林洛气愤地道：“你在唬人！你什么也不知道！”医生深吸了一口气，道：“好吧。汉克在生前刚看完一篇福尔摩斯的探案，另外还有一篇他大概在多年前看过，在那篇小说里，福尔摩斯要华生注意晚上那只狗的怪事。我也要再重复一遍他这句话。”“可这回没什么晚上的狗。”蓝思警长道，“这该死的案子里根本就没有狗！”“是我的错。”医生说，“那就请你们注意白天的那群牛的怪事。”

就在这时候，华特·雷姆赛从人群中拔腿就向他的马车跑过去。“抓住他，警长！”医生大声叫道，“他就是凶手！”

回到诊所之后，山姆医生又得全部再跟爱玻说一遍，因为她当时不在场，而且别人说的她都不相信。“说嘛，山姆医生！那群牛怎么会告诉你说华特是凶手呢？”

“我们经过的时候，他正把那群牛赶回谷仓去，可是从哪里赶回去呢？母牛不会到雪地去吃草，而水槽就在谷仓旁边，并不是在路的对面，那群牛之所以在我们面前横过马路，唯一可能的原因就是要弄掉汉克的马和车的痕迹。除了那群牛踩过的地方之外，整片雪地上只有一条马车的印子——从布林洛农场到那座屋桥，我们知道汉克离开了农场，如果他没有到那座屋桥的话，无论他发生了什么事，事情都出在那群牛过马路的地方。”

“可是马车的印子！你跟在他后面，只差一分钟呢，山姆医生。这些时间不足以让他造出那些印子来！”爱玻道。医生微微一笑，像最初想到的时候一样重新再推论一遍。“银行经理劳勃士和夏洛克·福尔摩斯一起回答了这个问题。劳勃士问为什么——凶手为什么要搞出那么多麻烦？答案是他并没有做这些。搞出这些麻烦来的不是凶手，而是汉克·布林洛。我们早知道他会拿他双胞胎妹妹来骗人家，让人家弄不清谁是谁，我们也知道他最近才看过《雷神桥之谜》。那里面说的是一件在桥上发生看似不可能的自杀事件。猜想是他安排这个大玩笑，应该不会太离谱——安排他自己在屋桥里消失了踪影。”

“可他是怎么做的呢，山姆医生？”爱玻想要知道，“我也看了那篇夏洛克·福尔摩斯的探案，里面没有一点和这件事有关的。”

“对。可是一旦知道了那大白天赶牛的目的之后，就知道谷仓那边的辙印玩了花样。可能发生的事只有一件——汉克的马车转离了路，开进了谷仓。从路上到桥上的车印子是假造的。”

“怎么做的呢？”她又说了一遍，对这件事还是一个字也不信。“更重要的问题是什么时候。因为在我们赶上来的那一分钟里来不及假造辙印，所以一定是早就做好了。在这个计划里，汉克和华特·雷姆赛必定是同谋，华特在那天早上雪停之后出去，带着两个旧车轮，用一根车轴连在一起。在他的靴子上绑上厚厚的木块，木块底下钉上马蹄铁。他只要在雪地里沿着路往前走，把那对车轮在前面推着，走到屋桥里深到够在雪地里留下印子的地方，然后把靴子下的木块反过来，再推着车轮往回走。其结果就留下了看起来像是一只四脚动物拉着一辆四轮马车的印子。”

“可是——”爱玻开始反驳。山姆医生打断了她的话：“我知道！人跑起来不像马，可是只要练一练，就能把脚印的间隔弄得看起来够像，我可以打赌汉克和华特在等着碰上正好刚下雪，可是又不太深的那个早上来到之前，一定练习了很久。如果有人仔细检查马蹄印的话，就一定会发现真相的。再怎么小心，华特·雷姆赛从桥上回来的印子，因为从相反的方向踩上雪地，一定会有点不一样的。可是他们想到我会把马车一直赶到桥头，这下就会把那些印子弄乱了，而我正是如此。那些蹄印到那时候也就没法真正检查了。”

“你忘了那瓶摔破了的苹果酱，”爱玻说，“难道那不能证明汉克到过桥上吗？”“完全不是那么回事！汉克早知道他妈妈要送苹果酱给欧布莱恩太太。说不定这是他建议的，他只要在一两天前把一个同样的瓶子交给华特·雷姆赛，而那就是华特扔在桥上打破的那瓶。汉克带着的那瓶跟他一起进了华特的谷仓。”“要是那天没下雪怎么办？要是有别人先经过那条路而留下了印子呢？”医生耸了下肩膀：“他们就会彼此用电话通知对方延期吧，我想。那本来只是要开个玩笑，他们可以换一天再试，找其他的证人。他们并不一定需要我和蜜丽。”

“那玩笑又怎么会变成了谋杀案呢？”“华特·雷姆赛始终还是爱着蜜丽，也一直恨汉克把她抢走了。诡计这么成功之后，他看到那是杀掉汉克、赢回她芳心的大好机会。我一旦知道他也参与这个诡计之后，就知道他必定是凶手——否则他怎么始终没说他负责的部分？汉克把他的马车藏在雷姆赛家谷仓后面的大工具间里。等我们都回镇上之后，汉克正准备重新出现，好好地取笑所有人的时候，华特·雷姆赛杀了他，然后等到晚上再把尸体丢到邮政路。他赶着马车走了一段，然后放手让马拉着车跑，自己走路回家。今天早上葬礼结束之后，我找了个借口说要一根绳子，好让我能再看看雷姆赛的谷仓，他那里有多余的马车轮子，而工具间又大得足够容得下一匹马和一辆车子。我只需要证实这两点。”

爱玻往后一靠，微微笑着，终于被说服了。“经过这次事情之后，他们恐怕会让你当警长了，山姆医生。”山姆医生摇了摇头：“我只是个乡下医生。”

◎爱德华·霍克［美国］

乡村小旅舍谜案

那是1926年夏初的事，北山镇的农夫杰夫·怀德海和杂货店老板尤塔斯·柯瑞常常为一些小事而争吵，最后两人搞了次决斗，尤塔斯腿上挨了一枪。尤塔斯出院后，每隔一个礼拜，山姆·霍桑医生就去替他检查一次。他大腿上的枪伤愈合得很好，不过还需要静养。

这天，山姆医生刚从尤塔斯那里出诊回来，他的护士爱玻就告诉他："蓝思警长打了电话来，他要你赶到渡船屋去，说是那里有人中枪了。"山姆医生谢过爱玻，驾着他的敞篷车直奔渡船屋而去。

渡船屋坐落在蛇溪旁，是北山镇最像样的一所乡村小旅舍。经营小旅舍的老板是威廉·史托克，他是个退休的律师，五年前和他太太一起搬来北山镇。山姆医生到镇上来的第一个冬天，史托克的太太因为流行性感冒过世，史托克把太太葬在小旅舍后面，继续营业。

山姆医生到了小旅舍，进门第一眼看到的就是史托克的尸体正趴在靠近前面柜台的地毯上。山姆医生朝餐厅里看了一眼，见在小旅舍站柜台的职员班尼·费尔兹正弓着背在喝一杯走私来的威士忌。

"出了什么事？"山姆医生问道。蓝思警长说："两个小时前班尼清完账，准备去银行时，从前门进来一个强盗。班尼说他穿了一件带穗子的皮夹克，拿了一把老式的西部左轮手枪，还戴了个黑色的面具。原先在楼上的史托克正好在这个节骨眼下来了，强盗看了他一眼，一枪就打穿了他的胸口，然后由走廊往后门逃走了。"

山姆医生回头看了一眼柜台，有一大沓钞票还放在那里。"他没拿钱就跑了？""没拿钱，可也没跑掉。""你逮到他了？"蓝思警长有点得意地点了点头。"班尼说那个凶手从长走廊跑过去了，可那扇门是从里面闩着的。没人可以跑出去之后，还能那样闩着。""什么意思？""我是说班尼根本是在骗人，我要以谋杀威廉·史托克的罪名把他抓起来。"

山姆医生走到班尼身旁，说："你觉得怎么样，班尼？"班尼像个落入陷阱的猎物似的抬头看了山姆医生一眼："不好，山姆医生，我可不想天天让人说我是凶手。"

山姆医生道："跟我说下事情的经过，从好不好？你今天早上上班开始的每一件事都要说。"班尼叹了口气，道："哎，从你知道我们这里的生意没以前那么好了，尤其是颁了禁酒令之后。可是我们通常楼上会有一两个房间住着客人，而在周末的时候，餐厅生意还很不错。史托克住在楼上——老婆死了之后，他就一个人住，女服务员亚当斯太太也住在楼上，我自己住在蛇溪那边，过桥就到了。反正，每个礼拜一早上八点钟，我来上班的第一件事就是打开保险箱，把周末卖餐的收入汇总。"

"现在楼上有多少客人住？""只有一位——史密斯先生。""所以在枪案发生的时候，这个小旅舍里只有你和史托克先生，再加上楼上的亚当斯太太和这位史密斯先生了？""没错，厨房里帮忙的人在礼拜一都要到下午很晚才进来。"班尼的目光转到旁边的桌子上，"在那之前，如果我们要吃什么的话，亚当斯太太会做给我们吃。"山姆医生随着他的目光看过去，看到一个相貌有点像男人的高大女子，正在边喝茶边和警长的一名手下说话。"继续说你的故事。"山姆医生说。

"呃，我正在数钱，前门突然撞开了，那个蒙面人走了进来。他的打扮就像一般的强盗——带穗子的皮夹克、黑色面具、西部帽子，还有一支左轮手枪。""他看起来是什么样子？""中等身高，也许比我高一点，有一把大胡子露在面具下，我能告诉你的只有这么多，哦——下巴也有一点胡须。可能是假的。""胖，还是瘦？"他一耸肩。"中等。"

"继续说下去。""他拿枪对着我，指了指钱，"班尼哆嗦着又喝了一小口威士忌，"我马上就明白了他的意思。""他没说话？""没有。""奇怪。蓝思警长说史托克就在这时候走下楼来，是什么惊动了他呢？""我猜他是听到了我说话，问那个家伙要干什么。反正，那个强盗一看到史托克，就转身对他胸口开了一枪，我躲进柜台后面，然后凶手马上就听到外面有说话的声音，是两个送货的把这个礼拜要用的肉送来了。"

"他们有没有看到凶手？"班尼摇了摇头："要是他们看到了的话，我就不会像现在这么惨了。他转过身从走廊直奔后门。""你确实看到或是听到他出去了吗？”“呃，没有——可是他一定出去了。我对那两个送肉来的人大叫说，有人开枪打死人了，然后就朝走廊跑去。可是他已经不见了，我们全跑到外面去了，可根本找不到他的踪影。”

“有没有看到脚印呢？”医生问道。“没有。外面全是碎石子，最近又一直没下雨，我想也不会有脚印留下吧。”“所以你就打电话给警长了？”“对。他不到十分钟就到了这里，四下好好地查了一遍。我没仔细看后门，所以他说后门是从里面闩上的时候，我跟别人一样都吓了一跳。”“后门通常都是闩上的吗？”“只有晚上才闩上。史托克通常早上第一件事就是开后门，所以我以为那里是开着的。他想必是在被枪杀之前还没来得及开门。”“所以警长认为是你干的。”“对呀！他说那蒙面的强盗能去哪里，他说得很对——没地方可去！”“我们去看看那条走廊。”

尸体已经移走了，山姆医生径直走向后面的走廊。那条走廊在通二楼的楼梯下面，走廊的尽头有一扇木门。在这头的柜台后面不可能看到那扇门，走廊的墙上贴着褪了色的花壁纸，靠近天花板的地方有几处水渍，地上铺着一长条完整的棕色油毡，很清楚地排除了有地板暗门的可能。以前走廊里有门通到厨房和后面的一间睡房，可是这几扇门老早就封住了，并在外面糊上了墙纸。现在，这条走廊除了后门，哪里也到不了。后门外面是一块铺了碎石子的停车场，可以停三四部汽车。

山姆医生看到门闩是闩上的，而且来回拉动并不容易。门闩用螺丝钉固定在门上，门闩的套孔则用螺丝钉固定在门框上，没有动过的痕迹。山姆医生敲了敲门板，那里也没有什么暗门。门框本身装了挡风雨的橡皮条，所以门开关都没什么声音。

山姆医生转头去看天花板。“顶上是什么？”他问道。班尼想了一下，说：“楼上的走道，顶头就是亚当斯太太的房间。”“我要去看看。”山姆医生道。

回到餐厅里，山姆医生向亚当斯太太做了自我介绍。“我正在帮蓝思警长作调查。”他说，“你能不能带我到楼上看看？”“好的。”她的语气冷冰冰的。

在踏上吱嘎作响的前楼梯时，山姆医生向她打听那位唯一付钱住房的客人：“他在楼下餐厅里吗？”她摇了摇头：“还没出房门。门上挂了‘请勿打扰’的牌子，闹成这样他都还一直在睡觉。”

到了楼梯顶上，亚当斯太太问道：“你想看什么？”“就只是整个看一看。哪间是你的房间？”“这间。”她并没有要打开门的意思。“可以看看里面吗？”山姆医生问道。她用厌恶的眼光看了他一眼，然后打开门锁。房间里收拾得很干净。“满意了吗？”她问道。“这里是在楼下那条走廊的正上方吧？”“我想是的，我从来没想过这个问题。”山姆医生道：“你知道凶手在底下消失得无影无踪吗？”她那张冷冷的面孔这才第一次有了近似微笑的表情：“你以为他穿过天花板到这里来了？”

“我见过几乎和这一样奇怪的事。”山姆医生在走出房门时，看到那块“请勿打扰”的牌子仍然挂在对面那扇门上。“我想是该叫史密斯先生起床的时候了。”他轻轻地敲了敲门。没有回应。他敲得重了些。“你会吵醒那可怜的人的。”亚当斯太太抗议道。“你有没有想过，亚当斯太太，这位睡懒觉的史密斯先生很可能是那个神秘失踪的蒙面凶手呢？”“什么？”山姆医生说的话似乎让她很困惑，“可是那怎么可能？他在楼上呀！”

他又敲了敲门，这回有个模糊的声音回答道：“走开，我要睡觉。”“史密斯先生，我一定要和你谈谈，楼下发生了命案。”“走开！”可是山姆医生不停地敲着门。最后，门开了，山姆医生看到了房间里的那个男人，那个神秘的史密斯先生不是别人，正是那位先前参与决斗的农夫——杰夫·怀德海。

“哎，杰夫，真没想到在这里看到你，”山姆医生说。“真庆幸来的人是你，医生，自从我听说尤塔斯出院后，我就怕他会来干掉我。”“你是说就因为你们那场愚蠢的决斗？”杰夫点了点头：“我们之间已经吵了好久了。就在我打中他之后，他还在叫着说决斗不公平，他都没有机会开枪。他发誓说他要开那一枪，还说等他腿好一点，他就要来找我。”“所以你躲在这里？这可不算很远呢。”“我不想丢下家里人。我想要是我能在这里待个几天，等他不再找我，我就安全了。”

“有谁知道你在这里吗？”山姆医生问。杰夫摇了摇头：“我跟我儿子说我要离开几天，如此而已。”山姆医生在床上坐下，很小心地不去弄乱平整的床罩。“你知道，杰夫，躲在这里只会弄得更糟，回你家去吧，否则你会惹上一堆麻烦的。”他满脸困惑：“什么意思？楼下出了什么事？”

“你没听到枪声吗？”“枪声？没有——我想必是睡着了。”“这里的老板威廉·史托克被一个想来抢钱的蒙面强盗开枪打死了。”“我的天哪！”“你和史托克有多熟？”“几乎不认识，所以我才会挑这个地方来藏身。”“那你对这个凶杀案什么都不知道了？”“不知道，从昨晚以来我没出过这间房。”“好吧，”医生说，“听好，现在先待在这里。蓝思警长在楼下，我知道他一定要问你话，不过除了他之外，我不会告诉任何人说你在这里。”

山姆医生回到楼下，把杰夫的事告诉了警长。“你想他和这件事有什么牵扯吗？”蓝思问。“我还不知道。”山姆医生的脑子里想到另外一件事，“那两个送肉来的人呢？他们还在吗？”蓝思警长摇了摇头：“我问完话，就让他们走了，他们还有别的货要送。反正这两人我都认得——汤米·贝和乔治·克拉夫特，都在北山罐头厂做事。”“我想和他们谈谈。”

“你认为是班尼·费尔兹杀了史托克吗？还是说你觉得这又是一桩你那种不可能的犯罪呢？”“我还不知道。可是你能不能等明天再逮捕班尼呢？反正他也不会到哪里去，说不定到时候我对这个案子的来龙去脉又有更好的想法了呢。”蓝思警长对这个提议并不很高兴，但最后还是同意了。“好吧，医生，我以前相信过你，现在再信你一次。我也承认班尼很难编出这么个怪故事来，可我没法解释那扇由里头闩上的门是怎么回事。”“我也解释不出来。”

山姆医生开车回到镇上，找到了送肉的汤米和乔治。山姆医生直接问：“你们有没有看到杀害史托克的那个蒙面强盗？”两个人都摇摇头。“一点踪影也没有，”乔治说，“我们绕到后面去看过。”“你们为什么不从走廊上追下去呢？”汤米不耐烦地道：“我们又不想找麻烦，那个人有枪呢！我们是想看看他往哪里跑了，可是根本就没看到他的影子。”“多谢了，两位。”山姆医生对他们说。

那天晚上，山姆医生又去看了尤塔斯。他正在他杂货店后面的房间里跳来跳去地忙着，见医生来了，他忙打招呼：“你好，医生，又来查我了？”“你不该让那条腿受那么多力，现在还不行。我看到杰夫了。”山姆医生说，“可我不想看到你拿枪去寻仇。”“我不会做那种事的。”“他觉得你会，他现在正躲着。”山姆医生决定把问题解决掉，“你肯不肯跟我去见他，握个手，把冤仇一笔勾销？”尤塔斯考虑了一下，最后说：“有何不可？”“很好，我明天一早就带你去见他。”

第二天，山姆医生在八点刚过不久就开着敞篷车去接了尤塔斯。尤塔斯穿了一件打猎时穿的夹克，这件衣服在6月天来说好像太厚了。山姆医生注意到他右边的口袋沉甸甸的，用手碰了下，感觉硬硬的像是左轮手枪，就一把抓了出来。“尤塔斯，你不能在口袋里带支枪去见他！这算什么讲和呀？”“我只是自卫用的，以防万一。”“哎，他不会怎么样！所以这支枪先收在我这里。”山姆医生把枪锁在车侧的行李舱里，然后发动引擎。

到了渡船屋，山姆医生说：“杰夫在楼上有个房间，我们直接上去，他正在等我们。”山姆医生率先走了过去，打开了小旅舍的前门。第一眼看过去，柜台后面没有人，不知道班尼到哪里去了。然而，就在尤塔斯一跛一跛地走过来时，医生突然看到一张脸出现在柜台后面。那是一个蒙面男子，留了大胡子，戴着一顶牛仔帽，还穿着一件有穗子的皮夹克。他们走进门时，他正在想办法打开保险箱。山姆医生看到他手里的枪，就对尤塔斯叫道：“趴下！”一阵震耳欲聋的枪声响起，那个蒙面人直接向他们开了枪。

山姆医生感到子弹飞过时拉动了他的袖子，然后就听到尤塔斯发出一声喘息，重重地倒下了，血从他身侧靠近腰部的伤口流了出来。蒙面人举起枪来准备开第二枪，但又改变了心意，他转身往长走廊跑去，就像前一天早上一样。

山姆医生想去追他，可是他手上有个正在出血、说不定会送命的人。他跪在尤塔斯身边，扭过头去看那条走廊。走廊上空空的。即使距离这么远，他也知道走廊尽头，后门上的门闩仍然是闩着的。

山姆医生不得不大声呼救，过了好一阵子，杰夫才由房间里出来。看见尤塔斯躺在地上，他问道："出了什么事？""你没听到枪响吗？""没有，我想必是打了个盹。""叫救护车，赶快！要送他去医院。""情况很糟吗？"山姆医生检查了一下尤塔斯的伤口，还好不像他原先担心的那样深。"本来可能会伤得更重，大概是这件厚夹克救了他的命。"医生道。

杰夫去叫了救护车，班尼和亚当斯太太也由餐厅里走了出来。"你们两个刚才在哪里？"山姆医生问道。班尼的嘴边有一条红印。"我在厨房里喝咖啡，"他说，"亚当斯太太刚过来找我，问我有没有听到枪声。""又是你的那位强盗朋友，和昨天一样地在走廊里消失了。""我的天哪！"亚当斯太太一副快要昏倒的样子，"是个鬼吗？""我们去看一下那扇门。"山姆医生对班尼说。他们走到走廊那头检查了一下，那根粗重的门闩仍在原位，从里面把门闩住，任何人都不可能在闩住了门的情况下出入这扇门。

班尼用左手压在门闩套孔的支架上，用右手将门闩拉开。"还像以前一样紧。"他说。然后他把门推开，大家看了看外面，一切都和前一天一样，碎石地的停车场上空荡荡的，没留下什么印子，远处的树林也毫无动静。山姆医生转过身，由原路走过那条走廊，壁纸仍然褪了色，有水渍，可全都贴得牢牢的。这回他由厨房找来一把扫把，顶了顶天花板，但是没有找到开口。山姆医生回去照顾他的病人，亚当斯太太和杰夫也守在旁边，救护车很快到了。

这的确是个谜团，是山姆医生从没碰到过的一件不可能的罪案。山姆医生在对付的是一个大胆回到犯罪现场来的嗜杀强盗，还是说他成了细心策划一直要取尤塔斯·柯瑞性命的诡局中的一个棋子呢？

医院里的人对山姆医生说尤塔斯·柯瑞没有生命危险，这是他这一天听到的最好消息。山姆医生回到诊所的时候，蓝思警长正在等着要和他谈谈。“你真的见到了那个蒙面强盗吗，医生？”医生点了点头：“我们进门的时候，他躲在柜台后面，显然是在撬保险箱。他开了一枪，从我身边擦过，打中了尤塔斯。然后他还是从那条走廊逃走了，消失得无影无踪。”“他外表就像班尼说的一样？”“一模一样。”医生形容了一番。“他为什么会蠢得还来第二回？因为第一回没把钱拿走吗？”“可能。要不然他就是等在保险箱旁边，只是为了开枪打尤塔斯。”“你说子弹差点先打中你？”“不错，如果他瞄准的是尤塔斯，那他的枪法太烂了。”“那这到底是怎么回事呢，医生？”

医生考虑了一下，说：“他今天还是没拿到钱。也许他明天还会再来一趟。”“你相信吗？”“不信。”医生承认道。“一直到今天早上，我还准备把班尼给抓起来，现在我不知道该怎么办了。可到底是怎么弄的呢？怎么就在走廊里消失了呢？我简直就想不出有什么办法能做得到。”“哎，警长，我想做个实验，我要你把那两个送肉来的送货员找来，让他们今晚到渡船屋去。”“你是说汤米·贝和乔治·克拉夫特？没问题，我能把他们找来。”“好。我八点钟和你们在那里见面，说不定我们就能抓到那个幽灵了。”

晚上，山姆医生在八点还差几分的时候来到了渡船屋。班尼·费尔兹正在前门廊里扫地，一副很不高兴的样子。医生问他有什么烦恼，他回答道：“律师来过了，他说史托克的继承人可能会把小旅舍卖掉，那样我就会失业了。”“要是蓝思警长把你抓起来的话，你早就失业了。”医生道。“可是他现在怎么能抓我呢？”“那你就向上帝祈祷吧。杰夫·怀德海还在楼上吗？”“我想是吧，还在。”

山姆医生走上楼去，敲了敲杰夫的房门。医生感觉到亚当斯太太在对面她的房间里偷看他。杰夫立即应门，请医生进去。“案子有没有破，医生？”他问道，“我可以回家了吗？”“我想今晚会有所突破。你从一开始就可以自由来去呀。”

杰夫道：“我怕尤塔斯在到处——”“胡说八道，”山姆医生嗤之以鼻地说，“你这辈子从来也没怕过尤塔斯·柯瑞。我知道你在这里的真正原因——”山姆医生的话被楼下用力的关门声打断了，接着听到蓝思警长在叫他的名字。“我们下楼去吧，”他对杰夫说，“我想把事情解决掉。”

山姆医生把亚当斯太太叫了出来，然后带头下了楼，去找等在那里的警长和两个送货员。“你把我们抓到这里来干什么？”汤米·贝正在抱怨，“我们根本不知道开枪的事。”山姆医生看了看站在柜台后面的班尼·费尔兹，再看看板着脸挺立在楼梯脚下的亚当斯太太。他甚至看了看那条长走廊，确定他站的位置能看到走廊尽头那扇闩上的门，这回那个蒙面强盗跑不掉了。

“让我跟你们说个故事，”山姆医生慢慢地开口道，“这故事说的是威廉·史托克怎么会在昨天早上被一个从闩上的门里逃出去的蒙面强盗枪杀。”“你去说你的故事，”乔治·克拉夫特说，“我得回去工作了。”“呃，史托克当时在楼上，正准备下楼来，却看到送肉的篷车开过来停在门口，只不过没看到汤米和乔治，只看见一个蒙面男人，穿着有穗子的皮夹克，带了支西部左轮手枪。”“什么？”汤米·贝张口结舌地说，“这是在搞什么鬼？”山姆医生没有理会他俩，自顾自地说：“那个蒙面男人带着枪进来，制住了班尼。汤米或乔治中的一个搬了肉走到前门口，一面自己跟自己说话，让班尼觉得他听到两个人对话。然后史托克现身，遭到枪杀，凶手从走廊上逃走，打开门闩，出了后门。搬肉的那个进来，帮着班尼照顾那垂死的人，然后借机溜到走廊里，从里面重新把门闩好。同时，凶手脱掉了他的伪装，重新以送货员的身份出现，在一片混乱之中，班尼始终不知道两个送货的并没有同时在场。”

“对了，”班尼·费尔兹说，“现在我回想起来，真有可能就是这样。”“这真是胡说八道！”乔治·克拉夫特叫了起来，“就算这是真的，我们何必那么麻烦又把门给闩起来？”“为了把杀人的事嫁祸给班尼·费尔兹，”山姆医生说，“为了让他说的故事看来根本不可能。”“这种说法有证据吗？”蓝思警长很平静地问道，右手放在枪柄上。山姆医生深深地吸了一口气，道：“没有，警长，我没有证据——因为这些全不是真的。

“今天早上发生的枪击，汤米和乔治都根本不在现场。我刚刚所描述的手法今天不可能用上，所以昨天也没有用。昨天和今天是同一个人——而因为汤米和乔治今天不可能做这种事，也就证明昨天的命案里他们是清白的。”“听到这话我可真高兴！”汤米·贝说。

蓝思警长并不满意：“那要我把他们拉到这里来到底为什么鬼事呢？”“这样我才能先排除掉错误的答案，再提出正确的解答。”山姆医生四下环顾了一圈，说道，“今早的第二次枪击事件让我走岔了路。有那么一会儿我甚至以为尤塔斯·柯瑞一直是谋杀的目标，而我却把他带到了这里来送死。杰夫很可能是那个蒙面又装了假胡子的强盗，他会在这里的原因听起来总有点假假的。昨天早上乱成一团，他却一直躲在房间里，最后还是我硬闯进去。为什么呢？绝不是因为他怕尤塔斯·柯瑞，这理由太假了。”

“你认为杰夫杀了史托克，是为了把尤塔斯骗到这里来吗？”蓝思警长问道。杰夫·怀德海走上前来，刚想表示抗议，山姆医生举起手来制止了他：“我倒是这样想过——后来我回想起那张床。那张床告诉我杰夫在这桩谋杀案中是清白的。昨天早上我发现他躲在房间里时，他的床是铺好的，还罩上了床罩。而住小旅舍的人是不会自己铺床的——尤其是旅舍里还有女服务员在当班，我想床是亚当斯太太铺的，因为她跟他一直在一起。这才是杰夫之所以会住在这里的真正原因。”

“那凶手到底是谁？”蓝思警长追问道，“你把在场的人全都排除了！”“我实在不愿意承认这件事，警长，可是你一直是对的，根本就没有什么蒙面强盗。那是班尼·费尔兹谋杀了他老板之后编出来的故事。”班尼喉咙里发出一声困兽般的叫声，他转身就跑，再一次冲进那条长走廊里。可是这回蓝思警长把枪拔了出来。“站住，否则我就开枪了，班尼！”他大叫道。

班尼继续往前跑，差不多快到那扇闩着的门前时，警长开了枪。这回班尼·费尔兹没有消失无踪。

“你说不定会打死他呢，警长。”“我只瞄准他的腿。”亚当斯太太歇斯底里地把脸贴靠在杰夫的肩膀上，乔治和汤米呆站在那里，山姆医生请他们之中的一个去叫救护车。

“我应该昨天早上就把他抓起来的，”警长说，“他就是一副有罪的样子。”“我想也是。”山姆医生不得不同意，“我猜史托克逮到他在偷钱，否则就是发生了激烈的争执。反正，班尼抽出左轮手枪来射杀了他的老板。我想这些事先都没有预谋，忽然听到送肉的汤米和乔治到了大门口，班尼吓坏了。他想办法把手枪藏在柜台下面，想到什么就编出个故事来——什么蒙面的强盗想来抢钱杀了史托克。他的故事本来也有可能，可是我们注意到走廊尽头的那扇门还是从里面闩住的。这下班尼·费尔兹的麻烦大了。”“好吧，第一天的这些情形我明白了，”蓝思警长着急地说，“可是今天早上拿枪伤人是怎么回事？你还看到了那个蒙面的强盗！你看到他就消失在这条走廊里！”

“哎，要是你是班尼的话，你会怎么办呢？他目前是没事，可是很可能再过一两天就会给抓起来。他唯一的机会就是再让那个蒙面强盗出现一次——让大家相信他说的是真的。于是，他按昨天给我们描述的样子，装扮好躲在柜台后面。尤塔斯和我只是不幸来得不是时候，受害者很可能是再来送货的汤米和乔治。他并没想杀尤塔斯——事实上，不杀死要好得多，因为这样就让他有两个证人来证实真有那个强盗。”

“可他的确消失在走廊里了呀，医生！”蓝思警长提醒道。“的确是这样。”山姆医生带着警长回到走廊那头那扇闩着的门前，“他用了一个简单的办法在门闩上玩了个花样。你记得我昨天检查过门闩，所有的螺丝钉都很紧。可是你看——现在你可以看到把门闩孔钉在门框上的两个螺丝钉周围都插着牙签。昨天晚上他把这两个螺丝钉拆下来，把洞挖大了一点，其结果是那扇门看起来是闩着的，可是一转门把再一拉，这两个螺丝钉就会由门框里脱出，而门就开了。等他到了门外，只要把门关上，松了的螺丝又会插回洞里，而门看起来好像仍然是闩着的。过后，他再用牙签的头插进洞里来压紧螺丝钉。”

蓝思警长搔了搔头，道：“你是怎么知道的？”“两件事。今天早上发生枪击事件之后，我看到班尼，他的嘴巴四周有点红印——那是他卸下化装时把假胡须扯得太快的结果。然后，他和我到走廊里去检查那扇门的时候，他用左手压着门闩套孔的架子，防备在他抽动门闩的时候螺丝钉会掉下来。哎，我还发现班尼扮强盗的服装道具和那把枪都被藏在厨房那只大炉子后面；查过账之后，也发现了他多年来一直在偷小旅舍的钱。所以这个案子就整个解决了。”

蓝思警长不由叹道：“本来是个很简单的杀人事件，可他弄得好复杂！”山姆医生道：“他捏造出一个谎话来掩饰罪行，结果没想到变成了不可能的情况，只好再想个办法来证明一下，让大家相信他。”

2 Chapter 祸从天降

老妇人尤菲妮亚不喜欢猫，却在一星期之内从宠物店一连买了七只一模一样的绿眼睛黑色公猫。更令人奇怪的是，埃勒里前来拜访时，却发现黑猫和老妇人都已神秘消失……这里有最离奇的死亡方式，这里有最隐秘的作案手法，这里有一只只恐怖的黑手伸向罪恶的深渊，幸好这里还有无所不能的大侦探。他们利用严密的推理、张弛有度的抽丝剥茧，带你走出层层迷雾……

◎夏树静子[日本]

处心积虑的意外事件

夏树静子（1938— ）

日本女作家。她在创作时，充分发挥女性作家的长处，以纤细的文风，对女性的心理刻画得入木三分。其推理小说每一个细节都经过反复的推敲，几乎无懈可击。

其推理小说的代表作品有《住宅悲剧》《蒸发》《案件的假象》等。这些作品案件扑朔迷离，情节离奇曲折，文笔独到，使读者仿佛置身于谋杀现场，精彩至极。

1

权藤洋平喝了一口汤，发出品尝美味的啧啧声，却又故意皱起眉头，说道：“怎么搞的？这是什么东西？”

“这是给你做的汤呀！”美也子轻声说。

“太辣了！你怎么能让我吃这么辣的东西？”权藤洋平抱怨道。

“可是，你上次说太淡了……”

权藤洋平表现出一副不想听妻子解释的神情。“饭也做得不好吃。像你这样的女人，既没有孩子，又没有特长，至少也得做一手好吃的饭菜吧？可你——”说到这里，权藤洋平瞥了一眼手表，“行了，车来接我了。九点零五分就要开场了。”今天是权藤洋平约好了去打高尔夫的日子。

权藤洋平放下筷子，站了起来，同时不忘数落妻子几句：“听说副社长的女儿生孩子了，你帮我送点礼物去。副社长比我大两岁，今年五十二岁，人家都抱上孙子了，可我连个孩子都没有。像你这样的人，就算我在外面与别的女人生了孩子，你也没话好说吧？”

“你发什么牢骚呀！我本来是可以生孩子的，可是我第一次怀孕的时候，是你为了一点小事发脾气，将我推倒造成我流产，之后我才不能怀孕的。你不但不感到内疚，反而总是挖苦我……”美也子感到愤愤不平，她二十一岁嫁给权藤洋平，至今已整整二十二年了。这些年来，她无数次地被权藤洋平数落。

美也子性格柔顺，她知道即使自己斗胆与丈夫对抗，也不是他的对手，所以只好忍气吞声。但是，年过四十之后，一种与之前完全相反的想法渐渐在她的脑海里萌生了。同时，一种令她略感欣慰的向往在她心里开始膨胀开来。四十三岁的女人，正是风韵犹存的年龄，如果能够重新选择一次，现在还不晚！

权藤洋平五十岁，是一家体育用品制造公司的老板，因为经常运动，身体硬朗。他一下子跑到二楼，刚把手伸到壁橱的门把手上，美也子在他身后说道："7月3日星期五晚上，我要参加一个高中同学的聚会。今年是毕业二十五周年，大家决定在双休日坐巴士去旅游，还要住一晚上。我很想参加，可以吗？"权藤洋平正在换高尔夫球衣，连头都没回一下。

"还有三个星期，我想……你应该没什么安排吧？"美也子轻声道。

"已经有安排了。"权藤洋平冷冷地说。

美也子清楚，向丈夫提出这样的要求十之八九会遭到拒绝。他总是认为自己可以逍遥自在，可是妻子却不能，因为这样有伤丈夫的体面。美也子觉得，自己在丈夫忙着出门的时候提出要求，也怪自己没有掌握好时机。不过，美也子的心里早已做好了遭到拒绝的准备，而且，她希望自己由此可以产生对丈夫的厌恶和憎恨。在内心里，美也子盼望这次同学聚会旅游能够成为导火线，使自己心中增添一些对丈夫的憎恨情绪。

美也子心里暗想：以后我要故意反复地进行这种"实验"，也许这样才会使胆小懦弱的我产生某种勇气吧。安全可靠的办法会有的，缺少的只是勇气！

门铃响了起来，接着房门打开了。"您早，我是来接社长的。"来人说道。

"呀，是贞敏君。"美也子高兴地招呼道。

大野贞敏是权藤洋平的外甥，也是公司里的秘书室主任。他笑眯眯地看着美也子，说道："今天我陪经理一起去打高尔夫球。"

"有时间的话，进来喝一杯茶吧。"美也子邀请道。

“马上就走！”权藤洋平不快地说，拼命地将高尔夫球包往楼梯平台上拖。

“我来搬！”大野贞敏快步走上楼梯，接过高尔夫球包。他穿着短袖T恤衫，和权藤洋平站在一起，显得年轻利落。不过，他已经三十六岁了。他二十多岁时结婚，后来离了婚，现在独身一人。

大野贞敏抱着沉重的高尔夫球包走下楼梯，因为走得急，在楼梯的扇形拐角处一脚踩空了，慌忙抓住楼梯扶手。

“这楼梯很危险啊！”大野贞敏惊魂未定地说。

“这个拐角处太窄了。”权藤洋平说。

“你以前也踩空过一次。”美也子附和说。

“是啊。”权藤洋平点点头。

“下面铺着大理石呢，还是改造一下为好。”大野贞敏关心地说道。

“我也是这么打算的。”权藤洋平回答。

权藤洋平和大野贞敏坐进汽车里。“我们走了。”大野贞敏向美也子告别。“有空过来坐坐。”美也子说道。她站在车窗外望着大野贞敏，心里觉得大野贞敏那冷峻的目光中隐藏着一种特殊的感情。

大野贞敏对我怀有好感。不过，我提出离婚是行不通的。大野贞敏在丈夫手下工作，又是个老实人，与我这样的人再婚他或许会害怕的。而且，离婚后我要怎样生活下去呢？我除了对法国刺绣有点兴趣，就再没有其他特长了。丈夫虽然对我并不忠心，但他是绝不会让我抓到把柄的。如果我主动提出离婚，他一定会请一个老练的律师和我谈，只给我糊口的钱就打发我。他虽然拥有不下十亿日元的资产，却是个吝啬而无情的人。如果这样，我忍受了二十二年的苦日子到头来还是什么也得不到！美也子想。

“我恨他。”美也子嘀咕了一声，转身向家里走去。

2

高泽夏美是一个三十四岁的高龄初产孕妇。此时是傍晚六时十五分，她刚刚吃完晚饭，突然听到门铃声响起。会是谁呢？老爷子不会这么早来。

“哪一位？”

“我是大野贞敏。”

高泽夏美打开了门。权藤洋平的秘书大野贞敏站立在门外，双手提着纸袋。“经理本来是要过来的，但突然有事来不了，所以要我把这个东西送过来。”大野贞敏规规矩矩地说道。

“谢谢你了。请进吧，我正好在煮咖啡。”

大野贞敏脱了鞋，走进屋里，将纸袋放在餐桌上。大野贞敏既是权藤洋平的外甥，又是他的秘书，所以权藤洋平告诉了他情人高泽夏美的存在，并让他充当联络人的角色。

两个人闲聊了几句。“哦，对了，”大野贞敏突然想起了什么，从西装的内口袋里取出一封信，递给高泽夏美，“今天律师将原来约定的东西送来了。经理说把复印件交给你，你一看就明白了。”

“啊，我知道的。”高泽夏美不禁喜形于色。

“那么，我就不打扰了。”大野贞敏一口将咖啡喝光，起身告辞。

房门关上后，高泽夏美迫不及待地打开信封，从里面取出一张复印件。那是一张遗嘱，内容是权藤洋平死后，将名下全部财产的二分之一赠送给高泽夏美。“成功啦！”高泽夏美情不自禁地欢呼起来。

她在房间里高兴了好一会儿，然后拿起电话，拨通了一个号码。

“喂！”电话里传来樱田丈志的声音。

“喂，是丈志吗？是我。我上次催老爷子办的那份遗嘱，终于已经做了公证。他的秘书把复印件送来了。”

“太好了！”

“到时候我们就有花也花不完的钱了！不过，他现在才五十岁，身体硬朗得很，一时半会也死不了。如果他去世之前，孩子的事情暴露的话……”高泽夏美这样说的同时，一种令人心惊肉跳的不安情绪向她袭来。

“没关系，他不会发现的。”樱田丈志满不在乎地说道。

樱田丈志在一家小型广告公司工作，今年三十三岁。七年前，高泽夏美在一家夜总会里打工时，他是那里的常客。高泽夏美成为权藤洋平的情人后，辞去了工作，与樱田丈志断了来往。大约在两年前，两个人不期而遇，结果又走在了一起。而高泽夏美肚子里的孩子正是樱田丈志的。孩子是谁的，高泽夏美和樱田丈志都知道，唯一蒙在鼓里的是权藤洋平，他还为自己终于有了孩子高兴不已呢，因此答应了高泽夏美的请求，留一半遗产给她和孩子。

挂断电话后，高泽夏美的心里越来越不安，她知道，在权藤洋平去世之前，一旦事情败露自己将一分钱也拿不到。如果老爷子突然死掉就好了……她不禁想到。其实，在让权藤洋平立遗嘱的时候，她就已经隐隐约约地有这样的想法了，只是不知道如何下手而已。她知道，权藤洋平刚刚为她立了一份遗嘱，如果很快就蹊跷地死去的话，自己就会受到怀疑，这样自己就会被剥夺接受遗产的资格。看来，不能急于下手，否则会赔了夫人又折兵。

高泽夏美在内心里与诱惑抗争着。如果有万无一失的办法就好了……

3

美也子的大部分时间都是在家里度过的，她唯一的爱好是法国刺绣。六月下旬的一个下午，她把一幅刚绣好的刺绣装进事先准备好的画框里。这个画框长九十厘米，宽四十七厘米。装好后，美也子满意地欣赏了一会儿。然后，她把作品搬到客厅里，从储藏室搬来八字梯，拿着钉子和锤子登上八字梯，在墙壁的装饰板上钉上钉子，把画框挂了上去。

扇形旋转楼梯呈陡峭的弧形，越往扇心，楼梯越窄，画框就挂在楼梯扇心部位的下方。长方形画框的上部比楼梯的扶手稍稍高出一点，这是美也子事先测量好的。美也子走下八字梯，走到楼上，然后从二楼慢慢地向下走。在靠近扇心一侧时，由于楼梯变窄，人本能地要去抓扶手。但是因为画框上部比扶手高出了一点，扶手就难以抓住了。如果走楼梯时脚下踩空，就会本能地去抓画框，然后和画框一起掉到楼下的大理石地面上。

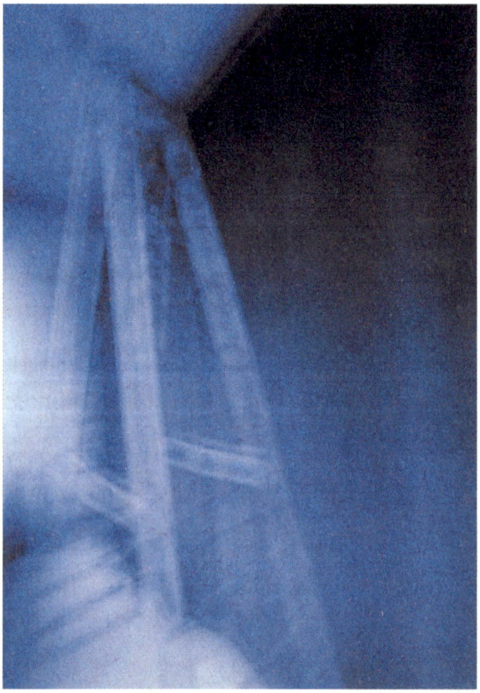

如果能够如愿以偿就好了，至少也增加了那样的可能性。我的勇气就只有这么一点儿吗？美也子竭力地想让自己更加憎恨丈夫，竭力想要下定决心，可是离敢于实施的决心还差那么一点儿。

就在美也子沉浸在这样的想法中时，电话铃响了。她慌忙跑进起居室，拿起听筒。“喂，是权藤洋平先生府上吗？”话筒里传来一个陌生女人的声音。“是的。”

“是权藤洋平先生的太太吗？”“是。”

对方深深地吸了口气，一字一顿地说道：“夫人，我叫高泽夏美，你听过我的名字吗？”“没有。”

“您的丈夫从来没有向您提起过我吗？”

“不记得了。”

“好吧。以前这样也就算了，但以后可不能这样了。我们在一起已经七年了，我们的孩子就要出生了……”

“你说什么？你想要干什么？”

“我想与夫人见一面，把事情说清楚。我想他自己很难说出口吧？今天晚上，他要接待客户，所以会晚点回家，因此你傍晚的时候应该有空吧？你知道大赖河边有一家叫‘鱼新’的酒馆吗？就是他常去的那家店。”

“我知道，以前去过一次。”

“那么晚上六点钟见，我已经用权藤洋平的名字订好了座位。请夫人一个人去。我有事情和你商量，包括孩子的事。”

美也子感到一阵茫然，电话已经挂断了。

过了一会儿，美也子才渐渐反应过来。刚才那个叫高泽夏美的女人难道就是丈夫的情人？他们的孩子就要出生了？孩子……美也子精神恍惚地看了看表，三点十五分。穿什么衣服去呢？应该穿和服，这样有威严。还得抓紧时间去一趟美容院。虽然有些惊慌，但女人的虚荣心还是让她顽固地抬起头来，她不想输给电话里的那个女人。

六点十分，经过精心打扮的美也子赶到了“鱼新”酒馆。她故意来迟十分钟，以表明自己是明媒正娶的妻子，不愿意先到后等着。

服务员将美也子迎了进去，带她走到预订的包间门口，告诉她和她一起吃饭的人已经来了。服务员拉开隔扇门，美也子的心脏剧烈地跳动起来。在隔扇拉门的对面，一个打扮妖冶的女人坐在那里。她看起来应该有三十五岁左右，戴着硕大的耳环，显得很时髦。不过，她长着一张大嘴巴，举止粗鲁。看到这些，美也子稍稍感到镇静了一些。但是，仔细一看，那女人穿着孕妇服，这不是在故意显示自己怀孕了吗？美也子陡然气急。

年轻的服务员见两个女人对视了几秒钟，急忙招呼道：“请进。”

4

7月3日星期五晚上十点过后，美也子用电话报了警。“不好了，我丈夫好像从楼梯上摔下来了，头撞在了大理石地板上……我刚从外面回来……”

“伤势怎么样？”

“头部在流血……好像已经不行了……我叫了救护车……”

当班的刑警渡边股长和部下三人立即赶往权藤洋平的家。他们赶到时，救护车已经来了，两名救护人员正在检查权藤洋平的情况。权藤洋平身穿运动服和宽松裤，头部开了一道口子，周围淌着很多血。很快，救护人员得出了结论：“已经死亡大约一个小时了。”

渡边刑警开始向死者的妻子了解情况。

“你从外面回家时看见丈夫倒在地上，那是几点钟？”

“是在我打电话报警之前，十点左右。”

“你回家之前，你丈夫是一个人在家吗？”

“我想是的。我平时晚上几乎不出门，今天是我高中同学聚会。聚会是在晚上六点到九点，地点在本市的一家宾馆里。”

据说，聚会结束后，美也子和三名要好的同学一起去了一家俱乐部。玩了二十分钟后，美也子独自坐出租车回家了。到家的时间为晚上十点左右。

“今天晚上，丈夫说有应酬要晚些回来。依据惯例，我知道他要半夜才会回来，所以就玩到了十点钟之前。如果我回来晚了，他就会大吵大闹……”美也子低着头，咬着嘴唇。她的脸色苍白，但神情并不是十分伤心。

“你是说，你丈夫回家的时间比预定的时间早了，对吗？”

“是的。对了，他的秘书和司机一会儿就来了，我通知了他们。”

“你回家时，大门锁着吗？”

“锁着，我用自己的钥匙打开的门。”

这期间，勘查员开始查看现场。他们发现房子的窗户全都锁着，没有任何外人入侵的痕迹。

“对了，你为什么会想到丈夫是从楼梯上掉下来的呢？”渡边刑警问道。

“因为他曾经从楼梯上掉下来过几次。楼梯扇形部位那里太窄了，容易踩空。”美也子说。

渡边刑警抬头看了看那幅刺绣图，感到有些蹊跷。挂画框的绳子勉强挂在钉子上，眼看就要脱落了，而且画框也歪了。也许权藤洋平从楼梯上摔下去时本能地想抓住扶手，结果没抓住，却将画框碰歪了。

侦查股长资格比渡边刑警稍老一些，他朝渡边刑警使了个眼色。于是，渡边刑警暂时扔下美也子，走到侦查员那里。

"从伤势来看，可以认定是从楼梯上摔下去的。楼梯口的地面是大理石，推测死者头部撞到大理石造成颅内出血而死。解剖后会得知更详细的情况。"

"死亡时间呢？"

"估计在今晚九点到九点半之间。"

这时，门外传来急促的脚步声，大野贞敏和司机走了进来。大野贞敏满含着安慰的神情向美也子点点头。接着，他向刑警做了自我介绍，开始回答刑警的询问。"明天星期六，公司要举行高尔夫球比赛招待客户，今晚经理出席了晚宴款待这些客户。本来晚宴后要带客户出去玩的，但考虑明天出发的时间较早，所以经理提前回家休息。八点半的时候，我在饭店门前与经理告别，之后就回了自己家。"

这时司机接过话说："我记得八点半时经理上了车，正好九点的时候我将他送到房子前。那时房子里没有开灯，经理说他的夫人参加同学会去了。他用自己的钥匙打开了房门。我看着他进屋后就回家了。"

渡边刑警问大野贞敏和司机："你们是否记得权藤洋平说过家里的楼梯很陡的话。"

"说过。"司机肯定地回答说。

"我最近一次来这里，应该是6月11日星期四的早晨吧……不过那天那里还没有挂画框。"大野贞敏表情复杂地补充道。

"你是说，画框是在夫人刺绣完成后，最近才挂上去的？"

"我的意思是说，在那样的地方挂画框会更危险。"大野贞敏急忙解释。

到现在为止，渡边刑警认为权藤洋平的死亡十之八九是意外事故造成的。但是，在房子外围搜查的青年刑警带回了一样意外的东西，那是一支外壳金黄的口红。权藤洋平家的院子是由竹篱笆围起来的，其中一处竹子被折断了，留下一个缝隙，正好可以让一个人通过，口红就掉在那里。

渡边刑警将美也子叫过来询问。美也子回答说："我平时去超市购物时，经常从那里进出，因为这样走近一些。这件事我丈夫不知道，否则他一定会骂我不体面。口红不是我的，我没见过。”

为慎重起见，警方对权藤洋平的尸体进行了解剖，不过并没有找到其他致死的原因，所以可以确定权藤洋平是头撞在大理石地面上，造成颅内出血而死。死亡时间为7月3日晚上九时至九时三十分之间。

5

起初，警方认为本案只是一起意外事故，但当调查到权藤洋平有情人，并且刚刚立下了新遗嘱后，警方开始怀疑这是一起谋杀案。根据调查到的事实，警方推测，权藤洋平的情人高泽夏美有杀人动机，而美也子也同样存在杀人动机。可是调查发现，7月3日夜里，美也子确实有不在场证明。她与同学聚会的时间和地点以及回家的时间都有人证明，不可能被推翻。

“不可否认，美也子确实有作案动机。本来权藤夫妇没有孩子，所以美也子作为妻子可以继承全部财产的四分之三，另外四分之一由外甥大野贞敏继承。但是根据新遗嘱，一半财产给了夏美，美也子就只能继承另外一半财产的四分之三。不过美也子可能还不知道遗嘱的事，她也完全有机会将丈夫从楼梯上推下来。遗憾的是，她的不在场证明无懈可击。”侦查股长分析说。

渡边刑警调查高泽夏美的情况归来，开始报告：“高泽夏美怀孕三个月，她承认自己以此为由让权藤洋平立下遗嘱。7月3日夜里，她不能证明自己不在现场。她说自己一个人在公寓里，没有证人。她还说自己从来没有去过权藤洋平家，不知道他家的情况。我们暂时还无法证实她的说法。”

美也子说自己足不出户，近几年没见过丈夫带女性客人回家；大野贞敏和司机都说没有带高泽夏美去权藤洋平家，这也间接为高泽夏美作了证明。剩下的可能性是权藤洋平趁美也子不在家的短暂时间将高泽夏美带到家里，但这种可能性并不大。另外，高泽夏美知不知道权藤洋平家的楼梯很危险、容易踩空呢？也许权藤洋平曾经提起过……

7月3日夜间，权藤洋平出席宴会招待客户，八点三十分宴会结束。他九点钟回到家里，美也子还没回家，但他应该想到美也子会很快回来，那么他还会在这么短暂的时间里将高泽夏美叫到家里来吗？况且，即使高泽夏美因为某种原因去了权藤洋平家，难道她真的能在那么短的时间里将权藤洋平从楼梯上推下去，然后将房门按原样锁好（假设她事先偷配了钥匙）再逃走？看来，将高泽夏美视为凶手，还是太过牵强。

这时，对口红上指纹的调查报告出来了，证实口红上面的指纹是高泽夏美的。“现在可以认定口红是高泽夏美的，是她从篱笆的缝隙间钻过的时候掉落的。”侦查股长说道。

“看来高泽夏美真的去过权藤洋平家。”一名刑警分析道。

“可是，美也子曾经肯定地说，权藤洋平不知道这件事情。连权藤洋平都不知道的事情高泽夏美是怎么知道的呢？”侦查股长提出疑问。

“美也子熟悉房子里的情况，但她有充分的不在场证明；高泽夏美不能证明自己不在场，但怀疑她作案还有许多牵强的地方。这个案子真是令人难以捉摸呀，更何况美也子的供词还起到了为高泽夏美掩护的作用。”

“一般来说，妻子与情人是不共戴天的敌人，相互憎恨，可是……”

“如果两者的利益一致，会有例外吧。”

渡边刑警的头脑里突然闪现出灵感。

案发后的第三天，一名女子给警察局打电话，说自己是“鱼新”酒馆的服务员，在6月22日晚六点左右，曾经见到权藤夫人与一名神秘的女子会面，她们吵了一架，然后各自离开了。她所描述的神秘女子的容貌与体形和高泽夏美一致。

过了几个小时，警署收到一封匿名信，写信人自称是住在权藤洋平家附近的居民。他说在7月3日晚上九点三十分左右，看见一个陌生女子从权藤夫人平时进出的篱笆缝隙间钻了出来。那个女子看上去三十五岁左右。

从7月7日清晨起，警方对美也子和高泽夏美进行了传讯，开始分别了解情况。审讯官不停地轮番提问，展开攻势，给两个女人施加了不小的压力。

“夫人，6月22日星期一晚上六点，你把高泽夏美请到‘鱼新’酒馆的包房里会面了吧？我们已经了解了情况……”

“不是我请她，是她给我打电话的。”美也子辩解说。

“你们谈了些什么？”

“她说她怀上了权藤君的孩子，我想问问这到底是怎么回事。结果她说她为权藤君奉献了一生，是受害者。后来她的态度突然变得很严厉，所以我们大吵了一架。”

“你为什么没有对警方提起这件事？”

“我不想让人耻笑。”美也子的眼眶里闪着泪花。

“听着似乎合情合理，但其实是你和高泽夏美故意演戏吧？当着服务员的面就大吵大闹，私下里却密谋作案，对不对？”审讯官道。美也子惊讶得瞠目结舌。

“你和高泽夏美共同策划了杀害权藤洋平的计划。因为权藤洋平曾经从楼梯上摔下来过，而且还有证人，所以如果他从楼梯上摔下来而死亡的话，就会被人们看成是意外事故。如果你当时在家，人们可能会怀疑你。因此，你需要的是不在场的确切证明……同时，高泽夏美以前从来没去过你家，不可能知道篱笆缝隙和楼梯构造，她更不可能知道7月3日晚上你会有事外出，而权藤洋平正好比你先到家。因此，权藤洋平那天从楼梯上摔下来死亡，高泽夏美虽然不能证明自己不在场，却也不会受到太多的怀疑。你们利用各自的长处，共同谋划了这个看似意外事故的谋杀案……”美也子不停地摇头。

同一时间，在另一间审讯室里，高泽夏美正在接受查问。

“……我已经说过了，我没有给权藤夫人打电话，是她打给我的。”高泽夏美辩解道。

“夫人给了你她家的草图吧？你们不是第一次见面吧？你们早已经开始了预谋，你连权藤家的栅栏都量过了吧？”

“你开什么玩笑？”

“案发那天晚上，附近的居民曾经亲眼看见你从篱笆的缝隙里钻出来，那里还有你掉下的口红。这支口红你还记得吧？”审讯官将口红放在桌子上。

高泽夏美用诧异的目光看着口红。“我前一阵子丢过一支这样的口红，我不知道什么时候不见的……”高泽夏美变得惊慌起来。

“你按照共犯美也子的指点，去权藤家把权藤洋平从楼梯上推下去。但是，后来美也子出卖了你。她早就偷走了你的口红，故意将它扔在篱笆的缝隙间，留下你犯罪的证据。”一个年纪稍长的审讯官说道，“美也子当然想让你一个人顶罪。她能够证明自己不在现场，而你不能。现在所有的证据都表明，直接作案的人是你。”高泽夏美的脸上浮现出惊恐的表情。

6

连续几天的审讯让美也子和高泽夏美都疲惫不堪，精神几近崩溃。第四天晚上十点三十分，美也子被警车送回空空荡荡的家时，已经筋疲力尽。明天早上九点，警署又会派车来接她。警察不厌其烦地讯问同一件事，当每一个警察责问“是你干的？”的时候，美也子真想把一切都承认了。她只想尽快摆脱被盘问的煎熬，从没完没了的审讯中解脱出来。

回到家里，成为案发现场的房子充满了不祥的寂静，这种折磨甚至比警察的折磨更可怕。美也子精神恍惚地坐在沙发上。突然，她站起来走到电话机旁，给常用的出租汽车公司打了一个电话。然后，她穿上鞋子，走到大门外等待着。出租车来了，她将地址告诉了司机。她的目的地是一幢六层楼的砖房。看到三楼一个窗户亮着灯光，美也子的眼眶里闪现出比刚才更润泽的光芒。

把事情说给他听听，他会相信我的话。美也子仿佛觉得，为了听她诉说，他在等着她。不管过多久，他一定会等着我的！因为他是她的梦。

美也子走过三楼幽暗的走道，按下门铃。“是哪一位？”大野贞敏的声音从门里传来。“是我，美也子。”

大野贞敏赶紧打开房门。“贞敏君，我想见你。”美也子想要靠在大野贞敏的胸膛上。“你听我说——”大野贞敏脸上露出困惑的表情，回头朝房间的深处望了一眼。

“贞敏君，我什么也没有做啊！你要帮帮我……”美也子重复着这句话。

几秒钟后，大野贞敏说道：“我会帮你的！不过，美也子，你要按照我说的去做啊！”美也子像小孩似的连连点头。

“立刻到警察那里自首去吧，我会一直陪着你的。”

美也子呆住了，神情恍惚。

大野贞敏挽着美也子走进电梯。到达楼下，电梯门打开了，两个警察站在电梯门口，挡住了他们的去路。

“哦，渡边君，我正要带她去警署自首呢。”大野贞敏故作轻松地说。

“大野贞敏君，今天夜里我们是来接你的。请你跟我们到警署走一趟，我们有话要问你。”渡边刑警露出了讽刺的微笑。

“不仅是你，还有你房间里的女朋友也要一起去。”另一名刑警补充道。

“为什么我要去警署？”大野贞敏气愤地叫道。

“我可以告诉你一个理由。前几天你说过，你最后一次去权藤家是6月11日星期四早上，那时候刺绣画框还没有挂上去。可是今天我们仔细检查了那个画框，在画框的边缘发现了你的指纹。”

三天后的傍晚，渡边刑警来到权藤家，向美也子陈述案情，并查证大野贞敏的供词。“我接到一个匿名电话，她自称‘鱼新’酒馆的服务员，向我们提供有关情报。可是我去‘鱼新’酒馆查房后发现，那里并没有我听到声音的那个服务员。第二天起，我们开始传讯你和高泽夏美，但你们都坚称是对方邀请自己去的。由此，我们考虑到是有人故意将你们碰面的消息透露给警方，以引起警方对你们的怀疑。这个人一定既知道你的情况，又知道高泽夏美的情况，他会是谁呢？我们立刻想到了大野贞敏，还查到他的情人曾经在权藤公司里工作过。”

“贞敏君为什么……”

“大野贞敏早就想要侵吞权藤的财产、掌握公司的实权了。他只是权藤的外甥，如果权藤洋平去世，夫人继承财产的四分之三，他只能继承四分之一。但是，权藤洋平立下了遗嘱，将死后财产的一半遗赠给夏美。大野贞敏在将遗嘱的复印件给夏美送去时，偷看了遗嘱的内容。于是，以后权藤洋平死了，他只能继承财产的八分之一。这时，大野贞敏发现，如果杀害权藤洋平，再把罪名嫁祸到你和高泽夏美两个人身上，那么他就可以获得全部遗产了。现在大野贞敏已经招认，是他让情人给你们和警察局打的电话。7月3日晚上，大野贞敏在权藤君回到家里以后，借口突然有急事来找权藤洋平，上二楼与他谈话。他趁权藤洋平下楼的机会，冷不防将权藤洋平推下楼去。权藤君来不及抓扶手，头部落地。接着，大野贞敏为了制造权藤君踩空楼梯的假象，将刺绣画框非常玄乎地挂在钉子上。那时，他的指纹就沾在画框的边缘部位了。然后，他将去夏美君的公寓时偷走的口红扔在篱笆的缝隙间便溜走了。

“大野贞敏自己供述那支口红是他去夏美住的公寓时趁机偷来的。据他自己招供，以前他为社长办事来权藤家时，看见过夫人从篱笆的缝隙间出入。凶手在现场留下指纹，这是一个疏忽，大野贞敏一开始就没有太注意这个问题。他承认，他以为自己常去权藤家，房间里留有他的指纹，这不足为奇。”

渡边刑警告辞后，美也子久久地呆坐在客厅的椅子上，大脑一片空白。

◎ 埃勒里 · 奎因［美国］

七只黑猫的秘密

位于阿姆斯特丹大街的克莱尔小姐宠物店门上的铃叮当作响，埃勒里·奎因先生皱着鼻子走了进去。这间小宠物店里的气味绝不会比纽约动物园逊色。“午安，”一个清朗的声音说道，“我是克莱尔，很高兴为你效劳！”

埃勒里道：“克莱尔小姐，在你店里是否能买到一种相当安静且气味芬芳的犬类？它有着棕色卷曲的毛、机警的耳朵以及弯曲的后腿。”克莱尔小姐皱了一下眉头，道：“很不幸，爱尔兰犬已经卖完了，上一批小狗已经被抢购一空。不过，我预计，明天可以得到我们从长岛的饲养场捎来的消息，可否请您留下您的姓名和住址？”

埃勒里注视着年轻女郎，道：“非常乐意。”他接过克莱尔小姐递来的纸和笔，愉快地写着。当克莱尔小姐看到他所写的姓名之后，惊喜地叫道：“你不会是埃勒里·奎因先生吧！好吧，我承认，我听过好多关于你的事，奎因先生。而你就住在转角，在87街！这真的很令人兴奋，我从没想过能遇见——”“我也没有。”奎因先生喃喃说道。克莱尔小姐继续兴奋地讲着：“我的一个大客户就住在你的对街，奎因先生。应该说是来我这儿最频繁的客户之一，或许你知道她？尤菲妮亚·图科小姐，她就住在那幢大公寓房子里。”

“我还没有这份荣幸，”埃勒里回答，“尤菲妮亚·图科？她是不是人如其名那么奇怪？”“这样说太不厚道了，”克莱尔小姐严肃地说，“虽然她的性格确实不好。可怜的人，一个长相奇怪的老妇人，而且是个病人，中风瘫痪……奎因先生，而且我知道你一向对奇怪的人感兴趣。”

“目前，”埃勒里道，“我正在享受愉悦的假期。”“可是你知道图科小姐做了什么疯狂的事吗？”克莱尔小姐不想放弃这个话题，“她每个星期都从我这里买一只猫，已经有好几个星期了。”埃勒里叹了口气，道：“一个年老又生病的妇人，怀着一股对猫的狂热，我看不出这有什么值得怀疑的地方。”“就是因为这样才奇怪，”克莱尔小姐神秘地道，“她不喜欢猫！”

埃勒里看着克莱尔小姐水晶般的眼睛道："你是怎么知道的？"克莱尔小姐脸庞发亮了："她妹妹告诉我的！你知道，图科小姐因为瘫痪，生活无法自理，她妹妹萨利安替她管家。她们两个都很老了，长得也很像。是这样的，奎因先生，大约一年前，萨利安到我店里来买了一只黑色的公猫，然后才过了几天她又回来了，问是不是可以把猫还给我并退钱。她说，因为她姐姐尤菲妮亚不能忍受有猫在身旁。尤菲妮亚就是憎恨猫，而萨利安因为是靠着尤菲妮亚的钱过活，所以也不能太忤逆她的意思，你知道。我为萨利安感到难过并告诉她我愿意把猫收回来，不过我想或许是她改变主意了，或是她姐姐改变主意了，因为萨利安没有再回来过。反正，我就是这样知道尤菲妮亚不喜欢猫的。"

埃勒里道："果真奇怪无比。你说尤菲妮亚这个人每个星期从你这里买一只猫？哪一种猫，克莱尔小姐？"克莱尔小姐叹了口气："不是很好的。当然，因为她有不少钱，我曾试图要卖给她一只安哥拉猫或是打蝴蝶结的马尔济斯，可是她说她就要那只猫，就像我卖给她妹妹的，黑猫，绿眼睛的黑色公猫，全是同样大小。我认为这很诡异。"

埃勒里银灰色的眼睛眯了起来。"确实非常奇怪，"他说，"那么这桩奇怪的生意已经持续多久了？""已经五个星期了，奎因先生。我前几天才亲自送了第六只猫去。""你自己？她是完全瘫痪了吗？""哦，是的。她从来没有离开过床，一步都没办法走。她告诉我她这样子已经有十年了，她和她妹妹萨利安一直到她中风后才住在一起。现在她所有的事都要依靠妹妹照顾。"

"那么，"埃勒里问道，"为什么她不叫她妹妹来拿猫？"克莱尔小姐灵活的眼睛迟疑了："我不知道，有时候我会觉得很可怕。你知道，她总是在要猫的那天打电话给我，订单也永远是一样的——黑色、公的、绿眼睛，和以前的一样大，而且愈便宜愈好。""太神奇了。"埃勒里若有所思地说，"告诉我，当你送猫过去的时候她妹妹有什么反应？""我没办法告诉你，奎因先生，因为她不在场。"克莱尔小姐道。

埃勒里震惊了："不在场！你是什么意思？我认为你说过尤菲妮亚是完全无助的——""她是的，但是萨利安每天下午都出去透透气，或是去看电影，把她姐姐独自留在家好几个小时。我想就是在这个时候，她才打电话给我。还有，她总是要求我在某个时间送去，而因为我送猫过去时从来没见过萨利安，我想大概买猫这件事她不想让她妹妹知道。我能进去是因为萨利安出去时会把门半掩着。尤菲妮亚多次告诉我不要把猫咪的事情告诉任何人。”

“愈来愈混乱了，克莱尔小姐。”埃勒里道，“我是无可救药的多管闲事者，你愿不愿意陪我蹚蹚这图科姐妹的浑水呢？”“我很乐意！我要怎么做？”“你带我到图科小姐的公寓去，说我是一个顾客，你前几天卖给她的猫本来已经答应要给我的，而我爱猫如痴，执意不肯更换别的猫，所以你只好过来把卖给她的那只猫拿回来，再给她另外一只。不管怎样，只要能让我看到她，跟她说话就可以了。现在是下午，所以萨利安可能正在某个电影院里。”

十分钟之后，他们站在了尤菲妮亚小姐的房门前。这是一幢相当老旧的建筑，他们默然望着走廊地板上两瓶满满的牛奶，很是困惑。埃勒里俯身看了看牛奶，皱着眉头道：“昨天的和今天的一样。”接着，他用手去转动门把，门锁上了。“你不是说她妹妹出去时门是半掩的吗？”“或许她在家，”克莱尔小姐不太确定地说，“要不然，她出去了，可是忘了把门闩拿下来。”

埃勒里按了按门铃，没有人应。他再试一次，然后大声叫道：“图科小姐，你在吗？”还是没有人应声。房子似乎荒废了，房门的油漆也斑驳了。克莱尔小姐的双眼充满了恐惧，她以奇特的声音说道：“哦，奎因先生，有可怕的事情发生了。”“我们去找管理员。”埃勒里平静地说。

他们在底层的一间公寓门口发现了写有“波特管理员”的金属牌子，埃勒里按了门铃，一个矮小肥胖的女人来开了门。“干什么？”她木然地问道。“波特太太吗？”埃勒里问。“没错。我们现在没有空的公寓，门房应该告诉你——”埃勒里急忙说道：“哦，我们不是要找房子，波特太太。请问管理员在吗？”“不，他不在，”她疑惑地说，“他在长岛市的一家化学工厂里有一份兼职工作，要到三点半才会回来。你要干什么？”

“我相信你一定能帮忙的，波特太太。我们要拜访图科小姐，可是门锁上了，波特太太，而且对

门铃或是我们的叫喊尤菲妮亚小姐都没有回应。”“那就奇怪了，”胖女人叫道，瞪着克莱尔小姐，“我不明白——尤菲妮亚小姐是个残废，她从来不会出去。或许这可怜的东西在生气！”

“我想不是。你最后一次看到萨利安小姐是什么时候？”埃勒里问。“正常的那个？我想想看，是两天前。而且仔细想起来，我也有两天没有看到残废的那个了。”“老天，”克莱尔小姐低语，想到那两个牛奶瓶，“两天！”

“哦，你偶尔也会看到尤菲妮亚小姐？”埃勒里问道。“是的，先生。”波特太太道，“每隔一阵子，在下午她妹妹出去的时候她会打电话叫我上去，帮她拿东西到焚化炉去，或替她做些事情，前几天是替她寄一封信。她——她偶尔会给我一些报酬。但是到现在已经两天了……”

埃勒里从口袋里拿出证件，严肃地说：“波特太太，我要进那间公寓。里面有点不对劲。把你的钥匙给我。”“警——警察！”她瞪着证件结结巴巴地说。然后她飞奔而去，回来时塞了一把钥匙到埃勒里手中。

“这件事不要跟任何人说，波特太太。”说完，他们撇下瞠目结舌又害怕的胖女人，回到了尤菲妮亚小姐的公寓前。“或许，”埃勒里把钥匙插进锁孔时体贴地说道，“你最好不要跟我一起进来，克莱尔小姐，可能会是不愉快的。我——”他陡然闭嘴，蹲了下来。有人在房间里。没错，里面有奔跑的声音，还有断断续续的摩擦声，好像有什么东西被拖拉着前行。埃勒里瞬间转动钥匙和门把手，克莱尔小姐在他肩后喘息着。门开了半英寸就被什么东西挡住了，里面的人逃走了。

埃勒里侧身撞开房门，冲进一间有两张床、气味不佳的大房间内，来到了一扇打开的窗户边。他抬起头，发现一个铁梯子立在头上几英尺处。“不管是谁，恐怕已经由屋顶逃跑了，”他说道，“好吧，让我们四处看一看。没有血迹，很明显。”克莱尔小姐用颤抖的手指着一张床，道：“那是她的——她的床，凌乱的那个。但她在哪里？”

另一张床铺得很整齐，蕾丝床单完全没弄乱。但是尤菲妮亚·图科小姐的床前则是一团混乱。床单被扯掉了，床垫也被割开了，被子散落在地板上，枕头被撕成碎片。埃勒里直挺挺地站着，研究着床铺，然后他开始巡视所有的橱柜，打开柜门，搜索一番，再关上柜门。克莱尔小姐紧紧跟在他身后。他简单地看了看起居室、厨房以及浴室，没有人在公寓里，而且除了图科小姐的床外，没有什么东西看起来是被碰过的。整个房间有些阴森，一个托盘装满了餐具以及吃了一半的食物，被放在地板上，几乎是在床底下。

克莱尔小姐发着抖又更靠近了埃勒里一点："这里这么——这么冷清。尤菲妮亚小姐在哪里？她妹妹呢？还有是谁堵住房门的？""还有更重要的，"埃勒里盯着食物餐盘说道，"七只黑猫在哪里？""七——""萨利安的一只以及尤菲妮亚的六只。它们在哪里？"说到这里，埃勒里陡然停住。"谁？"他转过身来厉声喝道。

"是我，"一个声音怯怯地说，接着波特太太从门口慢慢现身。她的眼睛里充满了恐惧和好奇，"她们——""不见了。"埃勒里紧盯着那个懒散的女人，道，"你确定今天没有看到尤菲妮亚小姐或是她妹妹吗？""昨天也没有。我——""这两天附近有没有救护车出现？"埃勒里问。波特太太脸色惨白："哦，不，先生！我不懂她怎么出去的，她连一步都不能走。如果是有人搬运，一定会有人看到的，门房一定会看到，但没有——"

"你先生在这两天是否见过她们两姐妹或其中一人？""波特没有。他前天晚上见过她们。波特在赚一些外快。尤菲妮亚小姐希望房东能将公寓美化一番，但房东不肯。一个月前，她问波特肯不肯帮她做，她说会付钱给他。所以他就在闲暇的时候做，通常都在傍晚或晚间做——波特很能干，他已经快完成了。所以他前天晚上见过尤菲妮亚小姐。""波特太太，这房子里有没有老鼠？"埃勒里突然问道。"什么？一只都没有。"波特太太缓慢地说道。突然，三人因为院子里传来的声音而倏地转身。有人在开门。

"进来。"埃勒里说着，大步向前，看到了一张焦虑的脸孔往卧室里探头。"对不起，"新来的人紧张地说，因为埃勒里和两个女人的注视而震惊，"我想我一定是走错房间了。尤菲妮亚·图科小姐是不是住在这里？"他是个瘦瘦高高的年轻人，穿着旧款式的衣服并带着一个小手提袋。

"是的，没错，"埃勒里带着友善的笑容说道，"进来。请问你是谁？"年轻人眨眨眼说："但是尤菲妮亚姨妈在哪里？我是易利斯·摩顿。她不在这里吗？"他眨着眼睛，困惑地望着埃勒里和克莱尔小姐。

"你是说尤菲妮亚'姨妈'吗，摩顿先生？""我是她的外甥。我从城外来的——雅巴尼。她——"埃勒里说道："一次意外的造访，摩顿先生？"年轻人再度眨眼，然后他把手提袋放到地上，从里面找出一封脏脏皱皱的信，说道："我——我几天前收到这封信，本要早一点来，可是我父亲到别的地方去了——我搞不懂这个。"

埃勒里抢过那封信。这是用普通的褐色包装纸写的，信封也是廉价的，字迹是上了年纪的人的，用铅笔潦草地写着：

亲爱的易利斯：

有许多年没有联系了，但是现在我需要你，易利斯，因为你是我唯一能倾吐苦闷的血亲！我现在处于极大的危险之中，我亲爱的孩子。你一定要帮助你可怜、残废的姨妈，因为她是如此无助。立刻过来，不要告诉你父亲或是任何人。切记。请不要让我失望。救救我，拜托！

爱你的姨妈尤菲妮亚

"很特别的信，"埃勒里皱着眉说，"在压力之下写的，克莱尔小姐。别告诉任何人，哦？那么摩顿先生，恐怕你来得太迟了。""太——可是——"年轻人的脸变白了，"我试着马上过来，但是我父亲酗酒不知道跑哪里去了，我找不到他。所以，现在才来——"

"这是你姨妈的笔迹吗？""哦，是的。"摩顿摸索着寻找一个椅背，"尤菲妮亚姨妈死了吗？那萨利安姨妈在哪里？"

"她们都不见了。"埃勒里简单地说明了他所发现的事，"我是——呃——非正式地调查这件事，摩顿先生。告诉我你对两位姨妈所知道的一切。"

"我知道的不多，"摩顿低声说道，"大约有十五年没见过她们了，从我还是个孩子开始。我偶尔会接到萨利安姨妈的信，但尤菲妮亚姨妈的信只收到过两封。我知道尤菲妮亚姨妈自从中风后就变得……古怪，萨利安姨妈写信告诉过我。她有一些钱——是我外祖母留给她的，萨利安姨妈说她是个真正的守财奴。萨利安姨妈什么都没有，她必须靠尤菲妮亚姨妈过活并且要照顾她。尤菲妮亚姨妈不信任银行，所以把钱都藏在身边，萨利安姨妈也不知道钱藏在哪里。尤菲妮亚姨妈甚至中风后也不看医生，她是如此——如此地吝啬。她们合不来，总是吵架，而且尤菲妮亚姨妈总是指控萨利安姨妈试图偷她的钱，她不知道该怎么容忍。那——那就是我所知道的，先生。”

“告诉我，摩顿先生，”埃勒里说，“你的尤菲妮亚姨妈是真的厌恶猫吗？”年轻人嘴巴都闭不拢了：“你怎么知道的？她恨猫。萨利安姨妈写信告诉我好多次了。这对她伤害很大，因为她爱极了猫，对待她的猫像对待孩子一样，而这却令尤菲妮亚姨妈忌妒、气愤。我猜想她们就是——就是处不好。”“摩顿先生，目前没有证据显示你的姨妈不过是去度假或是拜访朋友什么的，你何不在附近的旅馆先住下来？我会和你保持联络的。”埃勒里在笔记本上潦草地写下一间旅馆的名称和地址，然后把纸塞进摩顿的手里，“不要担心，你会接到我的电话的。”接着，他把那迷惑的年轻人送出了公寓。

随后，埃勒里转身向浴室走去。“这是什么？”埃勒里突然尖声叫道，“波特太太，快点过来——老天！”“又是怎么回事？”克莱尔小姐叫道，跟在他身后冲到浴室里。肥胖的波特太太张大嘴巴瞪着浴缸，然后奔出了公寓。克莱尔小姐把手放在胸前，喘着气说道：“哦，我的天，那真——真是太可怕了！”死亡就在他们的面前。一只黑色公猫，身体僵直、血肉模糊地躺在浴缸里。它相当大，黑而发亮，绿眼睛，毫无疑问已经死了。它的头被打烂了，身上也有好几处骨折，它的血溅在浴缸两侧的陶瓷上，已经结块了。凶器就丢在它旁边，是一个有沉重把手的浴室刷。

“这至少解答了七只猫中的一只的神秘消失之谜，”埃勒里喃喃说道，“用刷子重击致死。由外表看来，它的死亡时间不会超过一天。克莱尔小姐，我们经手的是一桩悲惨的案子。”克莱尔小姐先前因恐怖而受到的震惊已经转变为愤怒，她哭叫道：“这么残忍杀害猫咪的人是——是怪物！那个可怕的老女人——”“别忘了，”埃勒里叹息道，“她不能走路。”

他们再度回到卧室里，埃勒里把托盘从地板上拿起来，放在两姐妹床铺间的小桌上。克莱尔小姐回想起来，她前几次来的时候，就发现托盘不是在图科小姐的床上就是在这个小桌上。瘫痪的图科小姐解释说，她一向都是很晚才独自用餐，这说明她和萨利安在各方面都各行其是。

埃勒里仔细检查了一遍餐盘，道："这上面应该会有指纹，但是没有。""你是什么意思，奎因先生？""我的意思是有人把餐具上面的指纹擦掉了。"埃勒里点上一根香烟，道，"仔细看看，这是尤菲妮亚的床用托盘，她的食物，她的餐盘，她的餐具。大家知道，她是独自一人用餐的。可是如果只有尤菲妮亚用过这些餐具，是谁把指纹擦掉的？也许除了尤菲妮亚的指纹，这上面又留下了其他人的指纹……我开始看到曙光了。克莱尔小姐，可不可以请你担任正义的女仆呢？"克莱尔小姐一个劲儿地点头。埃勒里把剩菜从托盘里倒出来，道："把这些菜拿去给普鲁提医师，这是他的地址，请他帮我化验。等在那里，拿到他的报告后，到这里和我会合。进来时设法不要被别人看到。"

等克莱尔小姐走了之后，埃勒里锁上前门，口袋里装着波特太太给他的钥匙，来到了波特公寓的门前按了按门铃。一个短小结实、粗线条的男人来开了门，埃勒里看到饱受惊吓的波特太太在他后面徘徊。"这就是那个警察！"波特太太尖叫，"波特，不要扯进去——""哦，你就是刑警？"矮小结实的男人大声说道，不理会胖女人的话，"我是这里的管理员波特。我刚从工厂回来，我太太告诉我图科的公寓里有点不对劲。到底是怎么回事？"

"等一等，用不着惊慌，波特，"埃勒里说，"很高兴你在家。我急需一些资料，或许你可以提供。你们最近在这幢建筑物的任何地方有没有发现过死猫？"波特惊恐地道："那可真是奇怪了。当然有，我从来没有想到那些老妇人竟然会是——""你在哪里发现的，有几只？"埃勒里打断了他的话。"在下面的焚化炉，地下室。"波特说。

埃勒里拍一下大腿说："当然是！现在都清楚了。焚化炉，嗯？总共有六只，波特，对不对？""没错，"波特叫道，他似乎很难过，"我本人发现的，每天早上我都会把焚化炉里的灰清出来。我发现了六个猫的头盖骨及一些零散的骨头。我四处查访，想知道究竟是哪个住户把它们丢下的，但他们全都装聋作哑，谁也不承认。到现在为止大约有四五个星期了，几乎是一个星期一只。"

"多谢了。我想不会再有其他麻烦了，把整件事全都忘了吧。"埃勒里说完塞了一张钞票到波特手中就走了出去。他并没有走远，事实上，他只是走到人行道上通往地下室的阶梯处，五分钟后他又悄悄回到了尤菲妮亚的公寓里。

傍晚的时候，当克莱尔小姐回到尤菲妮亚公寓的门口时，她发现门被锁上了。她听到埃勒里在里面讲话，过不久则是电话听筒挂上的声音。她按了门

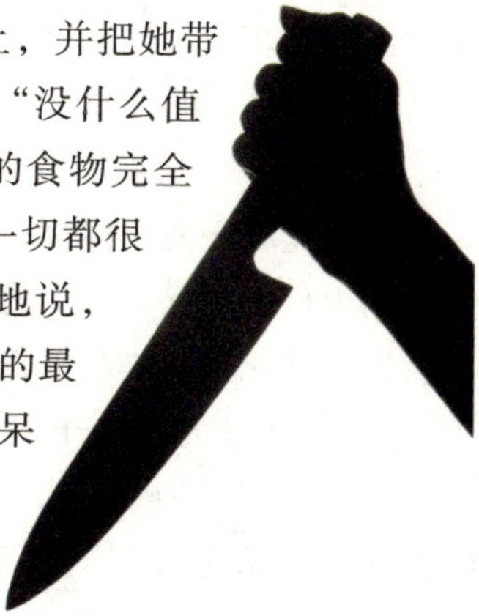

铃，埃勒里立刻开门把她拉进去，无声地把门关上，并把她带进卧室。她跌坐在一张紫檀椅子里，失望地说：“没什么值得鼓舞的，奎因先生。普鲁提医师说你叫我送去的食物完全没有问题！因为放久了而有一点腐烂，除此之外一切都很纯净。”“这么说不是太好了吗？”埃勒里高兴地说，“来，克莱尔小姐，开心一点，这是你所能带给我的最好的消息了。”“最好的——”克莱尔小姐目瞪口呆地说。

“事实完美地取代了假设。我们已经，”埃勒里拉了一张椅子面对她坐下，“有结论了。另外，有没有人看到你进这间公寓？”“没有人看到我，我确定，但我不懂——”“我相信我们还有一点时间。我独自一人在这里思考了大约一小时，总算理出了一些头绪。”埃勒里道，“克莱尔小姐，我相信你拥有智慧，加上女性特有的敏锐直觉。告诉我，为什么一个几乎完全瘫痪的富有老女人会在五个星期内偷偷买了六只猫呢？”

克莱尔小姐耸耸肩，道：“我告诉过你我想不出来。对我来说这是一个深不可测的秘密。”“哎，这也不是真的有这么神秘。好吧，我来给你一些提示。举例来说，是要抓老鼠吗？不，波特太太说这幢公寓里没有老鼠。所以这假设不成立。你说呢？”

“哦，是的，我现在知道你指的是什么了。尤菲妮亚也不可能要它们作陪的，因为她恨猫！那么我有一个不是毫无道理的想法，”克莱尔小姐突然说，“纯粹的仇恨。尤菲妮亚恨猫，因为她不正常，我想，她买猫只是为了享受铲除它们的乐趣。”“都是有绿眼睛而且大小完全相同的黑色公猫？”埃勒里摇摇头，“她的狂热不可能会这么独特，况且早在萨利安向你买猫之前她就憎恨猫咪了。不，我所能想到的可能性只剩下一个了，克莱尔小姐……是为了——保护。”

“保护？”克莱尔小姐的眼睛瞪得大大的，“为什么，奎因先生？这怎么可能？人们买狗来保护自己，不是猫。”“我所指的不是那种保护，”埃勒里说，“我指的是一股求生的欲望和碰巧对猫类的仇恨，两者混合后使得猫咪成为达到目的的理想工具。这真的是一件令人恐惧的事件，克莱尔小姐。尤菲妮亚·图科在害怕，怕什么？怕因为她的钱而被谋杀。她不信任银行，也不喜欢自己的亲妹妹。想想看，一只猫怎么能够保护她免于蓄意的谋杀呢？”

“下毒！”克莱尔小姐叫道。“没错。当作一个食物品尝者。有证据吗？一大堆。尤菲妮亚一向都很晚才独自用餐，显示有某些秘密的活动。然后她在短时间内订购了六只猫。为什么？很显然，因为她从你这儿买来的猫在尝了她的食物后都死了。猫咪被毒死了，被准备给尤菲妮亚的食物所毒死，所以她必须要重复订购。最后一个证据，六只猫的骨骸在焚化炉里。”

“可是她不能走路，”克莱尔小姐抗议，“那么她怎么能去丢弃尸体呢？”“我猜想波特太太不知情地替她丢了。你一定记得波特太太说过尤菲妮亚常常在萨利安不在的时候叫她把垃圾拿到焚化炉去。那个打包好的‘垃圾’，我猜想，就是死猫的尸体。”

“但为什么所有绿眼睛、黑色的公猫都一样大？”“很明显，是要骗过萨利安。因为萨利安的猫是某个大小、有绿眼睛的黑色公猫，尤菲妮亚就向你买同样的动物。她唯一的理由是要萨利安相信，不管什么时候出现在公寓内的猫就是她最早买的那只猫。这当然就表示尤菲妮亚用萨利安的猫挡住了第一次的攻击，所以萨利安的猫是第一只中毒的。当它死了之后，尤菲妮亚向你买了另外一只猫——而她妹妹并不知情。”“可是如果她想用那些猫来骗过萨利安的话，”克莱尔小姐吓呆了，“那她是在怀疑——”“正是。她怀疑她的妹妹试图要毒死她。”

克莱尔小姐咬着嘴唇。“这是我所听过的最可怕的事情。两个老姐妹，在世上几乎没有亲人，为了相互交叠的目的共同生活在一起，无助地保卫自己免于受到攻击……”她感到不寒而栗，“那些可怜的人怎么了，奎因先生？”“好吧，让我们来想一想。尤菲妮亚不见了。我们知道至少有六次毒害她的攻击行动都没有成功。我们可以合理地假设有第七次的行动，而且既然尤菲妮亚在神秘的状况下失踪，那么第七次的行动必然是成功的。”“但你怎么能确定她——她死了？”

“她在哪里？”埃勒里冷冷地说，“她不能行走，没有协助就无法起床。谁能帮助她？只有萨利安。可是，她怀疑萨利安要毒死她，一定不会去找萨利安帮忙。所以她一定是死了。尤菲妮亚通过她的食物知道，她是被毒害的目标，所以她采取了预防措施。那么，下毒者怎么才能在第七只猫身上突破她的防线呢？我们可以假设尤菲妮亚还是要猫品尝了托盘上的食物。由普鲁提医师的报告，我们知道那些食物里没有毒。那么那只猫就不是因为食物里的毒而死亡——由它被重击致死可加以证明。但如果猫咪不是因为有毒的食物而死，尤菲妮亚也不会。可是所有情况都显示她是被毒死的，那么现在只有一个解答：餐具！

“今天下午稍早时我告诉过你有别人拿过尤菲妮亚的刀子、汤匙和叉子。假如叉子上被涂上一层无色无味的毒药，干燥之后就可以骗过尤菲妮亚了。猫用爪子拿东西吃，所以没事；尤菲妮亚用有毒的餐具进食，所以死了。”

“但她的尸体——在哪里——”

埃勒里突然脸色大变并无声地转向门口。他紧张地站立了一会儿，突然猛地把克莱尔小姐塞进卧室的一个衣橱里并关上了门。克莱尔小姐屏住气不敢呼吸。她听到前门传来金属与金属摩擦的声音。那一定是下毒者。他为什么要回来？她慌乱地想着。他用的钥匙不用说一定是复制的……她的思绪被外面的打斗声打断了。她看见了血光，飞快地打开橱门并冲了出去。

埃勒里在地板上和一个人扭打在一起，一只手拿着刀举起来刺向埃勒里……克莱尔小姐立即跳起来向那只手踢去。接着她向后退去，感到一阵恶心，因为刀子从一只断了的手上掉落了下来。“克莱尔小姐——门！”埃勒里喘着气说，并猛力压住那个人。克莱尔小姐微微地听到敲门声，她蹒跚着走过去。在她昏倒前记得的最后一件事就是一大群穿蓝衣的警察经过她身边，并扑向格斗的人。“现在都没事了。”一个遥远的声音说道。克莱尔小姐睁开眼睛，发现埃勒里正微笑着望着她。“不要害怕，克莱尔小姐，”埃勒里说，“一切都结束了，你现在躺在我公寓里的睡椅上。”“哦，”克莱尔小姐说着把她的脚放到地上，“发生了什么事，奎因先生？”“我们很圆满地抓住了那个魔鬼。你现在休息一下，年轻的小姐，我去准备一

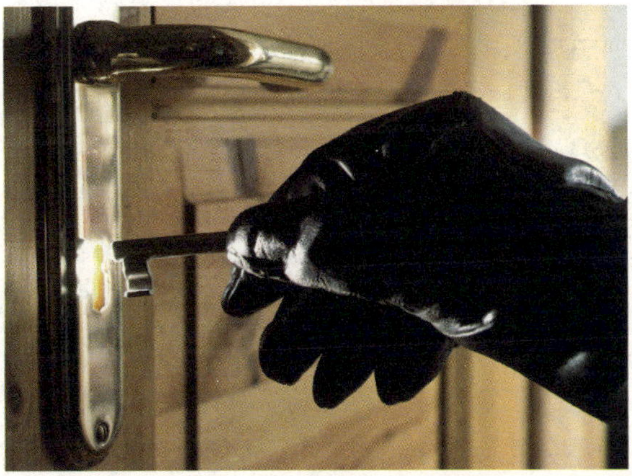

些茶——”克莱尔小姐急忙阻止了他：“我要知道你是怎么创造奇迹的。现在就说，别扫兴！你知道那个魔鬼要回来吗？”

埃勒里耸耸肩，道：“这个可能性很高。尤菲妮亚被蓄意毒害，是因为她的钱。她一定是昨天被谋害的——你还记得昨天的牛奶瓶——或许是前天晚上的。凶手杀了她后有没有找到她的钱呢？今天下午被我们吓到，先用东西堵住房门，再从窗口逃出去的人一定就是凶手。但如果他事后又回来，那就是他犯案时没有找到钱。所以，我知道他一定会在自认为没有危险的时候回来——毕竟他杀人就是为了钱。当你出去找普鲁提医师时，我打电话要求警方的协助。”

“你知道那是谁吗？”“哦，这很清楚。下毒者的第一个条件是亲近，那就是说，为了能重复下毒，下毒者必须要能接近尤菲妮亚或她的食物。最可能的嫌疑犯是她的妹妹。萨利安有动机——仇恨以及贪婪，当然还有机会，因为食物是她准备的。但我有很好的理由把她排除在外了。

“因为谁会残忍地把第七只公猫重击致死呢？不用说，不是被害人就是凶手。但不可能是尤菲妮亚，因为猫是在浴室里被杀的，而尤菲妮亚瘫痪在卧室的床上，无法行走。那么就一定是凶手杀了猫。可是如果萨利安是凶手，爱猫的她会用钝器把猫打死吗？当然不会，所以萨利安一定不是凶手。”

“那么她——”克莱尔小姐疑惑地问。埃勒里面色凝重地说：“萨利安恐怕已经追随猫咪和她的姐姐而去了。凶手一定是打算杀了尤菲妮亚并栽赃给萨利安——因为她是最可疑的嫌疑犯，所以萨利安应该现身，但她没有。她的消失意味着她凑巧目睹了凶案的发生，所以当场被凶手杀了灭口。”

“你找到钱了吗？”“是的，分得很散。”埃勒里耸耸肩，“在尤菲妮亚放在床头的《圣经》书页之间。”“可是，”克莱尔小姐颤抖着问，“那些尸体……”“当然是，”埃勒里慢吞吞地说，“焚化炉。火能消除任何东西，要处理遗留下来的骨头也不会有什么困难……”

“但那表示——在地板上的那个恶魔是谁？”

“恶魔，克莱尔小姐，”埃勒里扬起眉毛说，“下毒者有一个多月的时间能接近残废者的食物——显然没受到怀疑。谁能有这种机会？只有一个人，那个人一个多月来都在差不多晚餐时间装潢公寓。那个人在化学工厂做事，所以比一般人了解且能取得毒药。那个人负责照管焚化炉，所以能处置被害者的骨骸而不会危及自身。一句话，那恶魔就是这幢大楼的管理员波特。”

◎松本清张[日本]

吸进肺里的煤粉

松本清张（1909—1992）

日本著名推理小说家，1963年被推选为日本推理小说理事长，并誉为“推理小说的清张时代”。他致力于用推理的方法探索和挖掘犯罪的社会根源，揭露社会的矛盾和恶习。

他的创作打破了早期日本侦探小说界本格派和变格派的固定模式，风格独特，开创了社会派推理小说的先河。代表作品有《隔墙有眼》《女人的代价》《砂器》《恶棍》等。

10月13日清晨六点半左右，一个少年邮递员骑着自行车行驶在从田无到柳洼的小路上。路过一片树林时，他无意中朝树林里望了一眼，突然发现黄色的落叶和草丛间有一个带有花纹图案的东西。少年走过去察看，发现那里躺着一个人，立刻蹬上自行车头也不回地跑了。

一个小时后，从东京警察局来了几个验尸的人。尸体是一个身材瘦小、长相漂亮的女人，她的脸不知被什么东西弄得有些发黑，显得很脏；喉咙部位有淤血，是被人掐死的；衣服并不凌乱，尸体周围的花草也没有被踩踏得乱七八糟的痕迹；尸体周围没有手提包；从她的衣着打扮来看，她不像是出远门的，应该就住在附近。警察让站在远处围观的人和附近的居民来辨认死者，但他们看完后都说没见过这个女人。

“即便如此，我们也会很快知道她的身份的。”警察局第一搜查科的烟中股长对石丸科长说道。石丸科长蹲下来，凝视着女人手指上的翡翠戒指，没有答话。

尸体很快被运到医院进行解剖。可石丸科长依然站在那里，眺望着周围的景色。“对了，烟中，今天早晨你家那边下雨了吗？”科长突然问道。

“没有。”烟中回答。

“我家，也就是莺谷那边，天快亮时下了点雨，早晨我发现地面是湿的。”石丸科长道。

“黑田那一带没下。这么说是小阵雨了。”

当天下午，尸体解剖的结果出来了。被害者的年龄为二十七八岁，死因是扼杀，被害时间为12日夜间十点到第二天凌晨一点之间，身体无外伤，也没有被侵犯的迹象。解剖内脏发现，胃里没有毒物，肺部里面有煤粉。

“煤粉？”烟中股长惊奇地叫道，“死者生活在与煤有关的环境里吗？”

这时，解剖医生又说明：“鼻孔的黏膜上也粘有许多煤粉。”

当天傍晚，被害者的身份被查明了。因为晚报上报道了这个案件，死者的丈夫闻讯赶到警察局，辨认了尸体。警方首先对死者的丈夫进行了询问。男人说自己名叫小谷茂雄，三十一岁，是某公司的职员，住在丰岛区。

“您夫人是什么时候离开家的？”

“她叫小谷朝子，二十八岁。昨天下午六点左右，我回到家里，发现朝子没在家。起初我以为她出去买东西了，可是一个多小时后她仍没有回来，于是我向邻居打听。与我家相隔四五栋楼房的食品店老板娘告诉我，大概四点左右，朝子接了一个电话，然后就急急忙忙地出去了。电话是老板娘接到的，她说对方没有讲出姓名，只说朝子一听就知道了。朝子和对方通了一会儿电话，马上跑回家，然后就匆匆出门了。我问老板娘朝子在电话里都讲了些什么，她说只听到‘坐电车……去指谷’几个字。我感到很奇怪，回到家里翻找，看看朝子有没有给我留下字条，结果什么都没找到。我等了一夜，天亮了也没见朝子的影子。今天我没去上班，坐立不安地在家等了一天，直到看了晚报上的消息后，从被害者的年龄和服装上推测是朝子，我才立刻跑到这儿来。”小谷茂雄指了指妻子手指上的翡翠戒指，接着说，“这个戒指是四五年前我买给她的。”

警方对打电话的事情产生了极大的兴趣。“请仔细想一想，谁会给你夫人打这样的电话呢？”

“我真的不知道。”

“以前有过这样的电话吗？”

“没有。”

“在发现尸体的田无附近，有你的亲戚吗？”

“没有。我也感到奇怪，朝子怎么会去那个地方。”

“你夫人外出时一定会带手提包吧？我们在现场没找到，你家里呢？”

“她是带着手提包出去的，那是一个方形黑色的鹿皮包。”

“里面有多少钱？”

“我想不到一千日元。”

“有没有人对你夫人怀恨在心，想要报复她？”

“绝对没有。”

这时，烟中股长插话问道：“你家烧煤吗？”

“不烧，我家使用煤气，洗澡就去公共浴室。”

“你家附近有卖煤的地方吗？”

“也没有。”

谈话到此结束，警方记下小谷茂雄的工作单位等信息后，就让他回去了。毫无疑问，搜查科将调查的重点放在了让死者离家的电话上，他们立刻将食品店老板娘传唤到警察局。老板娘的回答与小谷茂雄提供的信息大致相同，只是提到曾经有一次，有一个人打电话来，不过是打给小谷茂雄的，小谷朝子代替丈夫来接听电话。对方叫滨什么，全名她记不清楚了。

搜查人员在询问小谷茂雄后得知，那个打电话来的男人叫滨崎芳雄，与小谷茂雄是同事。那天他打电话来是为了说明自己不能去小谷茂雄家打麻将了。那天打麻将的人还包括川井贡一和村岗明治，都是小谷茂雄的同事。小谷朝子与他们并不熟，所以，他们中的任何人都不可能打一个电话就把小谷朝子叫出去，朝子也不可能接到他们的电话后背着丈夫擅自出去。

“他们工作的公司是怎样的？”石丸科长问烟中股长。

“据说是一个经营药品的公司，把二、三流制药公司的产品转卖给批发商的中间商。还算不上是一个大公司。”

石丸科长思考了一下，说：“可以再调查一下。同时，我认为有必要对川井、村岗和滨崎进行调查。为了慎重起见，应证实一下他们有没有作案时间。”股长立刻向属下分配了工作。

“谁的家住在指谷附近？”石丸科长问道。

刑警们拿来地图，查了查，发现川井住在中野区，村岗和滨崎住在涩谷区，都不在指谷附近，连方向都不一样。

“烟中，指谷方面调查得如何了？”石丸科长又对烟中股长说。

“正在调查。”

“那我们也去指谷看看吧。”石丸科长说着站了起来。

坐在车上，石丸科长道：“烟中，你说小谷朝子是在什么地方遇害的？”

“你的意思是说，田无不是案发现场？”

“既然是掐死的，因为没有血迹，案发现场在哪里就很难确定了。另外，在尸体肺部发现了煤粉，这说明她临死前吸进了煤粉，可是发现尸体的地方连煤渣都没有。”

“有没有可能是被害者死前几小时，或几天前吸入煤粉的呢？”股长问。

“一个女人如果感到脸脏了就会立刻洗掉，而死者连鼻孔里都有煤粉。这说明她被害前根本没有时间洗脸。所以，她一定是被害时吸入的。”

不一会儿，车子就到了指谷电车站。两人下车在附近查看了一番，没发现任何工厂和烟囱，当然这里也就没有煤了。

过了两天，又弄清楚了一些情况。

首先，警方在指谷一带的调查没有任何收获。食品店老板娘说看到朝子外出的时间是四点左右，那么可以推测出她到达指谷电车站的时间是五点到五点三十分之间。这段时间是下班的高峰，没有人能够在人流中注意到朝子。

再者，被害者鼻孔和肺部粘有的煤粉的化验结果出来了。专业实验室对这些煤粉进行了化验，发现这些煤粉是一种质量非常好的煤炭，产自日本北九州的筑丰煤矿，或是北海道的夕张煤矿。

另一方面，调查发现，从12日傍晚到13日中午之间，村岗在涩谷的酒馆里喝完酒后，在五反田的朋友家里过了一夜，这一点已经得到了证实，毫无问题；川井和滨崎12日下午七点来到小平町铃木八寿家，这也是事实。不过，小平町离发现尸体的田无只有两公里的距离。

“铃木八寿是谁？”

“是川井的情人，”一个刑警报告说，“川井为她建造了一套房子，他们与邻居来往频繁。”

“有些可疑。”石丸科长说道。

搜查科对他们的行动做了进一步调查，结合他们的证词，大致情况如下：

12日下午三点，川井和滨崎在新宿看电影，六点左右离开电影院。七点之前，两人来到小平町铃木八寿家（警方无法证明他们的这些活动，因为电影院里灯光昏暗，而七点钟左右天已经黑了，铃木八寿家附近家家户户的窗子都已经上了套板，路上没有行人，所以没有人看到他们两个）。

七点左右，为了感谢平日里照顾铃木八寿的三个邻居，川井请他们去立川市听浪曲，滨崎也一同去了。浪曲散场的时间是九点三十分，他们乘出租汽车，于十点多到铃木家门前。这时，川井说在铃木家准备酒菜，让他们一会儿过来喝酒。三个邻居答应了，然后各自回到家中，二十分钟后，川井亲自上门去把他们都请到铃木家，五个人开始喝酒。十一点左右，滨崎有事先回去了。川井和三个邻居一直喝到凌晨三点半，然后都住在了铃木家里。川井和八寿睡在隔壁房间里。

大约早上七点，三个邻居的妻子来找各自的丈夫。这时，铃木八寿穿着睡衣走出来，还叫醒了正在熟睡的川井，将大家送出门。

滨崎十一点左右离开铃木八寿家，这引起了石丸科长和烟中股长的注意。

“滨崎，不就是最初和被害人通电话的那个男人吗？”石丸科长问道。

“没错。”

“我们应该再去调查一下他。”

滨崎芳雄是一个小个子男人，三十三岁。他这样回答警方的询问：“我在铃木八寿那儿喝了一会儿酒，后来想起来要去别处，就走了。我去了我喜欢的女人雪子那里。我从国分寺坐中央线在新宿下车，十一点四十左右到了雪子那里。但那晚她态度不好，我和她吵了一架，所以早晨五点多就离开了。我乘电车到了千驮谷，在外苑的长椅子上睡了大约两个小时，八点左右回到了涩谷公寓。”

雪子对警方证实了滨崎芳雄的叙说，她说：“那天是滨崎态度不好，总是发火，五点左右天还黑着呢，他就走了。”

这样看来，滨崎芳雄杀害小谷朝子的可能性也很小。石丸科长和烟中股长决定再调查市内各个工厂的贮煤场，以寻找小谷朝子被害的地点。不过，他们调查了三天仍然没有任何收获。

就在调查毫无进展的时候，他们收到一个好消息：13日早晨，田端警察署管辖的派出所收到了一个遗失的手提包，是一个小女孩路过田端机车库的贮煤场时捡到的。他们立刻取来手提包，找小谷茂雄前来辨认。小谷茂雄肯定手提包是妻子的。

石丸科长和烟中股长来到田端贮煤场，一个警察带着捡到手提包的小女孩和女孩的母亲正在那里等候。小女孩指出了捡到手提包的地点，在包围煤堆的栅栏和一段废路之间的地上。

这个地方如此僻静，被害人为什么会乖乖地跟凶手来到这个地方呢？石丸科长感到匪夷所思。他在小女孩捡到手提包的地方走来走去，突然发现，倒塌的煤堆从栅栏中溢出来铺了一地。其中有一部分好像被什么东西平整过，但还可以看出凌乱的痕迹。

石丸科长和烟中股长来到栅栏内的仓库左侧的办公室前，推开了玻璃窗子。里面有三个站员正在那里闲谈，听到响声一齐转过脸来。

石丸科长表明自己的身份，然后询问道："13号的早晨，这一带有没有什么变化？比如，像有人搏斗过的痕迹？"

对方回答："那天早上是有人把煤弄了个乱七八糟。我们拿扫帚把那些散落的煤末儿和土都给扫了。"

石丸科长和烟中股长听了感到无可奈何。他们又走出去问捡到包的小女孩："小朋友，你捡到手提包时，它是湿的吗？"

"不是。"小女孩回答。

"抄近路去田无。"石丸科长一钻进车里就对司机说道，随即看了看手表。车子以五十公里左右的时速一路行驶，用了五六十分钟来到发现尸体的地点。“如果是夜间的话，出租车或者摩托车可以跑到六十公里左右，大约需要四十五分钟吧。”石丸科长说道。

两人回到警察局，石丸科长立刻命令属下进行两项调查：一是去中央气象台核实一下13日早晨田端附近的降雨时间从几点开始到几点为止；二是将他们从贮煤场带回的煤末儿拿去化验。石丸科长刚刚布置完毕，烟中股长就来找他谈话。

“我让属下调查过了，不可能是因为怨恨、痴情而进行报复。小谷朝子在同小谷茂雄结婚前，曾在一家报社当电话员。对报社调查的结果是，小谷朝子是一个非常老实的女人，没有什么复杂的关系，更没有仇家。可是，这个案子怎么看都像是熟人干的。”烟中一口气说出了自己的意见。

“我也这么想。”石丸科长回答，“我仔细考虑了案件的情况，发现在朝子遇害的时间里，井川、滨崎和铃木有二十分钟的时间是除了他们自己，没有其他人可以证明他们不在案发现场。这段时间就是他们和邻居一起听完浪曲回到家中，邻居暂时离去，铃木准备酒菜的时间。”

“可是，案发现场在田端机车仓库贮煤场，他们不可能在二十分钟的时间内到田端贮煤场杀了人，再返回来。”烟中反驳道。

石丸科长命令属下去核实的两个调查结果都出来了。第一，中央气象台答复说，13日拂晓之前田端一带的降雨时间大约在三点至四点五十分之间。第二，化验结果表明，石丸科长从田端贮煤场收集的煤粉与被害者肺部的煤粉是同一炭质。

“对，这就是突破口！”石丸科长突然说道。

“什么？”烟中奇怪地问道。

“捡到皮包的小女孩不是说皮包没有湿吗？这就奇怪了。小女孩是在七点左右捡到包的，所以无疑手包应该而且必须被下了两个小时的雨淋湿。可是，手包一点儿也没有湿，这是什么原因呢？”

“这说明，手包是在五点以后，雨停了才被扔在那里的。”

“完全正确。”

“可是，死者是前半夜十点到零点之间遇害的，而手包却是在五点之后丢掉的，这不符合逻辑呀。”

“问题就在于此。不过，客观事实是不容置疑的，只能说明我们的推理有错误。”石丸科长肯定地说。不过，究竟错在哪里呢？他也闹不清楚。

这时，一个年长的刑警进来报告说：“我们对铃木八寿进行了调查。她没什么职业，已经跟川井好了很久了。川井与邻居们相处得不错，邻居们对他的评价也很好。案发那天没什么不正常的情况发生，只是有一件小事，不知道对破案有没有参考作用。是这样的，铃木家与左右邻居都相隔较远，听说铃木八寿在晚上七点左右曾到东边的邻居家里借了一把扇子。那扇子是扇火用的。不过铃木八寿家平时用煤油炉做饭，用不着扇子，所以猜不透她借扇子有什么用。听说，铃木八寿还扇子的时候，说不小心把扇子弄坏了，就买了一把新的还给邻居。邻居感到奇怪，觉得很结实的一把扇子怎么会被使坏呢。”

石丸科长和烟中股长对视了一眼。

当天傍晚，烟中被叫到科长的办公室里。石丸科长格外高兴，说道：“我找到案件的突破口了。13日早晨五点多，滨崎芳雄说自己与雪子吵了一架就离开了，而手提包被丢弃在现场的时间正是五点钟以后。从新宿到田端，就是坐国电也不过二十分钟。那么滨崎芳雄至多五点半左右就能到达田端，把手提包放在那里后就可以返回来去外苑睡觉。”

“你是说，朝子的手提包是滨崎放在那儿的？”

“你想，滨崎说他离开雪子那里后，在外苑的椅子上睡了两个小时，可是没有其他人可以证明这一点。你快去问问雪子，看看有什么发现吧。”

被派往新宿的刑警很快就回来报告说：“滨崎那天晚上来雪子这里时，带了一个像包着饭盒似的报纸包。雪子曾问他那是什么，他没有理睬。”

石丸科长立刻命令烟中：“马上把滨崎找来，问问他报纸里面包的是什么。”

滨崎芳雄被刑警叫来了。不过，不论刑警怎样问，他就是一口咬定自己没带报纸包，是雪子记错了。石丸科长和烟中股长决定暂时将他扣押起来。不过，他们还是搞不明白，凶手到底是谁，他又是如何运送尸体的。

晚上，烟中股长回到家已经十点多了。他把疲惫的身子浸在浴缸里，打算好好地洗个澡。“哎，我说，这水有点凉啊。”他冲老婆喊道。他老婆马上跑过来，往浴缸的炉灶里添煤。煤在燃烧着，火焰把暗淡的房间映得通红。看着红红的火光，烟中不禁联想起案件中被害者肺部的煤粉来。突然，他想到了什么，急忙从浴缸里跳出来，穿上衣服，上了一辆出租车，往科长家驶去。

“什么事呀？”科长看着烟中，不解地问。

“我知道罪犯们是怎么做的了！他们把田端贮煤场的煤粉装在某种容器里面带回去。然后，在什么地方杀害朝子之前，让她吸进大量的煤粉。恐怕是把她关在很窄的地方，硬逼她将煤粉吸进肚里，这才需要借来一把扇子吧。就是说，用扇子将煤粉扇到空气中，即便被害者再反抗，也只能眼睁睁地将煤粉同空气一道儿吸进肺里。后来，罪犯们看到扇子被煤粉弄黑了，害怕留下证据，第二天就买了一把新扇子还给邻居。”

“如此说来，田端贮煤场是伪装的假现场了？”科长问道。

“没错。罪犯考虑得很周到，他们知道警方会解剖尸体进行检验，当发现肺部粘有煤粉，就一定会认为是被害者在被害现场吸入的。只要发现和尸体中的煤粉是同一炭质的地方，那里就肯定会被认为是作案现场。”

“那么，为什么要把手提包放到田端去呢？”

“那是为了让人捡去，交给警察。罪犯想通过这个手提包告诉警察，这里就是现场。否则的话，往被害者的鼻子里扇了半天煤粉，而不让人知道哪里有这种煤，那不就白费力气了吗？”

“嗯，这么说，他们的目的是想制造没有作案时间的证据吧？”

“对。罪犯是想说明在短促的时间内是不可能往返于田端和小平町的。即使开最快的车，往返一趟也需要一个多小时。所以，没有旁证的这二十分钟，是不能被列入怀疑的范围之内的。”

“你是说他们把朝子带到铃木八寿家里去了？”

“正是。他们一定是把朝子叫到指谷，然后出水道桥，一起乘中央线来到国分寺。铃木家附近的房屋比较分散，即使发出大点儿的声音也不会被外人听见。而朝子来到铃木八寿家以后，肯定被监禁起来了。川井为了伪造时间上的证据，七点钟以后同邻居一起去立川听浪曲。九点三十分散场，他们于十点十分左右在铃木家和邻居分手后，急忙逼迫朝子吸进煤粉，随后把她掐死，将尸体先放在仓库或壁橱等地方。凶手就是川井、滨崎和八寿三人，作案现场是铃木八寿的家。

“邻居来了以后，就开始喝酒。而滨崎要把手提包放到田端贮煤场去，所以十一点离开了八寿家。川井同邻居的几个人一直喝到拂晓前三点三十分。

“三点半以后，三个喝醉的邻居都睡着了，川井和八寿就从仓库或壁橱里取出尸体，走了两公里的路，将尸体扔到了田无西边的杂树林里。

“他们没有用车运，因为这样会留下证据。他们把尸体丢到杂树林的现场后，又重新走着回到了铃木八寿的家，这时，可能已经五点多了。所以，当邻居们来找睡在铃木家的丈夫时，川井就不慌不忙地走出来，装出一副和客人一样一直睡到现在的样子。

“我想他们已经把案发现场彻底清扫干净，消除痕迹了吧？不过，如果在哪个角落里留下一两个小煤碴儿，那我们就有收获啦。”

十天以后，在川井贡一的供词中，证明了烟中股长关于案件的推理是完全正确的。出乎意料的是，川井供出了一个重大的事情——警察局无论如何也搞不清楚的作案动机。

“我和滨崎是三年前在世田谷发生的杀害某公司董事长夫人案件的犯人。当时，我们去某公司行盗时被董事长夫人发现，她拼命喊叫，我们就把她害死了。不巧，这时候电话铃响了。我们都大吃一惊，滨崎本能地接了电话，听出对方是打错了电话，这才放下心来。本来放下电话就没事了，可是滨崎说了句‘这里是火葬场’，他还想戏逗一番，我急忙在一旁切断了电话。就这样，这件事成了祸根。打错电话的人是一个报社的话务员，她说她听到了杀人凶手的声音，报纸就把这个消息登了出去。

“三年以后，滨崎又把自己的声音让那个话务员听到了，而且这个话务员就是我们新收来的贩卖麻药的同伙小谷茂雄的老婆。她具有话务员特有的听觉和记忆力，立刻察觉到滨崎的声音就是当年她听到的凶手的声音。这是我从她的表情上看出来的，当时我们正在她家等着打麻将。我们觉得不能让她声张出去，就抓住她还想听一听滨崎的声音这一点，对她说：‘滨崎和你丈夫都在小平町呢。’她就乖乖地跟我来到了小平町。她本来是想进一步核实一下滨崎的声音，没想到却因此送了命……”

◎爱德华·霍克［美国］

杂货店谜案

那是1928年的夏天，一个比以往都要炎热的夏天，刚到6月，温度就攀升到了三十多摄氏度。当月的头条新闻是阿梅莉亚·埃尔哈特驾机飞越大西洋。她是完成此举的首位女性，山姆医生的护士爱玻对此感到由衷的高兴。

“瞧，山姆医生！”爱玻高举着刊载了埃尔哈特壮举的晨报说，“我早就告诉过你，男人能做的事，女人绝对没问题！”

“她和林德伯格不一样，林德伯格是一个人驾驶的飞机。而她这架飞机上有三个飞行员。”山姆医生反驳道。

爱玻一个劲儿摇头：“你们这些男人！我觉得玛姬·墨菲对你们的评价真是恰如其分！”

“又是玛姬·墨菲！我最近听得最多的就是这个名字。”山姆医生无奈地摆了摆手。

玛姬·墨菲是个四十岁左右的女人，她是去年年底来到北山镇并安顿下来的。据说，年轻时她就是个战士，为妇女选举权法案的修正而东奔西走。眼下，她对镇上男人们的大男子主义深恶痛绝。

北山镇有两家杂货店，玛姬常在其中较大的那家跟众人论战——商店位于镇广场对面，老板是马克斯·哈克纳。自从马克斯吞并了约翰·克雷恩的五金铺子、打通墙壁之后，商店就成了镇上集会的最佳场所。不过，自从玛姬·墨菲开始流连于此后，马克斯就把店里的凳子全挪走了，但这并未打击玛姬的热情。

玛姬是一个洒脱的女人，比镇上那些农妇要有魅力得多。也许这就是她屡次做宣扬女权主义的演讲，却没有被逐出镇外的原因。在此起彼伏的叫嚣与讽刺声中，没准人们私底下是佩服她的。玛姬经营着一间小小的房地产事务所，办公室紧邻马克斯的杂货店。有人认为马克斯应该把玛姬这边的地盘也吃下来，但马克斯声称他没那么多钱。山姆医生却隐隐觉得，马克斯似乎有些喜欢玛姬，喜欢她的行为处事。

山姆医生和爱玻争论完后，就来到了马克斯的杂货店，想给诊所里的水龙头买一些垫圈。玛姬也在，她正在饼干桶旁口若悬河。

“你们怎么看待女性在政治中扮演的角色？”她问老迈的约翰·克雷恩——自把五金店卖给马克斯后，他就常在杂货店周围徘徊。他还没能适应退休的生活，看上去很疲惫。“政治？”他漫不经心地说，“你是不是说女市长和女州长？”

“没错，”她说，“还有参议员和总统！既然我们有了选举权，这些就是顺理成章的事了。”“我没什么想法。”老约翰道。对玛姬而言，他不是一个好的听众。

“马克斯，你怎么看？”玛姬转变了谈话对象。马克斯正在柜台后面忙着把新到的猎枪摆到货架上，他头也不抬地说：“她们干什么和我没关系。只要把饭烧好，把孩子带好，女人想干什么就干什么。”

玛姬不满地道：“我们这些人在有生之年可能无法见证，但是一定有那么一天，男人们来做饭和带孩子，而女人出去工作。”这番话引发了在场男性友好的哄笑。她转而向山姆医生求助。“你觉得呢，山姆？”“我不关心这些事，”山姆医生道，“马克斯，方便的话，能不能帮我找一些这个尺寸的

垫圈？”马克斯走过来，透过厚厚的镜片仔细打量着山姆医生手里的物品。“好，我找找看。”“你应该能找到，”克雷恩在一边说，“把墙推倒的时候，你买下了我的库存。”

几分钟后，马克斯找到了垫圈，山姆医生把钱给了他。就在山姆医生要离开时，玛姬跟上来说：“你还没发表支持我的言论呢，山姆。”“我说，玛姬，你已经有爱玻的支持了。难道这还不够吗？”“我要把马克斯也争取过来。”

“他已经站在你这一边了。不过因为有一个阿梅利亚这样的老婆，我猜他没胆表现出来。”她哈哈大笑：“你能想象有人会娶阿梅利亚吗？”山姆医生明白她的意思，马克斯的老婆阿梅利亚确实和泼妇没什么两样。

“可能也会有人无法想象谁会娶玛姬吧。”山姆医生揶揄她。“有一个人可以，”她突然严肃起来，“我结过一次婚，山姆。还是在纽约，不过我丈夫在一次战役中阵亡了。”“抱歉。”“没事。”“你后来没有再婚过？”她耸了耸肩：“总有一大堆的事情要做，先是妇女选举权，现在又是为女性争取一份体面的工作。”“在北山镇，你不可能有所作为的。”“这只不过是临时性的。如果我能让房产业务实现赢利，我就搬到波士顿去。”不知不觉，山姆医生已走到了诊所，于是和玛姬挥手告别。这是他和玛姬之间最长的一次对话，山姆医生感觉很愉快。

老约翰·克雷恩身体一直不是很好。那天晚上十点钟，山姆医生接到老约翰的妻子米莉打来的电话，说老约翰心脏病发作了。医生迅速出发，却已无力回天。“他走了，米莉。”医生道。“他晚饭过后还好好的，山姆医生。饭后他出门散步，在菲尔·塞吉家待了一会儿。就在不久前，他回来了，我发现他的脸红彤彤的。他坐在那边的椅子里，抱怨说胸口痛，然后就这么去了。”米莉的话还没说完已泪流满面，山姆医生试着安慰她。

“需要我帮你打电话给孩子们吗，米莉？”她站起来，擦干泪水。“不用了，这件事我应该自己来。”她走到电话旁边，突然停了下来，好像陷入了回忆，“我们在一起生活得很快乐，可是自从退休后，他就没有一天开心过。工作就是他的一切，山姆医生。”山姆医生看着椅子里那具冰冷的躯体，感到一阵难过。

山姆医生回到公寓时，都快半夜了。他正准备开门，忽然一个高个子男人从阴影里缓步走了出来，开口道：“别害怕，山姆医生。是我——弗兰克·本奇。”“哦——弗兰克！你真的吓了我一跳。”“我在这里等了快两小时了。”弗兰克身材瘦削，在马克斯的杂货店里打零工。不过，据说由于某些原因他几周前就被解雇了。山姆医生根本没想到他还在镇上。“我记得有人告诉我你已经搬走了，弗兰克。”医生道。“确实如此，但也没搬远，就在这附近。我得和你谈谈，医生。”医生叹了口气，看来今晚是没法睡觉了。“快进来吧。我刚刚去克雷恩家了。老约翰心脏病发作，见上帝去了。”“他死了？这真糟糕。他是个不错的老人。”他跟着山姆医生进屋，然后坐下。医生这时才发现他的手在发抖。

“弗兰克，要不要我给你拿点喝的？”“不……不用，谢谢了，医生。我只是有话要说。你应该听说了，我丢掉了杂货店的工作。”“我只是觉得好几天没看见你了，别的倒也没听说什么。”“马克斯把我解雇了。他忌妒我对他老婆有意思。”“阿梅利亚？”山姆医生几乎有点怀疑自己的耳朵了，“但是你们之间肯定没什么吧？”“错了，医生，所以我才不得不来见你。阿梅利亚已经四十四岁了，在这种年纪怀孕是一件危险的事……”“怀孕？”医生疑惑地道。他抬起头：“我担心她怀孕了。我不可能就这么拍拍屁股走人。你是她的医生，我认为你会比别人更早发现……”

这消息让医生感到震惊。当他回过神来时，说：“据我所知，阿梅利亚没有怀孕。不过你还是把你的新地址告诉我吧。万一被你言中，我可以知道去哪儿找你。”他犹豫了：“你不会告诉马克斯的，对吧？天啊，他扛了一把猎枪追杀我！”“我不会告诉马克斯，也不会告诉其他人。”“谢谢你，医生。也许现在我可以喝一杯了。”山姆医生给弗兰克倒了一杯烈性苏格兰威士忌，弗兰克告诉医生地址后就走了。

都过了十二点了，总算可以睡觉了。山姆医生刚想上床，不料电话又响了。他拿起听筒，只听一个急促的声音说道：“山姆，我是蓝思警官。你能不能马上来马克斯的杂货店？”“发生什么事了，警长？”“马克斯被杀了。有迹象表明，是那个叫玛姬·墨菲的女人干的。”

山姆医生赶到现场时，那里一片灯火通明。蓝思警长在杂货店里，一名新来的助手守在门口，一些镇上的居民被这桩发生在午夜的案件吸引，聚集在门外。山姆医生走进店铺，看到马克斯·哈克纳仰面朝天瘫在地上，胸口被鲜血染红，衣服上有一个弹洞。“凶器是什么？”山姆医生问蓝思警长。“猎枪。

依据伤口形状判断，发射时枪口距离死者六英尺。”作为凶器的猎枪就躺在不远处的地上。那是一把大型双筒猎枪，之前放在柜台后的货架上，标价牌仍挂在扳机护环上。

山姆医生的视线停留在一把椅子上，玛姬·墨菲坐在那儿，手捂着脑袋。“你受伤了？”医生向她走去。“我摔了一跤，磕到了头。”医生把她的手拿开，她的发际上有凝结的血液。清洗过后，医生发现伤口并不深，不过伤口周围有一圈瘀青。“肯定痛得要命吧？”医生问。她努力挤出笑容：“感觉不太好。我晕了好几个钟头了。”“你得去医院做X光检查，看是否有脑震荡。你有没有恶心或者头晕的感觉？”“我……我觉得没有。”

山姆医生瞥了一眼马克斯的尸体，问玛姬：“你应该能告诉我这里发生了什么事吧？”“问题就在这里——我什么都不知道！我工作到很晚——大概九点半。在关上办公室的门准备回家时，我看到马克斯刚好也在关门。你也知道，在夏日的夜晚，他都营业到很晚。我走到他的店里，打算买个环绕在扳机外面，防止枪支意外走火的保险设备。谁知，我一不小心被什么东西绊了一跤——我猜是一袋土豆。我的头撞在饼干桶上，后面的事情我就不知道了。”“当时还有谁和你在一起？”“没别人——就马克斯和我。所以他才关门的——因为已经没有别的客人啦。”

山姆医生转向蓝思警长：“好吧，那你赶到时，情况如何？”“那已经是午夜了。马克斯就这么躺在地上，猎枪放在他身边。我当时以为他是自杀的。”“有自杀的可能性吗？”“不可能。退一步说，就算他用脚指头扣动扳机，枪管到胸口的距离也不可能达到六英尺。这是谋杀，毫无疑问。”“那就是有人在你失去意识的这段时间里，进到店里，从货架上取下猎枪，上膛，然后开枪行凶。”山姆医生对玛姬道。“我就是这么和蓝思警长说的，但他不相信我。”“我不相信她的原因很简单，医生。如果事实真如她所说，那么凶手到哪里去了？我们赶到现场时，所有门窗都闩上了——从房间里面！”“难怪你打电话给我，”山姆医生说，“又是一桩密室杀人。”

蓝思警长反驳道：“压根不是那么回事，医生，不要擅自下结论！我打电话给你，只不过是因为这里有一位女士，她头部的伤口流血不止。密室是不存在的，因为我们到时，凶手就在这里。”玛姬不得不点头承认：“马克斯让我进来后，顺手闩上了前门。我醒来后发现他死了，于是打电话给警长。我的脑袋一直晕乎乎的，所以就这么坐着等待，根本没想过门那时还是从里面闩住的。如果我是凶手，你们认为我会这么蠢吗？”

山姆医生走到门边仔细察看，发现门上有把锁，锁上方还有单独的一根插销。他又检查了储藏室那边的后门。这扇门有个横跨整个门板的木制门闩，门本身也上了锁，没人能从这扇门开溜。接着，他将注意力集中到了储藏室的两扇窗户上，它们也都从内侧上了锁。前屋唯一朝外的窗户有两扇，是位于前门左右两侧用于展示商品的巨大橱窗玻璃，此时，也都锁得好好的。位于房间一半高度的边墙上，有一台小型排气扇，排气扇叶片之间的距离很近，双筒猎枪无法从中伸进来，更别说让一个有血有肉的凶手进出了。他望向高处涂了黑漆的木头天花板，那里既没有天窗也没有出气口。

“地下室检查过了吗？”山姆医生问。“我们一开始就检查了那里，下面没人。我们检查了每一处地方，甚至还把头伸到暖炉里面察看。除了墨菲小姐和那个死人，这儿没别人。”

山姆医生决定换一个话题：“我能不能看一下那把猎枪？”“当然。我们取了一组指纹，经鉴定，这些指纹是马克斯的。”医生点点头：“他今天刚把这些枪放到货架上，我看到过他摆弄它们。”他打开枪体，发现两根枪管都填入了子弹，不过只射出了一发。“阿梅利亚在哪里？你们通知她了吗？”“找不到她人，她不在家。”警长回答。“啊？这难道不奇怪吗？”“难说。说不定她离开镇上，去别处了。”山姆医生这才想起自己确实有几天没见到她了，疑惑地道：“但是我觉得如果她离开这里，我们应该会听说的。”“哈，她早晚会出现的。现在我要继续工作了。这边请，墨菲小姐。”“你要带她去哪里？”蓝思警长不屑地看着山姆医生：“你不是说要做X光检查吗？先去医院，然后我会以谋杀的罪名对她提出控告。”

第二天一早，山姆医生刚到诊所，爱玻就问："医生，你听说玛姬·墨菲的事了吗？""当然，我当时就在那里，爱玻。""马克斯·哈克纳被人杀了，我知道这很糟，可人们不该认为这是玛姬干的。这是一个圈套，有人设计她。""爱玻，我很怀疑会有人只是为了陷害玛姬·墨菲而夺走马克斯的性命。谋杀需要更为强烈的动机。""那么，玛姬的动机又是什么呢？""问得好。"山姆医生道，这也正是他打算调查的问题之一。

山姆医生步行来到了警长的办公室，发现马克斯的孀妇阿梅利亚也在那里。她在警长办公桌的对面直挺挺地坐着，干瘦的脸上没有泪水，也没有笑容。说实话，到现在山姆医生都没办法把她和弗兰克·本奇联系起来。"你好，阿梅利亚，"医生说，"马克斯的事实在太可怕了，希望你节哀顺变。"她僵硬地点头回礼："我早就知道那个叫玛姬的女人不是好东西。""还没对她宣判呢，"医生提醒她，"甚至她还没有被正式起诉。""但是除了她，还能有谁会干这种事！"蓝思警长清了清嗓子，道："哈克纳女士，看上去确实如您所言。不过我们还在进行全面的调查。"

山姆医生看了警长一眼，道："警长，你不介意我向阿梅利亚提一个问题吧？""请便。""阿梅利亚，昨天晚上你丈夫被害的时候，你在哪里？""我不知道他遇害的准确时间。"医生再次望向蓝思警长，蓝思警长耸了耸肩，道："医生，还没人来报告说听到了枪声。验尸官推测他的死亡时间为九点半至十一点半之间。""不妨这么考虑，"山姆医生提出了自己的见解，"玛姬九点半左右进入店中，被绊倒后，撞伤了头部。这之后，马克斯一定是马上就被射杀了，不然他会采取某些措施帮助玛姬苏醒。""前提是你相信她的故事，医生，我可不信。被一袋土豆绊倒，这故事站不住脚。"警长道。

山姆医生道："阿梅利亚，你到底在哪里？十二点没过多久，警长就试着联络你。""我就在家里。马克斯没回来，我便上床休息了。一旦睡着，什么事都吵不醒我，所以我没听到电话响。他大概三点钟又打了过来，总算把我给惊醒了。""玛姬·墨菲为什么要杀你丈夫，你有什么想法？""大概是因为他从未苟同她那些疯狂的想法吧。对一个像她这样的疯女人来说，这动机足够了。"山姆医生转而将问题抛给蓝思："警长，玛姬头上的伤怎么样了？X光有没有拍到脑震荡的迹象？""还不能断定。她需要几天时间放松。这不是什么大问题，我们楼上有个小房间。""我能不能见她，她需要接受医生的检查。”“唔，好吧，这边，我拿了钥匙就带你上去。”警长道。

狭窄的楼道通往二层的监禁区，山姆医生跟在警长后面，问：“你对阿梅利亚·哈克纳有什么看法？”“这女人冷酷得像块石头。可怜的马克斯，她未曾对他流露出丝毫的情感。”“没准她后院有人。”山姆医生暗示道。“阿梅利亚？你是不是在跟我开玩笑啊，医生？”警长不相信地连连摇头。

玛姬·墨菲端坐在囚室中，她正在写信。山姆医生问她信是写给谁的，她答道：“写给我妈妈，我要亲口告诉她，我一切都好。”“你妈妈在哪里？”“在家乡，匹兹堡近郊的一个小农场。我就是从那儿出来的。我好多年没回去过了。”山姆医生坐在她的床铺上，蓝思警长在他身后锁上了牢门。“你有十分钟时间，医生。”说完他转身下楼去了。

“你情况很不妙，玛姬。”医生告诉她。“我知道。”“那儿每一扇门窗都是从里面锁上的。也许马克斯为凶手打开了其中一扇门，可凶手杀人后要怎么逃走呢？”“我也希望我能给你一个答案，山姆，可是我不知道。和其他人一样，我对此一无所知。”“要不就从发生在你身上的事开始说起吧，告诉我真相。”“你这话是什么意思？”“按照你自己的描述，你被绊倒后，头撞在了那个饼干桶上，可我无法想象那个过程。如果你没有骗人的话，伤口应该在你头部左侧，而不是现在的右侧。”

她把脸转向一旁，盯着墙壁看了一会儿。然后她重新面对医生，开口道：“我只有一点撒了谎，我不是向前摔倒的，而是向后。所以是左边而不是右边受到了撞击。”“你摔倒的时候正在后退？”“没错。”医生忽然明白了当时发生的一切：“你在逃避马克斯，他对你有所企图。”她看着地面，点了点头：“他一步一步朝我逼近。我不知道他在打什么主意，也不知道他想干什么。他伸手抓住我，我向后退去，想要挣脱，结果踩在装土豆的袋子上。就像我说的那样，我撞到了头，后面的事情我就不知道了。”

医生坐着没动，大脑飞速地运转。然后，他异常平静地说：“玛姬，如果你在对方意图袭击你的场合下开枪射击，这属于正当防卫，陪审团会表示理解。”“我没有开枪！”“好吧，别激动，我相信你说的话，玛姬。”“可你的口气根本就不是这么回事儿！”“很抱歉。努力一下，你能不能想起一些在你失去意识期间发生的事？比如枪声或者人说话的声音？”“没有，什么都没听见。”“昨晚以前，马克斯的行为有没有征兆？”“都是些无关痛痒的事儿。他说过一些挑逗的话，但也只不过是开玩笑。我猜昨晚我的光临使他错以为我需要的并不只是玩笑。”“你有没有听说马克斯的老婆和别的男人有一腿，或者其他这一类的传言？”“阿梅利亚？你这是开玩笑吧？”“谁知道呢。”医生起身准备离去，“我想我听见警长上来了，我的探访时间完了。”“你能帮帮我吗，山姆？”“我会尽力的，玛姬。”但当医生走出牢门的时候，仍然没有理出个头绪来。

北山镇唯一的殡仪馆那天下午忙得不可开交，因为不仅马克斯·哈克纳，约翰·克雷恩也在同一天举行送别仪式。威尔·华生是殡仪馆的业主，他对死亡早已司空见惯。“真有意思，”他对山姆医生说，“这两人生前在相邻的店铺相处那么多年，连死都要选在同一个晚上。”“巧合罢了，”山姆医生说，“除非你觉得克雷恩的死有什么蹊跷。”“没有，没有啦——只是心脏病嘛，就像您在死亡报告上说的那样，医生。如果一定要走，我觉得这是一种不错的死法。”“我想也是。”医生边说边回想昨晚在克雷恩家度过的时光，那正是马克斯被谋杀的时间段，弗兰克·本奇声称自己在此期间一直在寓所外等着医生。可除了他自己，没有人可以证明这一点。

“好好修补，看上去要自然，”威尔·华生滔滔不绝地说，“胸口这个伤口太吓人了！”“猎枪就是这样。”医生心不在焉地回答，思绪还停留在弗兰克身上。会不会是他杀死了马克斯，这样阿梅利亚就自由了？“至于约翰，除了摔倒时肩膀上的肿块，就没有什么需要修饰的地方了。”“两位孀妇都在吗？”医生突然问华生。“阿梅利亚在楼上。”

山姆医生上楼后，发现阿梅利亚一个人坐在家属休息室内。“你好啊，阿梅利亚，又见面了。”“你好，山姆医生。”“我了解你的心情，你现在一定很悲伤，但我还是有些问题想问你，希望你能谅解。我知道你急于找到杀害马克斯的凶手。”“凶手已经在监牢里待着了。”“也许吧。阿梅利亚，告诉我你最近有没有什么关于弗兰克·本奇的消息？”“弗兰克？”医生的问题使她面色略微发白，“没有——你问这个干吗？”“昨天晚上他来找我，给我讲了一个天方夜谭般的故事。他问我你是否怀孕了。”她闭上眼睛，身体轻轻地晃动，医生连忙扶稳她。“实在抱歉，阿梅利亚，可是我需要知道真相。”“我没有怀孕。”她有气无力地回答。“弗兰克有没有杀害马克斯的动机？”“他连一只苍蝇都不会伤害。”“知道了，”医生说，“阿梅利亚，再见。”

外面的房间里已经站满了前来致哀的人。山姆医生认出了菲尔·塞吉——本地的枪匠，他的老婆在大门口。马克斯杂货铺的其他一些老主顾也纷至沓来。既然马克斯有他们的陪伴，医生决定回店里去看看。他信步朝镇广场走去，然后绕着杂货铺漫无目的地走。一边是玛姬的房产事务所，挂了一块明显的“停止营业”招牌。马克斯的杂货店在另一边，店外头有一名警察在站岗。

医生向警察解释了来意，再次来到店内调查。这里一如前夜。他在一张椅子上坐下，盯着天花板，期待被灵感的闪电击中。这时，他发现了之前没有注意到的某样东西。他找来一架折梯，爬上去想看得清楚一些。涂黑漆的木质天花板上，有一小块区域好像裂开了，在那区域上有很多小洞，像是蛀虫蛀过。天花板的其他部分都没有异常。他掏出折刀，插入其中一个小洞。“你在那上面干什么，医生？”下面传来一个声音。医生往下看过去，原来是蓝思警长站在那里。“检查天花板上的虫洞。”医生说。“警卫打电话给我，说放你进去了。”“真是个高效率的家伙。”

医生从梯子上爬下来，和警长相对而立。警长开口说话时，脸上有掩饰不住的得意：“我解决了这个案子，你肯定很想知道。”“昨晚你逮捕玛姬·墨菲的时候，你也是这么说的。”医生道。警长不屑地摆摆手：“错了，马克斯不是墨菲杀死的。我现在知道真正的凶手是谁了。医生，我也有这么一天，能够赶在你之前解开密室问题哦！”“说说看吧，警长。”“我们有哈克纳家的一名邻居作证，他看到阿梅利亚没到十二点就出去了，就她一个人。我打电话的时候她根本没在睡觉，因为她不在家。”“那她在哪儿？”“藏着。杀死自己丈夫后，她就藏在这儿。”“你不是说你们搜查过这里了吗？”医生抗议道。“有一个地方漏看了，因为那太明显，就在我们眼皮底下，所以我一直没想到。”他夸张地伸出手指，“就在这里，医生，在这个饼干桶里！阿梅利亚·哈克纳杀害了马克斯，然后藏在饼干桶里。”

“聪明的解答，警长。你的意思是阿梅利亚杀害马克斯之后，爬到桶里，想法儿把自己埋在饼干里，并在接下来的几小时里一动不动——你和你的人在这里，我也在这里，桶里那些饼干最轻微的声响都会引起我们的注意。还有，她后来怎么离开杂货店的？警卫一直守在门口。她根本犯不着冒这个险躲在桶里，只需让现场维持原样，等玛姬醒来，自然发现尸体即可。毕竟，就算店门没锁，玛姬还是有可能成为嫌疑人的。”蓝思警长一脸沮丧：“那整件事就没法解释了，医生。”“别急着下结论，”医生说，“我们出去走走。”

医生带领警长沿一条小街朝远离镇中心的方向走去。大约十分钟后，他们在一栋房子前面停下脚步。医生左右打量周围的情形，道：“我要在这里搜查，可能还要在没有许可的情况下进入车库。你最好帮我守着另外一个方向，警长。”山姆医生几乎立刻就找到了他要找的东西，就藏在车库后面耙子和园艺工具堆里。他把那东西拿出来给蓝思看。“这东西有什么意义吗？”警长问。“我稍后会解释的，现在我们去殡仪馆。”

殡仪馆已经水泄不通了，蓝思警长一马当先在前开路，朝着马克斯·哈克纳的凭吊室走去。“不是那边，”医生说，“去另外一间。”米莉·克雷恩起身迎接他们，蓝思低声致哀。“你们两位能来，真是太感谢了。”她说。“米莉，有些事情我要告诉你，”医生说，“能单独和你谈谈吗？”她看看蓝思，又看看医生，道：“当然可以，这里有一个专供家属休息的房间。”

他们来到远离致哀者的地方，医生单刀直入地说：“米莉，我们刚从你家过来。在你们的车库里，发现了这把枪。”“这把枪怎么了？”“这就是杀死马克斯·哈克纳的凶器。”“你是在指控我杀害了马克斯吗？”“不是你，而是你的丈夫。杀死马克斯的人是约翰，杀人后的兴奋让他心脏病发作。”

蓝思警长大惊：“医生，你是说一个死人杀了马克斯？”“扣下扳机的时候，他还没死，警长。当时他活得好好的。米莉，你告诉我他在晚餐后出门散步，他打算去菲尔·塞吉家——菲尔·塞吉是个造枪的。他在菲尔那里取了一支枪，对吗？同时他还买了一些子弹。我认为他没打算要用它们来对付马克斯——至少当时还没有。但当他经过杂货店时，他看到了马克斯，那个买下了他的店铺，让他提前退休的男人。这个男人拥有一个更大的新店，可却连找一个垫圈那么简单的事都干不好。还有，他看到马克斯正在袭击一个女人，玛姬·墨菲。他肯定是这时出手相助的，不过更多的是出于对马克斯的愤恨。”

“可我们要如何解释店里那把枪？”蓝思警长不解地问。“约翰·克雷恩很可能想透过锁着的前门向马克斯射击。马克斯看到握枪的老约翰后，给自己的枪上了子弹，准备进行自我防卫。他当然不可能给老约翰开门，但这不妨碍老约翰的行动。他想起了排气扇的存在，于是绕到了旁边的巷子里。他站在其中的一个箱子上，将枪管从排气扇的叶片之间插入，朝马克斯开了火，正好命中胸口。马克斯的手指由于条件反射，也扣动了扳机，猎枪里的大号铅弹击中了木质天花板。今天下午，我在天花板上找到了嵌在里面的子弹碎片。我们看到尸体身旁的枪，发现它开过火，就想当然地认为这就是凶器。这也意味着，凶手必须在店内，但事实上他一直在室外。”

“等一下，医生，”警长抗议，“我看到你亲自检查过风扇的扇叶，猎枪的枪管没办法从叶片之间伸进去啊。”“双筒猎枪之所以被称为双筒，就是因为它比单筒猎枪多一根枪管。马克斯的双筒猎枪无法伸进去，但是约翰·克雷恩的单筒猎枪没问题。”

整个过程中，米莉始终一言不发。现在她终于说话了：“您从理论上建立了针对约翰的指控，但是您的证据在哪里？”“证据就是这把从你们的车库里找到的枪，米莉。当我从杂货店的天花板中取出子弹的一瞬间，我就明白一定还有第二把枪。从你们家到马克斯的商店只要步行十分钟，所以令老约翰致命的心脏病发作后，他仍有余力赶在十点钟前回家，但要处理那把凶枪的话，时间就不够用了。所以我认为我们一定可以在你们家找到它，果不其然。”“我需要更加实质性的证据，否则我无法接受他作为凶手的说法。”米莉道。

“很抱歉，米莉。我实在是不想伤害到你。但如果你坚持的话，我可以进一步说明。今天早些时候，我在殡仪馆遇到了威尔·华生，他提到约翰身上唯一需要修补的痕迹就是肩膀上的一处肿块。大家都知道，猎枪的后坐力会让肩部产生轻微的挫伤。威尔认为这是约翰摔倒的时候弄的，但是你告诉我，他是坐在椅子里去世的。”她简单地点了点头，然后把视线移开了。

“我被你说服了，”蓝思警长说，“这案子结了。还有个问题——如果阿梅利亚没在店里谋杀亲夫，那她到哪儿去了？”“我猜是去偷会情郎，”山姆医生说，“弗兰克·本奇十二点多才离开我的公寓。她一定在什么地方等他，因为她并不知道他来我这儿了。”

3 Chapter 诡谲迷局

谜样的画室里惊现白色幽灵；障碍赛被看好的种马“危险”意外遭到枪击；在伸手不见五指的黑暗之屋里，医生连中四枪，枪枪致命……乔治·西默农、埃勒里·奎因、G.K.切斯特顿等推理大师巧妙设局，谜团纷至沓来……这些令人无法抗拒的经典之作，将最大限度地挑战你的智慧，让你深切体会推理小说的无限魅力。

Detective Novels

◎乔治·西默农[比利时]

白色幽灵

乔治·西默农（1903—1989）

世界闻名的法语侦探小说家。其作品构思严密，文风朴实，情节紧张。西默农不但是营造气氛的高手，也是心理犯罪研究的大师，他的小说深度探索了小人物在压力下的微妙变化。

西默农发表过大量的犯罪心理分析小说和侦探小说，如《十三个谜》《十三个罪犯》《雪是脏的》以及以梅格雷为探长的系列小说等。他塑造的梅格雷探长已成为推理史上不朽的名侦探。

清晨，梅格雷探长接到报告，第18区分局的洛尼翁侦探昨天半夜在于诺街遭不明人士枪击。洛尼翁身中两弹，生命危在旦夕，而凶手已逃之夭夭。

梅格雷急忙赶到医院。医生告诉他，洛尼翁失血过多，一直处于深度昏迷状态，即使能脱离危险，几天内也无法开口说话。接着，探长来到第18区分局打听洛尼翁近两星期以来的行踪。同事们说他最近一直独来独往，神神秘秘的，还经常彻夜不归。他的妻子为此还打电话到分局来问过。梅格雷查看了洛尼翁办公桌上的值班记录，无奈地发现，半个月来上面只留着一个字：无。

梅格雷随后来到了发生枪击案的于诺街，几名警察正守在一幢五层的房子前，地上有一摊血迹。探长走进房子，发现第18区分局的侦探尚基埃已经在里面了。女看门人反映情况说："洛尼翁侦探是下半夜从这儿走出去的，当时我还没睡。他刚出去我就听见大街上响起了三声枪响，紧接着是汽车骤然加速的马达声。"女看门人还说洛尼翁是从五楼一个叫玛丽奈特的姑娘的房间里出来的。最近一段时间，他几乎每晚都待在她那里，直到下半夜才从这儿出去。

女看门人的这番话令梅格雷和尚基埃侦探惊讶不已。难道平日工作严谨的洛尼翁竟常在一个姑娘的住处过夜？然而这是女看门人亲眼看到的。女看门人说，玛丽奈特二十五岁，长得非常漂亮，是一个有教养的女孩。她在一家美容院工作，除洛尼翁外，从不接待其他男人。

女看门人接着讲述："枪响后我很害怕，也很紧张，没敢出去，只是从窗口朝外张望。我看到有个人倒在楼前面的马路上，仔细一看，他不就是刚从这儿出去的洛尼翁侦探吗？于是我立即打电话报警，然后壮着胆子走到楼外。那时街上没有一个行人，他还在那里痛苦地挣扎着，两眼直愣愣地看着我，像是想说什么。最后，他从牙缝中拼命挤出了两个字，随即就昏了过去。""两个什么字？"梅格雷打断她的话问。"幽灵！"这又把梅格雷吓了一跳。

女看门人还说警察赶到后，她马上奔到五楼想把外面发生的事告诉玛丽奈特，但敲了半天门却始终没有人回应。于是她推门进去，发现房间里一个人也没有。"我想玛丽奈特一定也听见了枪声，因为她的房间临街，可我不知道她上哪儿去了。"女看门人说。

梅格雷和尚基埃侦探一起走上五楼，来到玛丽奈特的房间。他们注意到外面客厅的一张独脚小圆桌上有一个烟灰缸，里面有十来个烟蒂。小圆桌旁边，面对落地窗摆着一张扶手椅。梅格雷走进里间的卧室，发现床上没有整理过，枕头上有一个微微下陷的头部轮廓。卧室的地上扔着一件淡蓝色睡袍和一条睡裤，床头柜上也有一个烟灰缸，里面却只有两个烟蒂。探长俯身仔细看了看，这是两个万宝路牌香烟的烟蒂，上面还留着淡淡的红色唇印，和客厅那个烟灰缸里的香烟牌子不同。

梅格雷回到客厅，打电话请司法鉴定处的专家前来检查一下。尚基埃从口袋里掏出两个弹壳，对梅格雷说："这是在洛尼翁遇害现场的马路边找到的。"探长接过弹壳，拿在手里掂了掂，说："凶手用的是大口径毛瑟手枪。这种枪很沉，体积也较大，不可能藏在口袋里。女看门人说过，枪响后紧接着听到汽车骤然加速的声音，因此可以断定凶手是坐在汽车里开的枪，而且把手伸出了车窗外，这才在现场留下了弹壳。当时汽车里至少有两个人，因为凶手很难一只手握着方向盘，另一只手伸出窗外举枪瞄准。"

探长走到客厅面向马路的落地窗前，拉开窗帘向外面看去。对面有几幢私人住宅，正前方的一幢三层小楼建筑风格别致，第三层的一个房间三面都是玻璃墙，似乎是一个画室，深色的窗帘拉得严严实实，但仔细一看，有半米左右的缝。对面是不是住着一个画家呢？梅格雷暗想。等司法鉴定处的人到后，梅格雷请尚基埃留下继续调查，并提醒他特别要关注对面那幢三层小楼，自己则先回警局了。

下午尚基埃来到梅格雷的办公室，说玛丽奈特住的那幢楼的二楼住着一个性格孤僻的老头，他反映说，对面那幢三层住宅里住着一对神秘的夫妇。几乎每天晚上，都会有一个妙龄女郎由同一个男人用汽车送到夫妇家的门口。随后，男人开车走掉，而妙龄女郎则待到天亮才离开。最奇怪的是，前来拜访的妙龄女郎每天都不是同一个人。“我去拜访了那幢楼的主人，”尚基埃说，“他叫荣盖尔，荷兰人，现年六十五岁，很有风度，是个大收藏家。他的妻子是法国人，非常漂亮，比他年轻得多。荣盖尔的父亲是荷兰的一个大银行家，荣盖尔继承他的财产后，拿出一大笔钱来购买名画，光客厅里挂的那些画就足以开一个名画展了。荣盖尔先生说他们昨晚睡得很早，没听见枪声，今天上午才听说昨天半夜楼下的马路上出了事。”

半小时后，梅格雷亲自上门拜访尚基埃口中那位受人尊敬的荷兰人。男仆先把他领到了客厅。梅格雷观赏着墙上一幅幅19世纪的名画，感觉自己仿佛置身于卢浮宫的展厅里。过了大约五分钟，男仆请他来到了一个古色古香的大书房。荣盖尔先生坐在一张拿破仑时代式样的写字台前，手里拿着一个放大镜，正在专注地检查一幅油画。

“是梅格雷先生？”荣盖尔猛一抬头，发现了探长，忙站了起来。“能见到您这样一位大名鼎鼎的人物，我深感荣幸。”探长开门见山地说，“我来是想问问，昨天夜里府上是否有人听见了枪声？”荣盖尔盯着梅格雷看了一会儿，说：“这个问题，上午您的一位同事已经问过我了。如果有必要的话，我可以再重复一遍：我们这里没有任何人听见枪声，因为大家都睡了。”

梅格雷礼貌地点了点头，接着轻描淡写地问了一句：“听说府上每天晚上都有客人光临？”荣盖尔目光里掠过一丝难以察觉的慌乱，但他还是直视着探长：“如果探长先生对这些流言蜚语感兴趣的话，那我也许该明智一些，先了解一下您来这儿在法律上的合法性。”他说完这句刻薄的话后，径自坐下，身体后仰，双肘支在安乐椅的靠手上，不再搭理探长了。探长看了他一眼，慢慢地从口袋里掏出烟斗，不过没有点上，而是摆弄着手里的烟斗，一脸平静。“荣盖尔先生，您现在完全可以打电话给您的律师。我来这里没有任何法律凭证，您甚至有权赶我出门，但这样的话，”他抬头看看荣盖尔，“我即使不把您这种不合作的态度看作企图隐瞒某种事情，至少也把它看作是怀有敌意。”

荣盖尔一听，脸色顿时缓和了许多：“请坐吧，梅格雷先生，喝杯白兰地好吗？”探长摇了摇头：“我刚才喝过了。”“那好，我很愿意和您谈谈晚上客人来访的事。”荣盖尔的态度转变得如此之快，让探长始料不及。不过，更令他疑惑的是，荷兰人的妻子怎么还没露面？于是，他改变话题说：“如果您不反对的话，我很想参观一下这幢房子。”荣盖尔稍一迟疑，随即站起身，爽快地说：“好吧，我来带路。”

他领着探长看了楼下的几个房间后，问：“您还想上楼看看吗？”探长点了点头。荣盖尔一面带着探长上楼，一面介绍墙上的一幅幅画，这些画没有一幅不是出自大师之手。楼上有两间卧室、一个浴室、一个小客厅和一个小书房。“梅格雷先生，看得出您对画很有兴趣，我可以陪您在每一幅画前欣赏一下。”看完了二楼，荣盖尔似乎打算就此结束参观了。探长提醒他：“三楼是……”“哦，那是画室，那里可没有名画。”荷兰人解释道。“能上去看看吗？”荷兰人迟疑了一下，然后不太情愿地领他上了三楼。

三楼的楼梯口有个储藏室，梅格雷没有进去，只站在门口朝里看了看。储藏室对面有一扇关着的橡木门，雕着漂亮的花卉图案。“这是画室。”荣盖尔说着敲了敲门，“可以进来吗，亲爱的？梅格雷探长想参观一下。”最后几个字荣盖尔说得很响，仿佛在提醒里面的妻子。过了好几秒钟里面还没动静，于是荣盖尔慢慢地把门推开……一看之下，梅格雷着实吃了一惊：在画室中央的画架前，站着一个白晃晃的人影。他的耳边猛然响起女看门人从生命垂危的洛尼翁侦探嘴里听到的那个词：幽灵！梅格雷定了定神，看清了这是一个女人，身穿白色长袍，头裹白色包头巾。“这是我的太太。”荣盖尔介绍道。那女人转过身来，扯下包头巾，一头黑发立即像波浪般披散下来。这是个容貌秀丽的年

轻女人，比荷兰人至少年轻三十五岁。她在白袍上擦了擦手，立即迎上前来。“很高兴认识您，梅格雷先生，我常在报上看到您的照片。”她落落大方地说，一双忽闪忽闪的大眼睛直瞅着探长。梅格雷避过她的眼神，朝画架上那块画布看去，那上面只有一些杂乱无章的色块。

探长随便问了几句无关紧要的话后，慢慢地踱到挂着厚厚的窗帘的玻璃墙前。一面玻璃墙上的窗帘已经洗得褪了色，显然缩水了，所以没能把这面玻璃墙完全遮住，留出一条不到半米的缝。探长现在明白了，玛丽奈特客厅内那个落地窗正好对着这面玻璃墙。

荣盖尔太太脱去身上的白长袍，里面是一件黑色紧身连衣裙，显出了动人的体态。她漂亮的脸上始终带着不失女主人身份的微笑。“夫人，您经常在晚上画画吗？我不知道晚上也能画。”梅格雷的口气很随和。荣盖尔太太和丈夫迅速交换了一个眼神，荣盖尔先生不等她开口，回答道：“酷爱阳光的印象派画家或许不会在晚上绘画，但一些现代派画家认为，人造光能使各种颜色的色感更丰富。”“哦，因此您才经常在晚上绘画，是吗？”梅格雷问荣盖尔太太。她拢了拢头发，有些不好意思地说：“我这哪算得上绘画？只是涂涂抹抹打发时间罢了。我希望您对绘画不是行家，否则我要无地自容了。”说完，她努力做出迷人的微笑。

梅格雷四下观察了一番，觉得很奇怪：除了画架上那块画布外，画室里竟然连一幅画都看不到。“能欣赏一下您平时画的画吗，夫人？”荣盖尔太太似乎有些脸红，但还是用开玩笑的口气说：“哎，我的画根本登不了大雅之堂，每画完一幅，不是毁掉就是送给朋友。”当她发现探长的目光停留在画室里一扇紧闭着的小门上时，马上换了话题，“瞧，这儿连张椅子都没有，我们到楼下客厅去坐一会儿好吗，梅格雷先生？”探长没有回答她的话，径自走到那扇小门前，轻轻推了推，门锁着。“我能进去看看吗？”气氛顿时紧张起来。荣盖尔太太用求助的目光看看丈夫。荣盖尔先生于是解释说：“不过是个堆放杂物的小房间，这扇门已经有半年多没开过了。”探长执意请他把门打开，荣盖尔便搪塞说开这扇门的钥匙几天前丢失了。“那么好吧，荣盖尔先生，我这就打电话给检察院，让他们派个锁匠来，再给我签发一张合乎法律手续的搜查证。”梅格雷的嗓门不大，但口气是认真的。

荣盖尔太太看了丈夫一眼，怯生生地从画架旁搬起一个小凳子，放到画室门边一个大橱旁边，然后，她踩在凳子上，从橱顶取下了一把钥匙。梅格雷接过钥匙打开小门，没有立即进去，只是站在门口朝里面环视了一周，然后他对身后的荣盖尔说：“您刚才说这扇门有多长时间没打开了？”荣盖尔没有回答，表情有些愠怒。房间里放着一张铁床，地板很干净，还有些潮湿，显然在两天内冲洗过。四壁肮脏不堪，上面用各色颜料画着一些搔首弄姿的女人。其中一个，一看就知道画的是荣盖尔太太。

“我想知道一下这些画——姑且叫壁画吧——是谁的杰作？”说着，梅格雷点上了烟斗。荣盖尔竭力装出镇静的样子，叹了口气说：“说来话长啊。我们下楼边喝边谈好吗？”

三个人来到客厅坐下，荣盖尔给梅格雷倒了一杯白兰地，自己则点起一支雪茄，猛吸了几口。随后他缓缓地叙述起来：“两年前，我的一个朋友向我推荐了一个生活潦倒但很有才华的年轻画家，他经常露宿街头。我让他住到楼上那个小房间，在我的画室里画画。我向他提供食宿，因为我很欣赏他的画。他叫贝得罗，三十五岁，后来因为他行为不检点，我给了他一笔钱，把他打发走了……”“那么晚上来府上的女客人是找谁的呢？”梅格雷问。荣盖尔脸部的肌肉一下子绷紧了：“请告诉我，探长先生，您想在她们同街上的枪声之间建立什么样的联系？”“我希望您正面回答我的问题，荣盖尔先生。”

荣盖尔掐灭雪茄，脸上带着恼怒的表情说：“我之所以要选择在巴黎居住，是因为在这里可以呼吸自由的空气……您迫使我说出个人的隐私……”探长转过脸不动声色地注视着荣盖尔太太。后者马上接着她丈夫的话说：“至于那些女人，我在成为荣盖尔太太之前就知道了。也许您会对像他这样的丈夫感到奇怪，可我能理解。因为他是个画家，需要不同的模特。这类事我丈夫从不对我隐瞒，这倒使我感觉受到了尊重。”“您昨晚在画室一直待到几点？”探长问。荣盖尔太太皱了皱眉头，好像在回忆：“大概十二点左右吧，我画画时从不戴表。”“也穿着刚才那件白色的工作衣？”“是的。”问完这些话，梅格雷起身告辞了。

走到街上，他感到一阵轻松。刚才在荣盖尔家里所看到的一切像电影镜头一般在他的脑海里闪过。给他印象最深的不是一幅幅价值连城的名画，而是那个小房间墙上的图画——其中有荣盖尔太太的画像。画这些东西的人一定充满了狂热的欲望，或是个疯子加天才般的人物。那小房间近期内肯定有人住过，

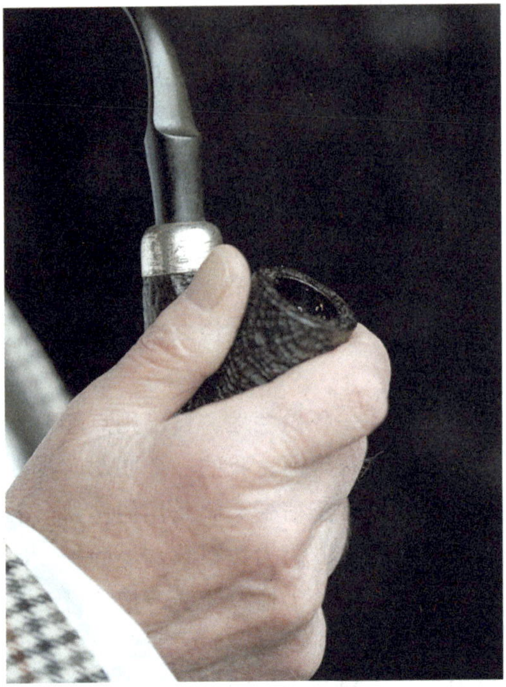

但这一两天内为什么又冲洗了呢？

回到办公室，梅格雷先打电话去医院询问洛尼翁的情况，医生说他仍然神志不清，但已脱离了生命危险。梅格雷又叫来两名探员，吩咐他们密切监视荣盖尔的房子：“特别注意那些上他家的人！”

两名探员刚走，尚基埃侦探就兴冲冲地来了。他在于诺街调查时碰见一个吸尘器推销员。推销员说昨天晚上十点左右，他回家经过荣盖尔的门口时，正巧看见门里出来两个男人，一左一右架着一个喝得酩酊大醉的青年。其中一个发现推销员在看着他们，不由一怔，向另一个低语了几句，只听另一个说：“别怕，傻瓜！”推销员注意到当中那个醉汉光着脚，他们把他推进一辆黄色的美洲豹牌汽车，然后驾车走了。推销员记下了车牌的末尾三个数字：112。

梅格雷一听，立刻打电话到车辆登记处查寻，不到一分钟就有了结果：这是巴黎最豪华的里茨旅馆的汽车，是专门给旅馆里的客人租用的。“我去，我认识里茨旅馆的侍应生。”尚基埃自告奋勇要去旅馆调查。梅格雷点点头。

尚基埃一走，探长便仰靠在扶手椅上，双目微闭。窗外夜幕已经降临，他没有打开办公室的灯，而是装上了一斗烟。他刚想点烟，猛地想起了玛丽奈特客厅烟灰缸里的烟蒂，想起了客厅对面的三楼画室。要是洛尼翁侦探夜晚也不开灯，坐在窗前观察对面的画室，要是他点起一支烟，要是他看见对面画室的窗帘缝里闪过一个白晃晃的影子……

电话铃突然响起来了，探长抓起电话，是尚基埃从里茨旅馆打来的。他压低嗓门告诉探长，那辆美洲豹牌汽车近来一直由一个美国人租用。那人叫高兰，是个著名的艺术品鉴赏家，经常跟大收藏家和画商来往。“现在，他正在旅馆里喝饮料，边上还有个漂亮的女人陪着。”梅格雷吩咐尚基埃盯住他：

“我派一名探员赶来协助你，你们设法把他带到我这儿来。随便找个借口，就说是为了汽车的事好了。”紧接着探长给油画界的一个朋友打了电话，对方一听“高兰”这个名字，便充满敬意地说，他是个很有声望的美国鉴赏家，每年要来巴黎三四次。

探长刚挂上电话，探员让维埃来报告，玛丽奈特已经找到了，正在隔壁屋子等着。探长立刻来到隔壁，温和地请玛丽奈特把事情的经过说一遍。玛丽奈特惊魂未定，但当她得知洛尼翁没有死时，如释重负般舒了口气。她一五一十地把昨晚和前几天的事情告诉了探长。

洛尼翁侦探最近的确每天晚上在她的客厅监视马路对面的那幢楼。他发现那个画室里有个年轻人经常在深更半夜画画，边上总有个风情万种的女人陪着，而且不是同一个女人。他还观察到，白天经常有一个四十多岁很有风度的男人乘汽车来，司机是个秃顶。他俩出门时，秃顶手里总是捧着一个装画的盒子。“昨天晚上我正躺在床上睡觉，洛尼翁侦探来敲我的卧室门，非常激动地告诉我，他看见有两个男人把那个画画的年轻人带走了，其中一个就是那个秃顶。他要我别把外面的房门关上，他下楼看看情况后还会再回来监视。可过了很长时间他还没有上楼，正当我迷迷糊糊要睡着时，响起了枪声。”梅格雷问她为什么要逃跑，她回答说：“等我穿好衣服走到楼下，看见马路上已经围满了人。我挤进去一看，躺在地上的正是洛尼翁侦探。我当时很害怕，要是那些歹徒知道他就是在我的房间里监视他们的，他们就会对我下手。”这时尚基埃推门进来，梅格雷从他的眼神看出他的任务完成得很顺利，于是对玛丽奈特说：“谢谢您的证词，小姐。您回去吧，不用怕，您的住所周围有我们的人。”

风度翩翩的鉴赏家高兰进来了。尽管他是美国人，但说一口流利的法语。“你们请我来，一定是为了那辆黄色的美洲豹牌汽车的事。它昨天被盗，今天上午我向警察局报了案。”

“荣盖尔这个名字对您来说不陌生吧，高兰先生？”梅格雷打断他的话问道。高兰怔了一下，马上回答：“是啊，他是一位大收藏家，也是我的朋友。他怎么了？他的画被盗啦？”梅格雷点起烟斗，说：“现在我想给您的朋友荣盖尔先生打个电话，也许您能从我们的对话里明白到底发生了什么事。”高兰耸了耸肩膀，好像看不出是怎么回事。

梅格雷拨通了电话。“喂，荣盖尔先生吗？我是梅格雷。今天下午我去府上拜访时，发现了一些问题，现在我已经找到答案了。比方说，现在坐在我边上的高兰先生曾租用的一辆美洲豹牌汽车不见了，而这部车昨晚十点左右停在您家门口，还带走了您的房客，他连鞋袜都没穿……”电话另一端的荣盖尔沉默着。

高兰有些不安，但强装镇静。“请听好了，荣盖尔先生，告诉我被带走的那个年轻人现在在哪儿，还有那个谢了顶的先生。”对方还是一声不吭，但没挂上电话。探长听到听筒里有女人的嘀咕声，一定是荣盖尔太太凑在她丈夫的耳边说话。

“听着，荣盖尔先生，”梅格雷发动了攻势，“像您这样有身份的人，如果被指控有谋杀嫌疑可不是件体面的事。不过补救的办法还是有的，因为洛尼翁侦探已经脱离了危险。你现在就告诉我地址，然后马上来我的办公室，我们昨天下午的谈话还没有结束呢。希望那位年轻画家还活着。顺便提醒您，您的房子已被我们包围了。”

对方终于报出了一个地址。让维埃接过探长记下的地址刚要离开，探长叫住了他：“带上三四个人，得小心，那个秃顶先生身上也许有把大口径手枪。”接着，他转身对面色已经发白的鉴赏家说：“要是您现在没什么要说的，就请到隔壁的办公室好好回忆一下吧。”

一个小时后，让维埃打来电话，说那个画家找到了，他被人灌下毒药，已送医院抢救。那个秃顶企图开枪抵抗，被一名探员击中了手腕。梅格雷挂上电话，一个探员带着荣盖尔进来了。

荣盖尔似乎苍老了许多，一进门，就问洛尼翁侦探和那个画家是否活着。“活着，”梅格雷说，“我希望在警察把那个秃顶带来前，在高兰先生想起什么事情之前，您先把事情说清楚。这对您有好处。”

荣盖尔沉默了片刻，忽然下定了决心似的说：“好吧，我都告诉您。也许您觉得这些事情不可思议，因为您不收集画……”“但我收集人，”梅格雷正色道，“我收集各种各样的人！”荣盖尔抬头看看探长，又慢慢地垂下了脑袋。再次沉默片刻之后，他终于说出了事情的来龙去脉。

两年前，他以高价买进一幅高更的画，一年后以三倍的价钱卖给南美一个大企业家。三个月后，一个美国鉴赏家来拜访荣盖尔，告诉他那幅画是赝品。那位鉴赏家不但拿出了不容辩驳的证据，还报出了赝品作者的名字。这无疑给了荣盖尔当头一棒。他万万没想到自己会买进假画，又卖了出去，要是外界知道了这件事，他可能会被起诉，落个身败名裂的下场。然而那“好心”的鉴赏家答应为他保密，还提出个发大财的建议：把这个很有才华但非常落魄的画赝品的画家请来，让他在荣盖尔的画室里干他的老本行。从荣盖尔这样有声望的收藏家那儿卖出去的画，是不会引起别人怀疑的，那个南美大企业家就是证明。荣盖尔给他抓住把柄，不得不顺从。当然，他也在这笔交易中得到了好处。那个鉴赏家便是高兰。然而那个画家却有一个疯狂的嗜好：喜欢画女人。他还扬言，如果得不到这方面的满足，他就向警方告发他们。所以高兰不得不雇来一些舞女，由他的保镖即那秃顶每天晚上轮流送到荣盖尔家，让画家来画。

这些情况引起了洛尼翁侦探的注意。他开始在玛丽奈特的客厅监视荣盖尔的画室。夜晚他监视时，为了隐蔽从不开灯，但他有抽烟的习惯。虽小却很醒目的香烟小红点不幸被对面的秃顶发现了，他告诉了高兰和荣盖尔。他们觉得秘密可能已被窥破，处境危险。高兰暗中派人反监视，发现观察的始终是同一个人，不像是警方所为，因为警方执行长时间监视任务时，总是轮流值班的。这个人一定在悄悄搜集证据，准备敲诈他们。高兰决定先把那个画家打发走。不料画家非但不肯离开，还提出要漂亮的荣盖尔太太晚上陪他作画，否则还是那句老话。荣盖尔忍无可忍，和高兰商量找个机会把他干掉，一来洗刷耻辱，二来可以灭口。高兰吩咐秃顶负责此事。秃顶昨晚叫来一名同伙，把画家击昏后抬到那辆黄色的美洲豹牌汽车上，恰好被那个推销员看到了。当然，这也没逃过洛尼翁的眼睛。

画家一离开，荣盖尔太太马上亲自冲洗打扫那个小房间。高兰建议把画家留下的画马上销毁，免得留下证据。于是荣盖尔太太穿上白袍，围上白色头巾，用油画颜料把画涂得面目全非。这就是马路对面的洛尼翁猛然看见画室窗帘缝里闪过了一个“白色幽灵”的缘故。

秃顶及其同伙把画家关进一个地下室后，又开车回于诺街和高兰商量，决定把画家毒死，然后布置一个自杀现场。当秃顶和他的同伙出门时，发现对面人行道暗处有个人在注意他们。他们断定那人就是经常监视画室的人，于是一不做二不休，对准那人连开两枪，然后立即开车逃走。

荣盖尔交代完了。梅格雷又递了一杯白兰地给他。荣盖尔接过酒杯喃喃地问：“我可以给我的太太打个电话吗？”“可以，请吧，”探长说，“最好再给您的律师打个电话。”

◎埃勒里·奎因[美国]

长射

宝拉·芭莉是埃勒里·奎因的好友。这天，宝拉正在给好友打电话，埃勒里闷闷不乐地走了进来。她赶紧挂上电话，说："可怜的家伙，告诉我发生了什么事。"

"我工作的麦格纳影棚要我编写一个关于赛马情节的悬疑剧本。五十个剧作家耗费所有的时间和金钱在追逐马匹，"埃勒里抱怨道，"宝拉，我完了。""你不懂赛马？""我对赛马没兴趣，我从来没看过赛马。"埃勒里苦恼地说。

宝拉决定带埃勒里去绿色的乡下牧场找找灵感。在路上，宝拉给他讲了关于约翰·史考特的一切。

老约翰是个粗壮的苏格兰人，他长相丑陋，个性也同样阴郁。他的牧场内除了马匹漫步吃草的地方外是一片荒凉，他曾经因为豢养纯种马赚了两笔钱，却因赛马和押注全输光了。

"老约翰从来就无法忍受赛马的欺骗行为，"宝拉说，"他开除了韦德·威廉斯，使这个昔日的最佳骑师被国内所有正规比赛所摒弃，不得已最后做了一个马鞍师。然而这个让人捉摸不透的老约翰，几年后竟让威廉斯的儿子惠特尼当起了骑师。惠特尼将驾驭约翰最好的马——'危险'，参加下周六的障碍赛。"

"你说的是这里每个人都在谈的十万元圣塔安妮塔障碍赛吗？""没错。不管怎样，老约翰拥有一个小牧场、一匹名叫'危险'的好马、他的女儿凯萨琳，还有一些只会输的马匹。不过，老约翰真的有麻烦了，如果惠特尼不能让'危险'赢得障碍赛，这恐怕就是老约翰的末路了……说到路，我们到了。"

他们转进一条脏兮兮的小路，驶向一幢摇摇欲坠的牧场房舍。道路坑坑洼洼，草地也因缺少整理而显得斑驳、零乱。

"有了这么多麻烦事，"埃勒里微笑道，"我想老约翰是不会愿意给我上赛马课的。”宝拉笑道：“恰恰相反，碰到一个对赛马一窍不通的成年人，会让这老人开怀大笑的。老天知道他很需要的。”

厨子带着他们来到了老约翰私人的跑道上。他们看到老约翰倚着栏杆，眯着眼凝视着远方弯道处卷起的尘土，手中紧紧握着一个马表。一个穿高筒靴的男人坐在他身旁的栏杆上，膝上摆了一把猎枪，枪口正好冲着一个衣冠整齐的男人的头部。那个衣冠整齐的男人正坐在一辆闪闪发光的敞篷车里和老约翰说话，旁边则是一个脸色阴沉的司机。

“我的提议你懂了吧，约翰？”衣冠整齐的人笑着问道。“滚出我的牧场，山迪尼。”约翰·史考特说，头都没转过来。“没问题，”山迪尼说，还是微笑，“你好好考虑一下我的提议。嘿，或许你的爱马会发生什么事呢，嗯？”他们看到老人在发抖。山迪尼简单地对他的司机点了个头，大型敞篷车呼啸而去。

这时马场刮起一阵烟尘卷向宝拉和埃勒里，他们看到一个瘦小的人骑着一匹高大的黑色种马在狂奔。

“两分零二秒八，”他们听到老约翰看着马表对着骑师吼叫，“还不错……惠特尼！”骑师已经把黑色种马止住了。“好好地帮它擦一擦！”老约翰叮嘱。骑师笑笑，骑着那匹种马走进了马房。

拿着猎枪的人缓缓说道：“你的同伴来了，约翰。”老人猛然转身，看到了宝拉和埃勒里。他的巨掌立刻握住宝拉纤细的手。“宝拉！看到你真好。这一位是谁？”他问道，冰冷锋利的眼神紧盯着埃勒里。“埃勒里·奎因先生。凯萨琳好吗？还有‘危险’如何？”“你们看到它了。”老约翰指着刚进马房的那匹黑色种马说，“再好不过了。现在它可以承载障碍赛规定的一百二十磅而丝毫没有感觉，刚刚才把铅块放在它身上。宝拉，你有没有看到那个凶狠的无赖？”宝拉疑惑地问：“刚才开走的那辆车里的人？”“那是山迪尼，你听到了他说‘危险’可能会有麻烦。”老人苦恼地凝望着道路。“山迪尼！”宝拉震惊了。

“比尔，去照顾种马。”老人一边吩咐拿着猎枪的人去马房，一边说，“刚才他提议要买我的马。见鬼，那个赌鬼拥有落基山脉以西最强的种马——他要我的小东西干什么？”

“他拥有‘扫把’，障碍赛最热门的种马，不是吗？”宝拉平静地问道，“而‘危险’也逐渐被看好，对不对？”“目前赌注是五比一，不过赛场的胜算会再次降低它的赌注。‘扫把’则是二比五。”老约翰粗声说。“那这就很简单了，买下了你的马，山迪尼可以掌握赛局，拥有两匹最好的马。”宝拉说。

“小姐，我是个老人了，而且我了解这些赌徒。障碍赛的奖金是十万元，而山迪尼刚才提议用十万元买我的马！这不合理。我全部的家当也值不了这么多钱。若‘危险’不可能赢，难道山迪尼也会买下其他所有的马吗？我告诉你这是别有所图，而且坏透了。”接着他把自己的肩膀摆正，“我怎么在这里唠叨我自己的麻烦？什么风把你吹来了，小姑娘？”

“这位埃勒里是我的一个朋友，”宝拉说，“他要为电影构思一个赛马故事，我想你或许可以帮他。他对赛马一窍不通。”

老约翰看着埃勒里，略带歉意地咳嗽了一声：“好吧，先生，我只知道你是个幸运的家伙。欢迎到这里来，去找惠特尼谈，他知道这行业的历史。我过一会儿再来找你们。”

老人蹒跚地走开了，宝拉和埃勒里漫步走向马房。“这位丑陋的山迪尼是谁？”埃勒里皱着眉头问。

“一个赌徒兼庄家。”宝拉的声音微微发颤，“可怜的约翰。我不喜欢这样，埃勒里。”他们在一个大马房转角处差一点就撞到了在墙边的一对年轻男女，他们紧紧相拥着，仿佛即将被永远拆散。

“对不起。”宝拉说着，把埃勒里往后拉。那年轻的女郎望着她，眼中充满了泪水。“这——这不是宝拉·芭莉吗？”她哽咽地说。“是呀，凯萨琳，这是埃勒里·奎因先生。”宝拉做完介绍后，笑道，“史考特小姐，这是怎么回事？”“大事，”凯萨琳悲伤地说，“哦，宝拉，我们遇到大麻烦了！”

她的同伴羞涩地往后退了退。他是个身材瘦削的年轻人，戴着眼镜，穿着污秽又有异味的工作服。“芭莉小姐，奎因先生，这是汉克·郝勒迪，我的——我的男朋友。”凯萨琳哭道。

“我懂了，”宝拉同情地说，“你爸爸不同意你和马房助手交往，卑微的人！悲剧就是这么发生的。”“汉克不是马房助手，”凯萨琳叫道，眼泪夺眶而出，脸颊涨得通红，“他是个大专毕业生——”

“凯萨琳，”年轻人道，“让我自己来说明。芭莉小姐，我有一种人格缺陷，我是肉体上的懦夫。”“老天，我也是！”宝拉说道。“但身为男人，你知道……我特别害怕动物，尤其是马匹。”汉克声音颤抖地说，“我从事这个——这个肮脏的工作是为了要征服我不合理的恐惧。”稍顿片刻，汉克敏感的脸庞转为刚毅，继续道，“我还没有征服它。一旦我办到了，我就要去找一份真正的工作。而且那个时候——我要娶凯萨琳，有没有爸爸都一样。”

“汉克！”马房里传出吼叫声，“花钱请你来是干什么的？把这乱七八糟的地方清理一下，不然我剥你的皮！”“是的，威廉斯先生。”汉克连忙说道，他充满歉意地鞠个躬后就匆匆离去了。他心爱的姑娘则哭着跑进了牧场房舍。

埃勒里和宝拉彼此对看了一眼。“可怜的孩子，”宝拉叹道，“好吧，去找惠特尼·威廉斯谈一谈，看会不会激发什么灵感。”

宝拉走后的几天里，埃勒里漫步在史考特的牧场中，与他谈话的包括骑师威廉斯，戴眼镜的汉克，名叫比尔的警卫以及老约翰本人。他学到了许多有关骑术、刺探情报、比赛程序、马具、障碍赛等方面的知识，但灵感还是拒绝出现。到星期五傍晚的时候，他终于厌烦了，便开车到好莱坞找宝拉去了。

宝拉正在她的花园里安抚两个苦恼的年轻人。凯萨琳·史考特还在哭，汉克则穿着一身干净的衣服，正笨拙地抚弄着她的金发。“我应该知道的。”埃勒里道，“我刚刚才由你父亲的牧场过来，那里乏味得很。”“哼，活该！”凯萨琳叫道，“我要和我父亲断绝关系，他那样对待汉克！只要我活着我都不会再跟他说话！”“等一下，凯萨琳，”汉克责备似的说，“不可以那样说自己的父亲。”

“汉克·郝勒迪，如果你还有一丁点儿的男子气概，他打你时你就不会——”汉克挺直身子，若有所思地摸着他的左颊，说：“你知道，埃勒里，当史考特先生打我时，某种感觉发生在我身上。在那一瞬间我有一个奇怪的渴望。我真的相信如果我有一把手枪，我当时很可能会犯下谋杀罪。”“汉克！”凯萨琳恐惧地喊道。汉克叹口气，杀戮的眼神从他的蓝眼睛中消逝了。

“老约翰，”宝拉凝望着埃勒里解释道，“发现他们俩又在马房中拥抱，所以他开除了汉克。凯萨琳气炸了，跟父亲吵了一架，然后她就永远地离开家了。”“开除我是他的特权，”汉克冷静地说，“不过现在我不亏欠他任何忠诚，我不会赌‘危险’在障碍赛中获胜！”“我希望它输。”凯萨琳也哭着说。“好了，凯萨琳，”宝拉坚定地说，“我听够了这些胡言乱语。现在我得好好跟你谈谈。”宝拉把凯萨琳领进了屋。“郝勒迪先生，”埃勒里正色道，“我觉得这种时候我们最好去喝一杯。”

十点过了没多久，凯萨琳由宝拉的白色小屋出来，钻进她的车里。当她把钥匙插进点火位置刚想发动汽车时，后座的阴影中突然传来一个低沉的声音：“不要出声！开车，直到我叫你停为止。”“啊！”凯萨琳叫道。一个巨大的手掌蒙上了她颤抖的嘴巴。过了一会儿车子开走了。

第二天，埃勒里来找宝拉，他们慢慢地朝东边的山谷走去，附近就是优美的圣塔安妮塔赛马场。“昨天晚上悲伤的凯萨琳怎么了？”埃勒里问道。“哦，我让她回牧场了。她是十点多一点走的。你跟汉克说了什么？”“我把他彻底洗脑后就带他回了家。他一路上都靠在我的肩膀上哭泣，似乎老约翰还踢了他的屁股，他因此萌生了杀意。”“可怜的汉克，这是我见过的唯一一个老实的男人。”“我也怕马。”埃勒里连忙说。

障碍赛那天，仿佛南加州所有的人都聚集到圣塔安妮塔来了，看台上挤满了嘈杂的人群，像一幅蠕动的彩色马赛克。天空是蓝的，阳光是温暖的，微风轻轻吹着。“真是障碍赛的好天气！”宝拉叹道，抓着埃勒里一起走到了老约翰的马房。此时老约翰正全神贯注地看着一个马房助手帮“危险”按摩柔软的前腿。看到老约翰的面无表情，宝拉不禁叫道：“约翰，‘危险’有问题吗？”“‘危险’没事。”老人简短地说，“是凯萨琳。我们昨天为了汉克那小子吵了一架，她跑掉了。”“胡说，约翰，我昨晚就让她回来了。”“她在你那里？她没有回家。”“她没有？”宝拉不觉皱了皱眉。“我猜想，”老约翰怒气冲冲地说，“她是跟汉克那懦夫跑了。他不是男人，胆小的——”“我们不能都做英雄，约翰。他是个好孩子，而且他爱凯萨琳。”宝拉说。

老人固执地看着他的种马。过了一会儿，宝拉和埃勒里离开老约翰，向他们的包厢走去。“真奇怪，”宝拉用害怕的声音说，“她不可能跟汉克跑掉，汉克跟你在一起，而且我发誓她昨晚说要回牧场去。”“别急，宝拉，”埃勒里安慰道，“她没事的。”不过他的眼神仿佛若有所思而且有一点不安。

他们的包厢离马房不远。在初赛过程中，宝拉不停地用她的望远镜在人海中搜寻。“噢，噢。”埃勒里突然开口，宝拉这才感到周围发出如雷鸣般的响声。“怎么了？发生了什么事？”“‘扫把’，最受欢迎的马，被删掉了。”埃勒里冷冷地说。“‘扫把’？山迪尼的马？”宝拉瞪着他，脸色苍白，“但为什么呢？埃勒里，这里面有些——”“好像是它抽了筋所以不能跑了。”“你认为，”宝拉低语，“山迪尼是否与凯萨琳……没……回家有关？”“有可能。”埃勒里说。

“它们出来了！”叫喊声撼动了看台，一列气派的动物从马房中走了出来。宝拉和埃勒里随着焦躁不安的观众站起来，引颈张望。障碍赛的参赛者列队走到标杆处。首先来的是“高岗”，它在两年前的马术比赛中，最后冲刺时成了跛脚，之后就没有参加过比赛，这将是它的复出之战。不过大家似乎并不看好它，因此它的赌注是五十比一。接下来是“战神比利”“赤道”，还有黑得发亮、高大、气派的“危险”。“危险”很紧张，惠特尼·威廉斯控制它有一点儿困难，马房助手也使劲儿拉着它的马缰。

约翰·史考特从马房出来向他的种马走去，显然是想安抚它。宝拉喘着气。埃勒里问：“怎么回事？”“汉克·郝勒迪在人群中。就在‘危险’正要通过的那一点上方，距约翰·史考特大约五十英尺远。凯萨琳没跟他在一起。”宝拉喘息着说。埃勒里把她的望远镜拿过来找到了汉克。

宝拉坐进椅子里，不安地说：“埃勒里，我有一种奇怪的感觉，有些事不对劲，看他多苍白……”高倍数的望远镜把汉克拉到埃勒里的眼前几英寸之处。那男孩的眼镜都蒙上了水蒸气，他在发抖，仿佛是冻的，然而埃勒里却可以看见他脸颊上的汗珠。看到这里，埃勒里陡然挺直了身体。

约翰·史考特刚走到“危险”的马头旁边，在那一瞬间，汉克在他的衣服里摸索，下一刻他的手里就握了一把枪。埃勒里几乎叫出声来，因为虽然枪管在抖动，但汉克用颤抖的双手拿着的手枪很清楚是直指向约翰·史考特的。接着一声爆响，一团烟雾由枪口冒了出来。

宝拉叫出了声。“啊，这个疯狂的小蠢货！”埃勒里茫然地说。受到枪声的惊吓，“危险”往后退去。其他的马也开始不安。转眼间，下面都是受惊的纯种马。老约翰抓着“危险”的头，愤怒地往上看，惠特尼用尽全力来控制发狂的种马。然后汉克又射了一枪，再一枪，第四枪。在枪声的间隔之间，马已经退到了老约翰和汉克所拿的手枪之间。

“哦，老天！”宝拉咬着手帕惊叫道。“我们走！”埃勒里拉着她冲了过去。

当他们到达汉克发射的地点时，那位戴眼镜的年轻人已经不见了踪影，只留下吓呆了的人群。混乱中，警察在倒地的“危险”和其他乱闯的马匹间匆匆拉起警戒线，埃勒里和宝拉设法溜了过去。他们看到老约翰跪在那匹黑色的种马身旁，他的大手缓缓地抚摸着它光滑的脖子。惠特尼看起来苍白又迷惑，卸下了小小的马鞍，赛场的兽医正在检查“危险”身侧的弹伤。一群赛场职员在一旁热烈地讨论着。

“它救了我的命，”老约翰低声说着，“它救了我的命。”兽医抬起头：“很抱歉，史考特先生，这场比赛‘危险’不能跑了。”“是。我想是不能了。”老约翰舔了舔嘴唇，“它——它严重吗？”“这要等我把子弹挖出来才知道，我们必须立刻把它送到医院去。”老人的嘴唇扭曲着，站起来看着种马的侧肌。惠特尼·威廉斯带着“危险”的马具，垂头丧气地走开了。

过了一会儿，播音员报告，编号五号的“危险”被删除了，等其他参赛的马恢复平静，在起点重新排好之后，障碍赛就会立刻开始。

“你们打算怎么处置射击这匹马的人？”埃勒里问闻讯赶来的警察。“我们会逮捕他。走开吧，麻烦你。”“呃，”埃勒里慢慢地说，“我知道他是谁，我看到了他而且认识他。”警察听他这样说，就将他和宝拉带到了经理的办公室。这时，播音员正好宣布“高岗”

赢了圣塔安妮塔障碍赛，获得十万元奖金。

“汉克？”同样被带到办公室的约翰·史考特以强烈轻蔑的语气说道，“你是说那个没种的年轻人想要射我？”“我不会弄错的，史考特先生。”埃勒里说道。“我也看见了，约翰。”宝拉叹道。“这位汉克是谁？”赛场的警察主管问道。

老约翰简单地给他讲了汉克的情况，并提到了前一天的争执：“我打倒他而且踢了他，我认为他能够来找我的唯一方法是带把枪。而‘危险’替我承受了报复，可怜的小东西。”他的声音颤抖了。“呃，我们一定会逮到他，他不可能逃掉，”警察冷冷地说，“我会把这里封得密不透风。”“你知道吗？”埃勒里说道，“史考特先生的女儿凯萨琳从昨晚就失踪了。”

老约翰的脸慢慢涨红了：“你认为——我的凯萨琳涉及——”“别傻了，约翰！”宝拉说道。“不管怎样，”埃勒里冷冷地说，“她的失踪与今天此地的攻击事件不会是巧合。我建议你立刻去找寻史考特小姐，而且顺便把‘危险’的马具拿来，我要检查。”“嘿，你到底是谁？”警察咆哮道。埃勒里轻描淡写地告诉他，自己是老奎因之子，中心街理查·奎因侦探事务所的探长。那个警察看起来有点敬畏。他打了几个电话到警察总局去，然后派人去拿“危险”的马具。

惠特尼·威廉斯把小小的赛马马鞍拿进来，丢在地上。“约翰，我对发生的事感到万分抱歉。”他低声说着。“那不是你的错，惠特尼。”老约翰宽阔的肩膀垂了下来。“啊，威廉斯，谢谢你，”埃勒里轻快地问，“这就是‘危险’几分钟前佩挂的马鞍吗？”“是的。”“就是枪击之后你卸下的那一副吗？”“是的。”“有没有人有机会接触它？”“没有，我一直带着它，除了我没有别人接近它。”

埃勒里点点头，跪下来检查空无一物的鞍袋。看过了翼片上的焦黑弹孔后，他的眉毛因困惑而皱起来了。“还有，惠特尼，”他问道，“你多重？”“一百零七磅。”埃勒里再度皱眉。他站起来，召唤警察主管。他俩低声交谈，那警察表情狐疑地耸耸肩，快步走了出去。

当他回来时，一位穿着极讲究且有些面熟的男士陪着他。那位男士看起来有点悲伤。“我听说有个疯子对你开了好几枪，约翰，”他遗憾地说，“但却击中了你的马。运气可真背。”老约翰抬起头，眼中闪过一抹凶光：“你这个卑鄙的、偷偷摸摸——”

“山迪尼先生，”埃勒里迎着这位男士走了过来，“你什么时候知道‘扫把’会被删掉的？”“‘扫把’？”对这个不相关的问题，山迪尼先生似乎有点惊讶，“怎么？上个星期啊。”“所以你才提议要买下史考特的马——希望拥有‘危险’吗？”“当然。”山迪尼先生开怀大笑，“它很热门。我的马退出后，它看来稳操胜券。”“山迪尼先生，你是众所周知的卑鄙骗子。你要买‘危险’，不是要看它赢，而是要看它输！”山迪尼先生看起来很不高兴。“这位是谁，”他质问警察主管，“怪诞先生本人？”

“用我的土方法，”埃勒里说道，“在过去几天我做了一些调查。而我的情报显示，在‘危险’的赌注为五比一时，你承接了不少‘危险’的赌金。”“哦，你真的知道一些事情。”山迪尼先生说着，似乎决定要坦白。“你承接了大约二十万元，对不对？”“哟，”山迪尼先生说，“这家伙有头脑，不是吗？”“所以，”埃勒里笑道，“如果‘危险’赢了障碍赛，你就会损失白花花的一百万元，对不对？”“但是别人想干掉的是我的老朋友约翰，”山迪尼先生温和地指出，“到别的地方去散播你的谣言吧，怪诞先生。”约翰·史考特疑惑地先看看山迪尼，再看看埃勒里。这时，一位警官把汉克·郝勒迪先生带进来了，他的眼镜斜挂在鼻子上，衣领由喉结处撕裂开。

约翰·史考特扑向他，但埃勒里及时地抓住了他的手臂，避免了一场屠杀。“凶手！无赖！屠马手！”老约翰嘶吼着，“你对我的女儿怎样了？”汉克庄严地说：“史考特先生，我同情你。”老人的嘴张得大大的。汉克有尊严地交叠瘦削的双臂，瞪着带他进来的警官说：“没有必要粗暴地对待我。我已经准备来面对一切，不过我不会回答任何问题。”“他身上没有手枪，队长。”他身旁的警察说道。

“你怎么处理手枪了？”队长问道。汉克没有回答。“你承不承认你带枪是为了史考特先生而且试图杀害他？”还是没有回答。“史考特小姐在哪里？”“你瞧，”汉克面无表情地说，“没有用吧？我不会回答的。”

“汉克，”埃勒里低声道，“你很了不起。你不知道凯萨琳在哪里，对吗？”汉克突然面露惊惶之色：“哦，我说，埃勒里，不要逼我说话，拜托！”“不过你以为她会与你在此会合，不是吗？”汉克脸色苍白。警察说道：“他是个疯子。他甚至没有试图逃走，更没有反击。”

“汉克，亲爱的！爸爸！”凯萨琳·史考特叫着，然后蓬头垢面地奔进办公室扑到汉克单薄的胸膛前。“凯萨琳！”宝拉尖叫着，奔向那女孩并拥抱了她。一眨眼间，宝拉、凯萨琳和汉克三个人哭成了一片，而老约翰的嘴巴张得更大了，只有埃勒里带着微笑。

随后凯萨琳跑向她父亲，抓紧他。老约翰的肩膀稍微抬高了一点，只不过疑惑的表情仍然存在，凯萨琳则把头深深埋进父亲宽阔的胸膛里。就在这不可思议的场景之中，赛场兽医冲进来说道：“好消息，史考特先生，我把子弹取出来了。虽然伤口很深，我向你保证等到康复后，‘危险’会跟以前一样。”

埃勒里的笑容更深了，他说道：“很好，错误构成的美丽喜剧。”“喜剧？”老约翰咆哮道，“你说一个阴谋杀我的事是个喜剧？”然后他狠狠地瞪着汉克，后者正向警察借了手帕来擦眼睛。

“我亲爱的史考特先生，”埃勒里回答，“没有人想谋杀你，枪不是对你发射，打从一开始枪击的目标就设定在‘危险’，而且只有‘危险’。”“这是怎么回事？”宝拉叫道。

“不，不，惠特尼，”埃勒里说着笑得更起劲了，“我向你保证，那个门有警察严密把守。”骑师斥骂着：“哼，埃勒里疯了！等一下他一定会说是我射了那匹马。我怎么可能既在马背上，又同时在五十英尺外的看台上？有一百万的人看见是汉克这个疯子发射的那些子弹！”

“这个问题，”埃勒里躬身说道，“我会很乐意解答。各位先生、小姐，按照规定，‘危险’必须要承载一百二十磅的重量才能参加圣塔安妮塔障碍赛，也就是说当它的骑师带着马具，在比赛前走上体重机时，骑师和马具的重量总和必须达到一百二十磅，不然惠特尼·威廉斯先生不可能获准登上他的马。”

“那跟这件案子有什么关系？”队长问道，用冷酷、无情的目光看着惠特尼·威廉斯先生。

埃勒里道："大有关系。因为威廉斯先生几分钟前才告诉我们他的体重是一百零七磅，因此'危险'遭到枪击时所佩挂的马鞍一定有一些铅块，铅块加上马鞍的重量总和就刚好是障碍赛的重量标准一百二十磅减去威廉斯先生的体重一百零七磅，这有问题吗？"

"当然，每个人都知道。"队长不以为意地说。

"是啊，最本质的，借用一下福尔摩斯先生的不朽用语。然而，"埃勒里边说边走过去用脚尖戳着惠特尼·威廉斯带到办公室来的马鞍，"当我检查这副马鞍时，鞍袋里并没有铅块，而且威廉斯先生向我保证自从他由'危险'的背上卸下来后没有人接触过这副马鞍。可是那不可能，因为若没有铅块，威廉斯先生和马鞍的重量将不足一百二十磅。所以我知道，威廉斯过磅时用的是另外一副马鞍，'危险'中枪时佩挂的是另外一副马鞍，威廉斯从受伤的马身上卸下的是另外一副马鞍。

"他把第一副马鞍藏在某个地方，应我们要求拿到这里来的是第二副马鞍——在地上的这一副——这是他事先准备好的，在适当的位置上准备了弹孔。他这么做的原因，很明显是因为第一副马鞍里有他不愿意让别人看到的东西。那除了一个暗袋中装着的手枪之外还会有什么呢？在汉克发射作为信号的第一枪后，在一片混乱中，他只需要在控制受惊的马匹的同时弯下腰，手伸入暗袋内，就可从容地把子弹射进'危险'的体内。至于汉克，你们早就知道，不能指望他从这么远的地方射中'危险'，因为汉克对武器很陌生，他或许不小心会射中威廉斯先生。因此我相信汉克是使用不会伤人的训练用的子弹，放完枪后便把手枪抛掉了。"

骑师简直要发狂了："你疯了！特别的马鞍。有谁听说过——"埃勒里仍然保持着微笑，他走到门边，打开门，对匆匆赶来的警察主管说道："啊，你找到了？我看看，给我，在'危险'的马房里？手法真是粗陋。"

埃勒里拿着一副马鞍走来，惠特尼咒骂了几句后终于安静下来了。埃勒里、警察队长和老约翰检查了马鞍，果不其然，在马鞍的翼片上有一个暗袋，就在铁环的上方，里面是一把手枪。穿透暗袋的弹孔有火药燃烧后的焦黑小斑点。

"可是，"队长嘀咕，"汉克扮演什么角色？我不认为他是个傻瓜。""很少人会，"埃勒里说道，"因为汉克是相当特别的一个人——以他独特的谦卑形式。”

“为什么？他是惠特尼的共犯——你不是吗，汉克？”队长道。汉克咽了口口水说：“是的，但我不是有意的。我是——”

“你们看，”埃勒里轻快地说，“惠特尼需要一个人来掩护自己，让自己成为最不引人怀疑会杀‘危险’的人。约翰·史考特和汉克间的冲突给了他一个现成的工具。如果他可以让汉克做出假装射击的动作，有了汉克明显对抗史考特先生的动机，就没有人会怀疑他惠特尼在这件事里也有份。

“但是要想让汉克就范，就必须找到他的弱点。汉克的弱点是什么？当然了，他心爱的凯萨琳·史考特。所以昨天晚上，惠特尼的父亲，韦德·威廉斯——就是几年前被你解雇的那个骑师，史考特先生，我猜想他绑架了凯萨琳·史考特，然后与汉克联络，告诉他今天该怎么做，如果他希望他的爱人活命的话。汉克拿了他们给的枪，仔细倾听，同意去做他们要他做的事，并答应事后他不会泄露一个字，即使他必须为此坐牢。因为如果他说出去，你知道，会有很可怕的事发生在无可替代的凯萨琳身上。”

汉克抑制着自己的情感，他的喉结剧烈地颤动着。“这一段时间里这个混球……”老约翰瞪视着畏畏缩缩的骑师，怒道，“和他狡猾的父亲，他们在后面嘲笑一个勇敢的人，因为他们已经报复了我，毁灭了我！”

老约翰蹒跚地走向汉克：“我今天真丢脸，汉克·郝勒迪，因为那是我所听过的最勇敢的事，纵使我已经失去赢得障碍赛奖金的机会，我已经彻底破产了，我也为此而高兴。这是我的手。”汉克茫然地握着老约翰的手，同时另外一只手在衣袋里摸索着。“还有，”他说道，“到底是谁赢得了障碍赛，请问？我一直很忙，你知道——”“‘高岗’。”有个人说。“真的？那么我要去兑奖了。”汉克微笑着说道。

“两百元！”宝拉盯着票根瞠目结舌，“五十比一，他在‘高岗’身上下了两百元赌注！”“是的，这是我母亲留给我的一点预备金。”汉克说道，他似乎很不好意思，“我很抱歉，史考特先生。我很气愤——呃——你踢我的屁股，所以我没有赌‘危险’，而‘高岗’的名字又这么优美。”

“哦，汉克。”凯萨琳啜泣着搂住了他。“那现在，史考特先生，”汉克有尊严地说道，“我可不可以娶凯萨琳并帮助你重回赛马的行业？”

“快乐地过日子！”老约翰大声说着，用力地拥抱着他未来的女婿。

◎埃勒里 · 奎因[美国]

黑暗之屋

欢乐游乐园的设计师杜德尼 · 杜瓦先生正捻着胡子向埃勒里 · 奎因先生推销他设计的新项目。“我敢说这是无与伦比的发明，朋友。这也许不是我该说的，不管怎样，你该进去看看。”

埃勒里 · 奎因坐在游乐园的一条长椅上，擦着脖子上的汗，叹道：“我亲爱的杜瓦先生，我十分赞同你的创造性……迪居那，看在老天的分上！坐好。”下午的太阳很炎热，他的白衬衫早就粘在身上了。“我们去嘛。”迪居那满怀希望地提议。

“我们不去。”埃勒里喃喃说道，伸展他疲惫的双腿。他答应要给迪居那整个夏天的快乐，可没想到这个不知疲倦的小恶魔，精力会那么旺盛。埃勒里已经陪他玩了两个小时，几乎玩遍了欢乐游乐园最刺激的项目。他实在没有精力再玩下去了，可迪居那还在活蹦乱跳地嚷嚷着不过瘾。“你会发现它是最刺激的，”杜瓦先生还在热切地推荐着，“黑暗之屋……那才是神来之笔！”“我想它一定很刺激。”迪居那狡猾地望着埃勒里说。

欢乐游乐园的黑暗之屋是所有现实和幻想的鬼屋综合体，由魔鬼般的想象力规划出疯狂的墙壁和坍塌的屋顶，奇妙地从虚假的门窗和破旧的阳台中伸出来。它建造成大型的长方形，三个边俯瞰一个中庭，里面被弄成一条恐怖的小街，装饰着破碎的卵石和陈旧的街灯柱，第四个边则是售票亭和栏杆。

“好啦，”杜瓦先生说着，站起身来，“请允许我先行告退，好吗？一下子就好了，我会很快回来，然后我们就去……对不起！”他鞠个躬，快速地走向售票亭。在那附近，有一个穿着园区制服的年轻解说员正对着一小群人高谈阔论。

埃勒里叹口气闭上了双眼。“那真滑稽。”迪居那说着，一边大口吃着爆米花，“我真好奇他要到哪里去，这么急。”“谁？”埃勒里睁开了眼睛，向着迪居那所指的方向望去。一个有着一头浓密灰发的高大男人大踏步沿着廊道走着。他戴着一顶草帽，帽檐低低地遮住了眼睛，穿深色衣服，阴沉的脸孔上都是汗水。“噢，”埃勒里发着牢骚，“我有时会怀疑这些人的精力是从哪里来的。你指出了很重要的一点，小子。一个人在炎夏午后的游乐场里赶路确实是很不寻常的，这家伙可能是只灰发兔子吧，呃，迪居那？”他打了个哈欠，又闭上了眼睛。“他一定是疯了。”迪居那说道。

“我回来了！”这时，杜瓦先生快活地走到他们面前，“可以走了吗，我的朋友？我向你们保证这是最佳娱乐……”埃勒里叹了口气，站起来。他们慢慢地向年轻的解说员走去。埃勒里发现那个灰发兔子也挤在重重人群中，倾听解说员的讲解。

年轻的解说员神秘兮兮地讲道：“各位女士、先生，如果你没有到过黑暗之屋，就不算到过欢乐园。从来没有这样的战栗感觉！这是全新的，不一样的，全世界没有一个游乐园有类似的东西！阴森、战栗、恐怖……”站在他们前面的一个高挑的年轻女郎笑着，并向靠在她手臂上的老先生说道：“哦，爸爸，我们去试试看！一定很有趣。”埃勒里看到白发老人点了点头。年轻女郎于是挤出人群，来到售票亭前买了两张票，和白发老人一起走进了黑暗之屋。

“黑暗之屋，”年轻的解说员用戏剧化的语调继续说道，“就是……那个。整个地方都没有光线！你必须自己摸索出路。但如果你无法忍受悬疑，里面有小小的绿色箭头，一路上多得很，箭头指向一道看不见的门，你只要穿过那道门，就能来到组合通道，重见光明。不过除非你真的要出来，否则不要从这些绿箭头的房门出来，因为这些门只能向大厅单向开启，哈哈！那你就不能再回到黑暗之屋里去了。我相信没有人会用这种简单的方法出来，每个人都会跟着小红箭头走……”

“那么，”埃勒里问道，“这又是什么意思，杜瓦？”“箭头？”杜瓦先生带着歉意微笑，“是对年纪大的以及吓坏了的人的一个小小让步。这真的是最令人感到毛骨悚然的，奎因先生。所以我规划了一个任何时候都可以出来的通道。如果没有这通道，就如那个年轻人所说的，一个人可能会在里面漫步好几个小时。绿色和红色的小箭头不会发光，它们不会破坏黑暗。”

“我们也去吧，”迪居那心动了，“老天，我敢打赌这一定很好玩。”杜瓦先生高兴地笑着并俏皮地鞠了个躬，拿出两张票，笑道：“朋友，我会在这里等你们。我非常好奇地想知道你们对我的黑暗小屋有什么反应。去吧，跟上帝同在。”

埃勒里嘟囔着：“杜德尼，我真想很开心地勒死你！”迪居那已迫不及待地走向了黑暗之屋。

他们发现自己进入了一个又长又窄像地窖般的房间，灯泡发着微弱的亮光，房间里看起来很潮湿，墙壁也摇摇欲坠。一个服务员接过了埃勒里的巴拿马帽，给了他一个铜牌子，然后把帽子放进一个长木架的隔间中。埃勒里注意到，某位艺术家的颜料盒在其中一个隔间中，而白发老人的软帽在另一个隔间里。迪居那因为期待而兴奋得发抖。一个铁栅栏把地窖一分为二。埃勒里推想，游客结束冒险活动后就是由栅栏后方出来，从栅栏窗口领回寄放的物品，再由右侧的阶梯上去。

“来呀，”迪居那不耐烦地再次开口，“老天，你真慢，我们从这里进去。”然后他跑到一扇标着“入口”的门外停下来等着埃勒里，埃勒里只好极不情愿地赶了过来。“我看到他了。”迪居那低声说。“呃？谁？”“他，那只兔子！他刚刚进去。”迪居那的眼睛兴奋地眯起来了，“你想他在这里约会吗？”埃勒里忧虑地看着那扇门，说道：“这不关我们的事。让我们像个男人一样接受惩罚后离开这个鬼地方。我先走。”

这个地方黑得邪门，伸手不见五指。他们一踏进门口，就落在了一段填了东西的阶梯上，落下时不知碰到了什么，那东西发出一阵可怕的叫声并从他们下方飞走了。他们开始体验这要命的折磨了。他们只能摸索着慢慢前进。他们碰到墙壁，却不幸遭到了电击。有一次，他们跟着一个没有光泽的红色箭头走，结果一个随着他们的重量而倾斜的地板，把他们轻轻地滑送到了房间的另一边，他们只能以爬行的方式通过……更折磨已经绷紧的神经的是空中充满了隆隆声、嘎嘎声、叮当声、口哨声、破碎声以及爆炸声，由各种噪音合奏出的交响乐，使人感觉如同进了精神病院。

“有趣吧，孩子？”埃勒里哑着嗓子轻轻地说，暗自对杜瓦先生又咒骂了好些难听的话。“嘿，这里真黑。”迪居那满意地说着，抓住了埃勒里的手臂。埃勒里的手碰到一个玻璃表面。他整个摸过了，那是一个窄窄的镶板，但比他还高，两边都有缝隙显示出这镶板可能是个门或窗户。但他摸不到门把手或是门闩。他抽出小刀的刀片，开始在玻璃表面刮，但是努力了几分钟之后，只现出微弱的可怜的一线光芒。

他疲倦地说：“那不是玻璃门或窗户，那一丝光线显示它是通向阳台或类似的地方，或许可以俯瞰中庭。我们必须要找到——”“噢！”迪居那在他身后某处叫道，接着是某种东西落地的轰然巨响。埃勒里猛然转身：“老天爷，迪居那，怎么回事？”男孩哽咽的声音在黑暗中近在咫尺：“我正在找怎么出去——然后我被什么东西绊倒了！”“哦。”埃勒里松了一口气，“好啦！站起来。在这里你又不是第一次跌倒。”“可——可是这里湿湿的。”迪居那结结巴巴地说。

“湿的？”埃勒里向着声音摸索着前进，终于抓到了迪居那颤抖的手，“哪里？”“在地上。我滑倒的时候手上沾了一些，感觉又湿又黏又热的。”“又湿又黏又热……”埃勒里放开男孩的手，在衣服里摸索着找到他的笔型手电筒，按了按钮。黑暗中，他看到了一扇门，有一些深红色的半流体从门缝中流到了地板上。“让我看看你的手，”埃勒里冷静地说着。迪居那呆呆地伸出了他的小拳头，埃勒里看到了一些深红色的液体。埃勒里附身嗅了嗅，然后拿出手帕把深红色液体擦掉，“好吧！这没有油漆的气味。”他说着站在了房门和惊惶的迪居那中间，“好啦，孩子，让我们打开这扇门。”

他推门，门移动了半英寸，卡住了。他抿紧嘴唇再用力撞，有东西挡在门后，又大又重的东西。他艰难地推着门，门一点一点地打开了……他刻意地挡住迪居那的视线，用手电筒向房间里照去。那是一个正八角形的房间，里面空无一物。他站的这个门两侧还各有一个门。一个门上有个红箭头，另一个有绿箭头，两扇门都是开着的……他把光束扫向他刚刚推开的这扇门下方，发现一个人趴在地上，他背后有四个黑色的小孔，鲜血从孔里汩汩流出。“不要过来！”埃勒里出声喝阻了想进来的迪居那，然后跪下来，抬起那人的头——是那个高大的“灰发兔子”，他死了。

埃勒里心神不宁地站起来，慢慢地把手电筒照向地面，斜对面的地上有一把短筒手枪，房间里还充满着浓浓的火药味。“他是不是——”迪居那低语。

埃勒里抓着少年的手臂，把他拉回刚才那间有玻璃镶板的房间。他的手电筒照在了他刚才刮过的玻璃门上。他用力一踢，玻璃应声而破，阳光随之射入。他从破碎的玻璃间钻出，在售票亭旁边找到了杜瓦先生。

“杜瓦！”他叫道，“有谁从屋里出来过？”“呃？”杜瓦愕然。“从我进去之后？快点，老兄，别傻站在那里！”“谁出来了？”杜瓦先生舔舔嘴唇，说，“没有人出来啊，奎因先生……这是怎么回事？你有没有——你的头——”“很好，”埃勒里叫道，“那么他还在这个迷宫里面。快向警察局紧急报案。有一个人在这里被谋杀了！”

警局的齐格勒队长带领大家跟着埃勒里来到了现场，在死者的口袋里搜出了一张纸条。纸条里是一个女人的字迹，写着：

亲爱的安士伦：

我一定要见你。这很重要。跟我在老地方见面，欢乐园，星期天下午，三点钟，黑暗之屋。我会小心不被看见，特别是在这种时候。他已起疑，我不知道该怎么办。我爱你，爱你！

梅姬

齐格勒队长吼道：“这是报复，奎因先生。只是谁是梅姬，谁又是那个‘起疑’的家伙呢？丈夫，你认为是吗？”房间里到处都是光束。一个警员把灯笼高举在死者上方作为中心点，有六个人一字排开地站在一面墙前，其中五人仿佛被催眠般地怔怔地看着光束的中心点，第六个人——那个白发老人，还是倚着高挑年轻女郎的手臂——则望着他的正前方。

“嗯，”埃勒里看了看被带来的人，说，“你确定没有别的人躲在黑暗之屋里了，齐格勒队长？”“全部都在这里了。杜瓦先生把机器关掉了。他自己带着我们，搜索每一个角落和缝隙。既然没有人离开这里，那凶手一定是这六个人中的一个。”警察冷冷地看着他们，每个人都很惊恐——只有那老者除外。“杜瓦，”埃勒里叫着，“有没有‘秘密’的通道可以离开这里而不被看到？”“啊……没有，奎因先生！组合通道……是唯一能出去的路，”杜瓦的脸吓得像死人一样苍白，结结巴巴地说，“呃，这该发生在——”

埃勒里轻轻地对着一个靠着墙、穿着深灰衣服的优雅女士说：“你是梅姬，对不对？”他现在想起来了，在外面与迪居那和杜瓦先生一起听解说员说明的时候，六个嫌犯中只有她是他没见过的，她一定在他们之前就进了黑暗之屋。“我——我不是梅姬。”她轻声说着，一脸惊恐地向后退缩着躲开。她大概三十五岁，曾经也是个美丽的女人。

“那是哈迪医生。”那位高挑的女郎突然哑着声音说道。她抓着父亲的手臂，似乎已经对她所说的话感到后悔。“谁？”齐格勒队长很快地问道。“那个……死者。安士伦·哈迪医生，眼科专家，纽约市的。”女郎怯生生地说。“没错，”跪在死者旁边的验尸官说着，把一张名片丢给了警察，“这是他的名片。”“谢谢，医生。你叫什么名字，小姐？”“诺拉·莱斯。”女郎声音颤抖地说，“这是我父亲，马修·莱斯。我们对这件——这件可怕的事一无所知。我们今天只是到欢乐园来玩，如果我们知道——”“诺拉，亲爱的。”她父亲温柔地说。

“所以你认得死者？”齐格勒露出了怀疑的神色。“请容我解释，”马修·莱斯开口了，“我女儿和我，我们认识哈迪医生。齐格勒队长，哈迪医生为我治疗了一年多，然后他帮我做了眼部手术。白内障……”“嗯，”齐格勒说，“手术？”“现在我完全瞎了。”“这位哈迪医生得对你的失明负责吗，莱斯先生？”埃勒里突然问。“我没有这样说，”老人低声道，“他做了他所能做的，我已瞎了两年多了。”“你知道哈迪医生今天会在这里？”“不知道。我们有两年没见过他了。”“当警察找到你们时，你们在什么地方？”马修·莱斯耸耸肩：“靠近出口处，我相信。”

“那你们呢？”埃勒里询问在场的六个人中的一对黑人情侣。“我的名字是——是，”黑人结结巴巴地说，“乔·琼斯，先生。我是个拳击手，轻量级的，先生。我不认识这位医生。我和杰西只是到这里来玩的。我们——”“老天。”他旁边的黑美人嘟囔着，紧紧地抓着同伴的手臂。

“那么你呢？”埃勒里询问那位蓄胡子的人。“我？这一切我完全陌生。我几乎整天都在岩石旁边画着海景和风景画。我是个艺术家——詹姆士·亚当斯，任你差遣。”这位蓄胡子的人态度有一点敌对，几乎是在冷笑，“你可以在楼下寄物处找到我的颜料和画作。我不认识这个死者。”“亚当斯先生，机器停止的时候，你在哪里？”“前方某处。”他的声音有一点刺耳，“我正在找路要走出这个地狱，我受够了，我——”“没错，”齐格勒队长打断他的话，“我本人找到他的。他对自己大声咒骂，在黑暗中跌跌撞撞的。他对我说：‘到底要怎么样才能走出这里？解说员说我们一定要跟着绿箭头走，

可是那也只不过是走到另外一个可笑的恶作剧的房间去。'类似这样的话。那为什么你这么快就要出来，亚当斯先生？你知道什么，是吧？好吧，现在说出来！”那个艺术家对此厌恶地嗤之以鼻，傲慢地不予回答。

“我认为，队长，”埃勒里说，“你应该比较关心的是，找出梅姬的字条里所说的那个‘起疑’的人。怎么样，梅姬，你要不要说话？躲在后面是非常愚蠢的事，迟早——”那位优雅的女士润湿了嘴唇，以低沉空洞的声音说道：“我想你是对的，这迟早会曝光。是的，我的名字是梅姬——梅姬·克拉克。我写了那张纸条给哈迪医生。但我并不是依照我的自由意志写的。是他逼我的。这是一个陷阱，我明明晓得但我不能——”

“谁逼你？”齐格勒队长吼着。“我丈夫。哈迪医生和我是朋友……嗯，朋友，单纯的。我丈夫本来不知道。然后他——他知道了。他一定跟踪过我们许多次。我们——我们以前曾在这里见过面。我丈夫极为忌妒，他逼我写那张纸条，他威胁要——要杀我，如果我不写的话。现在我不在乎了，随他了！他是凶手！”然后她把脸埋在双手间并开始啜泣。

齐格勒队长粗鲁地说：“克拉克太太，这是不是你丈夫的枪？”她低下头来看着他手上拿着的短筒左轮枪，全身发抖：“不是。他有一支左轮枪，但是长筒的。他是一个——很好的射手。”“你到这里来，克拉克太太，”埃勒里温和地说，“哈迪医生遇害前你有没有在这里遇见你的丈夫？”“没有，我没看到，但一定是汤姆，他告诉我他会杀了安士伦！”她发着抖说。

埃勒里看着在尸体旁边静静工作的人，突然问：“杜瓦，这房间里有没有什么照明方式？”杜瓦先生吓了一跳，他的脸比先前更苍白了：“这整幢建筑里根本没有电线或照明设备。除了组合通道之外，奎因先生。”“那些指示方向的箭头呢？它们看得见啊。”“它们是化学的。我被这些搞得很不安——”“那是当然，谋杀现场不可能是一个欢乐的场合，不过你这些阴森森的东西让事情更复杂了。你认为如何，队长？”“这个克拉克就是凶手，我不知道他是怎么逃走的。他由你发现枪支的地方射杀医生，然后把尸体拖到房门口，堵住门让他有时间逃走。枪声被里面的嘈杂声掩盖了，他一定预先想到了这一点。”

“嗯，非常好……”埃勒里皱着眉头说，“不过，有一点不对劲……啊，验尸官完成了。如何，医生？”“一英寸见方的面积上射了四发子弹，有两发由背后贯穿心脏。好枪法，奎因先生。”验尸官道。埃勒里眨眨眼：“是的，真的是好枪法，医生。他死了多久？”“大约一小时，他是立即死亡的。”“也就是说，”埃勒里喃喃道，“他一定是在我发现他几分钟前才被射杀的。”他专注地看着死者已经变成紫色的脸孔，转身对齐格勒队长说：“但是关于凶手开枪的位置，齐格勒队长，你错了。他不可能站得离哈迪医生那么远。事实上，他十分接近哈迪。死者身上一定有火药燃烧的痕迹吧，医生？”

验尸官看起来很迷惑：“呃，没有，一丁点儿火药燃烧过的痕迹都没有。齐格勒队长是对的。”埃勒里哑着声音说：“没有火药燃烧的痕迹？怎么会？”“身为这方面的专家，奎因先生，”验尸官冷酷地说，“我跟你保证被害人是在至少十二英尺外被射杀的，或许还要再远一两英尺。”

埃勒里脸上现出难以置信的表情。他张大嘴巴欲言又止，然后拿出香烟点燃，慢慢地吐着烟雾。“十二英尺，没有火药燃烧的痕迹。”他轻轻地说着，“好家伙，这结果可真是出人意料。这么毫无逻辑的事情，我真没办法解释。”

“你在想什么？”齐格勒队长问。“连你也不知道？”埃勒里茫然地说，“还是让我们来看一看他的衣服里有些什么东西吧。”埃勒里坐在地上，查看着警察从死者的口袋里找出来的一堆东西。他没有找到他要找的东西——逻辑告诉他应该有的东西。他在房间内踱着步，打着手电筒仔细搜索着地面。

“可是我们已经搜索过这个房间了！”齐格勒队长吼着，“你到底在找什么东西，奎因先生？”“某种一定会在这里的东西。”埃勒里坚定地说，“如果这世界还有条理的话。让我们看看你的人从所有房间的地板上找到的东西，队长。”“但是他们什么都没有找到！”“我说的不是警察可能会认为‘重要’的东西。我是指一些琐碎的东西：一张纸片、一小块木头——任何东西。”埃勒里说。一个宽肩的警员充满敬意地说：“我本人搜索过，奎因先生，连灰尘都没有。”

“请听我说，”杜瓦先生紧张地说，“关于这一点，我们有独特的设计。这里有一个通风系统和一个真空系统，它们可以吸尽所有的灰尘以保持这里一尘不染。”“真空系统？”埃勒里惊叹，“有可能！这个真空系统整天都开着吗，杜瓦？”“哦，不，我的朋友。只有在夜间，等到黑暗之屋是空的和不营业的时候。我想这也就是那位警员什么都没找到的原因，连灰尘都没有。”埃勒里认真地说：“嗯，今天之前的遗留物机器都会吸走，而机器在白天里没有运转，这就是说我要找的东西根本就没有出现过。队长，请原谅我的坚持。可是所有地方都搜查过了吗？楼下的组合间呢？这里可能有人会——”齐格勒队长阴沉着脸说：“我真搞不懂你。到底要我说多少次？组合间值班的人说，在凶案发生时，没有人进出过。”“好吧，那么，”埃勒里叹道，“我要求你搜一搜他们每一个人，队长。”他的声音里有一丝放手一搏的味道。

埃勒里·奎因先生看了看从六个嫌犯身上搜来的私人物品，主要是来自艺术家亚当斯和莱斯小姐——但他并没有找到该有的东西。埃勒里只好从地板上站起来，默默地指示警员将物品归还原主。

“怎么样，奎因先生？”齐格勒不耐烦地问。埃勒里心不在焉地挥挥手，说：“我就好了，队长……等一下！再等一下，还是有可能——”埃勒里没多加解释，他匆匆由标着绿箭头的门冲出去，发现自己身在一个窄窄的通道中，一如房间内一样黑暗，他只好拧亮手电筒。接着他跑到走廊的尽头，一英寸一英寸地搜索着走廊的地板。他转过两个弯，最后发现路被一扇门挡住了，上面标着：出口，组合间。他推开门，发现自己来到了入口处那个地窖般的房间里。一个警员碰碰帽子向他致意，服务生看起来很害怕。

“没有一丁点儿蜡油，没有碎玻璃片，没有燃过的火柴棒。”他喃喃自语，突然灵光一闪，“过来，警官，请帮我把栅栏上的门打开，好吗？”警察打开了栅栏上的小门，埃勒里跨进房间的另一边。他立刻走到墙边的木架旁，木架的隔间里放着大家进入黑暗之屋前寄放的东西。他仔细地检查，艺术家的盒子引起了他的注意。他打开，看了看颜料、画笔、调色盘，还有三张画作——一张风景画和两张海景——一切看起来都很正常，没什么特别的，他关上了盒子……

他在昏暗的光线下踱来踱去，深深地皱眉。时间一分一秒地过去了，黑暗之屋一片寂静，好像在为突如其来的死者哀悼。突然间，他停下来，眉头舒展

开了，取而代之的是庄严的微笑。“对了，就是这样。”他喃喃自语，“警官，你把这些东西全部带回犯罪现场，我来搬这张小桌子。”

埃勒里站在回廊中轻敲那间八角形房间的门，齐格勒队长本人来开门。“你回来啦？”队长咆哮道，“我们正准备要走呢，尸体已经装起来了——”“只需要一点儿时间，我相信。”埃勒里和蔼地说，示意带着东西的警察走在他前面，“我要发表一个简短的演说，一个满是副标题的充满了聪慧洞察力的演说，我亲爱的队长。杜瓦，这也会让你感到高兴。各位女士、先生们，请你们待在原位。没错，警官，就放在桌上。现在，各位，麻烦把你们的手电筒对准我和桌子。我们可以开始了。”

房间里非常安静。埃勒里站在房间中央，光束的中心，像个魔法师一般。“那么，各位女士、先生，我们开始了。我们由犯罪现场中最重要也最不寻常的事实开始——它的黑暗。这是一间真正的黑暗之屋，有一个人在其中一个房间里被谋杀了，在这间屋子里面——除了受害者、我本人和与我同行的少年之外——还有六个人正在享受杜瓦先生这屋子的恶魔娱乐。”埃勒里以梦幻般的语调说，“现在注意看，看这个戏耍命运的花招是怎么玩的。这个房间是彻彻底底的黑暗，没有电、没有灯、没有灯笼、没有瓦斯、没有蜡烛、没有窗户。它的三个门都通往和它一样漆黑的房间。房间上的红、绿箭头除了箭头自己本身之外，不会照亮任何其他东西……在完全漆黑的房间里，有人能够在至少十二英尺外，朝着看不见的被害人背上，在一英寸见方的面积上连射四发子弹！”

有人喘起气来。“怎么可能？”埃勒里轻声地问，“那几发子弹如此神准。它们不可能是意外——至少不会那么巧四发都是。我最早假设在死者的外衣上一定会有火药燃烧的痕迹，表示凶手一定直接站在哈迪医生后面，抵着他，甚至是用手紧抓着他，把手枪顶在他的背脊发射。但是验尸官说没有！这似乎是不可能的，在一间完全黑暗的房间里，十二英尺？凶手不可能纯靠听音辨位来射中哈迪，弹着点太准确了，因此这个理论不可能成立。此外，作为目标的被害人是移动着的，不管他移动的速度多缓慢。因此，我断定唯一可能的答案是凶手有光线为其照明。可是这里并没有灯光。”

马修·莱斯用悦耳的声音说道：“非常聪明，先生。”“这是基本常识而已，莱斯先生。可是警方仔细地搜过，却什么也没找到。我本人也详详细细地查过房间，找寻手电筒、用过的火柴棒、小蜡烛——任何能够提供光源让凶手借以射杀哈迪医生的东西。因为我分析过事实，我知道要找些什么东西。当我找不到任何可供应光源的物品时，我真是大吃一惊。”

埃勒里停下来抽了口烟。“所以我得到了一个结论，”他慢慢地吐了一口烟圈，说，“光线必定是由被害者身上发出的。”“不可能！”杜瓦先生张口结舌，“没有人会笨到——”“当然是不自觉的。他可能在不自觉的情况下提供了光。我检查过死去的哈迪医生。他穿深色的衣服，没戴手表，也不会有夜光的指针。他身上没有吸烟的器具，显然是个不抽烟的人，那么他也没有火柴或打火机。那么，凶手怎么能看到他且瞄准他呢？那就是说，”他喃喃说道，“只剩下最后一个可能性了。”

“什么——”“请你们大家把灯笼和手电筒熄灭，好吗？”有一瞬间没有任何反应，然后灯光陆续熄灭，房间又回到埃勒里刚进来时那样的漆黑一团了。“留在原位，拜托，”埃勒里简短地说，“不要动，每个人。”

最初没有任何声音，除了静止不动的人的沉重呼吸声。埃勒里的香烟也熄灭了，接着有个轻微的沙沙声和尖锐的滴答声，随后，在众人眼前赫然出现了一个方形的光点，模模糊糊在房间里移动。接着第二个光点出现且附着在第一个光点上，然后，又出现了第三个光点……

“一个小小的示范，”埃勒里冷冷地说，“磷，毫无疑问。以颜料形态出现的磷，如果凶手在被害人进入黑暗之屋前把它抹在被害人的外套上——或许是在人群推挤中——他就保证可为他的犯罪行为提供足够的光亮。在完全漆黑的地方他只要寻找磷光记号就行了。然后在黑暗中十二英尺处冲着磷光发射四枪——对一个好枪手来说不算什么，弹孔消除了大部分的磷光颜料，剩余的也被涌出的鲜血冲掉了……凶手可以逍遥法外了……是啊，是啊，非常聪明。不，你休想！”

一个个光点突然急速向前，消失了，出现了，直奔标有绿箭头的房门……接着发出了一阵响声——是激烈格斗的声音。手电筒猛地打开，彼此交错的光线照亮了地板，埃勒里和一个人无声地扭打在地上。在他们身旁丢着打开的颜料盒。齐格勒队长跳过去，用警棍敲了一下那个人的头，那人呻吟着向后倒下，失去了知觉。是那个画家，亚当斯。

“但你怎么知道是亚当斯呢？”过了一会儿，等到秩序大致恢复后，齐格勒问道。亚当斯倒在地上，戴着手铐；其他人围在四周，有的脸上是解脱的神情，有的是恐惧。

“靠着一个奇怪的事实。”埃勒里喘着气，把自己身上拍干净，“是你自己告诉我的，队长，你说你发现亚当斯在黑暗里闯荡，而且他抱怨说他要出去却找不到出口。他说他知道应该跟着绿箭头走，可是他照办了却又更深入迷宫里。但是如果跟着绿箭头走怎么可能会如此？任何绿箭头都可以把他带到笔直的、没有花样的走廊里，再通到出口。那么他既没有跟着绿箭头走而他又没有理由说谎，这就一定表示——据我的推论——是他以为他是跟着绿箭头走，但他跟的实际上却是红箭头……”

“但是怎么——”“非常简单。色盲，他患的是常见的红绿色盲。毋庸置疑，他并不知道他有这个毛病，很多色盲的人都不自知。他原本希望快速脱逃，因此他要仰仗绿箭头。但那并不是重点，重点是他宣称自己是个画家。一个整天与颜色为伍的人怎么可能是个色盲？我看过他画的风景画和海景，我发现它们都很正常。所以我知道那些不是他画的，他是伪装的，他根本不是一个画家。而如果他是伪装的，他当然嫌疑重大！

“接着，我把这一点和对光源的推论拼凑在一起，立刻就有了全盘的答案。磷光颜料——颜料盒。他觉得使用磷光颜料——颜料盒对他一点风险都没有，因为若有人检查颜料盒一定会在光亮之处，而这种化学物质的发光特性在光亮下却看不出来。”

“但是动机呢，朋友？”杜瓦先生提出疑义，他擦拭着前额，“动机！一个人不会无缘无故杀人。为什么——”“动机？”埃勒里耸耸肩，“你早就知道动机了，杜瓦。事实上，你知道——”他停下来突然跪到蓄胡子的凶手身旁，手一抹，拉下了他的胡子。克拉克太太尖叫起来，并踉跄后退。“他甚至想法子改变了他的声音。这位，我想，就是你那位不见了的丈夫克拉克先生。”

◎G.K.切斯特顿[英国]

天主的锤子

G.K.切斯特顿（1874—1936）

英国著名作家，十分多产，一生中出版的著作多达一百余部。他的人生极富传奇色彩，他常常身穿披风，携着带剑的手杖，叼着雪茄外出，有时甚至会带上刀子和上满子弹的左轮手枪。

其推理小说集《布朗神父探案集》是英国著名推理小说的代表作之一。小说描述了其貌不扬的布朗神父如何依据敏锐的直觉寻找蛛丝马迹，从而破案的故事，深受广大读者欢迎。至今，他所塑造的布朗神父同福尔摩斯一样，在广大读者心中享有崇高的地位。

博翁塔村庄坐落在陡峭的山上，村里教堂高高的塔顶看起来就像是这座小山的山峰。教堂的脚下有一间铁匠铺，整天炉火熊熊，铁锤和铁屑堆得满地都是。铁匠铺的对面，是这里唯一的一家小酒馆“蓝野猪”。此时，在晨光中教士大人威尔弗雷德·博翁正非常虔诚地去进行早祷，而他的哥哥陆军上校诺曼阁下，正戴着一顶奇怪的、亮绿色的宽边帽子，穿着睡衣坐在“蓝野猪”酒馆外的长椅上喝酒。

诺曼上校热衷于追求享乐，经常在外面鬼混到凌晨才回家。他的弟弟威尔弗雷德教士则与哥哥不同，教士似乎只为宗教而活着，总是像幽灵一样出没于教堂。不过他不是跪在祭坛前祷告，而是在一些特殊的地方，比如在地下室里、在廊台上，甚至在钟塔里祷告。

威尔弗雷德教士碰到哥哥时，后者正醉醺醺地盯着对面的那家铁匠铺。教士微微皱了下眉头，因为有关铁匠的美丽的妻子和哥哥的丑闻他早有耳闻。诺曼上校看到弟弟，站了起来，笑着说：“早上好，威尔弗雷德，我正打算去拜访铁匠。”

威尔弗雷德盯着地面说：“铁匠不在家。他在格林福德。”

“我知道，”哥哥平静地回答，“这就是我拜访他的原因。”

“诺曼，”教士冷冷地说，“你怕过雷电吗？”

“什么意思？”上校问，“难道你现在又对气象学感兴趣了吗？”

“我的意思是，”威尔弗雷德缓缓说道，“你想过天主可能将你劈死在街上吗？”

“再说一遍，”上校说，“我看你的爱好是民间传说。”

“我知道你的爱好是亵渎神灵。”威尔弗雷德立即反唇相讥，“但就算你不怕天主，你也该有更好的理由害怕人。”

哥哥优雅地扬扬眉毛，说：“害怕人？”

“铁匠巴恩斯是周围四十英里中最高、最壮的男人。”教士严肃地说，“我知道你不是胆小鬼，但他能把你摔到墙上去。”

这次反击很成功，因为这是事实。诺曼上校怔了一下，但很快他就满不在乎地笑道：“如果那样的话，我亲爱的威尔弗雷德，那博翁家族的最后一个人戴着头盔出来就太明智了。”说着，他摘下头上那顶亮绿色的宽边帽子，让弟弟看那用钢条箍成的边角。威尔弗雷德认出这顶帽子是用挂在旧家族墙上的一个轻型头盔改装而成的。

“铁匠是在格林福德，”威尔弗雷德平静地说，“但他总是不定期地回来。”他说着转身低头走进了教堂，一边用手在胸前画十字，就好像希望摆脱一些不干净的精灵。

当他走进教堂时，一个跪着的影子突然站起来，向门口的晨光中走去。威尔弗雷德认出他是村里的白痴、铁匠的侄子“疯子乔”。他是一个皮肤黝黑、身体强壮却没精打采的少年，有一张呆滞苍白的脸和一头黑而直的头发。以前教士从不知道他也会祷告。“刚才他做了什么祷告？”威尔弗雷德看着“疯子乔”消失在教堂的门口，疑惑地想着。

威尔弗雷德摇了摇头，走向游廊里的一把靠背长椅，那椅子正放在他最喜欢的蓝色窗户下面。他渐渐忘掉了他那邪恶的哥哥，在晨曦中又开始了祷告。

半小时后，村里的补鞋匠吉布斯在这儿找到了他。吉布斯是被人匆匆地打发来叫他的。

“发生什么事了？”威尔弗雷德·博翁淡淡地问，并伸出颤抖的手去拿他的帽子。

“你必须原谅我，先生。”补鞋匠嘶哑地低语着，带着一种干巴巴的同情的腔调说，“但我们认为瞒着你并不对。恐怕有一桩非常可怕的事情发生了，先生。恐怕你哥哥……”

威尔弗雷德道：“他又搞了什么恶作剧？”

“啊，先生，”补鞋匠咳嗽着说，“恐怕他没做什么，将来也不会再做什么了。我恐怕他是完了。你最好跟我过去看看，先生。”

威尔弗雷德教士跟着补鞋匠从教堂走出来，很快来到了悲剧发生的现场。教士注意到铁匠铺的院子里站了五六个人，都穿着黑衣，其中有一个穿着巡官的制服。他们中有医生，有铁匠所属的长老会的神父，还有铁匠妻子所属的罗马天主教的神父——布朗神父。布朗神父正用又快又低的声调说着什么，而铁匠那美丽的妻子正坐在椅子上轻声哭泣。

在这群人中间，有一个小小的铁锤，铁锤旁躺着一个身着睡衣、四肢伸展、脸部拉长的人。鲜血正从他的头部汩汩流出。威尔弗雷德一眼就认出这个人是自己的哥哥诺曼，顿时怔住了。

使劲定了定神，威尔弗雷德结结巴巴地说：“我哥哥死了，这是什么意思？真可怕，真不可思议，这究竟是怎么回事？”

一阵令人难堪的沉默之后，现场最心直口快的补鞋匠吉布斯开口了。“太可怕了，先生。”他补充道，“但并不是不可思议。”

“你什么意思？”威尔弗雷德问，他的脸色苍白。

“很简单，”补鞋匠回答，“方圆四十英里中，只有一个人能做出这样猛烈的一击，而且他也是最有理由这样做的人。”

“我们千万不能做出这样无依据的推断。”那个高个子黑胡子的医生不安地插话道，“可那一击的力量让我不得不承认吉布斯先生说得有理。那是难以置信的一击，那样的一击几乎没有人能做到。”

一阵战栗掠过威尔弗雷德单薄的身子，他茫然地说：“我很难理解。”

“博翁先生，”医生低声说，“隐含的真相本身也让我觉得难以捉摸。死者的头盖骨虽没有像蛋壳一样破得粉碎，可地面上到处都是骨头的粉末，锤子直入死者头骨，就像子弹射入松软的土中一样。这简直是一只巨人的手！”

医生沉默了一会儿，然后补充道：“这事有一个好处——从一开始就洗清了大部分人的嫌疑。”

“我想说的是，”补鞋匠顽固地重复，“这儿只有一个人能做，他也是唯一有理由这样做的。铁匠巴恩斯在哪儿？”

“他在格林福德。”威尔弗雷德教士声音发颤地说。

“更可能在法国。”补鞋匠咕哝了一句。

“不，他不在那样远的地方。”小个子布朗神父也加入了谈话，“事实上，现在他正走在路上。”大家听他这样说，都回过头来盯着远处蜿蜒曲折的小路。的确，铁匠巴恩斯正迈着大步，精神抖擞地走来，肩头上还扛着一把大锤。他身材高大，眼睛又深又黑，脸上还有浓密的络腮胡。他边走边和身边的两个男人聊天，看上去似乎心情不错。

“上帝！”补鞋匠嚷道，“他手里拿的就是他杀人的铁锤！”

“不，”巡官开口道，“那儿才是他杀人的锤子，在教堂的墙边。我们已将它和尸体保留在现场了。”

布朗神父走到锤子旁边，默默地看着。这是一把最小最轻的铁锤，把它混在其他的锤子中一点儿都不起眼，但这把锤子却沾满了鲜血和黄头发。一阵沉寂后，神父没有抬头，而是用低沉的声音诉说着他的新发现：“这儿没有不可思议之处。这儿充其量只有一个谜：为什么体形如此庞大的男人竟用这样小的锤子做这样猛烈的一击？”

“哦，别管这个，”吉布斯着急地嚷着，“我们把巴恩斯怎么办？”

“别管他，”神父镇静地说，“他自己会来。我认识和他一块儿来的那两个人。他们是格林福德的好小伙子，他们是为了长老会堂而来的。”

就在这时，高大的铁匠转过教堂拐角，踏入了自己的院子。自家院子里的惨案把他吓了一跳，他直直地站在那儿，肩上的锤子滑落下来。巡官立刻走到他面前，严肃地说：“巴恩斯先生，我不想问你是否知道发生了什么事。你不必说什么，我也希望你能证明自己和此事无关，但我必须以国王的名义，以谋杀陆军上校诺曼·博翁的罪名将你逮捕归案。”

高大的铁匠顿时像木偶般呆立不动了。他瞥了一眼那脑浆涂地的尸体，冷漠地说："博翁上校死了吗？这么说他下地狱了。"接着，他指着上校说，"这条狗是何时死于他所犯的罪行的？"

"请注意你的措辞。"医生说。

"如果《圣经》能注意它的措辞的话，我也会注意的。他什么时候死的？"铁匠的语气冰冷而生硬。

"今天早上六点我还看到过他。"威尔弗雷德教士结结巴巴地说。

"天主，太好了！"铁匠说，"巡官先生，我绝没有任何拒捕的意思。不过在我离开法庭时，我也许会庆幸自己没有在道德上留下任何污点，而你也许会在事业中留下不太光彩的一笔。"巡官抬起眼直直地盯着铁匠，其他人也都转过头看向他，只有布朗神父仍在观察那把给了上校致命一击的小锤子。

"跟我一起回来的两个人，"铁匠继续冷冷地说，"你们都知道，他们全是格林福德行为端正的生意人。我们在复苏布道团的会议室里坐了一整夜，他们能证明从半夜前直到黎明都看到我。在格林福德有二十个人能证明那段时间我在那儿。我倒想问问你，巡官先生，你愿意此刻，还是愿意在法庭上听我的不在现场的证据？"

巡官第一次显得有些困窘，他说："当然我很高兴能当着大伙儿的面，还你一个清白。"

铁匠身边那两位来自格林福德的朋友，立刻信誓旦旦地保证巴恩斯是清白的，他整晚都和他们待在一起。两个人的证词令人不容置疑。

又一阵沉默笼罩着这群人。突然威尔弗雷德教士打破了沉默，对神父说："你似乎对那把锤子很感兴趣，布朗神父。"

"是的，"布朗神父说，"为什么用这样小的铁锤？"

医生迅速地转过身，看着神父，道："的确，太对了！这儿附近放着十倍大的铁锤，谁会用这样小的铁锤？"然后他压低声音在威尔弗雷德教士耳边说，"只有那些不能举起大铁锤的人才会这么做。一个勇敢的女人能毫无困难地用很轻的锤子杀人，但她却不能举起重锤杀死一只甲虫。"

威尔弗雷德教士带着一副被催眠的恐怖神情瞪着他，布朗神父也在兴味盎然地凝神倾听。医生用更嘶哑的声音强调说："为什么我们总想当然地认为痛恨妻子情人的人一定是妻子的丈夫？或许最恨妻子情人的人正是妻子本人。谁能想象得出他给她带来了多少屈辱和谩骂？看那边！”他用手指了一下铁匠的妻子。她终于抬起了头，精致的脸上泪迹已干，却依然不发一言。

威尔弗雷德教士无力地挥挥手，似乎想要挥去这一团乱麻。布朗神父却漫不经心地说：“从精神科学看，你确实能找到联想的依据。但从身体条件看，这完全是不可能的。我同意你的某些看法，也同意你说女人们总选择小锤，而不是大锤的观点。但问题是，她们的身体条件使她们无能为力。没有一个女人有这样的天生神力能将男人的头盖骨打碎、打平。况且，诺曼上校实际上戴着铁盔，而那一击将他的头盔也像玻璃块一样给打得粉碎。再看看那个女人，看看她的手臂。你们认为她能做到吗？”

沉默再度降临在人们周围，后来医生恼怒地说：“哦，我也许错了，所有的理由都不成立。但我仍然坚持的是：如果能用大铁锤，只有白痴才会选用小铁锤。”

听到这些，威尔弗雷德把颤抖的双手放在头上，似乎想抓下他黄色的短发来，片刻之后他把手放下，叫道：“那正是我想说的，你已经说出来了。”

接着，威尔弗雷德教士努力压抑住激动的情绪说：“你刚才说‘只有白痴才会选用小锤子’？”

“是的，”医生说，“接下来呢？”

“接下来，”教士说，“这，就是一个白痴干的。”

其余人的眼睛都固定在威尔弗雷德教士身上，只听他缓缓地道：“我是一个教士，一个教士不应该使人流血，我的意思是我不会将任何人送上绞架。我感谢天主让我现在清楚地看到了罪犯，因为他是一个不会被绞死的罪犯。”

“你不揭发他吗？”医生疑惑地说。

“就算我揭发他，他也不会上绞架。”威尔弗雷德回答道，“今天早上我走进教堂时，发现一个疯子正在做祷告，可怜的乔，他一生都疯疯癫癫的，天主才知道他祷告了些什么。现在看来，疯子乔来教堂祷告也许是有原因的，很可能一个疯子在杀人前会进行祷告。当我最后看到乔时，他正和我哥哥待在一块儿，我哥哥正在戏弄他。”

“啊！”医生叹道，“我倒想听听你的解释。”

威尔弗雷德教士几乎用颤抖的声音说：“铁匠也许能发出这样猛烈的一击，但他不会选这样小的铁锤；他的妻子可能选择小铁锤，但她没力气发出这

样猛烈的一击。但疯子可以‘两者兼顾’。至于小锤子……哦，由于他疯了，他可能拾起任何东西。至于猛烈的一击，你难道没有听说过，医生，一阵突然发作的疯狂可能让人有十个人那样大的力量？”

医生深深地吸了一口气，道：“天啊，我相信你找到答案了。”

布朗神父长久地凝视着说话者。当大家都静下来后，他带着明显的敬意说道：“博翁先生，你所提出的推论是唯一在各方面都站得住脚的，而且本质上无懈可击。可是，我的灵魂却告诉我，那不是正确的推论。”说完这几句话，他便走开去，继续察看那把锤子。

“那家伙在说些什么？”医生怒气冲冲地对威尔弗雷德说，“这些天主教神父真是狡诈。”

“不，不，”威尔弗雷德似乎没听见医生的话，疲惫地嘟囔着，“是疯子干的，是疯子干的。”

这时，铁匠开始大声地诉说自己的清白：“我希望我已经说服了你，巡官先生。我是一个强壮的人，但我不能从格林福德把我的铁锤扔到这儿来。我的锤子没长翅膀，它不能越过篱笆和田野，飞行数十英里。事实上，它连半英里也飞行不了。”

巡官和蔼地笑了，他说：“我想你可以被排除在外，尽管这是我所看到的最奇怪的巧合。我只想求你尽力帮我们找到一个像你一样又高又壮的人。不过，对于谁是凶手，我想你现在也没有什么想法吧？”

“我有一个猜想，”铁匠脸色苍白地说，“我想，凶手既不是男人，也不是女人。”

“你说什么？”巡官半开玩笑地问，“你不会认为是奶牛用锤子把人杀死了吧？”

“我认为没有一个有血有肉的生灵能用那把铁锤杀人，”铁匠说，“严格地说，我认为这个人是自己死的。”威尔弗雷德突然朝前移动了一步，双目炯炯地盯着他。

“你是想说，巴恩斯，”补鞋匠尖锐的声音响了起来，“铁锤是自己跳起来把人敲倒的？”

“哦，你们这些绅士可能会对我的看法嗤之以鼻。”巴恩斯叫道，“而我，作为主虔诚的信徒，我相信主在无形中隐隐地游荡在每一间屋里，保卫着我的名誉，让亵渎神灵者死在他的门前。我相信这一击的力量正是天庭震怒的力量。”

威尔弗雷德也无比苦涩地说：“我也提醒过诺曼当心雷电。”

“那么罪犯就超出了我的管辖范围。”巡官微笑着说。人群里顿时响起一片叽叽喳喳的议论声。

布朗神父没有理会人们的议论纷纷，而是径自来到浑身发颤的威尔弗雷德面前。

“让我们离开这个可怕的地方，博翁先生，”布朗神父友好地对他说，“我能参观一下你教堂的内部结构吗？我听说这是英国最古老的教堂之一。我对英国的教堂很有兴趣，你知道的。”

威尔弗雷德教士并没有笑，幽默不是他的优点。“当然，”他指着楼梯顶端高高的侧门，说，“让我们从这边进去。”

布朗神父刚想跟着威尔弗雷德教士上楼，突然感到肩上有一只手。他转过身，看到身后的医生露出疑虑重重的表情。

“神父，”医生急躁地说，“你似乎知道这桩罪恶的秘密，我可以问问，你会把它们视为不可告人的秘密吗？”

“啊，医生，”布朗神父愉快地笑道，“从事我这个职业的人，当他对秘密不能确定时，那就是保守秘密的最好理由了。而当他确定了某个秘密时，职业道德又会反过来使他保守秘密。如果你认为我对你或其他人有所保留，我会在最大限度内不破坏我的习惯，我可以给你看两条线索。”

“哦，神父？”医生沮丧地说。

“第一，”布朗神父缓缓地说，“这件事完全在你的知识范围内，它与身体状况有关。铁匠错了，但并不是错在他说那一击有可能来自天主，而是错在他肯定地说那一击是奇迹。医生，要说凶手竟拥有行侠仗义、惩恶扬善的好心肠，这也许真能称得上是个奇迹了。除此之外，那一击可并不是什么奇迹。粉碎头盖骨的力量是确凿无疑地存在的，那种力量是最有威力的自然的力量。”

医生皱了皱眉头，疑惑地看着他，说：“那另一条线索呢？”

“另一条线索是这样的，”神父说，“你还记得铁匠吗？尽管他说过他相信奇迹，但您还记得吗，他却说到他的锤子要飞越半英里是不可能的，是神话，他的口气中还带着十分的轻蔑？”

“是的，”医生答道，“我记得。”

“哦，”布朗神父哈哈大笑，接着补充道，“但那个神话是今天我所听说的最接近于事实真相的神话。”说完，他转身迈着沉重的步伐，跟着威尔弗雷德教士登上了台阶。

布朗神父边走边看，威尔弗雷德教士则脸色发白，不耐烦地在前面等着。当布朗神父终于赶上来时，教士立即将神父带到他最喜欢的游廊的一个角落，那地方最靠近雕花天花板，光线能透过带角的奇特窗户照射进来。布朗神父毫无倦意地观察着，赞扬着每一样事物，一直兴奋但低声地说着话。他发现了边门和盘旋而下的楼梯，威尔弗雷德就是从这儿冲出去看到了哥哥的死亡现场。布朗神父没有向下走，而是像猴子一样灵巧地爬上去，然后他的清晰的声音从顶上的露天平台上传了过来。“到这儿来，博翁先生，”他大叫，“这儿的空气对你有好处。”

威尔弗雷德来到教堂外的石头游廊或者说阳台上，在这儿可以看到一望无际的平原，平原上小山矗立，树林一直延伸到远处的地平线，中间点缀着村庄和农场。在他们脚下，清清楚楚、方方正正的小院子正是铁匠的院子，巡官仍站在那儿做记录。

“那儿像是世界地图，不是吗？”布朗神父说。

“是的。”威尔弗雷德非常严肃地点了点头。恰好在他们下面和周围，哥特式建筑的轮廓仿佛自杀那样令人厌恶地一下子坠入空虚。在中世纪的建筑中，本质上有一种奇怪的力量，无论从哪方面观察，它总像一匹发疯的野马脱缰而出。这座教堂曾经由古代沉寂的石头开凿而成，一些野生的蘑菇像胡子一样从石头缝里钻出来，一些鸟窝也点缀着教堂。现在，塔楼上的两个人正和哥特式建筑最可怕的一面待在一起：恐怖的透视和不成比例的画面，令人头晕的远景，大的变小、小的变大的错位感，半空中混乱的石头……角落里雕刻的飞禽走兽看起来有点像行走和飞翔的龙，蹂躏着下面的牧场和农庄，整个氛围是令人胆战心惊的。

“我想即使是祷告，站在这样的地方也非常危险。”布朗神父说。

“你的意思是人可能会摔下去吗？”威尔弗雷德问。

“我的意思是就算人的身体不摔下去，他的灵魂也可能堕落。”神父说。

“我听不懂你的意思。”威尔弗雷德含混地说。

“看看铁匠，譬如说，”布朗神父冷静地继续说道，“他是一个好人，但强硬、暴躁、决不宽恕。”

“但他并没有杀人。”威尔弗雷德小声说。

“是的，”布朗神父用奇怪的声音说道，“我们都知道他没有杀人。”

过了一会儿，布朗神父平静地将灰色的眼睛投向外面的平原，继续往下说。“我知道有一个人”，他说，“他开始也想像其他人一样在祭坛前祷告，

但他越来越喜欢在又高又孤独的地方祷告，在钟或塔楼的角落、壁龛前祷告，而一旦到了这令人眩晕的地方，整个世界都几乎像轮子一样在他脚下飞转，他的大脑也开始飘飘然了。他以为他就是天主，因此尽管他是个好人，他还是犯下了滔天大罪。”

威尔弗雷德扭开脸，但当他紧紧地抓住石护栏时，骨骼突出的手青筋直露，脸上也一阵青一阵白。

“他认为天主赋予他权力审判世界，击倒罪人，要是他和其他人一样跪在地上祷告的话，他绝不会有这样的想法，但他看到所有的人都像昆虫一样爬来爬去，他尤其看到下面有一只昆虫走得如此趾高气扬，如此傲慢无礼，还很扎眼地戴着一顶绿帽

子，顿时觉得他是一只毒虫子。”除了白嘴鸦哇哇地盘旋在钟楼的角落，没有其他的动静，布朗神父继续往下讲，“还有一样东西诱惑着他，那就是他手里拥有的自然界最可怕的动力，我是说重力，物体一旦放松就会朝地球中心方向飞去，从而形成一种疯狂快速的冲击力。看，巡官正在我们下面的铁匠铺里踏步，如果我从这个护栏向他抛去一块鹅卵石，它就会像子弹一样击向他。如果我扔下一把铁锤，甚至是一把很小的铁锤……”

威尔弗雷德·博翁朝护栏外跨出一条腿，布朗神父立即揪住他的衣服。“不要走这扇门，”他温柔地说，“这扇门通向地狱。”

威尔弗雷德踉踉跄跄地走回墙边，满眼惊恐地望着他。“你怎么知道这些的？”他大叫，“你是魔鬼吗？”

“我是一个人，”布朗神父严肃地说，“因此我心中有所有的邪恶。听我说，我知道你干了什么，至少我能猜出大部分。你离开你哥哥时，被一种并非不正义的狂怒折磨着，你被折磨得甚至抓起了一把小锤，想因他满口的污言秽语而杀死他。然而你退缩了，把小锤藏入你的上衣里，冲进了教堂。你狂热地在许多地方祷告，在窗下，在上边的平台上。正是在那高一点的平台上，你看到诺曼上校的帽子像绿甲壳虫一样四处乱爬，然后什么东西抓住了你的灵魂，你抛下了天主的雷电。”

威尔弗雷德把软绵绵的手放在头上，低声问：“你怎么知道他的帽子看起来像绿甲壳虫？”

“哦，那个，”布朗神父脸上掠过一丝笑意说，“那是常识，但听我说下去。我说我知道了一切，但没有其他人知道，下一步就看你的了。我不再有所行动，我将为你保密，就像对忏悔者保密一样。如果你问我为什么，那有许多原因，但只有一点与你有关。我替你保守秘密是因为你并没有像其他暗杀者一样错得太离谱。当很容易地可将罪名推给铁匠时，你没有；能轻易地推给他妻子时，你也没有；你只是将罪行推给白痴，因为你知道他不会因此而受罚。那是我调查过的暗杀者中难得一见的一抹阳光。现在下去，回村里去，做你该做的事。”

在一阵苦涩的沉寂中，他们走下盘旋的楼梯，重新走入铁匠铺里那阳光灿烂、众所瞩目的地方。威尔弗雷德·博翁，小心翼翼地打开院子木门的门闩，走到巡官面前说：“我自首，是我杀了我哥哥。”

4 Chapter 惊天奇案

一支再普通不过的铅笔、一张有棒球明星比尔亲笔签名的记分卡、一个咬了一半的热狗、一瓶失窃的医用氰酸，看似毫不起眼的小物品，却是比尔惨死一案的关键……本章中，推理大师们将推理小说的魅力发挥到了极致，引人入胜的故事、神秘刺激的场景、诡谲跌宕的情节让你应接不暇，谜底揭晓的瞬间，带给你的将是完全出乎意料的震撼！

Detective Novels

◎森村诚一[日本]

盗画的伎俩

森村诚一（1933— ）

日本著名推理小说家。森村诚一自20世纪60年代脱颖而出，一直致力于推理小说的创作，他不仅继承、发展了松本清张社会派推理小说的特色，而且还在作品主题、人物塑造、故事构思、人物语言等方面独树一帜，成为20世纪70年代日本最具影响力的推理小说家之一。

其作品气势宏大，推理严密，人物形象栩栩如生，无论是长篇还是短篇都别具一格。

星期二早上八点，派克美术博物馆要举行募捐活动，开场戏是“与缪斯九女神共进早餐”。这样安排主要是为了让商业界和金融界的头面人物在和姑娘们翩翩起舞的时候能慷慨解囊。接下来还安排了午餐和晚餐，还有女神的个人表演。所有的活动都在博物馆的门廊里举行，门廊的周围陈列的都是难得一见的艺术珍品。

扮演缪斯九女神的姑娘都是来自纽约的现代舞学员。她们在这里已经住了两天，前一天晚上还举行了服装和个人舞的彩排。扮演其中一位女神的姑娘丽塔这天特别兴奋，六点半就起床了。梳洗好后，她摇醒了和她同住一屋的克里斯蒂娜，然后自己匆匆下楼叫了辆出租车，七点不到已经来到博物馆的后门。

博物馆总监珀尔曼正在那里做着最后的部署。他在昨晚的彩排中对丽塔印象不错，所以一下子就认出了她。“是丽塔吗？你来得真早。这讨厌的雨，但愿它会停。”珀尔曼五十开外，大腹便便，头发已经脱落。他把丽塔领到底楼的临时更衣室，它隔壁是博物馆工作人员的衣帽间。

丽塔一进更衣室就开始换装。她迅速脱去身上的外衣，换上了肉色紧身丝袜裤。就在这时，更衣室的门打开了，进来了一个金发女人。她比丽塔年龄大，看上去已三十开外了。“你好，”那女人和她打招呼，“你是缪斯女神中的一个？”“是的。”丽塔一面说一面穿上藏红色的长袍，“我叫丽塔·莫洛尼。”那女人甜甜地一笑，说：“我也是演女神的。”“你也是？我没见过你啊。”“我是顶替一个生病的姑娘的。我叫桑德拉·派黎斯。”她说着开始解雨衣的纽扣。丽塔怀疑地问：“你的演出服呢？”“正穿在你的身上呢。”桑德拉说着一拳猛击在丽塔的下巴上。

几分钟后丽塔醒来时，桑德拉已经把她的手脚捆了起来。她想叫喊，但嘴也被什么东西堵住了。“听着，”桑德拉说，“我要把你关在门厅对面的道具间里。别出声，不然倒霉的是你自己，明白了吗？”丽塔点点头。桑德拉先看看门厅，确定那里没人之后就把丽塔拖进道具间，放在一堆地毯上。

桑德拉回到更衣室，刚穿上丽塔那件藏红色袍子，又有两个姑娘进来了。她们有些疑惑地看了她一眼，其中一个问道：“你没穿错演出服吧？昨晚彩排的时候，这件演出服是我同室的姑娘丽塔·莫洛尼穿的。”桑德拉道：“她今天早上来这儿后病了，总监要我顶替她。”和丽塔同室的克里斯蒂娜听了很惊讶，她问：“丽塔现在在哪儿？他们把她送医院了？”“不知道。我想不会很严重的。”这时，其他几个姑娘也到了，桑德拉作了自我介绍。时间很紧，姑娘们不再说什么。当珀尔曼总监和导演陶特来到更衣室时，九个姑娘都已经换好了演出服。“好好干，”珀尔曼对姑娘们说，“可别让大人物们失望。”

陶特赶紧领着她们来到博物馆的大门廊。那儿摆着十几张桌子，一些商业界的头脑人物正在用早餐。姑娘们立刻上台表演各自的角色，只有桑德拉在一旁用几个最基本的舞步敷衍着。陶特这时才注意到她，不禁皱起眉头穿过餐桌向她走过去。桑德拉踮着脚尖旋转着离开了表演台，向门廊最靠近她的那堵墙走去。墙上挂着一幅梵高的早期作品，是博物馆收藏的珍品之一。只见她从长袍里拿出一颗照明弹，猛地把火帽拔下，点燃了导火线。顿时，所有的眼睛都集中到她身上。她向众人甜甜地一笑，把照明弹向画的中央投去，然后看着它冒出一团熊熊的火焰。

里奥波德探长只去过派克博物馆一次，那是陪他妻子去的。星期二的早上，一个紧急电话把他和副探长弗莱彻叫到了博物馆。大楼前停着一辆警车、一辆消防车和警长的车子。“我们完事了，”消防队队长冲着里奥波德说，“剩下的该你们来干了。”“谢谢。”里奥波德一边挥手，一边和弗莱彻走上大理石台阶。在大门口等候的是总监。“我叫珀尔曼，博物馆总监……”“里奥波德探长。这位是弗莱彻副探长。这儿出了什么事？”

“一个疯女人毁掉了博物馆里最珍贵的一幅画——一幅值好几百万的梵高

的作品。”里奥波德跟着他来到里面。“这些人是谁？”“我们正在举办募捐活动，请来了一百位各界知名人士。”里奥波德点了点头，目光立刻转向门廊墙上那块烧焦的地方，那儿只剩下了一个空框架。“那个女人抓住了吗？”他问总监。“没有，她趁着烟雾和混乱逃走了。她留下了这张卡片。”里奥波德朝它扫了一眼，只见上面写着：白色女皇，没有早餐前办不到的事！“查一查，”他把卡片递给弗莱彻，“看有没有她的记录。”“她把一个舞蹈演员捆起来，顶替了她的位置，”珀尔曼说，“导演找到那个舞蹈演员了。”

里奥波德走近几步，用食指轻轻地摸了摸烧焦的画框内侧。警局的摄影师和指纹专家也赶来了，里奥波德稍作检查后便把余下的工作交给了他们。“我们去和那个姑娘谈谈。”他说。

在底层的一间屋子里，穿着紧身丝袜裤和雨衣的姑娘蜷缩在一张椅子上，一个身材细长的年轻人和一个二十岁左右的黑发姑娘和她在一起，好像在安慰她。里奥波德想，那小伙子一定就是陶特。“是你找到她的？”里奥波德问。陶特点点头，说：“楼上那件事发生之后，我发现丽塔被那个女人顶替了。我下楼来找她，发现她被捆在道具间，嘴被堵上了。”里奥波德朝姑娘微微一笑。她的眼睛红红的，一定受了不少苦。“请问你叫……”“丽塔·莫洛尼。”“我和她在饭店住一间房，”那个黑发姑娘主动说，“我叫克里斯蒂娜。今天早上她比我先离开。”丽塔点点头，说：“我是第一个到这里的。珀尔曼先生领我进来，我正在换服装时那女人闯了进来。”“你能说说她的长相吗？”“人很漂亮，金发，和我差不多高，大概三十五岁。”

里奥波德记了几笔。“说说事情的经过。”“当时我正在换演出服，她进来了。她说她也是九女神中的一个，是顶替一个生病的姑娘的。我问她的演出服在哪儿，她说正穿在我的身上，随即重重一拳打在我的下巴上。”丽塔活动了一下嘴巴，“现在还痛呢。等我醒来时，她已经堵上了我的嘴，捆住了我的手脚，把我拖进了道具房。”“后来呢？”“我拼命想挣脱绳索，折腾了老半天。我听见楼上警铃大作，还有骚动的声响。这时我听见陶特在喊我的名字。我一脚把包踢向那个铁桶。他听见声音后找到了我。”“你后来再没有见到那个女人？”丽塔摇摇头，“但她说了自己的名字，她说她叫桑德拉·派黎斯。”“很可能是个假名，我们可以查一下。”

更衣室的一面墙上有一排铁箱子，里奥波德打开几个箱子的门，里面挂着姑娘们的外衣。“哪个是你的更衣箱？”他问。丽塔告诉了他。他打开一看，里面有一件蓝色的雨衣。“这是你的？”丽塔皱起了眉头，说：“我想那是桑德拉的。”里奥波德摸了一下雨衣的口袋。他不指望能找到什么，但他摸到的东西却使他吃了一惊。那是一个空的火柴盒，上面写着：135YYZ。

他正对着火柴盒沉思的时候，弗莱彻急匆匆地走进来，说：“探长，有麻烦了。珀尔曼发现又少了两幅珍贵的画，是从画框上割下来的。”“好，我就去。”“还有……”“还有什么？”“在停车场发现了一具尸体。”“走，我们一起去看看。”

尸体倒在一辆小型货车的驾驶盘后面，这是弗莱彻的手下在侦查桑德拉可能逃跑的路线时发现的。死者的驾驶执照上写着：姓名，弗雷德里克·法利；年龄，三十一；住址，韦切斯特。”“这是纽约的牌照吗？”里奥波德问。“是的，”弗莱彻说，“死者右太阳穴中了一枪，伤口有灼伤的痕迹。杀他的人可能就坐在他的旁边，使用的是小口径手枪。如果当时车窗像现在这样拉上的话，声音不会传出很远。探长，你看是内讧吗？”“很可能是分赃不均引起的，也许这是她准备逃跑的汽车。死者的死亡时间是什么时候？”“验尸官已经在路上了。也许他能告诉我们确切的死亡时间。”

里奥波德检查了仪表板上的血迹，然后又绕到车后看了看牌照。上面不是135YYZ。他把火柴盒递给弗莱彻。“查这辆车的时候把这个号码也查一下。”“这是车子的牌照吗？”“不清楚，有可能。”

这时，珀尔曼也来到了停车场。“这是一起谋杀案吗？”总监问。“好像是，”里奥波德说，“你以前见过这个男人吗？他驾驶执照上的姓名是弗雷德里克·法利。”“唔，记不起有这个名字。”“过去瞧瞧，会不会是你以前的雇员或者警卫？”珀尔曼透过车窗朝里面看了一眼，“不，我从未见过这个人。”陶特和几个扮演女神的姑娘也来看了，都说不知死者是谁。

里奥波德转身对博物馆总监说：“珀尔曼先生，请领我去看看油画被盗的地方吧。”总监领着他从边门过去，上了几级楼梯。在一面墙偏下的地方有一只空的画框，画框略小于梵高的画。旁边站着一个警卫。画框下面的卡片上注明失踪的那幅画是马蒂斯的。

“值多少钱？”里奥波德问。“上百万，和被毁的梵高的那幅同样值钱。这儿还有一幅。”珀尔曼指了指在对面墙上的一个空画框说，“这是莫奈的。三幅都是价值连城的珍品。”

里奥波德查看画框后说：“好像都是用剃刀刀片割的。当时警卫在哪儿？”弗莱彻说：“火警响了以后，他们都去了门廊。那个女人毁画是为了转移视线，好让她的搭档——就是车里的那个人——趁乱盗走这两幅画。”“我们没有在车里发现画。”“当然不会发现啦——她杀死了他，把画拿走了。”“可能吧。”里奥波德说。

里奥波德命令指纹专家查指纹，但他明白画框上是不会留下指纹的。而且他断定不可能找到一个叫桑德拉·派黎斯或白色女皇的人的档案。然而在这一点上他偏偏错了。

尸体被抬走没多久，弗莱彻就急急忙忙地找到了他。“货车是死者的，他有过一些小偷小摸的前科，但这件盗窃案不像是他干的。”“也许有人雇他开车。你找到桑德拉·派黎斯这个名字了吗？”“桑德拉·派黎斯，化名白色女皇。因涉嫌抢劫和盗窃被抓过几次，但只有一次被证明有罪。她犯罪的时间都在早饭之前，所以‘没有早餐前办不到的事’成了她的一句口头禅。”

“135YYZ是怎么回事？”“没有查到，探长。”“至少有一点可以肯定，我们并不是在和一个疯女人打交道，她也不可能为了转移视线而去毁坏一幅名画。”“可每个人都看见她把画毁了。”弗莱彻说。“我们不妨先作个不可能的假设：她并没有毁坏那幅画。”里奥波德暗示道。

桑德拉留下的那件蓝色雨衣被送去检验，但里奥波德不相信会有什么重要发现。雨衣是新买的，很便宜。中午时分，他发现好多汽车停在博物馆的门前。“怎么回事？”他问陶特。“珀尔曼先生说募捐活动要继续进行。舞蹈演员都来了，食品也准备好了。珀尔曼先生还部署了更严密的保安措施。”“我也去看看。”里奥波德说。

当一阵为舞蹈喝彩的掌声平息下去后，里奥波德问身边的总监：“这些画拿了有什么用呢？很难销赃。”“她会把它们弄到国外去。欧洲和远东的收藏家会出大价钱。”“弄到国外去……”里奥波德自言自语。他看了一下表，离一点还有五分钟。这时姑娘们正向更衣室走去，他一把抓住丽塔的胳膊。“跟我走。”他说。“去哪儿？”丽塔很紧张。“别害怕，我只要你帮我去认个人。”“谁？”“桑德拉·派黎斯。”赶到停车场，他把弗莱彻喊来：“去机场，快！得抓紧时间！”

桑德拉最后一次理了理黑色的假发，对镜子里出现的那张面孔很满意。然后，她拎起一只体积很大的手提箱走出女厕所。就在这时，登机的广播响了：“去多伦多的348次航班现在登机，飞机起飞时间是一点三十五分。”

在安全检查口，一个穿制服的女保安人员朝她那只超大的手提箱看了一眼。“箱子太大了，无法接受X光的检查，”女保安说，“只好打开检查。”“没问题。”桑德拉说着拉开箱子顶部的拉链，“这是做广告用的画。”“请过去给海关检查。”“好的。”桑德拉配合地重新拉好拉链向海关检查口走去。那儿站着一个年轻女子和一个上了岁数的男人。那女子一直盯着她在看，她觉得那女子有些面熟，却一下子记不起曾在哪儿看见过她。

“我想是她，”丽塔说，“尽管头发不同……”男人笑了笑，颇有礼貌地问道：“你是桑德拉·派黎斯？”“你一定搞错了。我叫……”“我是里奥波德探长，”他给对方看了一下警徽，“请跟我来。”

他们把她带到了警察局。里奥波德从手提箱里拿出一大张广告的版面排版，撕开衬在背后的纸板，小心翼翼地从夹层中抽出一张油画。“当珀尔曼先生发现这张梵高作品还完好无损的时候，他肯定会很高兴的。还有两幅在哪儿？”“还有两幅什么？”“油画。”“我不明白你在说什么。”“我们发现了法利的尸体，桑德拉。”里奥波德说，“我在谈一起谋杀案。”桑德拉默默地足足坐了一分钟。“怎么样？”里奥波德问道。桑德拉用舌头湿润了一下嘴唇。“我能打个电话吗？”“当然可以。打给你的律师？”“不，一个朋友。”

这个星期二的下午，尼克·维尔维特打开一听啤酒刚准备放松一下，电话铃响了。他抓起电话，听见一个女人的声音：“尼克，我是桑德拉·派黎斯……”“桑德拉！你好吗？”“谢天谢地找到你了！我今天遇上了倒霉事。”“你在哪儿？”“在离你十五英里远的监狱里。”“监狱？发生了什么事？”“你能来一下吗？我求你把我从监狱里弄出来。”“我马上就到。”

尼克立刻驱车来到警察局，接待他的是里奥波德探长。“我是尼克·维尔维特，来看桑德拉·派黎斯。”“是她的律师？”里奥波德问。“不，她的朋友。我想把她保释出来。”“能否保释要到明天早上才能决定。这是件大案，也许不能保释。她涉嫌一起谋杀案，她没告诉你？”尼克没有直接回答，而是说：“我想和她谈一谈。”“这没问题。顺便问一下，你的职业是什么，维尔维特先生？”“我是个私人侦探。”

里奥波德把他领到专供律师会晤当事人的房间。不多一会儿，桑德拉出现在他们面前。“很高兴又见到你，尼克。”桑德拉说。“你怎么会到这儿来的？”尼克问。“派克美术博物馆今天有一个募捐活动，从纽约招了一些舞蹈演员在招待会上表演九女神的舞蹈。我在化妆间里袭击了其中一个姑娘，把她藏在道具间，然后在演出时顶替了她。后来他们指控我点燃了照明弹朝一幅梵高的油画掷过去，把画毁了。我趁着一片混乱逃跑了，可事情变得复杂起来。他们还指控我在逃跑的时候又盗走了另外两幅画，然后在停车场枪杀了我的同伙。”“我知道你是喜欢单独干的。”尼克道。“当然啦。整个事情可笑极了。但我如何证明我与另两起案件无关呢？”“看来有人利用了你在博物馆的举动干了他们想干的事。”“可车里的那个人是谁呢？为什么有人要杀他？我跟他毫无关系。”

尼克沉思着问：“他们是怎么抓住你的？”她低下了头，“说起来真叫人发窘。我把雨衣忘在了博物馆的更衣室里，雨衣的口袋里有一个火柴盒，火柴盒上写有航班的时间和目的地：135YYZ，135指一点三十五分，而YYZ是多伦多的机场编码。没想到，那个聪明的侦探里奥波德居然破译了我的密码。”尼克点点头，道：“我已经见过他了。”

“该说的我都说了。我希望你能想办法把我弄出去。”桑德拉说。“这不是一件容易的事，桑德拉。你得把实情都告诉我。你真的不知道是谁杀死了车里的那个人？”“不知道。”“是谁偷了另外两幅画？”“不知道。”“但他们确实在你的箱子里找到了梵高的画，这一点无法否认。”“我一切都靠你了，尼克。”“让我和那个里奥波德探长谈一谈，看看他手里掌握了些什么。现在把你做的一切详详细细地讲给我。”桑德拉便向尼克讲了她怎样进了博物馆，怎样用复制品换下了梵高的真画等细节。

当尼克来到办公室的时候，里奥波德正喝着咖啡在等他。“我不是正式律师，探长先生。我想我已经告诉你了。今天我来是想使桑德拉获释。”“眼下毫无这个可能性。地方主控官要求不予保释。”里奥波德道。“但画已经找回了。”尼克提醒他。“还有两幅没有找到，而且还有谋杀的指控。”“你没有证据。”“我们有丽塔·莫洛尼的证词，就是这个。”尼克看了一遍，道：“死者的身份查明了吗？”“他叫弗雷德里克·法利，从纽约来，专门搞小偷小摸，正是桑德拉愿意合作的那号人。”“她没有同伙，她是一个人干的。”“你是说她一个人偷走了博物馆的名画？我不信。”“如果我用同样的手法偷到其他一样东西，你能相信吗？”“你准备偷什么？”探长饶有兴趣地问。“你的警徽怎么样？这是你个人的东西，我是无法当场仿制的。我不知道你警徽上的号码，所以你可以轻而易举地确定我偷的是不是真家伙。而且我保证等示范一结束就把警徽还你。”“如果你不成功呢？”“那我就打道回府，把桑德拉留给你和法庭，如果我能使你信服，她与另外两件案子没有牵连的话，那你就把人给我。”里奥波德想了想，最后点点头，说：“好吧，你准备在什么地方行窃？”“当然是派克美术博物馆啦。我需要知道画框的尺寸。”里奥波德便将在博物馆量过的尺寸告诉了他。

尼克驾车来到博物馆的停车场时，里奥波德也刚从车里出来。他身边是副探长弗雷彻。尼克随身带了一只薄薄的纸包。“想不到这儿还是热闹非凡，我以为出了盗窃案和谋杀案以后博物馆一定关闭了。”尼克说。“他们正在举办募捐活动。”里奥波德一边解释一边领着他朝边门走去，“他们为募捐者安排了早餐、中餐和晚餐三场活动。再过一小时，出席晚餐的贵宾就要到了。”

导演陶特正在门口抽烟，见警察来了，他不耐烦地说：“又出什么事了，探长？我希望你别再去提问那些姑娘了，她们很紧张。盗窃已经够糟的了，现在又出了一起谋杀，她们都想回纽约了。”“她们今晚就离开？”里奥波德问。“等表演一结束就走。”“表演什么时候开始？”“七点。”尼克看了一下表，说：“时间足够了。带路吧，探长。”

这时，从边门走进来两个化了妆的姑娘，其中一位是丽塔。里奥波德和她们打了招呼，并介绍了尼克。陶特取出汽车钥匙，对探长说：“请原谅，探长，我得带她们去取一些新的演出服。”尼克一直望着陶特和两个姑娘走到停车场边的一辆蓝色货车前。他突然想起了什么。“桑德拉是怎么从这儿去机场的？”他问里奥波德。“租了一辆车子，我们在她的手提包里发现了租车的票据。”他听到尼克哼了一声。“什么意思？”“你不是推断死者是帮她逃跑的司机吗？但看来她并不需要别的司机。”“我们还在查他俩的关系，”里奥波德说，“但偷警徽这事……你打算放弃这个念头吗？”“不。带我去看看另两幅画被盗的地方吧。”

尼克跟着探长走在挂满油画的长廊里。他注意到弗莱彻的眼睛始终没有离开过他。在一个空画框前，里奥波德停了下来，说：“这是一幅，另一幅在那儿。”尼克仔细打量了一番画框。上面没有什么损坏的痕迹，只留有几根油画布的纤维。“你在桑德拉那里找到的那幅画也是这样用刀片割下的吗？”尼克问。“似乎是的。但所有的证人都一口咬定这是不可能的，他们亲眼看见画被烧毁了。”里奥波德说。

“好吧，我来重复一下桑德拉的雕虫小技。”尼克从扁扁的纸包里取出一张按照画框的尺寸裁好的硬纸，把它固定在了画框上，“请把你的警徽钉在纸的正中央。”里奥波德和弗莱彻交换了一下眼神，然后探长很不情愿地从口袋里掏出警徽，把它别在了白纸的正中。“你们得稍稍靠后些，”尼克对他们说，“我将重复桑德拉使用照明弹的举动。弗莱彻副探长，请你准备好灭火器。我相信火是不会蔓延开的，但以防万一。”

里奥波德朝弗莱彻点点头，弗莱彻便走过去从墙角处取来了灭火器。尼克从口袋里取出了一枚照明弹。他们站到离画框二十五英尺远的地方，里奥波德的警徽清晰地挂在白纸的中央。尼克拔掉了照明弹的后盖，点燃了导火线，然后对准警徽投掷过去。画框上顿时一片火光，弗莱彻不由自主地提起了灭火器。“等等！”里奥波德举手阻止了他。只见照明弹毫无危险地掉落在地上，火焰很快烧毁了纸，但画框几乎还没有熏黑。里奥波德的警徽不见了。它既不在火焰里，也没有掉落到地上。警徽神秘地消失了。

“出手不凡啊，维尔维特先生。”里奥波德称赞道，“它在哪儿？”尼克一笑，从口袋里拿出了探长的警徽，道：“你现在相信桑德拉一个人就可以盗走画了吧？”里奥波德看了一下警徽上的号码：946，没错，是他的。他不得不佩服对方居然在两双眼睛的注视下干得如此利落。

“他玩的什么把戏，探长？”弗莱彻问。“他唯一的一次接触警徽的机会是在你去取灭火器的时候。他走到画框前摆弄警徽的时候调了包。他的身体正好挡住了我的视线。”“调包？”弗莱彻一愣，“难道他换上了另一枚警徽？可换上的那个警徽又到哪儿去了呢？”里奥波德转向尼克。“我会解释的，但我们还是先就桑德拉的事达成一个协议。”“说说你的见解。”里奥波德说。“唔，你正在调查的是三个不同的案子——一幅梵高的名画被盗，也就是桑德拉假装要烧毁的那幅；另外两幅名画也被盗；再就是发生在车里的谋杀，死者叫……”“弗雷德里克·法利。”“是的，法利。我想你错就错在把三起案子都套在桑德拉身上了。我有充分的理由证明桑德拉与另外两起案子无关。首先是那两幅画。如果那两幅是桑德拉偷的，那么画在哪儿呢？为什么没有和梵高的那幅画放在一起？其次，假设法利是她的同伙，是开车帮她逃跑的，那她何必又另外租辆车呢？”“她需要他去偷另两幅画。”里奥波德说。尼克摇了摇头。“如果梵高画被烧毁事件的确是打掩护的话，这种推理还说得过去。但事实并非如此。她要的就是梵高的画，而且也得到了。她先冒充演员进入博物馆，趁警卫不注意时撕下了画——一个老手只需几秒钟的时间就能干成。然后她才来到更衣室袭击了丽塔·莫洛尼。”

“但演出开始时那幅画还在画框上。”里奥波德反驳道。“那只是一张复制品，也许是从海报或咖啡桌上的艺术画册上揭下来的。当时人们都在离它二十英尺外的地方，而且也没有那份闲情逸致去留意它，吸引他们的是丰盛的早餐和缪斯九女神。再说，它燃烧得很快。她一定还借助了闪光纸。”“闪光纸？”里奥波德问。“就是魔术师们使用的那种经过化学处理的薄纸。它一碰到火就会发出很亮的光，很快就燃烧殆尽。”“你刚才也用了？”“是的。”“但那枚警徽……”“我碰巧在杂志上找到了和你的警徽一模一样的警徽的照片，便将警徽剪下来贴在了一张白纸上。当然，上面的号码和你的

不同。但你站得远是不会发现的。”“你用那张有警徽照片的白纸换下了我的警徽？”“确切地说，这张纸早就在第一张纸的后面了。我只是把别有你警徽的那张纸揭了下来，塞进了我的衣服里。这样，当我退开去的时候，警徽的照片就在上面了。”

里奥波德沉默了片刻，道：“你有两个理由说明桑德拉只偷窃了梵高的画。还有别的证据吗？”尼克点点头：“是的。另外两幅画被盗和法利被杀的时候，她正在表演台上。法利有可能偷了画，但她怎么会有时间朝他开枪呢？她能趁混乱逃出来已经很幸运了，绝不会再拖延时间，等杀死了她的同伙后再逃走。她完全可以等逃离现场后再杀他。”“分析得很有道理，”里奥波德折服地说，“但如果不是桑德拉杀了他，偷走了另两幅画，那又是谁干的呢？”“有人利用了桑德拉的出现。”

这时珀尔曼走了过来。“那幅画鉴定过了吗？是梵高的真迹吗？”尼克问珀尔曼。“是的，谢天谢地。舞蹈已经结束了。等主餐上完以后我就向客人们展示。”“姑娘们准备回纽约了？”里奥波德问。“是的，陶特用他的行李车送她们回去。”

他们来到了停车场上，有几个姑娘拎着行李箱已经上了车。尼克的目光落在丽塔的行李箱上。这会儿她正把行李箱递给陶特。“探长，如果我帮你找到凶手和另两幅被盗的画，你能放了桑德拉吗？”“我说不准，还有其他的指控……”“快，能还是不能？”里奥波德深深地吸了口气：“好的，我答应你。”

尼克快步走到排着队准备上车的姑娘队伍里，拍了拍其中一个姑娘的肩膀。“对不起，我能检查一下你的行李箱吗？”里奥波德突然发现不知从什么地方冒出了一支手枪——枪口正对着尼克。他疾步上前把持枪的姑娘击倒在地。这时弗莱彻也冲了过来，把一副手铐铐在了姑娘的手上。他们面前是一张扭曲的、愤怒的脸，是丽塔·莫洛尼的脸。

“谢谢你救了我一命。”尼克对里奥波德说。“我当时也吃了一惊。丽塔·莫洛尼是唯一不可能偷画和杀人的人，她一直被绑在道具间里。”里奥波德说。尼克摇了摇头：“不，探长，她是唯一能作案的人。我从一开始就相信桑德拉与另外两起案件没有关系。然而画确实被盗了，法利似乎也涉及了此案。因此，我不得不接受这样一个事实：有两个盗贼同时选中了今天去博物馆盗画。是巧合？是的，但又不全是。这次募捐活动搞了不少宣传，是人人皆知的。因此，扮作舞蹈演员进入博物馆的念头对丽塔和桑德拉具有同样的吸引力。但她们具体的做法不尽相同，丽塔在纽约争取到了一个角色。”

“那么法利呢？”“从丽塔的角度出发，她需要一个可以帮她逃走的司机，于是法利就充当了她的助手。”“接着说，尼克。”“如果法利是在外面接应的同伙，他只可能是陶特或九女神中某一个人的同伙。显然，博物馆的工作人员和警卫，包括总监珀尔曼，并不需要募捐活动这种机会，他们每天可以自由出入博物馆。”

“我同意你的判断。”里奥波德说。

“而他们十个人中谁有作案的可能呢？陶特一直和舞蹈演员在一起，克丽斯蒂娜和其他七个姑娘都在台上。只有丽塔不在那儿，只有她能利用那一小段时间把画从画框上弄下来。丽塔发现另一起盗窃案正在进行中。有了桑德拉这个替罪羊，她就不再需要同伙的接应了。她有了不在作案现场的旁证，可以平平安安地和其他演员一起回纽约。更重要的是，盗走的画可以都归她，不必再和法利分赃了。于是她趁乱偷了另外两幅画，并拿手枪把法利打死在了车里。然后她又回到道具间把自己捆绑起来。”

“等等，”里奥波德打断了他。“你忘了一点，桑德拉把她捆得紧紧的，她怎么能离开现场呢？”“也许这是一个需要用罪犯的心理才能解答的谜，探长。丽塔既然准备把画从画框上割下来，那把刀片一定藏在她身体的某个部位，她随时可以拿来派上用场。她先用刀片割断了绑在身上的绳索，等办完事后，自己又把自己绑了起来。”“那么画在哪儿呢？”探长问。尼克拉开了丽塔行李箱的拉链，道：“在这儿。”他从箱子的夹层里取出了两幅油画，递给了探长。

里奥波德伸出手来：“谢谢你，维尔维特先生，你应该是个侦探。”尼克微微一笑，道：“一个私人侦探。”

◎爱德华·霍克[美国]

鬼树谜案

1927年的夏天，好莱坞导演葛兰杰·纽玛克到北山镇来拍一部以飞行员为主角的有声电影《光荣之翼》。刚到北山镇的那天下午，纽玛克导演就来到了山姆医生的诊所。

“有什么不舒服吗？”山姆医生一面问他，一面请他就座，“喉咙发炎？”纽玛克导演道：“不是！我之所以到这里来，是因为他们告诉我说，你是这个穷乡僻壤唯一的医生。”“不错。”“我在制作兼导演一部在这附近拍摄的特技飞行电影，你大概听说过我的名字吧？”

实际上，山姆医生只听说过这部电影，仅此而已。“我这个礼拜忙得都没看报纸的时间，纽玛克先生，你一定得原谅我。”他尴尬地说。“原来如此，”纽玛克导演叹了口气，拿出一支细细的黑色雪茄烟，“呃，我看我得好好给你上一堂课，我正在拍摄有史以来第一部关于特技表演飞行员的有声电影。我们需要一个乡下的背景来拍户外的戏，我们选中了北山镇。”“为什么呢？”山姆医生好奇地问道。

“我去年开车经过这里，很喜欢这一带。镇北那一大片开阔地正适合做一条小跑道。我已经取得主人的许可了。”“是哪一块地呀？”“盖兹家的农场。一个叫海·盖兹的家伙把地租给我们用了。”

山姆医生点了点头。海·盖兹是刚过世的一个小有成就的农夫的不肖子。婚姻破碎又有酗酒问题的海，随时都在找不用花力气的赚钱方法。在他废弃不用的地上拍电影的想法，当然会对他的胃口。

“我能帮上什么忙吗？”山姆医生问道。纽玛克导演道：“这部电影的一些特技场面很危险。有一场跳伞的戏，还有一场起飞时飞机机头着地翻身的戏。我要有个医生在现场待命，而我们没有带医生来。”“哎，我有我自己的病人要顾，我不能丢下他们去看你拍电影。”山姆医生抱歉地说。“我只需要占用你几天时间，只在拍特技场面的时候。我会付你不少钱，万一有急诊，他们可以来接你回去。”

山姆医生承认，过去这个礼拜诊所的生意很差，只有两个农夫的老婆生孩子。没有什么真正的理由说服他不能接下纽玛克导演的工作，尤其他知道他的护士爱玻完全能顾好诊所，万一有需要时她也会通知他的。“好吧，”他终于决定了，“可是我最多只能有三天时间。”“好！礼拜三早上我会需要你，在盖兹家农场外面，九点整！”葛兰杰·纽玛克在山姆医生还没有意识到他们还没谈报酬之前走掉了。

礼拜三早上，山姆医生让爱玻在诊所主持大局，告诉她怎么样可以找到他，然后开着敞篷车一路颠簸着来到了海·盖兹的农场。

还不到九点，那里已经开始忙碌了，而且一点不错——有一架飞机在那块长长的地的尽头待命。

纽玛克导演很热情地和山姆医生打招呼，并向他解说着那架有两个座舱、单引擎的双翼飞机。

“这用在电影里是再好不过的了，”他热切地说，“看起来就像一般特技飞行表演的人驾驶的老战斗机，可是这架飞机要安全得多，而且里面装着喜乐士牌六十马力的新式引擎。最好的是，我们可以把机翼收起来，在路上用车拖行，所以在拍摄的时候，很容易移来移去。”

山姆医生顺着长着草的跑道直望向远处的树林时，突然想起有个值得一提的景点。“那棵闹鬼的橡树。”他大声说。纽玛克导演疑惑地问：“什么？”

“那棵老橡树——已经有部分枯死了的那棵，这里有人说那是棵鬼树，据传是一百五十年前种植在一个独立战争叛徒坟上的。不过我很怀疑那棵树是否真有那么老。”葛兰杰·纽玛克看着远方的那棵树，它孤零零地立在树林之外。“好难看的东西，”他表示同意道，“不过想不到用什么办法写进剧本里。那棵树有没有杀死过什么人呢？”

虽然问题问得有点开玩笑的意思，山姆医生却很认真地回答：“几年前有个男孩从上面摔下来，跌断了脖子。对这一带的人来说，这就足够引发一系列漫无边际的猜想了。”

这时，一个穿着飞行装的高大英俊的男子走了过来，还没等介绍，山姆医生就认出了他是很受欢迎的默片明星罗勃·雷恩斯。纽玛克做了介绍，雷恩斯用力地握了下医生的手，说：“我希望我不需要你的服务，医生。”“听到他的声音没有？”那位导演得意地问道，“等全美国的女性听到之后，我们就会有一个大明星了！大概有一半的默片明星在观众听到他们难听的声音之后都会失业的，而雷恩斯则会因他的声音而大红大紫。”雷恩斯听到这番恭维，露出孩子气的笑容：“这不过是上帝给我的声音，我尽我所能来使用它罢了。”

“你要跳伞吗？”山姆医生问道。他注意到雷恩斯背上背着降落伞。“我们用替身演员来跳，”纽玛克解释道，“不能让我们的大明星在这种事上冒险。”“谁都不该冒这种险，”山姆医生说，“万一他的伞没开的话，我大概也没办法治好。”“别傻了！”纽玛克唾沫横飞地说，“还没有飞机之前就有人跳伞了。绝对安全的。”

这时候，来了一个穿得和雷恩斯一模一样的年轻男子。“这是我们的替身演员，”纽玛克说，“查理·彭。”彭的那张粗野、有棱有角的面孔完全不能与雷恩斯英俊的面貌相比，不过他们的高矮和身材很相似。“你好吗？”彭跟医生打着招呼，可不等医生答话，他的兴趣又转到了别的地方，“看到那些往这边来的云吗？可能有麻烦。”“我的摄影机已经准备好要拍了，”导演说，“我们要拍一个你们俩爬上飞机、然后起飞的镜头。彭，你只要能跳就尽快跳伞，雷恩斯会把飞机开回来。”“你会开飞机？”山姆医生问那位明星。“哦，当然，我开飞机比坐飞机自在多了。不过我们有些飞行特技的镜头由别人来做，我不做特技。”

等那两个人并肩离去后，葛兰杰·纽玛克开始给山姆医生解说这一场戏。“在电影里，彭饰演飞行员，雷恩斯是他特技表演的搭档。雷恩斯要跳伞，虽然有医生警告过他说稀薄的空气会让他暂时失去知觉。”说到这里，纽玛克很抱歉地笑了笑，“抱歉，医生的那场戏已经拍好了，否则我们可以请你来演，医生。”“演戏我就不在行了。”医生笑道。两个飞行的人已经绕到了那架双翼飞机前，又来了一个穿了长长花洋装的黑发年轻女子。“那女孩子是谁？”医生问。“安琪拉·罗德，我们的女主角。其实这是她的第一部电影，可是我想她会成为一个大明星的。”山姆医生看到安琪拉整了一下雷恩斯的围巾，然后两个男士上了飞机，挥了下手。导演叫道：“预备！开始！第一个镜头！”雷恩斯在前面的座舱里挥了挥手。

飞机在跑道上滑行了一段，然后起飞，摄影师一路跟拍。山姆医生这才注意到海·盖兹也在看着，就站在自己后面一点儿的地方。“你好，医生。”海

在医生转身看向他时说，“真没想到他们会在我的农场上拍电影。”“我希望你拿到不少钱，海。”医生说，“这些电影公司可有钱呢。”“你不用担心，医生，”海往地上吐了一口烟草汁，“他们搞不过我的，我爹在他过世之前也教了我一两手生意经。”山姆医生很怀疑有人能教会海·盖兹什么事，可是他并没有表示异议。“你一个人在这里生活得还好吧，海？”医生问道。飞机起飞后在他们头上盘旋着。

“也算是很好啦，我一直指望桃丽能回来，可是我想大概没什么希望了。”桃丽是海的太太，在海开始酗酒之后就离开了他。最后听到的消息是她去了缅因州，和她妹妹住在了一起。“也许她会在报上看到他们在你的农场上拍电影的消息。”医生说。“嗯，也许吧。”

旁边的葛兰杰·纽玛克正站在摄影师身旁。“注意拍那架飞机！什么都别漏了！等他们再飞到空地上的时候，他就要跳伞了。”那架双翼飞机渐渐地爬升到方便跳伞的高度，在空中只剩一个小黑点了。就在医生由地上仰望，暗自庆幸自己不在飞机上的时候，安琪拉·罗德走了过来。“那样不危险吗？”她问纽玛克。“不会比从床上摔下来危险。”纽玛克回答。

医生看到一个小黑点从飞机上分离出来，开始往下掉落，然后一朵白云飘到那后面，正好降落伞张了开来。那坠落的身影像被一朵缓缓下降的大蘑菇吊在下面，开始慢慢地朝这边飘过来。“太完美了！”纽玛克叫道，“他应该会正好在摄影机前面的那块地上着陆。”可是原先积聚在地平线上的云现在也向这边移动，风力增强了。就在降落伞接近地面时，大家看到降落伞连伞带人飘离了原先的路线，向那棵孤零零的老橡树飘去。

“他为什么不控制一下方向呢？”安琪拉问道，“他会撞上那棵树的！”“查理·彭！”纽玛克导演大声喊叫，可是他的声音被越来越大的风吹散了。降落伞落在那棵树顶端的枝丫上，被一些伸向天际的枯枝缠住。在那底下，悬吊在离地十英尺左右的是那个替身演员查理·彭软绵绵的身体。

“快把他从那里弄下来！”山姆医生大叫着带着其他人朝那棵树跑去。医生一点也不在乎自己是不是会毁了这场戏，他只是觉得那具挂在降落伞下的软绵绵的躯体有什么地方不对劲。“什么人去搬架梯子过来？”医生叫道。海·盖兹朝谷仓跑去，而医生则想办法爬上了那棵树较低一些的枝丫。他已经能看到彭的脸色发青，舌头半伸出嘴外。他想办法爬得高到能把彭的脉，可是彭已经没有脉搏了。

“怎么了？”葛兰杰·纽玛克在下面叫道，“出了什么事？”医生又向上爬了爬，把手伸向绕在彭脖子上的白色围巾。但接着他摸到了另外一样东西，就把手缩了回来。他爬下树，正好海·盖兹搬了架梯子回来。“小心地把他解下来，”医生指示道，“然后把他放在这里地上。我得打电话给蓝思警长。”“我的天啊，你是说他死了？”纽马克导演惊呼。“是的，纽玛克先生，他死了。在他的围巾外面绑着一根铁丝，他是被人谋杀的。”

医生来到海·盖兹的家中打电话给蓝思警长，然后走回尸体旁边。所有的演员和工作人员都挤过来围成一圈，纽玛克正想办法把铁丝从查理·彭的脖子上解下来。“你最好把那留给警长看，”医生告诫道，“现在解开对彭也没什么用处了。”“可是——可是这种事怎么可能发生呢？”纽玛克问。医生抬眼望着那棵老橡树道：“我要知道才怪。”

那架双翼飞机一直在那块地的上空绕圈子，最后纽玛克挥手让飞机降落。医生想，大家此时一定都在想着不知道罗勃·雷恩斯看到那具尸体会怎么说。因为他们知道他们目击了一桩只有一个可能解释的命案。查理·彭是跳伞之前在飞机上被勒死的——不可能有其他说法，而在飞机上和他一起的人只有罗勃·雷恩斯。

大家看着雷恩斯向这一大圈人跑过来，推开别人，挤进来看那具尸体。“他怎么了？”他问道。“他死了，”医生说，“被脖子上的一根铁丝勒死的。”“勒死了？在这边地下吗？”“在他落地之前，他的降落伞缠在树上，我爬上去解开他的时候，他已经死了。”雷恩斯用不相信的眼光瞪着医生：“可是他跳伞的时候还活着呀！他一定是活着的才能拉开降落伞。”“这话很对，”葛兰杰·纽玛克同意道，“我都还没想到这点。”

医生看到蓝思警长开着他的车到了，决定尽快解决这事。“可能是你用铁丝把他勒死了，再把他丢出飞机——然后用另外一根铁丝或绳子在尸体离开飞机后拉动伞绳，让降落伞张开。”医生看着雷恩斯说。雷恩斯大步走到医生面前，两手叉腰。站在这么近的地方，他很具威胁性。“是这样吗，医生？我坐在前面的座舱里呢，记不记得？你告诉我，我怎么能勒死一个坐在后面座舱里的人？他在我后面几英尺远，飞机又飞在空中。然后我还得拿根绳子绑在他的伞绳上，再把尸体丢出飞机。来吧，你告诉我！”医生都忘了那两个座舱的事，现在他想起来了，雷恩斯说的是实话。医生记得飞机起飞的时候，他在前座挥手。雷恩斯说得对——他不可能勒死查理·彭。可是也没有其他的人能勒死他。这是件不可能的犯罪。

蓝思警长可不是那么容易糊弄过去的。“你是说那棵树杀了他，医生？”“不是，我不是在告诉你说那棵树杀了他。树不会用一根铁丝把人勒死的——就算是闹鬼的树也不会。”“好吧，那——是谁干的？他确定不是自杀的。”“不是，”医生同意道，“人可以用枪、刀或是毒药来杀死自己，可是不可能把自己勒死，因为还没达到目的，人就会先晕过去。”“除非是上吊，你看这种说法怎么样？医生——那条铁丝是连在降落伞上的，伞一张开，铁丝就拉紧并把他给勒死了。”“这个理论很棒，只不过那根铁丝现在没有连在降落伞上。我才检查过他围巾底下的脖子，没有压力来自上方的证据。照你的说法，会几乎把他的头和身子割开，会留下证据的。”“所以那是怎么个做法呢？医生，你可是这些不可能犯罪的专家呀。”

这时，医生依稀想起了点什么，便去找葛兰杰·纽玛克。蓝思警长则在橡树四周仔细调查，等他回来。那位导演正和他的明星安琪拉在一起，很明显，导演正在安慰她。他看到医生过去，就把手从她肩膀上放了下来，对他皱着眉头说：“现在又是什么事，山姆医生？要付你的服务费用吗？”“我的服务还没有完呢，我在想那架雷恩斯和彭乘坐的飞机。”山姆医生望着外面那块地上停着的那架双翼飞机说。“那架飞机怎么了？我们不打算重拍那一场戏，你是不是在想这件事？”“我在想那架飞机是不是有我在书上看到过的自动驾驶装置。”这话让那个导演笑了起来：“这样的话我的大明星就可以设置好，再顺着机身爬到后面来勒死彭？不可能！飞机上没有自动驾驶的装置，而且玩这种花招，雷恩斯吓都吓死了。”

纽玛克说的是实话——在那架飞机上没有自动驾驶装置。医生的设想又落

空了。“你为什么对是谁杀了他这么感兴趣呢？”安琪拉·罗德问医生，“这又不关你的事。”“我受雇来处理伤病的问题，这方面我失败了，而且败得很惨。”医生说。纽玛克微笑道：“我们不会怪你的。”“你拍的影片呢？能冲印出来吗？说不定能给我们一个线索。”“影片要送到纽约去处理，要看到什么东西得等好几天之后，你以为我们随身带着个暗房吗？”医生看得出他们对他的态度很不友善，好像查理·彭这样不可能的死亡都是他的错似的。也许还真是如此——在这几年里他好像越来越容易碰上命案了。

蓝思警长正忙着讯问海·盖兹，想找出这个命案的可能动机。“他住在你家里，对不对？”蓝思警长问道，他们在谷仓附近的工具间里。海·盖兹点了点头。医生闻到他呼吸的气味，知道他又喝酒了。“没错，我楼上有三间睡房，空着也是浪费。我在等桃丽回来，看起来是毫无指望了，所以我租给了几个演员和工作人员，彭和那个叫齐德勒的摄影师，还有一个临时演员。”海说。“彭和其他人之间有没有麻烦？”警长问道。“我没见到有什么麻烦。”“没打架、酗酒？”“妈的，他们这个礼拜才刚到咧。”盖兹一副很狡猾的样子，好像他并没有把所有的事都讲出来。“我们去你家，”医生建议道，“看看彭的房间。”

警长走在前面，医生和海则稍稍落后一些。这时，海放低了声音说：“我有点你会想看的东西，不过我不想让蓝思警长看到。”进屋之后，医生请警长去查看彭的东西，而他留在后面。海拿出来的是一本有点破烂的剪贴簿，里面贴满了剪报和资料，显然是那个死者的遗物。“看到没有？我从他房间里拿来的。”海得意地说。“你偷的？”医生问。海的脸沉了下来：“我今天早上打扫的时候发现的，不过我知道老蓝思会说是我偷的。你看这个！”

这些剪报和资料表明，在20世纪20年代的大部分时间里，查理·彭演出过很多默片。他经常出现在很受欢迎的喜剧和惊悚剧中，他演过爱伦·坡的《心事》里的老人，还有《活埋》里的男主角爱德华·史泰普里顿。也有他当特技演员和替身演员的新闻剪报，还有一张凹版印刷的照片，是他和罗勃·雷恩斯的合照，他们穿着一式一样的海盗装戏服，当时是在演1925年的卖座大片《铁血上尉》。

“很有意思，可是我看不出——”医生说。海·盖兹从医生身后伸手过来，从《铁血上尉》的照片后面抽出一张很模糊的照片，一男一女躺在床上。“绝对的艳照。”他很得意地说，“看看反面。”照片反面有一行字，写了之后又匆忙地划掉了：“记得这个吗？如果你不希望我——”海·盖兹又从那本簿子里抽出好几张藏在里面的照片，大概都差不多，至少看起来拍的是同一对男女，不同的姿势。所有的照片都很模糊，曝光不足而没法看清楚拍的是谁，其余的照片后面都没有写字。

查理·彭是在勒索什么人，但到底是谁呢？照片里的男人可能是罗勃·雷恩斯，或者是他的替身演员。那女子很可能是安琪拉·罗德，可是在所有的照片里，她的脸都看不清楚。

“你要不要上来，医生？”这时蓝思警长在楼梯口对下面叫道。“马上就来，”医生把几张照片放进口袋里，关照海·盖兹把那本簿子收在一个安全的地方，然后上楼去找警长。

查理·彭的房间里除了一张床、一个带镜子的衣橱和一把椅子之外，什么都没有。他似乎也只拿出了小部分衣服，大部分的衣服都还放在椅子上一个打开的箱子里。“这里没什么东西。”蓝思警长说，“看一下吧。”医生匆匆地看了看他的箱子和衣橱的抽屉，可是没有发现什么特别的东西。海·盖兹想必已经搜过了，想到这点，医生不禁觉得好奇，他什么时候有时间来做这件事？是他们在等警长来的时候吗？还是在那之前他就已经知道彭会死？是不是他在那个演员的衣物上动了手脚，把铁丝绕在了他的围巾上？可是动机是什么呢？查理·彭显然不是在勒索海·盖兹。

医生在下楼的时候碰到了那位叫齐德勒的摄影师，他正上楼打算回自己的房间，即死者隔壁。“能给我点时间吗？我给你看样东西。”医生道。齐德勒点了点头。他们走进他的房间，医生拿出了海·盖兹发现的那几张照片。

齐德勒哼了一声，抓了抓他秃了的头，道：“很模糊，看起来像是由电影画面放大的。现在到处都是这种所谓的艳照。”“认得出里面的明星吗？”医生问。他朝那两个模糊的身影眯起了眼睛：“不行，没法说我认得出。”“那个男的可能是罗勃·雷恩斯。”医生提醒道。“雷恩斯？不会！他是个大明星，不会搞这套。”“他也不是生来就是大明星呀。”“我看不像是他，”齐德勒说着把照片还给医生，“你哪里来的这些照片？”“找到的，”医生含糊其词地回答道，“谢谢你的帮忙。”“有没有想到彭是怎么被杀的？”齐德勒问。“我正在查这件事。”

医生回到外面，走向那棵老橡树。尸体已经被移走，大部分人也散了。齐德勒的摄影机架在三脚架上，镜头对着天上。几个附近农场的孩子在飞机旁边玩耍，也没有人来赶他们。那些演员和工作人员就这样离开了他们的舞台，到别的什么地方去想查理·彭诡异的死亡。

医生看到橡树底下有什么东西，就弯下身去捡了起来。那是个硬橡皮球，他不知道那是不是那些在飞机旁边玩耍的孩子的东西，正想往他们那边扔过去，临时又改变了主意，收进了自己的口袋里。这时他看到安琪拉·罗德朝他这边走来。

“你好，山姆医生！”她说，“我们一直还没机会好好地互相认识一下。”“我怕以后也没什么机会了。如果葛兰杰·纽玛克继续拍这部电影的话，他一定会另外找别的医生到现场来了。”医生说。“为什么？查理又不是你害死的，是吧？”“可是我也没救活他的命。告诉我——你认得查理·彭多久了？”“我上个月在葛兰杰给这部片子找演员的时候才认识他，可是罗勃认识他好多年了。查理在《铁血上尉》里当过他的替身拍特技场面。”“你觉得是谁杀了他呢？”她没有马上回答，而是抬眼望着那棵树，然后转过脸去看那架飞机，附近的孩子正在往一边的机翼上爬。“一定是在飞机上的什么人，在他跳伞之前下的手。”她说。“在上面的只有雷恩斯一个人。”医生道。“我知道。”她说。

可是，是他吗？医生突然想到一件事，就朝飞机那边跑去，留下安琪拉·罗德一个人站在那里。“来，孩子们——下来。”他大声叫着把他们赶走。然后他爬进后面的座舱，也就是飞机起飞时彭所坐的地方。有没有可能有什么人小得可以藏身在他所坐的座舱里——就是那个人把他勒死之后，再将他的尸体扔出机外？这个想法从一开头就有点异想天开，而等他坐进座舱之后，更知道实际上是不可能的。即使是个侏儒，也无法和彭挤进那个座舱里。医生的两腿都曲着了，而彭的个头要比他大得多。

可是当医生撑起身子下飞机时，又看到了安琪拉站在远处，一根指头伸在她平滑的喉头处。医生记起她先前也有过这个姿势。她碰触的是另外一个人，在飞机起飞前整了一个人的围巾。现在回想起来，好像是雷恩斯的围巾，可是也可能是彭的围巾。人的记忆，就是会跟你玩这种该死的花样！

“山姆医生！”医生转过身去，看到他的护士爱玻正匆匆地朝他这边走过来。“什么事？爱玻——我哪个病人有问题吗？”“不是的，山姆医生，尸体运到镇上，他们要你去签死亡证明。电话一直打不通。”“好了，我这就过去，反正这里也没什么事可做了。”医生告诉纽玛克说他要离开，纽玛克只对他挥了下手叫他走。向他要酬劳也没什么道理，医生觉得自己毕竟也没帮上什么忙。

尸体被送到了当地的殡仪馆，裘德·米勒正等在那里，进行司法解剖的工作。“你没签字，我就不能动刀，医生。”米勒先生道。医生看了一眼摆在防腐台上的尸体，忙把眼光转了开去。“他的亲人呢？”医生问。“他们说他一个亲人也没有。”“他毫无疑问是被勒死的吗？”“哦，我会检查他的器官。可是在我看来他是被勒死的，没有其他外伤，只有太阳穴有块瘀青，大概是他们把他从树上解下来的时候撞到的。”“嗯，”医生同意道，然后走过去看看，“只不过死人不会有这样的瘀血，撞伤的时候他还活着。”“也许是掉在树上的时候碰的。”米勒先生道。

“他被勒死的时间不是在跳伞

之前，就是跳伞中途，或是着陆以后。就这几种可能。在他跳伞之前，雷恩斯没法碰到他，而座舱里也不可能藏得下别人。跳伞中也不可能有人动他，若是有连在降落伞上的装置，而那个装置又起作用的话，结果也不会是这样子。所以只剩下一种可能性：他是在降落到那棵老橡树上之后才被勒死的。”医生沉思着说道。与其说是对裘德·米勒说，倒不如说是讲给自己听。

裘德·米勒轻笑着把防腐设备取出来，说道：“绝不会是什么闹鬼的树把他给勒死了，最可能的是第一个到他身边的人趁其他人还没到之前下的手。我以前看过这样的一篇小说。”“这事唯一的问题是，第一个到他身边的那个人就是我。”医生道。“啊？”米勒无奈地摇了摇头。

医生签了死亡证明，然后回到了他的诊所。他感到非常沮丧，觉得已经快要弄清楚了，可是不知怎么最关键的地方就是想不通。他唯一确定的是勒死查理·彭的不是橡树，凶手是个人，动机也和人性脱不了干系。

爱玻还没有回来，只有山姆医生一个人在诊所里。他在办公桌后面坐了下来，把手伸到口袋里，准备再看看那些照片。他的手指碰到了先前捡到的硬橡皮球。答案会是那个吗？自己是不是犯了一个医生不该犯的错误？他站起身来，正好外面的大门开了，葛兰杰·纽玛克走了进来。“我在找你，医生。”纽玛克说。“很高兴你能到这里来，我可以有资格赚你的钱了。我知道查理·彭是怎么死的了。”医生说。“真的吗？”“我今早做了件可怕的事，纽玛克先生。”“是什么事呢？”“我在一个人还活着的时候就宣布他死了。”

葛兰杰·纽玛克微微一笑，从口袋里掏出一把小手枪。“你比我想象中要聪明多了。现在快把你从海·盖兹那里拿来的照片给我。”医生将两手微微举起，但并没有把照片拿给他。医生知道，一旦照片到了纽玛克手上，自己就会成为一个死人。“我们能不能谈谈这件事呢？照片放在一个很安全的地方。”医生说。“我没有时间跟你玩游戏，医生，整个事情全乱了。”纽玛克用枪比画了一下。“因为海·盖兹吗？我猜你没有想到他会去乱动死者的东西，在你能把照片拿到手之前先找到那些照片。查理·彭在勒索你，对吧？提醒你在成为好莱坞的大亨之前拍过小电影，现在你正要在有声电影上大获成功之际，这类的新闻会毁了你。查理·彭很清楚这些事，因为他正是你拍的那些不入流影片里的男主角。所以你用非常巧妙的法子杀了他。可是等你去找他用那些电影的底片放大的照片时，却发现海·盖兹已经先找到了这些照片。”“甚至还拿了几张给你。”纽玛克说。

“你杀了盖兹吗？”医生冷冷地问。“还没有，他把其余的照片都给了我，根本不知道是怎么回事。可是你就不一样了，医生，你知道太多了。”纽玛克道。“你需要一个笨头笨脑的乡下医生来完成你的计划，所以你才没有从城里带一个医生过来。查理·彭在降落到树上时还是活着的，他只是在演一个死人的角色，像他以前在《心事》和《活埋》里的角色一样。我猜这也是他的特长。在他跳伞之前先化妆让脸色发青，再把那根铁丝绕在脖子上，隔着围巾以免真正造成伤害。他用一个硬橡皮球压进腋下来阻断脉搏。也许两边腋下各用了一个，然后他微微吐出舌头，扮成一个被勒死的人。”

“降落伞缠在那棵橡树上，对你来说更是个大好机会，因为我得爬在树枝上去检查他。然后，等我跑去打电话给警长的时候，你上去帮忙把他从树上解下来，很快地一拳打在他的太阳穴上，把他打昏过去，然后你就当着我们的面好像在把铁丝从他脖子上解开，其实是把他勒死了。所有的人当然都以为彭早已死了，所以就算他们看到你不小心撞上他的太阳穴，也不会觉得有什么问题。”

“很了不起，”纽玛克说，“现在把照片给我。”医生暂时还不打算理会他的要求，而是继续说：“我唯一的问题是，你怎么说服彭来做谋杀他自己的共犯？我猜你告诉他这是给电影做宣传的表演。宣告死亡的特技演员在十分钟后复活。这类的消息会成为几家报纸的头条新闻，至少你可以用这个来说服彭。因为有演员和工作人员在场，所以他以为自己很安全。”“又说对了，”他举起了枪，“可是我们的话也说够了。”

“一旦我把橡皮球和彭在电影里演死人的事凑在一起，我就知道凶手是怎么做的了。而知道凶手是怎么做的之后，我就知道凶手一定是你。只有这部电影的制片兼导演才能说服彭做那样的特技表演。然后我记起你弯着腰在他身上拉扯他脖子上的铁丝——”

这时，纽玛克身后的门打开，爱玻走了进来，很开心地叫道：“你们好！”医生一直拖延时间，等的就是这一刻。纽玛克半转过身去看她，在那一瞬间，医生扑向他，把他拿枪的手扭到了一边。

事情就那么简单，这就是山姆医生和拍电影有过的一次接触。纽玛克认了罪，在牢里关了很久，《光荣之翼》终究没有拍成。至于那棵老橡树，第二年被闪电击中，就倒掉了。

◎埃勒里·奎因[美国]

人咬狗

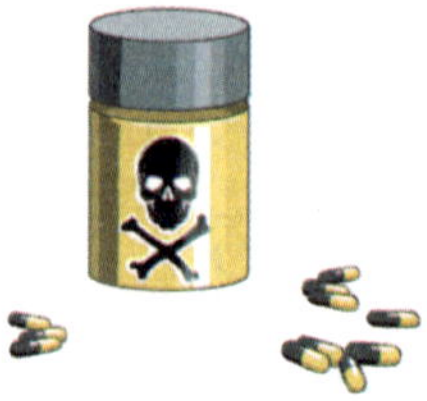

10月初的一天下午，埃勒里·奎因先生在房间里烦躁地踱着步。“可怜的人，遇到什么麻烦了？”他的女友宝拉·芭莉小姐关切地问。“你知道吗？纽约巨人队和纽约扬基队要进行生死攸关的战斗来决定谁是世界棒球冠军，而我却远在三千英里之外！”棒球迷埃勒里哀伤地说，“以前只要是纽约球队打入总冠军系列战，我一定会去现场助阵。我真会疯掉，好一场战斗！有史以来最伟大的总冠军争夺战。外野手摩尔和狄马乔一再创造奇迹，巨人队演出了一次三杀，卡尔·胡贝儿表现抢眼……他们把冠军赛的决胜局推到了第七场。”

“真的有那么棒吗？”宝拉善解人意地说，“我觉得你可以搭乘今晚的班机到东岸去，那么后天你就可以看到你心爱的第七场比赛了。”“宝拉，你是天才！”埃勒里随即想到了什么，脸色蓦地一沉，“可是电影公司的工作，门票……唉，不管了！我会告诉电影公司我病了，然后打电话叫爸爸去弄个包厢。宝拉，你跟我一起去。”

于是星期三那天，宝拉、埃勒里、埃勒里的父亲老奎因警官还有维利警官就坐在了波洛球场中扬基队球员休息区的包厢里。当现场播报员宣布，这场球巨人队将推出阵中超级明星卡尔·胡贝尔，对决扬基队的王牌投手古飞·高梅兹时，埃勒里和场上其他五万名狂热球迷一起起身大叫。

“嗨，警官，看球的好天气，是吧？”坐在他们前面包厢的一名英武的男士笑着和老奎因警官打招呼。“杰米·康诺！”老奎因警官惊呼，“老牌的歌舞演员。嗨，杰米，你没有见过我儿子埃勒里，是吧？对不起，芭莉小姐，这位是著名的杰米·康诺，老天给百老汇的恩赐。”“很高兴见到你们，奎因先生，芭莉小姐！”杰米笑着说，“这是茱蒂·史达。”宝拉微笑着冲茱蒂点了点头，坐在杰米·康诺旁边的女人也对她微笑。她就是有名的歌舞演员茱蒂·史达，剧评家曾称她是第二个玛丽莲·梦露。可如今荣耀的日子差不多已经过去了，茱蒂也已是“明日黄花”。此时，茱蒂坐得异常挺直，满脸紧张的神色，仿佛有迫在眉睫的危险。宝拉不觉有些奇怪，随即眯起眼睛看了看四周。隔着栏杆，在他们左边的包厢中坐着一个身材高大、有着古铜色皮肤、沉默而专心的男人。那个男人的座位挨着茱蒂，正以古怪的神态凝视着球场。他旁边坐着一位女郎，宝拉一眼就认出来了——洛特丝·维妮，电影明星！洛特丝·维妮是个华丽丰满的红发女郎，她穿着一袭鹅黄色衣服，相比之下，穿着红色服装的茱蒂·史达看起来似乎又老气又邋遢。

宝拉用手推了推埃勒里，他正挑剔地看着扬基队的打击练习。“埃勒里。”她温柔地说，“隔壁包厢里那个又高又黑又迷人的人是谁？”埃勒里心不在焉地说：“谁？哦！那是比尔·楚伊。”“比尔·楚伊？”宝拉念着。“大联盟有史以来最伟大的左投手，”埃勒里肃然起敬地望着比尔，说，“六英尺三英寸高，全身都是硬如牛皮的肌肉，有一手锐利如钩子的曲球和诡异的变速球，十五年来，轻松地把所有了不起的大投手玩于股掌之上，很厉害！”“是呀，真是伟大！”宝拉笑着说。“你这是什么意思？”埃勒里问道。“只有这么伟大的人才能担任像洛特丝·维妮这样女郎的护花使者来看球，”宝拉说，“在发现自己太太就在咫尺之遥的隔壁包厢内时还能装出若无其事的样子，这就是你这位肌肉朋友比尔的了不起之处。”“没错，”埃勒里温柔地说，“茱蒂·史达就是比尔的太太。”

宝拉用慧黠的眼睛仔细看着在她前面的四个人：洛特丝·维妮，好莱坞女妖；比尔·楚伊，前棒球投手；茱蒂·史达，比尔的妻子；杰米·康诺，歌舞演员，比尔太太的护花使者。两对伴侣，两个包厢……完全没有彼此招呼相认的迹象。“有趣极了，”宝拉低声说道，“看比尔向茱蒂求婚的样子，你真会认为他们的婚姻可白头到老。某一个晚上在温特花园里，他从杰米·康诺的手中把她硬抢过来，以八十英里的时速载她到格林尼治村，在她回过神之前娶了她。”“是的。”埃勒里礼貌地应着。这时，巨人队出来做打击练习，他立刻发疯一样地大声叫道：“太好啦，打几个好球给他们瞧瞧，巨人队。”

“然后事情发生了，”宝拉继续回忆当时，“比尔到好莱坞拍一部棒球电影，遇到了洛特丝·维妮，她就用这个乡下小子对待茱蒂·史达的方式对待他。真是戏剧性的转折啊。之后比尔便吵着要离婚，但茱蒂拒绝了，因为她爱他。现在却出现了这种场面，真有趣呀。”比尔·楚伊在他的座位上显得有点局促不安；茱蒂·史达还是一样挺直苍白，她那哀伤的蜜色眼睛定定地望着扬基队的球童；杰米·康诺正在看场上球员的训练，但他的眼睛不时瞟向茱蒂的脸庞；至于美丽的洛特丝·维妮，正亲热地搂着比尔的肩膀。

“我不喜欢这样。”过了一会儿，宝拉轻声说。“你不喜欢？”埃勒里说，“为什么，比赛根本还没有开始。”“我不是说你的比赛，我是指我们前面的四角关系。”“听着，亲爱的，”埃勒里说，“我飞了三千英里是为了看一场球赛。你管你的四角关系，但让我看我的棒球。”“我一向有心灵感应，”宝拉心不在焉地说，“这——很糟，有事情要发生了。”

这时，看台上有人认出了这些名人，有一大群人跑向这两个包厢。他们挤满包厢后面的走道，挥舞着铅笔和纸张，索要签名。比尔·楚伊和洛特丝·维妮不理会他们索取签名的请求，但是茱蒂·史达却用倚在栏杆上的人丢给她的黄色铅笔热心地签了一张又一张，好心肠的杰米·康诺也潦草地签着他的名字。“小茱蒂，”宝拉叹了口气，说，“又慌乱又不快乐，用舌头润湿铅笔尖绝对不是平静的象征。”

这时，比尔打了个喷嚏，摸出一条手帕，拿近又红又肿的鼻子。“嘿，先生，”他暴躁地对一个穿红衣服的管理员说，“对这些观众想点办法，呃？”他又打了个喷嚏。“可恶的花粉热！”比尔·楚伊抱怨着站起来，轻声地对特洛丝说了些话，她羞怯地笑笑，然后他就离开包厢了，他的保镖神枪手麦克跟着跳了起来。但比尔摇摇头，没让麦克跟着，而是一个人把围观的群众挥开，走上了通往看台后方的阶梯。

过了一会儿比尔·楚伊回来了，再度坐下。茱蒂对杰米·康诺说了些什么，杰米就往右移了一个位子，茱蒂则坐到原先杰米的座位上。这样一来，茱蒂和她丈夫比尔之间不仅隔着包厢的栏杆，还有一个空的座位。洛特丝·维妮再度把她的手放在比尔的肩膀上。

一个卖热狗的小贩过来了。茱蒂在红色的鹿皮手提袋里摸索。她突然说道："杰米，替我买一个热狗。"杰米买了一打，比尔皱着眉，他跳起来也买了一些。又是一大堆人涌向两个包厢，比尔转过头，有些气恼。"好吧，好吧，先生，"他对着努力挡开人群的红衣管理员叫道，"我们可不要在这里搞暴动。我只签六张，就六张。开始吧。"一阵推挤几乎淹没了管理员。包厢后面的栏杆上全部是挥舞的手、臂膀和记分卡。

"楚伊先生——说——六张！"管理员喘着气说。他从伸得长长的手中抓了一支铅笔交给比尔。观众如潮水般涌到了隔壁包厢。茱蒂·史达展现出她最美的职业笑容，拿了一支铅笔和卡片。一堆球员在场里看出苗头之后，也跑到栏杆边把记分卡递给她，她只得把吃了一半的热狗放在她旁边的空位上。比尔也把他的热狗放在同一张空位上，他心不在焉地舔了铅笔许久，才用他那不善于书写的手签下他的名字。

管理员大声叫道："这是第六张，好了！楚伊先生说只签六张，所以说到此为止！"群众鼓噪起来，但比尔只是挥挥巨掌，就把手伸到了隔壁包厢他放半个热狗的空位子上。但他太太已经先一步在位子上摸摸弄弄，触到了比尔摆在那里的热狗。那一瞬间他差点脱口跟她说话，但他忍住了，拿起那个她吃了一半的热狗，囫囵吞下去，根本没有品尝它的滋味。过了片刻，洛特丝·维妮转头看了比尔一眼，道："比尔！你不舒服吗？"这个高大的前大联盟投手，古铜色的肌肤下泛着病态的青色，手搁在眼睛上，摇着头好像要甩开什么。

"是热狗的关系，"洛特丝开口，"你不能再吃了！"比尔眨眨眼开口要说话，但就在这个时候，卡尔·胡贝尔已热身完毕，比赛马上开始了。观众发出震耳欲聋的叫声，然后场内静了下来。

扬基队的柯罗塞提击中胡贝尔投出的第一个球，球远远地越过了乔·摩尔的头顶，是一次三垒安打。维利警官乐得大叫："我怎么告诉你的？这将是一场大屠杀！"埃勒里咬着手指甲。接下来，胡贝尔开始发威了。他接连将罗飞、狄马乔和贾里格三振出局，使巨人队赢了第一局。

当巨人队满载胜利走向休息室时，埃勒里和数千人一起欢呼尖叫。维利警官似乎有点烦恼。比尔·楚伊起身想站起来，却一下子倒在了包厢的水泥地上。洛特丝失声尖叫。比尔的太太茱蒂猛地转过身，浑身发抖。三个穿红衣的服务员急忙走下来，走在他们前面的是比尔的保镖神枪手麦克。"昏倒了。"

麦克大声说，跪在不省人事的比尔身旁。“松开他的衣领，”洛特丝·维妮呻吟道，“他好苍白！”“得立刻送他离开这里。”

服务员和麦克把比尔抬起来，比尔的双手以异常古怪的方式悬垂着，洛特丝步履蹒跚地在一旁跟着，紧张地咬着嘴唇。“我想……”茱蒂以颤抖的声音说着，站起身来。但杰米·康诺把他的手放在她的手臂上，她又坐了回去。

“哦，我就知道会有事情发生。”宝拉低语道。“胡说八道！”埃勒里简短地说，“昏倒了，如此而已。”老奎因警官说道：“神枪手麦克就在不远的地方，我怀疑他是否——”“吃太多热狗啦，”埃勒里打断了父亲的话，“你们这些人怎么了？我不能安安静静地看场球吗？”

宝拉平静地说：“我认为，以你作为侦探的直觉，奎因先生，你应该会认真地查问楚伊先生‘昏倒’的缘由。”埃勒里有点局促不安，最后终于含混地说道：“人的直觉有时候会偷懒的。维利，去看看他到底怎么了。”“我要看球赛，”维利嚷着，“为什么你不自己去？”“而且或许，”埃勒里说道，“你也应该去，老爸。我有个直觉，这是你的专长。”老奎因警官看了他儿子好一会儿，然后站起来叹道：“走吧，维利。”维利警官只好站起来顺从地跟随着老奎因警官走了出去。

埃勒里咬着指甲，回避了宝拉指责的目光。第二局没有建树，双方都没得分。第三局刚刚开始，一个服务员跑下水泥阶梯在杰米·康诺的耳边低语了几句。杰米眨眨眼，慢慢地站起来说：“对不起，茱蒂。”茱蒂抓着栏杆，焦急地道：“一定是比尔！杰米，告诉我他怎么啦？”“别急，茱蒂——”“比尔出事了！”她尖声叫道。随即，她跳起来说：“我们一起去看看。”杰米扶着茱蒂的手臂，迅速带她离开了看台。

宝拉看着他们走远，呼吸沉重起来。埃勒里向红衣服务生招手问道：“怎么回事？”“楚伊先生去世了。观众里一位年轻的医生在上面的办公室里努力想救醒他，但失败了，而且他似乎很担心——”“我就知道！”红衣服务生走了之后，宝拉叫道，“埃勒里·奎因，你就打算坐在这里什么事都不做吗？”但是埃勒里只是闭紧着嘴巴。棒球赛正在热烈地进行，没有人能够让他不看这场比赛，门儿都没有。

就在这时，维利警官走下来，眼睛盯着球场说道：“最好过来一下，埃勒里，老头子有话跟你说。”埃勒里看着场上的罗飞击出一球，头也不回地问：

“怎么样？”“比尔刚刚翘辫子了，第三局怎么样？”“他……真的死了？”宝拉喘着气说。维利警官点了点头，埃勒里极不情愿地站了起来。

维利警官道：“就我来看，这事再简单不过了。那个小女人茱蒂用她的小手干了这档事。”“茱蒂·史达？”宝拉说道。“比尔的太太？”埃勒里说道，“你在说什么？”“没错，小茱蒂，她在他的热狗里下毒。”维利笑着说，“人咬狗，哈哈——”“她承认了吗？”埃勒里插嘴问道。“没有。不过你知道女人嘛。她干掉了比尔，没错。”维利警官道。

埃勒里依依不舍地看了一眼场上的比赛，忽然从口袋里拿出一卷钞票，爬到椅子上，对着包厢后面的观众挥舞着钞票，叫道：“我出五块钱，买比赛前比尔·楚伊在这里签的每一张签名！就在这个包厢里！五块钱，各位！来拿呀！”宝拉和维利警官惊讶地看着他。“你疯啦？”警官喘着气说。

观众骇然，然后开始大笑。过了一会儿，有两个人怯怯地走下来，然后又有两个，终于第五名也出现了。一个服务员忙跑过来看发生了什么事。“你就是赛前比尔·楚伊签名时，帮忙维持秩序的管理员吗？”埃勒里询问。“是的，但是，听着，先生，我们不允许——”“好好地看一看这五个人……”埃勒里边说边接待过来卖比尔签名的观众，“你，老兄？是的，那是楚伊的签名，这是你的五块钱。下一位！”埃勒里照着顺序，用五元钞票交换了五张有比尔签名的记分卡。

“还有没有人？”他大声喊叫，挥舞着钞票。可是没有其他人出来，看台上又发出了一阵揶揄。维利警官站在那里摇着头，芭莉小姐则为埃勒里的所作所为感到羞耻。“谁没有下来？”埃勒里质问。管理员吃惊地看着他，嘴巴张得大大的。“总共有六个亲笔签名，只有五个人出来，第六个人是谁？说呀！”埃勒里继续追问。“哦。”管理员搔着耳朵，道，“哦，那不是大人，是个孩子。”“一个男孩？”“对，穿着及膝短裤的小男孩。”

埃勒里似乎很不开心。维利大声说道：“有时候我会想，让你这么到处闯，这社会要冒很大的风险。”然后他和埃勒里就离开了包厢，宝拉尾随其后。“必须尽快理清这一片混乱，”埃勒里边走边嘀咕，“或许我们还来得及看后面几局。”

维利警官带路来到一间办公室，门前有一个警察看守。埃勒里推开门，看到老奎因警官在里面踱步，麦克愁容满面地站在那里，看着沙发上被报纸覆盖起来的比尔的遗体，杰米·康诺坐在两个女人中间。三个人都没有动，脸色都很苍白而且呼吸沉重。

“这位是费尔汀医生，”老奎因警官指着静静地站在窗边的一位白发老者，说，“他是比尔的医生，正好也在这里看球，听说比尔昏倒，就匆匆赶来看看能帮上什么忙。”埃勒里走到沙发边，掀起盖在比尔·楚伊头上的报纸。宝拉快步走向茱蒂·史达，安慰道：“我很遗憾，楚伊太太。”茱蒂紧闭着双眼，一动也不动。过了一会儿，埃勒里把报纸放回原位，暴躁地说：“好吧，好吧，我们来吧。”

“一位年轻的医生，”老奎因警官说道，“比费尔汀医生早到这里，为比尔治疗眩晕。我想是他的错——”“不，绝非如此。”费尔汀医生尖锐地说，“就那位医生告诉我的，早期的征兆的确符合眩晕的条件。他试过一般的唤醒方式——甚至注射了咖啡因，可是连抽搐反应都没有，而且他闻到苦杏仁的气味，这绝非巧合。”“氰酸！”埃勒里说道，“口服的？”“是的，氰化氢或是氰酸，我立刻怀疑是氰酸。没错，因为——呃，”费尔汀医生严肃地说，“因为我办公室里前几天才出过事。”

“什么样的事？”“我桌上有一瓶二盎司的氰酸——我有时候用极少量来作为强心剂。楚伊太太，”医生的眼光瞥向沉默的女人，“正好在我的办公室准备做新陈代谢的检验。我曾留她一个人在屋子里。很巧，比尔·楚伊那天早上也来做身体检查。我到另一间房间去看另一个病人，回来后，帮楚伊太太做检验，送她出去，然后和楚伊先生一起回来。这时候我发现桌上那个瓶子不见了，瓶子上只是简单地标示危险——有毒。我以为是我放到别的地方去了，但现在——”“我没拿，”茱蒂·史达的声音毫无生气，还是没有睁开眼睛，“我根本没见过它。”杰米握着她的手轻轻拍着。

费尔汀医生没有理会茱蒂，继续冷冷地说：“而且我听说比尔昏倒的十五分钟到三十分钟前，他吃了一个热狗……在一个相当特殊的情况下。”“我没有！”茱蒂尖叫，“不是我干的！”她捂着脸，倚着杰米啜泣。洛特丝·维妮颤抖起来：“她让他拿她的热狗，我看到了。他们两个把热狗放在那张空椅子上，而她拿了他的，所以他只能拿她的，她在自己的热狗中下毒，看准他会弄错。下毒者！”她恨恨地看着茱蒂说。

“换句话说，”埃勒里不耐烦地说，“史达小姐被指控两种罪状：动机和

机会。动机——她对比尔·楚伊，她的丈夫背叛行为的仇恨。机会则是可以在你的办公室里拿到毒药，医生，可以弄一点儿在她的热狗上，并且在他们两人都忙着签名时，设法用她的热狗调包。”“她恨他，”洛特丝吼着，“还有我，因为我抢走了他！”“不要吵，你！”埃勒里打开门，又对门外的警察说道，“听着，去叫播报员用扩音器广播，请比赛前拿到比尔·楚伊亲笔签名的那个小男孩到这办公室来。如果他来了，他可以得到一个球、球棒、投手手套，还有楚伊穿球衣的亲笔签名照片可以挂在他的小床旁边。快去！”“遵命。”警察回答。

“卡尔拼了命地在场上投球，”埃勒里嘟囔着，关上门，“而我却被这个鬼事情困在这里。好啦，爸爸，你也认为茱蒂·史达在她的热狗中做手脚了吗？”“我还能怎么想？”老奎因警官心不在焉地说，他的耳朵竖着倾听着由球场传出来的观众的吼叫声。“茱蒂·史达，”埃勒里道，“并没有毒杀她的丈夫。”茱蒂慢慢地抬起头来，嘴部的肌肉不自觉地抽动着。宝拉高兴地说：“埃勒里你真是个大好人！”

“她没有？”老奎因警官说着，警觉地观望着。“这个热狗理论，太不合实际了。茱蒂若要毒死她丈夫，她必须要打开瓶盖，在她的热狗上滴上氰酸。可是杰米·康诺就坐在她旁边，而她唯一能够在热狗里下毒的短暂时间内，又有一大群扬基队的球员站在她前面攀着栏杆索取签名，他们都是共犯吗？而且她怎么知道比尔会把他的热狗放在空位子上？这从头到尾没有一处不荒唐。”看台上传来的吼叫声令埃勒里加快了语速，“有一个合理的理论或许可以解释。当我听到比尔是中毒死亡的时候，我回想到他在签那六张记分卡时，一直在舔铅笔尖，那笔是和一张记分卡一起拿给他的，所以我提供奖赏购买那六个签名。”宝拉温柔地看着他。

“我并不期望下毒者会过来，不过我知道清白的人会。五个人领取了奖金，第六个，没有出现的那一个，据管理员告诉我，是一个小男孩。”埃勒里继续说。“一个小孩毒死比尔？”麦克咆哮道，这是他第一次开口，“你是热昏了头。”“说得好。”老奎因警官也说。“不然那个男孩为什么没有过来？”宝拉很快地接口：“继续啊，亲爱的！”

“他没有过来不是因为他有罪，而是因为他不会为任何东西出卖比尔·楚伊的亲笔签名。不会的，很明显，一个崇拜英雄的小男孩不会试图毒害伟大的比尔·楚伊。那么同样明显地，他并不知道自己做了什么事。因此，他一定是个无辜的工具。问题仍然是——谁指使的？”“神枪手麦克。”老奎因警官缓缓说道。

洛特丝·维妮跳了起来，她的眼睛闪着光芒：“或许茱蒂·史达没有在热狗里下毒，但如果她没有，那么就是她雇用那男孩杀死了比尔——”埃勒里轻蔑地说：“史达小姐根本没有离开过包厢。”

这时有人敲门，埃勒里去开了门，这还是他第一次露出笑容。关上门后，大家看到他的手臂搂着一个棕发、聪慧的小男孩，那个男孩紧紧地抓着一张记分卡。“广播里说，”男孩嗫嚅着说，“我可以得到比尔·楚伊的签名照片，如果……”他停下来，红着脸看着众人古怪的眼神。“你一定可以得到的，”埃勒里真诚地说，“你叫什么名字，孩子？”“费尼摩尔·菲根思潘，”小男孩回答，胆怯地往门口缩，“住布朗郡。这是记分卡，照片呢？”“让我们看一下，费尼摩尔，”埃勒里说道，“比尔·楚伊是什么时候帮你签名的？”“比赛开始前，他说他只给六——”“你递给他的铅笔呢，费尼摩尔？”

男孩似乎有点怀疑，不过他由鼓鼓的口袋里掏出一支球场中随着记分卡一并贩售的普通黄色铅笔。埃勒里兴奋地从男孩手中拿过来，递到费尔汀医生手里。费尔汀医生嗅了嗅它的笔尖，点了点头。茱蒂·史达面无表情的脸庞上终于出现了一抹平静，她疲惫地把头垂在杰米的肩膀上。

埃勒里用力摸着费尼摩尔·菲根思潘的头，把小孩的头发弄得一团乱：“非常好，费尼摩尔。巨人队在做打击练习时有人给了你那支铅笔，对吗？”“是呀。”男孩盯着他。“那个人是谁？”埃勒里轻声问道。“我不知道。一个高大的家伙，穿着外套，帽檐低低的，大胡子，还有大型黑色太阳眼镜。我看不清楚他的脸。我的照片在哪里？我要看比赛！”男孩怯怯地说。

“那个人是在什么地方给你铅笔的？”“在——”费尼摩尔停下来，不好意思地看着女士们说，“呃，我去上厕所，那个人在那里面说——他不好意思跟她要她的亲笔签名，所以问我是不是可以帮他——”“什么？你说什么？”埃勒里惊叫道，“你说的是‘她’？”“当然，”费尼摩尔说道，“戴红帽子、红手套，穿红衣服的人要我帮忙索要一位女士的签名。那位女士坐在靠近扬基队员休息区附近的包厢里，他甚至带我出去，指给我看她坐的地方。”费尼摩尔叫道，眼睛瞪得大大的。突然他举起脏兮兮的食指指着茱蒂·史达，说：“就是她！就是那位女士的签名！”茱蒂浑身颤抖，茫然地摸索着寻找杰米的手。

“让我们把这件事弄清楚，费尼摩尔。”埃勒里温柔地说，“这个戴太阳镜的人要你帮他索取这位女士的亲笔签名，给了你铅笔和记分卡？”“没错，还有两块钱，说比赛后他会找我拿回卡片，可是——”“可是你没有帮他去要小姐的签名，对不对？你下去了，闲晃着等机会，然后你看到了比尔·楚伊，你的偶像，就坐在隔壁的包厢里，然后你就把要小姐签名的事全都忘光了，是不是这样？”男孩往后退着，轻声道：“我不是有意的，真的，先生。我会归还那两块钱的！”

“看到比尔在那里，你的偶像，你马上走过去为自己索取他的亲笔签名，对不对？”费尼摩尔点点头，一副害怕的表情。“你把戴太阳眼镜的人给你的铅笔和记分卡交给了管理员，管理员再转交给包厢里的比尔·楚伊——事情是不是这样发生的？”“是——是的，先生，呃……”费尼摩尔挣开埃勒里的手，“呃——我该走了。”在任何人能阻挡他之前他真的走了，像一阵风一样地跑下走廊。

门外的警察吼叫着。“让他走，警官。”埃勒里边说边把门关上，“所以目标是楚伊太太，不是比尔。”老奎因警官咆哮着：“我很抱歉，茱蒂·史达……穿外套、戴帽子、有大胡子，还有戴太阳眼镜的高个子，叙述得真好！”“听起来像是装扮过的。”维利警官说道。“如果是伪装，他一定把这些道具丢在了某处，”老奎因警官若有所思地说，“维利，到我们坐的那一区后面的男士厕所去看一下。”维利匆忙走开了。

老奎因警官皱着眉说：“要在五万人中找到凶手太难了。”“或许，”埃

勒里突然说道，“或许根本就不用这么麻烦……是用什么东西杀人的？氰酸。计划中是谁要被杀害？比尔·楚伊的太太。这案子中有哪一个人与氰酸有关联？是的——费尔汀医生在可疑的情况下‘丢了’一瓶。是谁干的呀？比尔·楚伊的妻子可能拿走了那个瓶子……或比尔·楚伊本人。”“比尔·楚伊！”宝拉惊呆了。“比尔！”茱蒂·史达低语。

“正是！费尔汀医生并没有遗失那个瓶子，直到他把史达小姐送出办公室。他随后与比尔一齐回到他的办公室。比尔可能在医生踏出办公室时顺手就把那个瓶子塞到自己的口袋里了。”“是的，有这个可能。”费尔汀医生喃喃说道。

“所以，”埃勒里说道，“我们怎么可能会有别的结论？我们知道比尔的妻子应该是今天的受害者，所以显然她没有偷毒药，那么唯一有机会偷取它的人就是比尔本人。”洛特丝跳起来抗议：“我不相信！这是要保护茱蒂的陷阱，现在比尔也不能替自己辩护了！”

“啊，难道他没有动机杀茱蒂吗？”埃勒里问道，“是的，真的有。茱蒂不同意离婚以便让他能够娶你。我认为，维妮小姐，你保持安静会比较聪明一点……比尔有机会偷取费尔汀医生办公室里的那瓶毒药。他今天也有机会去雇用费尼摩尔，因为他是这些人中唯一离开过包厢的人，那时候下毒者一定在找人把有毒的铅笔递给茱蒂。这一切都符合比尔该做的事——到达他储藏伪装衣物的地方——或许是昨天藏的，寻找一个可用的工具——找到了费尼摩尔，把指示及铅笔交给他；再度去除伪装，并回到他的包厢。而且难道比尔不是比任何人都清楚他妻子用舌头舔铅笔的习惯吗——她这个习惯可能还是来自他的。”

“可怜的比尔。”茱蒂伤心地说。“女人，”宝拉说道，“都是傻瓜。”

“还有其他具有讽刺意味的地方，”埃勒里回答，“因为若不是比尔的花粉热发作，他自己那支有毒的铅笔交到他手中时，他就会闻到苦杏仁的味道而能及时刹车，挽回一命。再说，如果他不是费尼摩尔·菲根思潘的偶像，费尼摩尔根本就不会把他那支有毒的铅笔递给他。把这一切都合在一起，我对这位比尔·楚伊先生很满意，他试图杀害他的妻子，却反而干净利落地杀了自己。”

“你讲的这些都很好，”老奎因警官难过地说，“但我需要证据。”“我已经告诉你事情是怎么发生的了，”埃勒里轻快地说着，向门口走去，“还有人能做得更多吗？你走不走，宝拉？”可是宝拉·芭莉小姐正坐在电话旁边，慎重地与她所在的纽约杂志社通电话。埃勒里自顾自地走了。

“比分多少？进行得怎么样？”埃勒里一回到包厢就问。“三比三！”旁边的人答道。“胡贝尔到底是怎么搞的？扬基队是怎么得分的？现在是第几局了？”埃勒里还在问个不停。“九局后半场，”有人叫道，“第八局时扬基队得了三分，一个四坏保送，一个二垒安打，还有狄马乔的全垒打！这样你是不是可以闭嘴了？”埃勒里乖乖地坐了下来。

埃勒里正看得起劲，维利警官突然钻进包厢，不无得意地说：“好啦，我们有证据了，在男厕所找到了全套道具——外套、帽子、假胡子、太阳眼镜，等等。外套口袋里有一张第六场比赛的雨天延期票，上面有比尔的包厢号码，这就是老家伙要的证据，你的胜利记录又可以加上一笔了。”

“谁管他？……帅啊！”埃勒里继续看着场上的比赛，巨人队又赢了球。“狗屎运，”维利警官皱着眉怒斥道，“扬基队纯粹是狗屎运，你看不出他们多狗屎运吗？没看到吗？”

这时，有人在他们身后喘气，他们转过身来看到奎因警官，红着脸，好像刚奔跑过，在宝拉·芭莉小姐的协助之下钻进包厢。他看起来冷静、安详、眼睛清亮一如往常。“爸爸！”埃勒里说着，瞪大眼睛，“你手上有谋杀案，你怎么能——”

“谋杀？”老奎因警官喘着气说，“什么谋杀？”他对着宝拉眨眨眼，她也以眨眼回敬。“你没有听说吗？”宝拉把草帽扶正，然后溜进埃勒里旁边的座位，清脆地说，“我和你父亲都安排好了，今晚全世界都会知道比尔·楚伊先生死于心脏病。”大家都笑了——只除了埃勒里，他的嘴张得大大的。“所以现在，”宝拉小姐说道，“你父亲可以跟你一样观赏这场珍贵比赛的结局，你这个自私的笨蛋！”

◎爱德华·霍克[美国]

圣诞节教堂钟楼谜案

1925年是个很坏的年头，那一年，北山镇发生了几件暴力犯罪。其中最坏的一件案子发生在圣诞节。

这一天，大约离圣诞节还有两个礼拜，镇上的山姆医生开车和爱玻来到镇郊一个小吉普赛营区看诊。这里的吉普赛人是一个月前迁过来的，赶着六七辆马拉的篷车，把营帐扎在老哈世金农场一块没有使用的牧草地上。米妮·哈世金是个七十多岁的老寡妇，她答应他们住在那里，可是镇上的一些人却很不高兴。偶尔有吉普赛人到杂货店去买粮食的时候，都受到很不友善的对待。

山姆医生几天前曾来过这里，为一个生病的孩子看诊，今天是来复诊的。车子刚开进营区，他们就看到了韦格牧师的马车。韦格牧师大约三十岁，已经秃顶，戴着厚厚的近视镜，一副文文弱弱的样子。他是今年春天来到镇上的，在第一新英格兰教会当主要牧师。

“早呀，山姆医生，”韦格牧师看到山姆医生的车子开过来叫道，“你早，爱玻。什么风把两位吹到这里来了？”“我前不久来给一个孩子看过病，觉得该来看看他恢复得怎么样了。”山姆医生从车上把皮包拿下来，他一眼就认出和牧师在一起的那个孩子是他的病人泰尼，便大步向他们走去。

“泰尼，你还好吗？”山姆医生问。泰尼大约十一二岁，对像山姆医生这样不是吉普赛人的外人会很腼腆。“还好。”过了半天，他终于开了口。这时，泰尼的父亲卡伦扎·罗瓦纳走了过来，亲热地和医生打了招呼。他是这群吉普赛人的首领，留着黑胡子，长长的黑头发留到了耳际。卡伦扎身材和牧师差不多，只是在右臂受过伤，使他的右手使不上劲。

“我正想帮你们安顿下来过冬，”韦格牧师对卡伦扎说，“这几辆篷车不是能住二十个人的好地方。”“我们以前也过过冬天。”卡伦扎道。他的英语说得很好，只是稍微带着点不知是哪里的口音。

这时，山姆医生碰巧一回头，看到一个穿了条闪亮长裙、打着赤脚的漂亮女人，正专注地看着他的车子。他上次来的时候也见到过她，猜想她是卡伦扎的妻子。

“她是你家的人吗？”山姆医生问道。“你是说沃尔嘉？她是我太太。”卡伦扎解释道。“泰尼的妈妈？”“是的。”医生道：“她好像很年轻，也就二十出头吧？”“吉普赛女人通常很年轻就嫁了，这是习俗。你应该什么时候来参加一次吉普赛婚礼，看新郎怎么抢亲，跟你们基督教的婚礼不一样呢，牧师。”卡伦扎转向了牧师。

“我想是不一样，”韦格牧师冷冷地回答，“不过要我参加吉普赛婚礼，就得先由你给我这个荣幸到我的教堂去。”卡伦扎摇了摇头，道：“你们镇上的人不喜欢我们。”“要是他们看到你们来参加圣诞礼拜，也许会比较喜欢你们。”牧师道。

卡伦扎耸了下肩膀，说：“我们没有宗教信仰，去你们的教堂和去别的地方也没什么两样。”“那，就来吧，圣诞节离现在只有两个礼拜了。你一旦和那些人熟悉了，和他们很友善地相处的话，说不定可以弄到一个老谷仓，在里面过冬。”牧师道。

“谷仓会比我们的帐篷暖和吗？我看不见得。”卡伦扎漫不经心地说。“反正就来吧，”牧师恳求道，“你不会后悔的。”卡伦扎没有理由拒绝了：“我会跟其他的人说说看，我想你在两个礼拜后会看到我们。”

在回去的路上，爱玻说：“韦格牧师真的是想帮那些人的忙，卡伦扎的太太对牧师的评价很高呢。”“她想必是个所谓的娃娃新娘，我给她儿子治病，却始终不知道她是小孩的妈妈。”山姆医生道。

圣诞节早上飘着雪花。山姆医生并不是常上教堂的人，可是今天他决定要去露个面。韦格牧师站在教堂前门外面，招呼所有来的人。他因为天冷下雪而穿了很厚的衣服。山姆医生向他挥了挥手，停下来和北山镇两家杂货店之一的老板尤塔斯·柯瑞聊天。

“你好吗？医生，祝你圣诞快乐。”“你也一样，尤塔斯。我们有过节的好天气——银色圣诞。”“有人说那些吉普赛人要来做礼拜，你有没有听说这事？”尤塔斯神秘兮兮地问。山姆医生慎重地回答：“没有，不过再怎么说，今天是圣诞节，他们上教堂也没什么不对。”

尤塔斯轻蔑地说：“不对的是他们根本就不该出现在这里，我想他们是朝老米妮施了魔法才骗得她答应让他们在她的牧场扎营。”山姆医生正准备回答，突然看见一对马拖着一辆挤满了人的吉普赛篷车从路中间缓缓走了过来。

“看来他们已经到了。”山姆医生说。

显然，韦格牧师站在雪地里等的就是这一刻。他快速走向篷车，很客气地跟卡伦扎和其他的人打招呼。看起来好像所有的吉普赛人都来了，连小孩子也都在。牧师和他们握过手之后，他们鱼贯进入教堂。“我不喜欢他们，”尤塔斯在山姆医生背后说，“他们样子很怪，气味很怪，名字也很怪。”“哦，这我就不知道了，尤塔斯。”医生说完，跟在吉普赛人后面进了教堂，在前面的一张椅子上坐了下来。

过了一会儿，韦格牧师穿着他传统的黑色长袍和白色法衣走了出来。他把一本《圣经》拿在手里，登上讲坛，开始布道。山姆医生从来就不善于听布道，实际上他一直在看前两排的吉普赛人。吉普赛人显然对布道也没什么兴趣，不过，他们却把他们的感觉掩饰得很好。坐在吉普赛人正后方，对这事并不怎么高兴的，是答应让他们用地的米妮·哈世金。

等韦格牧师讲完道，也做过祷告，大家也都唱完圣诞颂歌后，山姆医生到教堂后方找到了米妮·哈世金。“你好，山姆医生，”老哈世金向山姆医生招呼道，“圣诞快乐！”“祝你圣诞快乐！米妮，腿还好吗？”“好得不得了，一点点风湿痛对我可算不了什么！”

然后，在大家离开后，老米妮把医生拉到一边，低声说：“这些吉普赛人跑到这里来干什么呀，医生？单是让他们住在我的农场上，已经让我惹上了一大堆麻烦。现在他们还上教堂来！”“今天是圣诞节啊，米妮！我觉得在圣诞节这天，他们在教堂应该受到欢迎的。”

老米妮叹了口气，道：“哎，有好多人因为韦格牧师请了他们来而对牧师不高兴呢，我告诉你。”“除了尤塔斯之外，我还没听到什么抱怨的话。”“哎，除了他还有别人。”这时尤塔斯走了过来，还在唠唠叨叨：“这个牧师，让教堂里坐满吉普赛人已经够糟的了，他还带他们上钟楼去看风景呢。”

山姆医生和两人聊了一会儿后，走出了教堂。他走在外面的人行道上，透过飘舞的雪花抬头望着高耸入云的教堂钟楼尖塔。尽管四面白墙上钟楼的窗子依旧，但这个教堂已经很久没有敲过钟了。因为教堂的钟早已遗失，而韦格牧师还没募到足够的钱来买新的钟。

这时，那些吉普赛人开始从教堂里走出来，回到他们的篷车里。“哼，”尤塔斯还在愤愤不平，“我还是要跟牧师谈谈这件事，等我逮到只有他一个人的时候就说。”

现在，大片的白色雪花在风中飞舞，几乎连街对面都看不清楚了。山姆医生决定马上回家。就在这时，沃尔嘉·罗瓦纳从教堂里走出来，上了篷车。驾车的一抖缰绳，他们就动身走了。

“我现在要去见牧师了。”尤塔斯说。“等一下，卡伦扎好像还没有离开教堂。”医生不记得自己看到卡伦扎出来，以为他可能留下来正和韦格牧师说话。“去他的，”尤塔斯不耐烦地说，“我看我还是回去好了。”“再见，尤塔斯，祝你们全家圣诞快乐。”山姆医生说。

山姆医生觉得自己也没有再等在附近的必要了。见尤塔斯消失在雪花中，他也开始往诊所的方向走去，不料却碰上了蓝思警长。

“山姆医生，刚从教堂里来？好个雪花飘飘的圣诞节，是吧？”警长笑着道。“正是，有新雪橇的孩子们可乐了。”山姆医生也笑道。“见到韦格牧师了吗？”“他在教堂里。什么事？”“很滑稽的事，我来告诉你。”

可是蓝思警长还没来得及说什么，韦格牧师那熟悉的身影就出现在了教堂门口，他仍然穿着黑长袍，但是没穿白色的法衣。在那一瞬间，好像从他那厚重的眼镜上有道光反射出来。“韦格牧师！”警长叫道，一面开始由雪地里向教堂的台阶走去。

韦格转身走进教堂，撞在门柱上，就好像看到蓝思警长突然把他吓坏了似的。山姆医生和警长一起赶到教堂里，正好看见韦格那件黑袍消失在往钟楼去的楼梯上。

“我说，”蓝思警长生气地说，“他还把门关上了，他在躲我们吗？”山姆医生试了下钟楼的门，门从里面闩上了。“他往上面走是没法躲开我们的。上面没有别的路出去。”山姆医生道。“让我来弄开那扇门。”那是间老教堂，蓝思警长用力一拉，门闩周围的木头就裂开了，再用力一拉，门就开了。

蓝思带头上了那道木楼梯。“我们要上来了，牧师！”他大声叫道。上面没有回应。

到了钟楼，推开头顶的地板门，他们第一眼看到的就是韦格牧师。他脸朝上仰卧在几英尺远的地板上，胸口处插着一把小小的镶了宝石的吉普赛匕首。

“我的天啊！”蓝思警长叫道，“他被人杀了！”从推开的地板门那里，山姆医生可以看到整个空空的钟楼，还有外面飞舞的雪花，看来似乎没有另外一个活人跟他们一起在上面。

可是等他们上来后，却发现了门后面的卡伦扎。他蹲在那里，脸上满是害怕的表情。“我没有杀他，”他叫道，“你们一定要相信我——我没有杀他！”

山姆医生看了他一眼，开始观察钟楼的情形。大钟没有了，不过原先挂钟的木框还在原处。地板上也割了一个圆洞，直径大约四英寸，以前敲钟的粗绳子就是从这里穿下去的。

可是韦格牧师的钟楼里真正不可思议的地方在于四扇空窗前都是铁丝网，好像是鸡笼的网子，很细的铁丝，间隔大约两英寸。山姆医生不觉困惑地道：“这网从街上根本就看不见。”

韦格的尸体搬走了，卡伦扎也遭到了拘捕，可是山姆医生和蓝思警长还留在那里。“你认为是那个吉普赛人干的吗，医生？”蓝思警长问。医生淡淡地道：“还有谁呢？只有他一个人和韦格在上面。”蓝思警长抓了抓他稀疏的头发，道：“可是为什么要杀他呢？天晓得，韦格可是他们的朋友呀！”

这时，有声音从底下传了过来，尤塔斯的头由打开的地板门下伸了出来。“我刚听说了牧师的事，”他说，“怎么回事？”“刚才，我们看到韦格牧师在下面的教堂门口，看着吉普赛人离开。我当时想跟他说话，他好像是要躲开我们似的跑了，而且把下面通钟楼的门也闩上了。等到山姆医生和我赶到上面的时候，他已经死了，那吉普赛人的刀子插在他的胸口。”蓝思警长说。

尤塔斯走上钟楼看了看，说：“上面没有其他的人？”“一个也没有。”蓝思警长道。山姆医生突然想起了一件事，问：“警长，我们俩都同意说韦格看起来好像是在躲你似的，到底你当时急着找他有什么事呢？”蓝思警长哼了一声。“现在他死都死了，也就没关系了。”他一边回答，一边往楼下走去。

第二天早上到诊所的时候，山姆医生意外地发现那个吉普赛女子沃尔嘉在等他。沃尔嘉脸上满是泪痕，绝望地恳求山姆医生："哦，山姆医生，你一定要帮帮他的忙！我知道他是无辜的！他不可能那样杀了韦格牧师——牧师是我们的朋友。""镇静一点，"山姆医生握住她的手说，"我们会尽我们所能来帮他的。"

山姆医生把沃尔嘉留给爱玻照料，踏着积雪朝三条街外的镇监狱走去。他找到了蓝思警长。"我想和那个囚犯谈谈。"山姆医生对蓝思警长说。"这有点不合规矩。""好啦，警长。"

蓝思警长做了个鬼脸，掏出牢房的钥匙。他们发现那个吉普赛人坐在铁床边上，空瞪着两眼。他看到山姆医生进去就站了起来，好像感觉到来的是朋友。"医生，你是来放我出去的吗？""五分钟。"蓝思警长说着把山姆医生和卡伦扎锁在了那间牢房里。

医生盯着卡伦扎道："卡伦扎，我之所以到这里来，是因为你太太沃尔嘉要求我来。可是如果要我帮你忙的话，我就必须知道昨天发生在钟楼里的一切。"卡伦扎痛苦地说："我说的是实话，我没有杀韦格牧师。"

"你到那里去做什么？为什么你不和沃尔嘉还有其他的人一起走呢？"医生问。卡伦扎把盖住了耳朵的乌黑长发往后理了理，道："这种事像你这种外人怎么能了解呢？我之所以留下来，是因为我对那个人有种家族的感觉，这个人把自己当作吉普赛人，我想私下和他谈谈。"

"结果出了什么事？""他跟着其他的人下去，离开了钟楼，站在门口看他们上路。然后他很快地走回楼上来。我听到他把底下的那扇门闩上，好像怕有人跟着他。等他从地板门上来的时候，我正转过身去，我没有看到是怎么回事，只听到一声缓慢的喘息声，好像深深地叹了一口气，我转过身来，正好看到他向后倒在地板上。"

"你没有看到别的人？""没有别的人在呀。""他会不会是起先就被刺了一刀？"医生问道，"在下面教堂里的时候？""刀插在身上，不可能爬那么高的楼梯，"卡伦扎摇着头说，"那一刀使他当场就死了。"

"那把刀呢？你承认那把镶了宝石的匕首是你的吧？"卡伦扎耸了下肩膀，道："是我的。我昨天放在我大衣底下，可是礼拜完了之后在人群里，我给人推撞了一下，刀子就给偷走了。""你自己都不知道？让人难以相信。”“可是，事实就是这样。”

“为什么有人想杀了韦格牧师呢？”山姆医生问道。卡伦扎微微一笑，两手一摊，道：“这样就可以怪罪在吉普赛人身上。”好像这是世界上最合逻辑的理由。

山姆医生走回教堂的时候，雪已经不下了。他摸到了口袋里那把从蓝思警长那里借来的镶了宝石的匕首。他想到刀子也许可以穿过防鸟的铁丝网，由远处射过来，于是再次爬到尖塔上的钟楼上。可是他错了。不错，刀子勉强可以由铁丝网中间穿过，可刀柄的护手却无论如何也无法穿过。刀子根本不可能由外面射进来。这下唯一可能的凶手又只剩下卡伦扎·罗瓦纳了。

是他说了谎吗？回想起发现他站在尸体旁边的那一刻，回想起他满脸恐怖的表情，山姆医生总觉得他不会是凶手。

山姆医生回到楼下，在他抄捷径穿过积雪的侧院时，有样东西吸引了他的目光。那东西和雪一样白，半埋在雪里。他把那东西拉出来，看到那是一件白色的法衣，就像韦格牧师做礼拜时穿的那件一样。那上面有一块暗红色的印子，还有大约一英寸长的裂缝。

山姆医生把那件衣服抓在手里，在那里站了一阵，然后转身仰望矗立在他上方的教堂尖塔。

“我想我们得把那个吉普赛人送到县立监狱去。”蓝思警长在山姆医生回到监狱，把匕首小心地放回他桌上时说。“为什么呢，警长？”“尤塔斯·柯瑞说有人要对卡伦扎动私刑。我很清楚他们不会那样做，可我不能冒这个险。五十年前出过这种事，难保不会再有。”

山姆医生在他对面坐了下来：“警长，有件事你一定得告诉我。那个人的生死恐怕都在这件事上。是什么原因让你在圣诞节那天去找韦格牧师？这件事甚至不能等到节庆过了再说。”

蓝思警长看起来有些不安：“我跟你说过的——现在没关系了。”

“可是你难道不明白这事大有关系——而且现在比以前更有关系吗？”

警长站起身来，走到窗前，最后终于下定了决心：“也许你说得对，医生。反正，我也守不住秘密了。你知道，哈特福警方送来一份报告，建议我查问一下韦格牧师。好像他并不是个真正的牧师。”

“什么？”

“他在哈特福一带自称牧师过了两年，后来有人查了他的背景资料，把他赶出城去。有人说他是在搞诈财的把戏，也有人认为他更有兴趣的是教区里的妇女，不管真相如何，总之这个人的背景大有问题。”

“你怎么不早告诉我这事呢？”

“我不是说了吗？这人现在已经死了，又何必抹黑他的人格呢？他在北山镇也没伤到谁。”

门开了，尤塔斯闯了进来，后面还跟着六七个本地的商人。“我们要谈谈，警长。到处都是谩骂吉普赛人的声音，即使你也保不了这事了，可能有人要去放火烧吉普赛人的篷车。”

这时候，山姆医生知道自己必须说话了。

“等一下，”他说，“大家先静下来，等我来告诉你们韦格牧师究竟出了什么事。他不是被那个吉普赛人杀死的，也不是被什么看不见的魔鬼杀死的，除非你把他心里的魔鬼算上。”

“你这话是什么意思？”尤塔斯追问道。

山姆医生把刚从蓝思警长那里听来的事告诉他们。“你们明白了吗？牧师本来站在教堂门口，然后看到我们朝他走过去，就是因为看到警长，所以他吓坏了，他知道事情已经败露了。否则他为什么转身跑回教堂，爬上通往钟楼的楼梯，还把门从里面闩上呢？是恐惧让他爬到那上面去的，怕面对蓝思警长和事情的真相。”

“可是是谁杀了他呢？”尤塔斯问。

“当他听到门闩给弄断了，听到我们上楼的时候，他就知道他的假面具就要被揭开了，他拿了吉普赛人的匕首，刺进了自己的胸膛。根本就没有什么看不见的凶手，韦格牧师是自杀而死的。”

为了让他们相信这是唯一可能的解答，山姆医生还把卡伦扎从牢房提了出来，说明他因为右臂的旧伤而不可能以右手刺死牧师。然后，山姆医生以伤口的角度证明这一刀是用右手刺出的。

“上面没有别人，”山姆医生解释道，“既然卡伦扎·罗瓦纳没有杀他，那一定是他自杀，就这么简单。”

第二天早上卡伦扎就获释了。可是，山姆医生知道，故事还没有结束。他一个人开车来到了吉普赛人的营地。沃尔嘉看到他下车，马上迎了过来：“山姆医生，我们要怎样谢谢你？你把我丈夫从牢里救了出来，甚至还救了他的命。”

“现在去把他找来，我还有话要说。”山姆医生站在车旁等着，不想再靠近篷车那边，他看到小泰尼在雪地里玩耍。

很快卡伦扎走到了医生面前，沃尔嘉也跟在他后面。“我要谢谢你，”他说，“让我重获自由。”山姆医生两眼望着远方的雪地，冷冷地说：“我也要谢谢你。你教给我有不同的欺骗方式——有外人的做法和吉普赛人的做法。”他一面说话，一面伸手去扯卡伦扎的黑色长发。头发被山姆医生拿在了手里，沃尔嘉倒吸了一口冷气。没有了假发，卡伦扎几乎全秃。山姆医生又把他嘴唇上的胡子扯了下来。

“好吧，医生，”卡伦扎说，“是个小骗局，你要因为我戴了假发和假胡子而再把我抓起来吗？你是不是要说，结果还是我杀了韦格牧师呢？”山姆医生摇了摇头：“不，卡伦扎。这并没有告诉我说是你杀了韦格，可却告诉我是沃尔嘉杀了他。”

沃尔嘉倒抽了一口冷气，像被人打了一拳似的向后退了一步。“这个人是个魔鬼！”她对她丈夫说，“他怎么可能知道！”

“闭嘴！”卡伦扎命令道。然后，他转身对山姆医生说：“你为什么说这些话？”

“呃，我为我自己证明了你没有杀韦格。可是我根本一点也不相信像他那样的人只因为警长要找他谈谈就会自杀。可是他却逃开去躲我们。这个才是关键所在。我先前在教堂的院子里看了看，结果在雪堆里发现了这个。”山姆医生把那件染了血的白色法衣从大衣底下拉了出来。

“这可以证明什么呢？”卡伦扎傲慢地问。

“看到刀子刺进去所造成的裂口了吗？还有血渍？韦格牧师被刺的时候一定穿着这件法衣，可是警长和我看到他在教堂门口时却没有穿着他的法衣。我们难道能相信他上了钟楼，穿上法衣，拿刀刺了自己，再想办法把法衣脱掉，把刀子捅回胸口，然后死掉吗？——而这段时间我们一直在想办法破门而入，当然不可能！所以唯一可能的是什么状况呢？如果钟楼上的尸体是韦格，那我们看到在门口的牧师就不是韦格。他之所以转身躲开我们，只因为要是蓝思警长和我再靠近一点的话，我们就会看得出他不是韦格了。”

沃尔嘉的脸色苍白，在山姆医生说话的时候一直保持着沉默。“如果不是韦格，那会是谁呢？呃，穿黑色长袍的那个人跑上了钟楼。我们紧跟在他后面，发现上面有两个人——已经死了的韦格和活着的卡伦扎。如果那个穿黑袍的人不是韦格，那他一定就是你，卡伦扎。你和韦格身材差不多，从远处看，你最显眼的地方就是你的黑头发和胡子，而这恰恰是假的。那一小段时间里你摘掉假发、假胡子，戴上韦格的眼镜，扮成韦格，骗过了我们。”

“猜得好。可你怎么证明是沃尔嘉杀了他呢？”

“哎，你装成韦格的样子能达到什么目的呢？从远处看过去，我们的视线又被落雪弄得模模糊糊的，警长和我只看到一个穿黑袍的高个子男人，戴着韦格的厚眼镜。要是我们没有去追你，而是走开的话，所有人都会相信在沃尔嘉和其他的人都走了之后，韦格还活着。不过你出了两个差错。你在教堂门口转身躲开我们的时候，撞上了门柱，因为你不习惯他的厚眼镜。另外，昨天在牢里，你向我形容韦格站在教堂门口——可是如果真像你所说的你一直都在钟楼上的话，你根本就看不到这些。”

“可这还是扯不到沃尔嘉身上。”卡伦扎坚持道。

“你那样做，很明显地不是在保护你自己，因为那并不能给你什么不在场证明。没有人看到你离开教堂。你那样暂时冒充别人唯一可能的目的，就是要保护另外一个人——真正的凶手。然后我记起来沃尔嘉是最后一个离开教堂的吉普赛人。她一个人和韦格在那里面，她是你的太太，也是最可能带着你的匕首的人。放在哪里？在你的丝袜里？沃尔嘉？”山姆医生说着，把目光转向了沃尔嘉。

沃尔嘉用两手捂着脸，痛苦地说：“他——他想要——”

“我知道。韦格其实不是个真正的牧师，他以前就因为染指教区里的妇女而惹过麻烦。其他吉普赛人走后，他想在钟楼非礼你，是不是？对他来说，你不过是个漂亮的吉普赛女子。他知道你绝对不会声张的。你反抗他，你的手摸到了你一向带着的匕首，你在钟楼上刺了他一刀，将他杀死。然后你在教堂里找到了卡伦扎，把你做的事告诉了他。”

“一个吉普赛人的一面之词怎么能对抗得了一个牧师的名声？没有人会相信这件事的。”卡伦扎说，“我让她坐篷车回去，然后我再想办法弄得看起来好像韦格还活着。”

山姆医生点了点头，道：“你穿上他的黑袍，因为从远处看来，不会看见黑衣服上染血的裂缝。可是白色法衣就绝对会显出血迹了。你后来的时间刚够把黑袍穿回在韦格身上，然后把白色法衣从防鸟的网子缝里塞出去，免得别人在钟楼上发现。你不能让白色法衣穿在尸体上，因为我和蓝思警长在楼下看到的‘韦格’没有穿着白色法衣。”

卡伦扎·罗瓦纳叹了口气：“你现在要叫警长来吗？”

山姆医生望着他的儿子和其他的吉普赛人在一起玩，心里想着他是否有权力来审判。最后，他说：“收拾好你们的篷车，天黑以前离开，永远不要再靠近北山镇。”

“可是——”卡伦扎开口道。

山姆医生挥了挥手，阻止了他：“韦格不是个好人，不过也许还不至于坏到该得那样的报应。我不知道这样做对不对，我只知道如果你们留在这里的话，我可能会改变主意。”

不到一个钟点，篷车队就上路了，这回是往南走。也许他们已经受够了新英格兰的冬天。

山姆医生从来没把这件事告诉过任何人，那是他第一次自己来审判是非，而他始终不知道自己做得对不对。

5 Chapter 天衣有缝

穷困潦倒的威廉·克萧与百万富翁梅瑟斯特匆忙会面，此后从世界上消失无踪。可就在威廉·克萧的“尸体”被发现后，有人又见到了活生生的威廉·克萧！死而复生的威廉·克萧和百万富翁梅瑟斯特，谁是凶手，谁是受害人？……本章所选案件扑朔迷离，诡异难解，但只要你足够细心，不遗漏关键细节，你就能看出案情背后隐藏的玄机。

◎奥希兹女男爵［英国］

芬雀曲街谜案

奥希兹女男爵（1865—1947）

英国女作家，一生创作了大量优秀的通俗小说，被誉为“20世纪第一位备受欢迎的作家”。

其代表作为由十二篇短篇故事组成的推理小说集《角落里的老人》。故事的主人公是一位坐在咖啡馆角落里的老人，他足不出户，仅仅凭借报纸上的报道就非常准确地破获了一起起谜案。这部小说集被评价为历史上最好看的“安乐椅神探”模式推理小说，其地位和成就至今无人超越。

角落里的老人将杯子推到一边，身体向前靠了靠，挨近桌子。“谜案？”他说，“如果警察肯动脑子，就绝对不存在谜案这种东西！”

宝莉·波顿惊讶地越过报纸上方望过去，目光停落在老人身上。她对老人感到气愤，因为这是属于她的角落。宝莉是大名鼎鼎的《观察家晚报》的一员，是一个名人，每天在这家富丽堂皇的大理石大厅里享用午餐和日报。可是这个老人却兀自闯进了她的角落，还对她所看的报纸上的消息妄加评论。

老人长得苍白瘦弱，头发颜色很浅，看起来羞怯又紧张，用手不停地玩弄着一根细绳——他细长的手指把绳子打成结又解开，再做成各种精巧复杂的结。看到老人的这副模样，宝莉不由自主地笑了起来，态度温和了许多。

“可是，”宝莉说，“这也算是消息灵通的报纸了，上面的这篇文章可以告诉你，光是去年就有六桩以上的罪案让警察完全乱了阵脚，这些案犯至今仍逍遥法外。”

“我是说，如果警察肯动脑筋办案，就不会有谜案了。”老人温和地说。

“就连芬雀曲街谜案也一样喽？”宝莉讽刺地说。

“这个案件是最不该被称为谜案的。”老人静静地回答。

过去一年来，被称为“芬雀曲街谜案”的案件早已把每个有思考能力的人搅得一头雾水，宝莉也不例外。她被这件案子深深地吸引住了，对案件进行了

仔细研究，做出了假设和推论，还曾经写过一两封信给报纸和杂志，发表了自己对这件案子的看法。因此，角落里的老人所说的话令她大为光火。“如此说来，你不把宝贵的意见提供给警方，真是遗憾呀！”宝莉继续讽刺道。

“那倒是。”老人幽默地回答，继而平静地说，“我不知道你对这个案子还记得多少，起初，我也被它迷惑住了。去年12月12日，一个女人来到苏格兰警局报案，说她的丈夫威廉·克萧——一个居无定所的无业者失踪了。陪同她来报案的是一个德国佬，名叫卡尔·缪勒。

“事情的经过似乎是这样的：12月10日那一天，下午三点钟左右，德国佬卡尔·缪勒为了讨一笔小小的欠款去拜访他的朋友威廉·克萧，克萧欠他十英镑。当他到达克萧在贫民区的住处时，他发现克萧正处在狂喜之中，而克萧太太却在哭。卡尔·缪勒还没有来得及说出自己来访的目的，克萧就将他叫到一旁，开口要求再借两英镑。克萧说这笔钱是必要的工具，可以让他和肯帮助他的朋友迅速致富。为了让卡尔·缪勒加入到自己的秘密计划当中，克萧足足劝说了他十五分钟，克萧断言他的计划可以为他们两个人带来几千英镑的财富。”

宝莉不由自主地放下了报纸。她被这个老人讲故事的本领深深地迷住了。

老人继续说：“你记不记得卡尔·缪勒对警察说的事情？克萧太太当时也

在旁边补充了细节。简单地说，事情的经过是这样的：大约在三十年前，那时候威廉·克萧二十岁，在伦敦某医学院读书。他有个同室密友，名叫巴可，与他们俩同住的还有另外一个人。

“一天晚上，这另外一个室友带回来一大笔钱，那是他在赛马场上赢的。第二天早上，他却被人发现死在了床上，是被谋杀的。威廉·克萧当时提出了明确的不在场证明，而巴可却失踪了。事实上，巴可是在警察的眼皮底下失踪的，而威廉·克萧却了解他的行踪。巴可设法逃到了国外，经过一番辗转，最后在东部西伯利亚的符拉迪沃斯托克落脚。在那里，他以假名梅瑟斯特从事皮毛贸易，逐渐积累起可观的财富。

“现在，人人都知道梅瑟斯特是一个西伯利亚的百万富翁，而威廉·克萧却说他三十年前叫作巴可，还犯下过一桩谋杀案。这些都是没有被证实的事情，对吧？这些都是威廉·克萧在那个下午对他的德国朋友和太太说的话。

“威廉·克萧还说，梅瑟斯特曾经四次写信给他。有两封信和这桩案子毫无关系，因为是在二十五年前写的，而且据克萧说信已经被他弄丢了。他还说，第一封信是巴可，也就是后来的梅瑟斯特把杀人得来的钱花光了，在纽约穷困潦倒的时候写的。那时候克萧很富裕，于是他看在过去的情分上，寄了十英镑给巴可。第二封信时，威廉·克萧已经开始穷困潦倒了，而梅瑟斯特——那时巴可已经改成这个名字了，在信里放了五十英镑，寄给威廉·克萧。再以后，据德国佬卡尔·缪勒推测，威廉·克萧不断地勒索梅瑟斯特，还威胁他。其实这位百万富翁住得那么远，这些威胁根本就是徒劳。

“接下来故事进入高潮。威廉·克萧经过一番犹豫后，终于交出了所谓的梅瑟斯特写来的最后两封信。我这里有这两封信的副本。”

老人说着，从一个破旧的皮夹里拿出一张纸，小心地展开，上面写道：

威廉：

你实在不应该不断地向我索取金钱，我已经帮助你得到你应得的了。不过，看在我们昔日交情的分上，也因为你曾经在我最困难的时候帮助过我，我愿意再次帮助你。我这里有一位朋友，是一个向我买东西的俄国商人，邀请我乘坐他的游艇到英国去。我对这里已经厌倦了，很希望能够回到阔别三十年之久的祖国，所以我接受了他的邀请。我还不清楚到达欧洲的确切时间，但我保证，我们一到达某个恰当的港口，我就马上写信给你，约你来伦敦见我。不过你要记住，你的要求不能太离谱，否则我是不会答应你的。你要知道，我是非常不愿意屈服于持续不断勒索的人的。

你的朋友　法兰西斯·梅瑟斯特

“第二封信上的邮戳是南安普顿邮局的，”角落里的老人继续平静地说，“奇怪的是，这是威廉·克萧保存的唯一一封梅瑟斯特寄来的、有信封和日期的信。”老人说着，低头去看他手里的纸：

威廉：

我所乘坐的游艇将在下周二，即12月10日抵达提尔贝瑞港。到时我会在那里登陆，然后搭乘火车去伦敦。如果你愿意，请于傍晚时，在芬雀曲街车站的头等候车室里与我见面。由于我们已经三十年未见了，我想我到时会认不出你的面貌，所以我会穿着厚重的阿斯特拉堪毛大衣，戴着同质料的帽子，这样你就可以凭借衣帽认出我。然后你可以向我介绍你自己。

你的朋友　法兰西斯·梅瑟斯特

“就是这最后一封信使威廉·克萧狂喜并使他的太太落泪。套用卡尔·缪勒的话，威廉·克萧当时像个发狂的野兽，兴奋得手舞足蹈。然而克萧太太却满怀忧虑，害怕这个从外国来的人会对他丈夫不利。

“克萧太太说，那次约会肯定是个狡猾的陷阱，再怎么说它也是个奇怪的约会——为什么梅瑟斯特不在第二天和威廉·克萧见面，见面的地点为什么不选在旅馆里？她感到很焦虑，可是卡尔·缪勒却已经被威廉·克萧说服了，借给了威廉·克萧需要的两英镑。威廉·克萧要用这笔钱将自己打理得整齐些。半个小时之后，威廉·克萧离开了住处，之后再也没有在他的妻子和朋友面前出现。

“那天晚上，克萧太太焦急地等待了一个晚上，可是她的丈夫并没有回来；第二天，她在芬雀曲街四处询问，但一无所获；12日，她便来到警察局报案，将知道的事情都说了出来，还将梅瑟斯特的两封信交给了警方。”

角落里的老人喝光了他的牛奶，用蓝色的眼睛看着宝莉。宝莉脸上的严厉神色完全消失了，取而代之的是专注和兴奋。

“直到31日，”老人停了一会儿，继续说道，“两个船夫在一个废弃的船屋底部发现了一具高度腐烂的尸体。发现尸体的地方极其隐蔽，完全可以让一个人从容地割断另一个人的喉咙，不用担心被发现。而那具高度腐烂的尸体在那里可能已经有十一天了，容貌已经无法辨认。不过尸体上戴有银戒指和领带夹，克萧太太指认出那些东西是她丈夫的。

“她当然会公开指证梅瑟斯特，而警方掌握的证据也对梅瑟斯特极为不利。所以在发现尸体两天之后，在西西尔大饭店的豪华套房里，这位西伯利亚的百万富翁被捕了。克萧太太的陈述和梅瑟斯特的信件后来都被登在了报纸上，而我这个业余人士出于个人喜好，则开始推敲这件案子。我想为警方宣布的梅瑟斯特犯下的罪行找到动机。大家都认为他是想除掉一个危险的勒索者，可是，你有没有想过，这个动机其实非常站不住脚。”

宝莉小姐承认，她从来没有这样想过。

“一个靠自己的双手积累起巨额财富的人绝对不是傻瓜，他不会相信克萧这种人能做出什么具有威胁性的事情来。他一定知道克萧手上没有足够的证据将他送上绞刑架。你见过梅瑟斯特吗？”老人说着，手又在他的皮夹里摸来摸去。

宝莉回答说，她曾在报纸上看到过梅瑟斯特的照片。老人将一张照片放在宝莉面前，接着说：“这张脸带给你最深刻的印象是什么？”

“他的表情很奇特，因为他的眉毛全没了，头发也剪得怪里怪气。”

“头发非常接近头皮，几乎是被剃掉的。你说得很对！那天早上，我随人群挤进法院，第一眼看到被告席上的百万富翁，就被他的相貌吸引住了。他很高大，也许曾经当过军人，身躯挺拔，脸被晒成了古铜色。他没有胡须，头发那么短，看起来像个法国人；当然，他脸上最特别的地方还在于，他的眉毛甚至睫毛都没有了，这让他的脸看起来很奇特。

“他坐在被告席里的椅子上，看起来极为镇静。在几个证人被传唤的空当里，他愉快地和他的律师亚瑟·英格伍爵士谈话，而当证人接受询问的时候，他就用手遮着头，静静地听着。德国佬卡尔·缪勒和克萧太太将他们对警方说的话重复了一遍。我想你刚才说过，因为工作的关系，那天你没有去法院听审，所以你大概不会对克萧太太有什么印象，对吧？这里有一张我设法拍到的快照。这就是她，克萧太太。她站在证人席上，穿得如此讲究。

“她不愿意看到嫌犯，脸一直冲着法官那边。我想她一定很爱她那懒散的丈夫——一颗很大的结婚戒指戴在她的手指上。她坚决地相信杀死丈夫的人就是被告，悲伤的情绪一览无余。

“而德国佬缪勒呢？他兴奋地站在证人席上，因自己成为一个重要的证人而感到高兴。然而，亚瑟·英格伍爵士让他失望了，因为爵士并没有问他问题。之后，缪勒从证人席上退下，带着早已崩溃的克萧太太从法庭上消失了。

“接下来作证的是一位警官，他描述了逮捕嫌犯时的情形。他说，嫌犯大吃一惊，一点也不明白自己被指控的原因。不过，当整个事实摆在他面前时，他知道抵抗也是徒劳，就顺从地跟随警官坐进了马车里。

“接下来的事情越来越有趣。芬雀曲街火车站的一个搬夫——詹姆士·巴克蓝德作证说，12月10日那天的雾非常大，下午六点钟时，晚点一个小时的由提尔贝瑞开来的火车进站了。他当时正在月台上站着，一个头等车厢的乘客把他叫了过去。那个乘客穿着一件硕大的黑色大毛衣，戴着旅行用毛帽，别人几乎看不到他的脸。那个乘客带了一大堆行李，上面都有‘FS’的字样。他要巴克蓝德将除了一个小提包之外的行李都放在一辆四轮出租马车上。他看着巴克蓝德将所有的行李都安置妥当，付了搬运工的钱，然后告诉马车夫等他回来，接着就拿着小提包向候车室的方向走去。

“检方最需要确定的一点是，穿毛大衣的乘客在安顿好行李后，走向候车室的时间。‘绝对在六点十五分之前。’搬运工肯定地说。

“接下来走上证人席的是马车夫。马车夫证实，那个穿毛大衣的乘客雇用了他，将他的马车里里外外都堆满了行李，然后让他等着。于是他就在那里等着，等的时间如此之长，以至于他都想将行李送到失物招领处，去找另一单生意了。终于，在八点四十五分的时候，那个穿毛大衣的乘客回来了，钻进了马车，让马车夫载他到西西尔大饭店。对于这样的证词，亚瑟·英格伍爵士依然没说什么，而被告梅瑟斯特先生在拥挤、窒闷的法庭里已经安静地睡着了。

“下一位证人是汤玛斯·泰勒警官。他曾注意到，在12月10日下午有个穿着寒酸，头发、胡须蓬乱的人在火车站和候车室附近闲逛，这个人非常注意从提尔贝瑞与南端来的火车。

“警方还找到了另外两个互不认识的证人，他们都在12月10日六点十五分左右，看到一个衣着寒酸的人走进了头等候车室，并且径直走向一位穿着厚重毛大衣、戴着毛帽子的先生，而这位先生刚刚才踏进候车室。他们两个人说了些什么，然后就一起离开了。不过没有人知道他们向哪个方向走了。

“这时，梅瑟斯特睡醒了，对他的律师悄声说了些什么，律师点点头，脸上浮现出自信的微笑。西西尔大饭店的员工作证说，梅瑟斯特先生于12月10日晚间九点三十分左右，乘着一辆马车到达，携带了很多行李。到此，这个案子检方的起诉结束了。

“法庭上的每个人都以为梅瑟斯特已经被定罪了，他们漫不经心地等待着，想听听亚瑟·英格伍爵士会说些什么。亚瑟·英格伍爵士，这位当今司法界最受欢迎的人物，用沉缓、拖着长调的语气平静地说：‘法官大人，我提议传唤两位证人，他们曾于12月16日下午，也就是所谓的凶杀案发生的六日之后，见到了活生生的威廉·克萧先生。’

“他的话就像一颗炸弹一样在法庭里炸开了，所有人都吃惊极了。不过，”角落里的老人带着既紧张又得意的表情说，“我早就知道了这个案子的盲点在哪里，所以我并不像其他人那样惊讶。商业路一家饭店的老板多里尔尼和一个侍者都作证说，在12月10日下午三点半左右，一个穿得破破烂烂的人懒洋洋地走进了咖啡间，点了一杯茶。他十分高兴，说个不停，告诉侍者他的名字叫威廉·克萧，他很快就会成为一个有钱人。总之，他说了许多诸如此类的废话。

“喝完茶，他又懒洋洋地走了出去。可是他才在转角消失，侍者就发现他落下了一把旧雨伞。按照这个高贵饭店的惯例，多里尔尼先生将雨伞小心地收藏在他的办公室里，希望他的顾客在发现伞丢了之后回来索取。果然，大约一个星期后，也就是在16日那天，下午一点钟左右，那位穿着破烂的先生又来了，请求取回他的雨伞。他点了一些餐，然后又和侍者聊了起来。多里尔尼和那个侍者对威廉·克萧的描述，与克萧太太对她丈夫的描述十分相符。

“令人感到奇怪的是，他似乎是一个心不在焉的人，因为这一次，他离开时又将一个小皮夹落下了。侍者发现了他的皮夹，看见里面有许多信件和账单，都是寄给威廉·克萧的。这个皮夹被呈上了法庭，此时已经回到法庭的德国佬缪勒辨认出，这个皮夹就是他的朋友威廉·克萧的。这是一个强有力的证据，因为它，警方对百万富翁的指控就像纸牌做成的房子，即刻崩塌了。可是，那个约会确实存在，梅瑟斯特与威廉·克萧确实见过面。这两个疑点与梅瑟斯特在浓雾中消失的那两个半小时都没有令人满意的解释。”

说到这里，角落里的老人停了好一会儿，这让宝莉感到如坐针毡。老人不停地玩弄手里的细绳，直到每一寸都打上了复杂、精巧的结。

“我向你保证，”老人终于又开口了，“在那个时候，我对整个谜团清楚得很。令我感到惊讶的是，法官怎么会浪费时间提出与被告的过去有关联的问题，还自以为这个问题提得很尖锐。梅瑟斯特这时候已经打起了精神，用带有奇怪鼻音和些许外国口音的腔调说话了。他镇静地否认威廉·克萧对他的过去的说法，宣称他从来没叫过巴可，也没有与三十年前的任何谋杀案有过牵连。

“‘可是你认识威廉·克萧，对吧？你写过信给他。’法官追问道。

“‘抱歉，法官大人，’被告镇静地说，‘我从来没有见过这个叫威廉·克萧的人，更没有给他写过信。’

“‘这就奇怪了，因为我手上有两封你写给他的信。’法官警告说。

“‘我没写过这样的信，法官大人，’被告坚持说，‘那不是我的笔迹。’

“‘这一点很容易证实，’亚瑟·英格伍爵士插话说，同时将一小捆信呈给法官，‘这些是我的当事人来到我国后写的信件，有些还是在我面前写的。’

“正如亚瑟·英格伍爵士说的，这是一件很容易证实的事情。嫌犯应法官的要求，在一张笔记本上写了几行他自己的签名，并且重复写了几遍。从法官惊讶的表情可以看出，两种笔迹没有丝毫相似之处。

“新的谜团出现了。到底是谁和威廉·克萧约定在芬雀曲街火车站相见呢？嫌犯对他抵达英国后的行动做了令人满意的解释——

“‘我是搭乘一位俄国朋友的游艇来的。当我们抵达泰晤士河口时，因为雾大，我们等了二十四小时才安全上岸。我的朋友没有上岸，他继续向马得拉群岛去了。我登岸那天是10日，然后我搭乘火车进城。我的确找了一辆马车安顿我的行李，就像那个搬夫和马车夫述说的一样。之后，我想找间餐室喝杯酒。当我走进候车室时，一个穿得破破烂烂的人和我搭讪。他说他是一个老兵，曾经忠心耿耿地为国效命，现在却被遗弃，快要饿死了。他恳求我去他的住处，这样我就可以看到他的太太和挨饿的孩子，以证明他说的悲惨故事是真的。法官大人，我刚刚才回到这个我阔别了三十年之久的故乡，听到了第一个悲惨的故事，可是我是个生意人，我只相信我亲眼见到的东西，所以我跟着那个人走进浓雾之中。我们默默地并肩走了一段时间，当时我已经完全弄不清我身在何处了。我突然转向他，想要问他一个问题，却发现那位先生早已不见了踪影。我猜想，他发现我不见到他的妻子和挨饿的孩子是不会给他钱的，就溜走了，去找其他愿意上钩的人去了。既然不见了向我求助的人，我只好想办法回到火车站去。我转身往回走，可是没多久就发现自己迷路了。我在浓雾中徘徊，花了很久的时间。最后，我遇到一位警察，在他的指点下终于找到了火车站。’

“‘可是威廉·克萧先生知道你的行踪，关于这一点你如何解释？你又如何解释这两封信呢？’法官穷追不舍地问道。

“‘法官大人，我无法解释这些。’嫌犯从容地回答，‘我已经证明，信上的笔迹不是我的，而且这个克萧先生也不是我杀的，不是吗？’

“‘那么国内外有哪些人知道你的行踪以及你抵达的日期呢？’

“‘我过去在符拉迪沃斯托克的职员知道我离开，但他们不会写英文，所以信不可能是他们写的。关于这件事，我实在帮不上忙。’

“就这样，因为没有足够的证据控告他，梅瑟斯特被当庭释放了。在他的辩护中有两点坚不可摧，足以驳倒对他的起诉：第一，他证实了那两封信不是他写的；第二，有人在16日看见了那个被认为在10日已经死掉的人。可是，那个写信告知威廉·克萧有关梅瑟斯特行踪的人到底是谁呢？”

角落里的老人歪头望着宝莉，然后拿起细绳，把所有的结都解开了。

“如果你愿意，我会告诉你我的推理过程，它会将谜案唯一可能的答案展现在你面前。”老人说，“很显然，威廉·克萧不可能不认识梅瑟斯特，因为有两封信清清楚楚地写明了梅瑟斯特到达英国的事情。而这两封信一定是梅瑟斯特写的。”

“可是——”宝莉想要提出异议。

“等一下，”老人打断了她，“有人证实，在威廉·克萧被谋杀之后的第六天，他去过多里尔尼饭店，在那里让人认识他，还留下了一个皮夹，证实他的身份。可是那位梅瑟斯特先生那天又在哪里呢？”

“你的意思不会是——”宝莉屏住了呼吸。

“你想一想，多里尔尼饭店的老板是怎样来到法庭作证的呢？”老人得意地继续说，“亚瑟·英格伍爵士以及他的当事人梅瑟斯特，是如何得知威廉·克萧在那两个重要的时刻去过饭店，而且知道饭店的老板会拿出令人信服的证据，来证明百万富翁的清白的呢？在逮捕梅瑟斯特之前，警方对整个案情一直保密。如果饭店老板是通过一般途径得知威廉·克萧失踪的消息，他就会主动和警方联络。然而，把他带上法庭作证的却是亚瑟·英格伍爵士。英格伍爵士是怎样找到这条线索的呢？

“还有一点，没有人要求克萧太太拿出他丈夫的字迹来，这是为什么？这是因为警察如此‘聪明’，坚信威廉·克萧被谋杀了。12月31日，在一个极其荒凉的地方，那具被认为是威廉·克萧的尸体被发现了。警方却从来没有想过，那是梅瑟斯特的尸体，而威廉·克萧才是凶手！

“威廉·克萧真是一个绝顶聪明的天才！想想看吧，威廉·克萧留着蓬乱的头发和胡须，现在他将它们全都剃掉了，所以在法庭上连他的太太都没认出他来。而且，你应该记得，克萧太太在法庭上根本没有看到他的脸。

“装扮成梅瑟斯特之后，这个聪明的家伙打算再去一次多里尔尼饭店，于是他买到了类似的假发和胡须，装扮成他自己！他留下了皮夹，证明他自己没有被谋杀！这样就为他装扮成的梅瑟斯特脱了罪。”

老人拿起他自己的帽子，站了起来。宝莉看着他付了餐费，很快从饭店里消失了。而她自己，头脑里依然一片混乱。

◎莫里斯·勒布朗[法国]

怪屋

莫里斯·勒布朗（1864—1941）

法国著名小说家。他自幼酷爱写作，后来受到法国侦探小说家爱弥尔·加波里奥的影响，开始涉足侦探题材。1907年，勒布朗的第一部以亚森·罗宾为主角的侠盗侦探小说问世，由此一炮打响，随后相继推出五十多部侦探小说。

他笔下的亚森·罗宾是机智、善良、精通易容术、来无影去无踪的侠盗，亚森·罗宾成为轰动一时的法国民族英雄，至今仍有极深的影响力。

全巴黎的市民都被一个离奇古怪的案子震惊了。在一家可容纳数千人的大剧院的舞台上，劫匪竟明目张胆地劫走了一位名叫雷依娜的漂亮女歌星。

那天，雷依娜受邀在剧院参加时装表演。歌剧院里突然响起了火警，顿时秩序就乱了，一个蒙面劫匪借混乱之际，劫走了雷依娜。她被劫走时身上穿着一件长披风，腰间系着一条束腰带。披风和束腰带上镶了许多名贵的钻石，价值连城。借给她那些钻石衣服的，是一个叫彭布备的珠宝商人。劫案发生当晚，彭布备正和他新结识的朋友约翰·戴乃立坐在观众席上观看表演。

彭布备见雷依娜被劫，顿时慌了神。他绝望地念叨着："钻石……我的名贵钻石……"

戴乃立劝了他一番，说："劫匪一定有预谋，想抢走那些昂贵的钻石。他一定是坐汽车逃走的。"说完，他就追了出去。

戴乃立猜得没错，那蒙面人确实是乘汽车逃走的。他抱着裹在斗篷里昏迷不醒的雷依娜跑出剧院后，早有一辆汽车在那里等候了。蒙面人刚来到汽车前，坐在车中的一个蒙面女子便打开了车门。那蒙面男子驾着车疾驰而去。

不久，雷依娜苏醒了。她立刻意识到自己被劫持了。她大气也不敢出，透过斗篷的缝隙隐约看到那蒙面女子的无名指上戴着一枚珠戒，上面有三颗珍珠，排成三角形。汽车停下后，有人把雷依娜身上的斗篷扯了下来，随即在她脸上蒙上了一块黑布。她觉得自己走过了一段石子路，上了一个有六级的石阶，然后跨进一个大门，好像进了一个大房子。接着，她踏上了一段楼梯，走过二十五级楼梯，来到二楼的一个房间里。“六级石阶，二十五级楼梯”，雷依娜牢牢记住了这些数字。

一进入房间，那男子便抢走了雷依娜的腰带和披风。然后他说：“好，我们只要这些，不会取你的性命的。但你一定想知道这是哪里吧？”那人一边说，一边拿掉雷依娜脸上的黑布。她发现这是一个宽大奢华的大客厅，里面摆着高级的长椅和绸沙发，还有许多名贵的家具……都是17世纪路易十四时期的摆设。

不久，雷依娜又被蒙住眼睛，带上了汽车。汽车开了很长时间，最后，那男人把她推下车，开车跑了。雷依娜扯下脸上的黑布，发现这里是离自己公寓不远的地方。

这时，约翰·戴乃立走了过来。他一把扶住由于惊吓过度几乎要晕倒了的雷依娜，说：“别担心，没事了。钻石被抢去了吧？我已经猜到了。他们是为钻石而来的，得到钻石后会把你送回来，因此我就在这儿等着。”

雷依娜向戴乃立描述了她经历的一切，约翰·戴乃立和警方根据她的描述去找那座房子，却始终没有找到。

一周后的一个晚上，有个叫奥莱蒂的模特正在时装店上班，突然有人打来电话，说她妈妈得了急病，正在莫德莱尔街三段1号的博立克大夫的诊所救治，奥莱蒂慌忙去找那个诊所。她刚离开，店里的女孩子突然想到莫德莱尔街三段1号根本就没有什么诊所，大家都倒吸了一口凉气。

奥莱蒂找到那个地址后，发现路边停着一辆汽车，车边有个绅士。他穿着一身黑西服，皮鞋上还有副皮鞋罩。这位绅士自称是博立克大夫，请奥莱蒂上车，去见她的妈妈。奥莱蒂坐上汽车，发现里面还有个戴面纱的女人，穿着青梅色的衣服。

汽车开了一会儿，奥莱蒂突然被那女人拉过去，头上被蒙上黑布。奥莱蒂用力挣扎却怎么也挣脱不了。她猛然看到那个女人手上戴着一枚戒指，同报上登的雷依娜被劫案描述的一样。

汽车来到了一个幽静的住宅区，奥莱蒂被拉下了汽车。“咦？这里的石阶竟也是六级！”在被那女人拉着上台阶时，奥莱蒂默默地数着。这使她确信这就是雷依娜曾到过的那座怪房子。

当那男人去打开大门时，她壮大胆子，扯下头上的黑布，甩开那个女人，快速向屋内跑去，并跑上了二楼。她看到了一个路易十四时期的大客厅。

这时楼梯上传来脚步声，奥莱蒂知道那两个家伙离她越来越近了。她急得满头大汗，焦急地寻找着出路。就在那两个人推门而入时，她爬到了书橱顶上，趴在那里，一动也不动。那两个人四处寻找，没有发现奥莱蒂的踪影，便离开了。半夜，奥莱蒂从书橱顶上下来，摸索着找到出路，逃出了那座古宅。

她拼命地狂奔，跑到马路对面，拦了一辆出租车，让司机开到自己的公寓前。一下车，她终于支撑不住，昏倒了。直到第二天，她才苏醒过来。她睁开眼一看，见母亲正焦急地守在床边，在她母亲身边站着一位素未谋面的绅士。

“我叫约翰·戴乃立。你被绑架后，你的老板就将此事告诉了雷依娜小姐，雷依娜就将此事转告给了我。我陪着你母亲在公寓等了你一整晚。我相信，他们会像放回雷依娜小姐一样把你放回来。”那位绅士说。

这时，雷依娜、彭布备和刑警组长贝尤也来了。贝尤一见戴乃立就有种似曾相识的感觉，但就是想不起在哪里见过他。

奥莱蒂简要地把事情的经过说了一遍，然后她猛然间想起了什么，说：“那个假扮医生的人，我好像在哪里见过。”

“在哪里？什么时间？”戴乃立着急地问。“大概三个月前，有个很有风度的绅士曾带着他高贵的妹妹到我们店里来。博立克大夫和那位绅士体形很像。还有，那绅士和博立克大夫一样，皮鞋上有一副灰色的鞋罩。我记起来了，那位绅士好像是梅罗曼伯爵。”

大家听她这样说，都备感惊讶。因为梅罗曼伯爵是个很有地位的贵族，还经常为社会和慈善事业捐钱。

彭布备禁不住笑着说：“像梅罗曼伯爵这样的绅士，怎么会干这种事呢？我们很熟，我了解他是一个高尚的人，他怎么可能来抢我的钻石？这简直太荒唐了。”

戴乃立觉得这里面一定有隐情，便拨通了梅罗曼伯爵的电话。“大约两三周前，您是不是在报上登过一则广告？说您的公馆里有不少东西失窃了，您希望找回它们？”

戴乃立问明了伯爵家丢了一些诸如用在烤火炉上的火钳柄、烛台上面的火盘、锁孔上的盖儿以及按铃上面的蓝色丝绸等一些小东西后，放下了电话。他说：“我想，那些古怪的小东西对伯爵有特殊的意义和价值。在看到那则广告的当天，我在诺依莎老太太开的店里买到了它们。最近发生的两桩奇案，似乎都和伯爵有关。我已约好明天下午两点跟伯爵会面，雷依娜和奥莱蒂两位小姐跟我同去。”

下午两点，戴乃立和两位小姐准时来到伯爵的府邸，彭布备和贝尤也到了。由老仆人带领，他们经过一个大院子，来到了正门前的石阶处，雷依娜用颤抖的声音轻声说：“六级……这儿也有六级石阶。”

老仆人把他们带到正门旁边的一个小会客厅里。不一会儿，梅罗曼伯爵来了。他是位四十多岁的高贵绅士。彼此问过好后，戴乃立拿出伯爵被窃的四样东西。伯爵非常激动，一定要付戴乃立报酬。戴乃立说：“我不要任何报酬。不过，这些东西原来在哪里放着呢？我希望能看一看，因为我这个人好奇心太重，所以忍不住想看个究竟。”

于是，伯爵带着他们沿着楼梯上了二楼。“啊，二十五级……这楼梯也是二十五级！”雷依娜吃惊不已。而当她走进客厅，看到那曾见过的路易十四时期的家具、那些艺术品和那个恐怖之夜到过的客厅没有什么区别时，几乎晕倒在地。奥莱蒂也是神情剧变，由于激动过度，一下子晕倒了。大家忙将她扶到椅子上，伯爵则把妹妹惠妮也叫来帮忙。惠妮已三十多岁了，不久前离了婚。她熟练地将镇静剂放到奥莱蒂鼻下。雷依娜看到惠妮身上的青梅色服装时，不由大吃一惊。当她看清那只白皙的手后，一种前所未有的恐惧袭上她的心头，她猛地坐了起来。

“这枚三角形的珠戒……是你抢走钻石的……”雷依娜激动地说。惠妮迷惑不已。伯爵也茫然地说：“这是怎么回事？”

“迟早你会知道的。在这之前，我要和你说几句话。”戴乃立说着，拿出那四样东西，伯爵将它们一一放到原来的位置。

“全都丝毫不差。伯爵，这些小玩意并不值钱，您却花了这么多精力和金钱寻找，为什么？”戴乃立问。“这些都是祖上传下来的，所以我很珍惜。也许您看着那些东西不起眼，但对我来说都是纪念祖先的纪念品，使我回忆起古老的梅罗曼家族。”

“那为什么又弄丢了呢？”

“这是一天早上我突然发现的，这些东西神秘失踪，我和妹妹被吓坏了，而且感到有些古怪。”

“伯爵，你知道我为什么要这两个姑娘一同来吗？而且，她们又为什么在这儿晕倒呢？你不准备了解一下这其中的原因吗？”戴乃立问。“这与我无关！”伯爵恼火地说，并让仆人送客。

贝尤此时已按捺不住了，忍不住说道：“这是一个至关重要的问题，伯爵，请你仔细回答。”接着他把雷依娜和奥莱蒂被劫的事说了一遍，并说他怀疑伯爵就是劫匪。

伯爵气得发狂，用愤怒的眼神盯着贝尤。

惠妮惊恐地说：“这是一个天大的误会，我们绝不会干那种事情……”

贝尤并不理会他们的话，打电话叫来了一个高级警官和几个警察，开始了侦查工作。最后，贝尤在书房的两个箱子里找到了被抢走的腰带和披风，但上面的钻石都不见了。

“伯爵，我的钻石，钻石在什么地方？”彭布备不住地追问伯爵，伯爵只是无可奈何地摇摇头。然后，他掏出手枪，对准了自己的太阳穴。一直留心观察伯爵的戴乃立猛地上前，狠狠地把伯爵的手向上一拉。于是枪只是向上打碎了窗户的玻璃。警察上来按住了伯爵。“梅罗曼伯爵，你被怀疑抢劫了钻石，现在我正式逮捕你。”检察官说完这些，又对警察们说，“你去将他妹妹惠妮找来一起带走！”但是警察到处找遍了，竟不见惠妮的影子。

几小时后，彭布备和贝尤一起回到贝尤的家里。他们在客厅中讨论钻石的去处时，突然听到里面的房间有声音。彭布备没有出任何声音地扭开门上的把手，打开门，不由惊呆了。屋里竟然有两个人，一个是戴乃立，另一个是惠妮，她躺在沙发上睡着了。

“原来，是你放走了她！”贝尤气愤地说。

“没错，你竟忘了派警察在院中把守。我在院中放走夫人，带她来到了这里。”戴乃立微笑着说。

“怎么能让她待在这里？我马上去报警。”彭布备说。“如果你真的去报警，就再也别想找回你的钻石了。”戴乃立威胁道。彭布备只得留下了惠妮。

随后的两周里，检察官每天都询问梅罗曼伯爵，伯爵坚持说：“我绝没有劫持过雷依娜和奥莱蒂两位姑娘。而放在我书房箱子里的腰带和披风，我也根本不知道是谁偷偷地把它们放进去的。”但检察官还是坚持认定伯爵有重大嫌疑。最后，他找到了一段关于梅罗曼家族的记载：梅罗曼家族曾是极有名气的贵族，尤以现伯爵的曾祖父诺耳·梅罗曼最为出名。在1840年，他曾做过拿破仑的将军，后又做过大使。最后却因抢劫、杀人罪被捕入狱，后因脑溢血死于狱中。现伯爵的祖父雅尔本斯·梅罗曼，曾是拿破仑三世的副官，后也因犯了抢劫、杀人罪，开枪自杀了。

“唉，竟然是这样！伯爵家的人原来都是这样一些人，这太可怕了！”法官也被这些往事吓呆了。

在此期间，彭布备一直追着贝尤，要他找回钻石，而贝尤也一筹莫展，他们便来找戴乃立帮忙。戴乃立开车带他们来到了奥莱蒂公寓的门前。

“奥莱蒂在家吗？”他问看门人。看门人说，大约在十五分钟前，一个身材颇高、金褐色头发的人开车把她接走了，那人叫华里·恩多法。戴乃立急忙又给雷依娜打电话，她也出去了，是奥莱蒂找她一起走的。三人都感到情况不妙。她们会被带到什么地方呢？

“我猜她们很可能去了伯爵的公馆。”戴乃立说。他们开车来到公馆后，绕到后门，发现门锁着。戴乃立用万能钥匙打开了锁。他们悄悄来到二楼大客厅隔壁的一个小房间，听见大厅里有说话声。他们从窗帘的缝隙向客厅里看去，不由呆住了。他们看到奥莱蒂和雷依娜，正十分亲密地并肩坐在长椅上，她们面前有一个个头很高，一头金褐色的头发的青年男子，正来回踱步。

“这个人叫华里，我在买伯爵家丢的那四样小玩意的店里见过他。”戴乃立低声说，“就是诺依莎的店里，这个华里究竟是干什么的？”

客厅里还有一个让他们想象不到的人，居然是伯爵的妹妹惠妮！原来，他们在商量让奥莱蒂和雷依娜改证词，证明伯爵兄妹无罪的事！

惠妮面色极为苍白，缓缓说道：“我可以发毒誓，我和哥哥绝没有干过任何犯罪的勾当。我们的家族一直被一个看不见的魔鬼纠缠着，他从几代前就开始折磨我们。我们的先人，从曾祖父到我们的祖父，都曾因抢劫、杀人的罪名而被捕，并因此有的自杀，有的病死在狱中。此后，人们就认为梅罗曼家族的人身上，一定流着罪恶的血液。还有一种传言，说在这座住宅之中隐藏着一个险恶的魔鬼，专门和梅罗曼家族的人作对，致使每代的男主人都丧生在他手下。因此，我们的祖父死后，我们的祖母带着我们的父亲回到乡下，将他抚养长大。祖母临终前，再三告诫我们的父亲千万不要回到这座公馆里来。父亲遵从了她的嘱咐，所以安然度过了一生。但等我和哥哥一住进这公馆，悲剧似乎又重演了。我本来有幸福的婚姻，但自己也不清楚为什么突然就离了婚。我哥哥由于一直担心会遭遇不幸，所以还没结婚，和我一起度日。”

“上帝呀！这听起来太可怕了！”奥莱蒂和雷依娜不由得惊叫起来，“你是说专和你们家族作对的魔鬼，又再次出现，引发一系列的离奇怪案吗？”惠妮默然点了点头。奥莱蒂和雷依娜也深深同情惠妮，便决定试试看。戴乃立等人则悄悄离开了公馆。

第二天傍晚，贝尤给戴乃立打电话说：“因为奥莱蒂和雷依娜的证词，法官认为此案还需调查，暂停审判。”

“很好，”戴乃立说，“但华里到底是什么人，我想请警方调查一下。”贝尤答应了，并在一周后告知了调查结果：华里·恩多法，二十九岁，出生于美国，父母均为法国人，已去世。他于三个月前来到巴黎，没有工作，也不清楚他以前干什么。

几天后，贝尤又打来电话：“诺依莎的店被一个叫莫丹的女人接管了，她极可能是诺依莎的妹妹。”

这天，贝尤来找戴乃立。他们一起讨论案情时，贝尤望着窗外突然叫起来：“你看那个女人，她就是莫丹。”戴乃立忙跑到窗前，看到对面马路边有个女人，她看上去身材颇高，穿着寒酸，约有五十岁的样子。

傍晚的时候，戴乃立去看望奥莱蒂。她的母亲告诉他，奥莱蒂有个从前在店里共事的同事来信说生病了，很想跟她见见面。奥莱蒂答应晚上九点到哥鲁希路巴勒巷14号找她。戴乃立觉得事情蹊跷，忙赶到哥鲁希路。

那里到处都是破败的公寓和仓库等，14号是一个很破的二层建筑，入口的门紧闭着。戴乃立用万能钥匙打开门锁，里面好像是个仓库。他猛地推开门，突然感到一记铁拳打在自己胸口。他一下子不省人事了。

等戴乃立醒来后，发现自己被紧紧绑在一个台子上，嘴里塞了一块破布。借助昏暗的光线，他看到了诺依莎和莫丹，还有一个跛脚老头儿。从谈话中，他听出那个老头儿是这两姐妹的父亲。快九点时，奥莱蒂也来了，她被带到了楼上。不久，就听莫丹说："她被打昏了，快动手吧。"他们拿着汽油罐在门口的路上洒上汽油，然后在汽油罐里插上一根导火索。他们走到门口后，跛脚老头儿引燃导火索，关上门走了。

戴乃立拼命挣扎却无济于事。眼看汽油就要引燃了，华里突然闯了进来，他一脚踩灭导火索，然后割断戴乃立身上的绳子，和他一起上二楼救出了奥莱蒂。奥莱蒂浑身颤抖着说："我看清了，带我进屋的那人，就是曾绑架过我的那个女人。"戴乃立道："看来，伯爵兄妹并没有劫持你，而是有人在故意陷害他们。"

"你说得不错。我也是伯爵的朋友，所以也正在找那个陷害伯爵的人。"华里插口道，"今晚，我去找奥莱蒂，她母亲告诉我她来了这里。我觉得奇怪，忙赶来找她，没想到竟救了你们。"一问之下，戴乃立才知道，华里是奥莱蒂的男友。伯爵还打算把那座公馆卖给华里，华里等买下那座公馆后，就跟奥莱蒂结婚。

由于奥莱蒂在法庭上供出，第一次绑架她的并不是伯爵兄妹，而是另一男子和莫丹，再加上华里和戴乃立的证词，伯爵被无罪释放。

伯爵回到家后，奥莱蒂和华里经常到公馆玩，伯爵兄妹也很喜欢他们。但戴乃立一直不喜欢华里，他常这样想："这个家伙常说，一旦和奥莱蒂结了婚，就要干一番大事业。可是，买下这座公馆和拿钱去干番大事业，加在一起是需要很多钱的。但他哪儿来的这笔钱呢？莫非……"

一天晚上，有人发现旧货店的诺依莎被杀了，凶器是一把短刀。警察在她的口袋里发现了一张纸条，上面写着：亚森·罗宾。怪盗罗宾又出现了！华里和贝尤都在怀疑，戴乃立就是罗宾，而贝尤更恨不得立即抓住他。但，罗宾竟神秘失踪了。

就在伯爵和华里要在出售公馆的契约上签字的那天，戴乃立突然出现在公馆里。大家看到他，都非常吃惊。戴乃立冷冷地看着华里说：“现在，我就来告诉大家你到底是什么人！是你在剧院劫持了雷依娜！是你抢走了彭布备的钻石！是你绑架了奥莱蒂！是你杀死了诺依莎！”戴乃立每说一句，华里就恶狠狠地诅咒一句。最后，戴乃立说：“更重要的是，大约一百年前，有个专门与梅罗曼家族为敌的人，你就是这个家族的后人！”

“怪盗罗宾，闭上你的臭嘴！”华里怒不可遏，猛地扑向戴乃立。戴乃立一闪身，照着华里的额头就是一拳。华里惨叫一声，一头栽倒在地。大家都惊呆了，冲上来要阻止戴乃立。戴乃立大喝一声：“都别动！贝尤组长，如果你想弄清真相就不要插手！”

贝尤说：“好！但你要记住，我的手下就在楼下随时待命。”

“我明白，我首先要做的就是彻彻底底地查清华里的身份，所以不能让他乱动。”戴乃立道。

接着，戴乃立从口袋里拿出一个小瓶，放在华里的鼻子下。瓶子里装的是麻醉剂，华里很快就昏迷不醒了。戴乃立看了看大家，说：“我需要二十分钟，在此期间，我将为大家解释最近的一系列怪事。”

戴乃立让贝尤叫来一辆车，大家一起上了车，华里也被抬了上去。汽车开过塞纳河，一路走下去。在车上，戴乃立说：“梅罗曼家从几代前起就不断有怪事发生，为了解开这个谜，我可以说是费尽周折……我查遍法国历史，还亲往伯爵家的旧领地，终于找到了一点线索。这还得从雷依娜和奥莱蒂遭劫持说起。劫匪到底是什么人呢？最初我曾怀疑过是伯爵兄妹，但很快排除了他们的嫌疑。可是劫匪的确曾把两位小姐带到了伯爵的公馆，并在那里犯下了罪行。因此，伯爵的公馆不仅被利用，而且伯爵还蒙受了不白之冤。但奇怪的是，案发当时，伯爵兄妹并未出门，劫匪带着两个姑娘去客厅时，他们怎么会一点儿也没察觉呢？劫匪是怎样瞒过所有人的耳目的？我做了很多调查，终于发现了一个惊人的秘密……伯爵，还是你们亲眼看一下为好，因此我带你们一起来。最初，伯爵家失窃的那些小东西引起了我的注意。在伯爵家，有很多昂贵的东西，小偷为什么只偷这些小东西呢？我想这些东西对盗贼来说至关重要。其中的秘密是这一切的关键。”

汽车拐进一条街道后，戴乃立让车停了下来。他让人把华里也抬下车来，然后带着大家往前走去。他们走过脏乱的街道，穿过一些破落不堪的房子后，来到了一座高大的建筑物面前。“在这种地方居然有如此气派的古建筑物，真让人惊奇。”彭布备小声说。

戴乃立拿出一把钥匙，打开大门上的锁，然后用力推开门。“请进，各位！这里我已经来过很多次了。”他说。

伯爵一进门便不由得惊叫一声，惠妮吓得面无血色，其他人也都大吃一惊。他们好像又回到了伯爵的公馆，院中的建筑样式、房间布局，甚至一草一木都与伯爵公馆一模一样！而他们曾穿过塞纳河开了二十多分钟的车！难道有两幢完全一样的公馆分别建在塞纳河的两岸？

走上石阶时，奥莱蒂惊呼：“啊！这里的石阶也是六级。”上楼时，她又叫了起来：“哦，这楼梯也是二十五级。”戴乃立把大家带进一个客厅，所有的人又尖叫起来，因为客厅里的一切和伯爵公馆里的完全一样。

这时，华里的身子晃了一下，慢慢睁开了眼睛。他先是愣了一会儿，看了一下四周说：“这是哪里？哦，伯爵家的大客厅……”

戴乃立打断了他的回忆：“现在我想请你说说，你的祖先以及你和伯爵家

的关系。”

“什么？”华里脸色大变。

“要不让我来说吧。”戴乃立说，“伯爵，这要从你的祖先说起。你的那座古宅建成于1775年。那座宅子建成后二十五年，你的太曾祖父弗兰苏·梅罗曼伯爵跟一位富家小姐艾莲结婚。他们起初感情很好，可后来，你的太曾祖父爱上了一位叫莫蒂的女演员，还为她在巴黎郊外按家中的样子建了一座完全一样的住宅。不久，艾莲知道了这件事，伯爵也非常悔恨，便与莫蒂分了手。分手时，他把这座住宅送给了莫蒂。但莫蒂本性阴险毒辣，为了报复伯爵对她的遗弃，立下毒誓要让伯爵家永远遭受痛苦。后来，她嫁给了一个平民。她把对伯爵的仇恨不断讲给后人听，让他们时刻想着利用古宅来复仇。伯爵家历代经历的那些惨事，都是莫蒂和她的后人阴谋策划的。而诺依莎、莫丹还有一个叫弗里雪的女人都是莫蒂的后人，他们的父亲多尼克就是那个跛脚老头儿。弗里雪后来和一个姓恩多法的人结婚去了美国，而诺依莎和莫丹则留下来千方百计想办法陷害伯爵。弗里雪与丈夫去世后，他们的孩子回到了巴黎。这个孩子就是这位华里·恩多法。他找到了他的外祖父多尼克和两个姨妈，更听信了他们的话，要找伯爵报仇。他们想利用这座古宅设计一个阴谋，但发现这个客厅缺了伯爵家的几样东西，就是那几样小玩意儿。所以，莫丹在一个深夜到伯爵家偷走了它们。

“后来就发生了雷依娜和奥莱蒂的劫案。劫匪就是华里和莫丹。他们穿着与伯爵兄妹同样的服装，或用黑布蒙面，或乔装打扮，还故意让两位小姐看到这个客厅。他们得手后，将雷依娜衣服上的钻石全部拆了下来，然后，由莫丹潜入伯爵家中，把腰带和披风藏在箱子里，使伯爵兄妹蒙上了不白之冤。这就是案发经过。”

“那……钻石藏在哪里呢？”彭布备急切地问。

“华里独吞了钻石，所以多尼克和诺依莎、莫丹很生气，决定报复他。他们知道华里爱上了奥莱蒂，便把她骗到仓库打算烧死她。结果，被华里发现了。那三个人想杀掉华里，而华里也在计划着如何干掉他们。因此就有了后来的诺依莎被杀。而华里在杀人后还在一张纸条上写上‘亚森·罗宾’，企图嫁祸给罗宾。但所有人都知道，罗宾是不会杀人的，真正的凶手其实是你！”戴乃立指着华里说。华里一下子瘫在了地上。

贝尤直奔戴乃立说："你是侠盗罗宾。"他扑上去想动手，但被罗宾抓住了手腕。

"不要妨碍我找钻石，"戴乃立说，"我已经知道钻石的去向了。"

"在哪里？""最初是华里，但后来又被另一个人偷走送往比利时了。彭布备，快乘你的车一起去比利时。"

于是罗宾和彭布备上了车，急忙赶往比利时，第二天就到了法比边境。

"你在这儿等着我，我有熟人在里面，我跟他说一下让我们过去。"说完，戴乃立走进海关。

但足足等了两个小时，还不见戴乃立出来。彭布备沉不住气了，下车跑进海关。"请问，你是彭布备先生吗？"收发室的一个保安问他。

"是的，什么事？""有位先生让我把这个交给你。"说着，保安交给他一个小信封。"是谁让你给我这个的？"彭布备疑惑地问。"约翰·戴乃立男爵。""哦！"

"'两小时后，会有个人慌张地赶来，请把这个转交给他。'戴乃立男爵说完，就租了辆比利时汽车走了。"保安解释道。

"他有比利时的入境许可证吗？""有，他是个非常有名的银行家，世界各国的许可证他几乎都有。"保安肯定地说。

彭布备听着，打开了信，不禁惊叫了一声，因为信里滚落出几颗和伯爵大厅里吊灯上相同的水晶球。他颤抖着双手打开信，信文如下：

彭布备：

有劳你专程送我到边境，多谢！为报答你，我将几日前寄存他处的假钻石赠予你。这些钻石，是你几年前用来欺骗犹太一名钻石商的假钻石。此事我已查清，而那人因此而悲伤地死去。

我准备将手中这笔钻石交还给那位犹太人的后代。但至今尚未查出他后代的姓名与地址。而在查出之前暂由我保管。这些钻石是你抢来的，它们不属于你。当然，这也不是我的。若不能如我所愿，我会用这笔钱帮助一些无助的人，相信你也一定很高兴。

最后，我们还应为梅罗曼伯爵兄妹摆脱魔鬼的纠缠而庆贺。同时，也祝奥莱蒂和雷依娜拥有幸福生活。

亚森·罗宾

◎杰克·福翠尔[美国]

火车卧铺命案

杰克·福翠尔（1875—1912）

美国作家，曾在《纽约先锋报》担任外电新闻编辑。他将短篇推理小说推上了一个新的高度，创造了短篇推理小说的黄金时代。

其代表作品有《逃出十三号牢房》《废屋奇案》等。他创造了一个思维能力绝对化、理想化的侦探形象——“思考机器”范杜森教授，一个聪明得无以复加的侦探。

马车夫身体向前倾，扬起手中的鞭子，马开始快速奔跑起来。到了火车站，一位女乘客从马车上跳了下来。她蒙着面纱，身材纤细苗条，看起来应该是一位年轻女性。她将车钱递给马车夫，随后迅速登上了火车。

当列车员前来检票时，这名女子正坐在普通车厢的一个座位上。她付了到奥尔巴尼的车费，并询问有没有空余的卧铺席位。列车员回答，他会尽量为她安排。

大约半个钟头后，列车员回来了，将她带到列车的后段车厢。“只剩下一个上层的铺位了。”列车员充满歉意地说。

“没关系。”女子无精打采地说。于是，列车员带她先在客车车厢里坐了下来。

这时，女子才揭开自己的面纱。她美丽的脸庞上依旧带着赶火车时留下的潮红，可是黑色的眼睛里却有些许恐惧与悲伤交织在一起的阴影。很长一段时间里，她只是闷闷不乐地坐着，眼睛看着窗外。黄昏即将来临，窗外的景色开始变得模糊起来。这时，列车员走过来点亮了灯。

过了一会儿，客车车厢后方的门开了，一位年轻女子探出头来，随意地扫视了一眼车厢中的乘客。随即，她的目光停留在刚才那位闷闷不乐地坐着的女子身上——她遇到熟人了。她走上前去，叫道：“嗨，茱莉亚！我不知道你也搭乘这班火车呢！”

茱莉亚先是吃了一惊，但很快就放松下来了。她说：“噢，玛丽，你把我吓了一跳。”

两个人寒暄了一会儿，接着玛丽·兰厄姆小姐把茱莉亚·法勒小姐带到列车后段一个舒适的小房间里去了。她们是许久不见的大学同学，见面应该有许多事情可聊，但两个人似乎都在刻意回避着什么。谈话告一段落时，茱莉亚提起列车员只帮她找了一个上层铺位的事情。

“亲爱的，不用担心，”玛丽轻快地说，“我已经把这个卧铺包厢包下来了。这里有两个下铺，你睡一个，我睡另一个。对了，你要去哪里？”

“我去奥尔巴尼。”茱莉亚回答。

“可你就要结婚了呀。”

“我不和德沃尔先生结婚了。”茱莉亚的神情有些激动。

玛丽露出惊讶的神情：“为什么，茱莉亚？真是太令人难以置信了！”

“我要离开他。”茱莉亚说。

玛丽呆呆地看着茱莉亚，茱莉亚的脸上显露出反抗、挑战的神情。最后，玛丽似乎明白了什么，握住茱莉亚的手，露出宽慰的表情。

“我理解你，亲爱的，”玛丽说，“无论如何，这都不是你的错，德沃尔先生也许知道你不爱他。”

“如果他不知道，那绝不是因为我没说过。”茱莉亚回答。

玛丽微微一笑，眼里闪过一丝满意的神情。“可怜的人，”她若有所思地说，“他对你是那么忠诚。”

“我不需要他对我忠诚，”茱莉亚恼怒地说，“我一看见他就忍受不了，好像我已经被他买下来了似的。我真讨厌这一切！”说着，茱莉亚的眼里涌出了泪水，她靠在玛丽的肩膀上痛哭起来。玛丽抚摸着茱莉亚卷曲的头发，眼睛出神地望向窗外。

“我的父母和哥哥也和他联合起来对付我，”哭了一会儿，茱莉亚说，“他们一开始就让我嫁给他，就因为他是个有钱人。也许当初我已经走投无路了，否则我真不明白自己为什么会答应。全家人都知道我讨厌他，但他们的眼里只有这桩婚事为家庭增添的光彩、财富和社会地位，根本不考虑我的感受。他们强迫我嫁给他。”

“你们本来预定在明天结婚吧？”玛丽神情茫然地问。

“没错，就是明天。几个星期以来，我简直像是在做噩梦。昨天晚上，当我看到那套结婚礼服的时候，我再也忍受不了了。今天我考虑了一整天，想得头都要炸开了，最后我决定逃走。我知道这一切都很糟糕，我父母不会原谅我制造的这个笑话。可是我管不了那么多了，我不能拿自己的幸福做赌注。我要去奥尔巴尼的姑妈家，在那里住几天。我知道父亲会非常生气，会强迫我回家。不过我姑妈是个好人，她不会让父亲这么做的。等安顿下来后，我会慢慢计划将来的事情。”

“和一个你不爱的人结婚，这是件非常可悲的事情。”玛丽说，“我一点儿也不会责怪你。可是亲爱的，离开家后你要自己照顾自己，你可能得去找一份工作呢。”

“没关系，”茱莉亚又激动起来了，“我身上带了五六十块钱，在用光这些钱之前，我应该能够找到一份教师或是保姆的工作。我相信我会找到事情做的。”

“我也相信你能够渡过难关。”玛丽一边安慰茱莉亚，一边抬起她满是泪水的脸，在她的脸庞上亲了一下，“亲爱的，你休息一会儿吧，躺下来好好睡一觉，一切都会好的。”

茱莉亚像一个孩子似的，顺从地躺了下来。过了一会儿，她终于闭上肿胀

的眼睛，睡着了。

大约过了半个小时，玛丽按下门铃，将列车员叫了过来。

“下一站是哪儿？”她问。

“东纽兰兹站。”列车员回答。

“我能在那里发个电报吗？”

“当然可以，女士。”

玛丽在列车员递给她的白纸上写了一封电文，收报人是查尔斯·温盖特先生，地址是比奥尔巴尼更远一些的一个小镇。电文如下：

我已经改变主意。这是最后的决定。玛丽。

第二天早上，当火车驶入奥尔巴尼车站时，茱莉亚·法勒小姐被发现死在了卧铺车厢里。她穿着衣服，没戴帽子，一颗点三二口径的子弹从她的左肩射入。是玛丽·兰厄姆小姐报的案。法医检查后，判断死亡时间是两个小时之前。

“思考机器”范杜森教授仔细地听记者哈钦森·哈奇讲述着这起火车卧铺谋杀案的所有细节。随后，他开始问问题。

“玛丽·兰厄姆小姐是什么人？”这是第一个问题。

“她是一家国有大银行的总裁丹尼尔·兰厄姆先生的女儿，”哈奇回答，“她和茱莉亚·法勒小姐是大学同学，这次她们在火车上意外相遇。”

“她们真的是意外相遇吗？”

“好像是意外相遇。”哈奇回答，“事实上，是玛丽·兰厄姆小姐先上车的。她在几天前就预订了卧铺车厢的座位。”

“玛丽·兰厄姆小姐认识德沃尔先生吗？”

“何止是认识，”哈奇说，“两年前，德沃尔先生曾经追求过玛丽·兰厄姆小姐。不过他认识茱莉亚·法勒小姐后，又转去追求茱莉亚·法勒小姐了。”

范杜森教授突然从椅子上扭过身子，盯着哈奇的眼睛道：“噢，一对昔日的恋人！他们为什么会分手呢？”

“我猜想是德沃尔先生提出分手的。”哈奇回答，“他遇到茱莉亚·法勒小姐后，很快就移情别恋了。其实德沃尔先生就是这样一个花花公子，他被家人宠坏了，还独自继承了百万家产。”

“那么命案发生时，玛丽·兰厄姆小姐要去哪里？”

“她要去拜访一个住在奥尔巴尼附近的朋友。”

范杜森教授沉默了好一会儿。“这样一来，事情就简单了许多。”最后，他若有所思地说。

“你不是想说，”哈奇脱口说道，“玛丽·兰厄姆小姐与茱莉亚·法勒小姐的死有关吧？”

“为什么不呢？”范杜森教授冷淡地说。

“她的社会地位、财富以及她拥有的一切，似乎都表明她不该牵涉进这起命案里。”哈奇抗议道。

“现在命案有了动机——忌妒。而且，她有下手的好时机。虽然她拥有财富和社会地位，但她依然可能犯罪，只不过她会更加狡猾而已。我感到好奇的是，玛丽·兰厄姆小姐为什么没有被立刻逮捕。她现在在哪里？”范杜森教授不客气地说。

“和她的父母一起待在市区的贝利弗旅馆。”哈奇回答，“她报案之后，就回到了旅馆。她父母很快就赶来了。她受到了惊吓，不愿意见人。”

“有医生照顾她吗？”

“有，巴罗医生和柯蒂斯医生。”

“我要去拜访她。”范杜森教授说，“另外，你见过德沃尔先生吗？”

“警方将他列为了首要怀疑对象。他的动机很明显：愤怒、忌妒、报复等等。”哈奇解释说，“他已经把当天晚上的行踪都交代了。”

“那么，他那天晚上从午夜到凌晨之间在哪儿？”

“他说他在家睡觉。”

“难道你没有调查清楚吗？”

“我没法确定。”

“那么你现在就去查查吧！这件事一定要确定下来。”范杜森教授不客气地说，“另外，茱莉亚·法勒小姐的家人呢？那天晚上她父亲和哥哥的行踪如何？”

“他们？”

“哈奇先生，除非我确定地知道某件事，否则我什么都不相信。现在我要知道他们的行踪，也许我能从中找出谋杀茱莉亚·法勒小姐的其他动机呢。”范杜森教授道。

“好的，我会马上展开调查。”哈奇满脸困惑地说。随后，他就告辞了。

范杜森教授打了一个电话，五分钟后，他拿起帽子，来到了贝利弗旅馆。

“柯蒂斯医生交代过你吗？”他问前台接待员。

“交代过了。您是范杜森先生吗？”

范杜森教授点点头，随后他被带到玛丽·兰厄姆小姐的房间。

玛丽·兰厄姆小姐的脸色非常苍白，目光呆滞。范杜森教授与柯蒂斯医生打了声招呼。后者仰慕范杜森教授的大名已久，他们在电话中已经约定好，范杜森教授可以随时问话。

范杜森教授在床边坐下，手指按在玛丽·兰厄姆小姐的腕部，感到她的脉搏在不规则地跳动着。范杜森教授满意地点点头。

“你在火车上包了一个卧铺包厢，是吗？”范杜森教授轻声问。

“没错。”玛丽·兰厄姆小姐呼吸急促地说。

“另一位小姐也睡在那里，你恨她？”

“没这种事。”玛丽·兰厄姆小姐毫不迟疑地回答。

“你不喜欢她？”范杜森教授换了种问法。

“没有。”玛丽·兰厄姆小姐依然一口否认了。

“你的行李袋里有一把手枪？”

“是的。”

“你旅行时总会带上一把手枪吗？”

“不一定。”

“你的手枪是点三二口径的吗？”

“不清楚。”

“它还在行李袋里吗？”

“拿出来了。在梳妆台的抽屉里。”

范杜森教授不动声色地站起来，走到梳妆台旁，看到抽屉里有一把式样精巧的手枪。他将手枪拿起来，仔细地看了看，又将它放了回去。他回到床边，感谢玛丽·兰厄姆小姐的合作。玛丽·兰厄姆小姐虚弱地闭上了眼睛。

记者哈钦森·哈奇兴冲冲地冲进了范杜森教授的实验室，范杜森教授不以为然地停止工作，抬起头来。

“德沃尔撒谎了——”哈奇说道，但他的话没有说完，就被范杜森教授打断了。

“等一下，哈奇先生，”范杜森教授说，“你检查了茱莉亚·法勒小姐被谋杀的那节卧铺车厢了吗？”

“检查过了。”哈奇扫兴地回答说。

“所有的窗帘都放下来了，对吗？”

“应该是吧。”哈奇回答。

“窗帘上有弹孔吗？”

“噢，我明白你的意思了。子弹应该是从窗外射进来的。不过，窗帘上一个洞也没有。”

范杜森教授沉默了一会儿，问：“你刚才想要说德沃尔撒了谎，对吗？”

哈奇赶紧说：“他说他在家睡觉。我询问了他家的两个仆人，他们都说他那晚不在家。后来我查出他那晚在特洛伊市。”

“哦？”范杜森教授冷淡地说，“特洛伊市挨着奥尔巴尼。”

“火车会经过那个地方，因此德沃尔可能从那里跳上火车。”哈奇兴致勃勃地说。

“他为什么去特洛伊呢？”范杜森教授问。

“去参加一个婚前单身汉聚会。”

“我敢说，年轻的法勒先生，即茱莉亚·法勒小姐的哥哥也在场，对吧？”

“对。”

范杜森教授走到隔壁房间去了。哈奇听见他打电话的声音。十五分钟后，范杜森教授走了回来。

“命案发生那晚，从午夜到第二天早上八点，德沃尔先生和法勒先生一直在特洛伊市旅馆的餐厅中狂欢，”范杜森教授说，“这样一来，事件就清楚了。”

“清楚了？”哈奇大叫起来，“你是怎么得出结论的？”

范杜森教授向外走去，哈奇跟了上去。他们来到贝利弗旅馆，递上名片，要求见兰厄姆先生。当他们走进客厅时，看到兰厄姆先生正在看着一封电报发呆。兰厄姆先生认出范杜森教授是来看过他女儿的医生。

“兰厄姆先生，你的女儿就要结婚了，是吗？”范杜森教授问。

“是的。”兰厄姆先生困惑地说，“不过你为什么要问这个？”

“在这件不幸的事情发生之前，她正要去离奥尔巴尼不远的一个小镇上拜访朋友，对吗？”范杜森教授又问。

“没错。”

“是去她的未婚夫家？”

兰厄姆先生点点头。

“她的未婚夫叫什么名字？”

“查尔斯·温盖特，”对方回答，“我刚刚收到他发来的一封电报。”

范杜森教授低头看了一眼兰厄姆先生手上拿着的电报纸。电报是从纽约市发来的，电文极其简单：“无法成婚。无法解释。温盖特。”

“这真是不道德的做法。”兰厄姆先生愤怒地说。

与兰厄姆先生告别后，范杜森教授让哈奇去将马洛里探员找来。不久，马洛里和哈奇一起来到范杜森教授的实验室。

范杜森教授开始解说火车卧铺命案的真相：“我和玛丽·兰厄姆小姐谈过，她承认带了一把手枪上火车。不过她的手枪是点二二口径的，最近没有开过火，而杀死茱莉亚·法勒小姐的子弹是从点三二口径的手枪里射出来的。我知道她们是在火车上偶然碰上的，那么玛丽·兰厄姆小姐事先另外再准备一把手枪的可能性很低，因此我就不再怀疑她了。”

范杜森教授停了停，接着对哈奇和马洛里探员说：“德沃尔先生在对警方陈述他案发时间的行踪时撒了谎，我不清楚他撒谎的原因，不过他在特洛伊市的不在场证明一点儿可疑之处都没有，因此他也被排除在嫌疑人的行列之外。茱莉亚·法勒小姐哥哥的情况也一样，他也被排除了。那么，到底谁是凶手呢？

“所有人，包括我在内，都以为杀死茱莉亚·法勒小姐的凶手一定和她一起待在卧铺车厢里。可如果情况是这样，为什么枪声没有将睡在同一卧铺车厢里的玛丽·兰厄姆小姐吵醒呢？在我知道玛丽·兰厄姆小姐不是嫌疑犯之后，我想到，子弹一定是从窗外射进来的。

“那天晚上的天气非常暖和，她们在睡觉之前可能将窗户打开了。因为窗帘上没有弹孔，所以我想窗帘也是开着的。我们已经排除了德沃尔先生和法勒先生的嫌疑，这时另一个可能性就浮出了水面。我敢说大家都没有想到，卧铺车厢里睡着两个年纪相仿的女孩，那么凶手会不会杀错人了呢？于是我开始考虑，是不是有人想要谋杀玛丽·兰厄姆小姐？

“我们知道玛丽·兰厄姆小姐和德沃尔先生以前是一对恋人，那么有没有这种可能性——虽然玛丽·兰厄姆小姐已经和其他人订了婚，但心里仍然爱着德沃尔先生？因此，当她听到茱莉亚·法勒小姐说不愿意与德沃尔先生结婚了，她立刻决定抛弃目前的未婚夫，重新回到德沃尔先生身边。也许她立刻就发了一封电报给她的未婚夫，说她改变了主意，不想结婚了。我们知道，她原来是要去比奥尔巴尼稍远一些的小镇，到她未婚夫家里去的，所以她从火车上发出电报，说自己不会再继续原定的行程，可能到奥尔巴尼车站之后，就会换车回波士顿去。

“想到这些，案情就很清楚了。她确实发出了一封电报给她的未婚夫查尔斯·温盖特先生，告知了她的决定。所以，命案的动机就是报复。玛丽·兰厄姆小姐之前一定通知过温盖特先生，自己会乘坐哪一班火车，预订了哪一节车厢的私人卧铺，这样可以方便温盖特先生接她。温盖特先生接到电报后，感到很愤怒，也许想搭火车去找玛丽·兰厄姆小姐当面对质。

“在路上，他越想越气愤，越想越羞辱，最终决定杀死玛丽·兰厄姆小姐。他该怎样做呢？最好的办法就是在火车到达某个小镇车站短暂停留时下手。他对家乡周围的车站一定了如指掌，所以提前等在那里，当火车停下来时，他就来到卧铺车厢外，对准睡在卧铺上的年轻女子开了一枪。要知道案发的卧铺车厢是整列火车的最后一节，而且开枪的时间是凌晨三四点，那时人们都在熟睡，所以枪声没有引起人们的注意，就连玛丽·兰厄姆小姐都没有被吵醒。而温盖特先生对自己杀错人的事情一无所知，他很可能是在看了报纸之后才知道的。”

房间里静悄悄的。最后，马洛里打破了沉默：“温盖特先生现在在哪儿？”

“兰厄姆先生今天接到一封电报，是温盖特先生从纽约发出的。”范杜森教授回答，“我想那是他出国前发的。你应该把从纽约出发的客轮都查一遍。”

八天后，查尔斯·温盖特在英国利物浦下船时被逮捕了。

◎ G.K.切斯特顿[英国]

蓝宝石十字架

晨曦中，一艘轮船泊靠在了埃塞克斯海岸的哈维奇港，一大群人立刻从轮船里走上岸来。在这群人中，有一个人身穿花哨的假日服装，脸上却满是与服装不相称的公事公办的神情。他的身上隐藏着一把装满子弹的左轮手枪，还有一个警察证章。他就是欧洲最有能力和才智的人物之一——巴黎警察局局长瓦伦丁。他从布鲁塞尔来到伦敦，是为了执行一项非常了不起的逮捕任务。

大盗弗兰博到了英国。三个国家的警察费尽周折追捕这个犯罪老手，从比利时的根特追踪到布鲁塞尔，又从布鲁塞尔追踪到荷兰的胡克港。据推测，弗兰博可能会利用正在伦敦召开的“圣体会议”，乔装打扮成低级的神职人员或秘书之类的人物，混在彼此不熟悉的与会人员中间，来到伦敦。不过，瓦伦丁对此并没有把握，因为没有人能够把握弗兰博的想法和行踪。

尽管弗兰博已经停止活动许多年了，但瓦伦丁仍清楚地记得弗兰博最猖狂时的所作所为。那时候几乎每天早上，日报上都会刊登弗兰博刚刚逃脱了一件非凡的罪行应有的惩罚，又在进行另一件非凡罪行的消息。

弗兰博是一个身材高大的人，来自法国南部某地，而且，他的胆量绝不亚于他的身躯。一些匪夷所思的故事这样讲道：他如何在来了兴致的时候，把一名官方刑事侦探倒提起来，让他倒立着清醒头脑；他又是怎样用一只胳膊夹着一名警察，在路上大步奔跑。

公道地说，弗兰博并没有犯下过血流成河的惨案，他真正的罪行主要是实施了一些富有创造性的大规模抢劫。他的每一次盗窃都堪称新奇的罪行，每一次作案都足以构成一个新鲜的故事。譬如，他曾在伦敦经营过一家赫赫有名的泰洛林牛奶公司。这家公司没有牛场，没有奶牛，也没有送奶车，更没有牛奶，但有将近一千个订户。他只靠把别人门前的小奶罐换上标签，放在自己的主顾门前这种简单的操作为他的订户送奶。

不过，弗兰博的每一次行动都以简单明了为主要特色。据说，他有一次在深夜里把一整条街的门牌号全都重新漆过，目的仅仅是为了把一个旅客引入他设置的圈套。另外，他还发明了一种轻便邮筒，放在僻静的郊区角落里，等待有人向里面投入汇款单。

最后一点，据说他还是一个令人惊叹的杂技演员。虽然他的块头非常大，但他跳跃起来却轻便得像一只蚱蜢。他还能像猴子一样隐入树顶。

由于以上种种原因，瓦伦丁出发来追捕弗兰博的时候，心里就清楚得很——即便自己找到了对手，自己的冒险也不会轻易有所收获。

但是该怎样去找他呢？瓦伦丁心里并没有底。

只有一点是瓦伦丁可以肯定的，那就是不论弗兰博多么善于伪装，他都无法掩饰他那独特的身高。因此，瓦伦丁如果看到一个高个子的卖苹果的女摊贩、一个高个子近卫兵，甚至是一位雍容华贵的高个子公爵夫人，都会当场逮捕。但是，他在火车上一路风尘仆仆，却没有看到一个可能是弗兰博伪装成的人。在哈维奇或者其他中途车站上下火车的人当中，肯定没有谁的身高超过了六英尺：有一个矮小的铁路官员乘车到火车的终点，三个矮小的农场主乘了两站就下车了，一个矮小的妇人在埃塞克斯的一个小城上了车，一个矮小的罗马天主教神父从埃塞克斯的一个小村子上火车……

说到最后这个人，瓦伦丁差点儿笑了出来。这个矮个子神父长着一张又圆又呆板的脸，携带着几个棕色的纸包，这几个纸包几乎无法收拢起来。毫无疑问，“圣体会议”吸引了不少这类人物。瓦伦丁是一个极端的怀疑论者，不喜欢神父，但他会同情他们。而眼前的这位神父可以引起任何人的同情。他带着一把破旧的雨伞，经常掉在地上。他以呆子般的单纯向车厢里的每一个人解释，他会很小心，因为他的棕色纸包里有一些用纯银和蓝石头做成的东西。这个矮个子神父用他的坦率和单纯把瓦伦丁逗得直乐。当矮个子神父在斯特拉福德车站带着纸包下车，又返回来取他的伞的时候，瓦伦丁善意地警告他说，不要因为过分小心而此地无银三百两，把自己身上带有银器的事情告诉大家。当他这样和神父说话的时候，他的目光敏锐地捕捉到了一个人，这个人的目光不断地在全车厢人的身上掠过，而且他的身高足有六英尺。

瓦伦丁在利物浦站下了火车。他到伦敦警察厅办理了合法的身份手续，约定必要时会请求帮助。然后，他开始在伦敦的街上信步漫游。瓦伦丁是一个高深莫测的法国人，对事情的思考方式有自己的一套。他没有去那些一般警察守候逃犯的地点——银行、咖啡馆、可能约会的地方等，而是有计划地去那些别人预料不到的地点。如今，他对逃犯的踪迹没有一点线索，他决定到一个古老别致的饭店里坐一坐、想一想。于是，他登上阶梯，走进饭店，走到一个靠窗户的位置坐下来，要了一杯加奶的咖啡。

上午已经过去了一大半，他还没有吃早餐。看到桌子上摆着别人吃剩的早餐，他才想起自己还饿着肚子。于是，他叫了一份水煮荷包蛋。他默默地向自己的咖啡里加了白糖，脑袋里想的全是弗兰博。他边想边将咖啡杯送到嘴边，但很快他又把咖啡杯放下了——他加的是盐。

他看了看装着白色粉末的东西，是糖罐，可是里面装的偏偏是盐。他又看了看桌子上的其他瓶罐，看到有两个盐瓶，装得满满的。他拿起来尝了尝，发现里面装的是白糖。他感到疑惑不解——难道将糖放进盐瓶、将盐放进糖罐是这家店的特色吗？他向店里四处张望了一下，发现这里除了墙纸被溅了些黑色液体之外，整体上给人的感觉是整洁而轻快的。他按铃叫来侍者。

侍者匆忙赶来了。瓦伦丁让侍者尝尝“白糖”。尝过之后，侍者感到非常吃惊，急忙叫来了饭店老板。饭店老板仔细检查了糖罐和盐瓶，同样表现出一脸的吃惊神情。突然，侍者叫道：“我想，是那两个教士干的！”

“什么？两个教士？”瓦伦丁道。

“就是那两个把汤泼在墙上的教士。”

“把汤泼在墙上？”瓦伦丁重复道，心里感到迷惑不解。

“是的，没错。”侍者激动地说，同时用手指了指壁纸上的黑色污点，“就泼在了那里。”

瓦伦丁带着疑惑的神情看着饭店老板，于是饭店老板解释说：“是的，先生，这是真的。不过，我认为这与糖和盐没有关系。今天一大早，我们刚刚打开店门，就有一高一矮两位教士进来喝汤。他们一直很安静，很受尊重。一个人先付了账出去，另一个则过了好一会儿才把汤喝完。最后，他也出去了。不过他在走开的一瞬间，巧妙地拿起他只喝了一半的杯子，将汤泼在了墙纸上。当时我正待在后面的房间里，侍者也在那里。我走出来，看到墙纸上被泼了汤，而店里空无一人。这虽然没给我们造成什么损失，但这种行为实在是无礼。我想到街上去抓住这两个人，不过他们已经走远了。我只看到他们转过街角，走进了卡斯泰尔斯街。”

瓦伦丁站了起来，戴上帽子，拿上手杖，付了账，冲出玻璃门，很快就转到另一条街上去了。虽然心里很兴奋，但他的目光依然冷静和敏锐。走过一家店面时，有什么东西从他身旁掠过。他走回去一看，那是一家蔬菜水果店，一大堆新鲜货物整整齐齐地摆放在货格里，均标明了品名和价格。其中最显眼的两个货格里，一个堆放着橘子，一个堆放着坚果。干干的坚果上，有一块纸板，上面写着：“上等柑橘，一便士两个”。橘子堆上同样放着一块纸板，上面写着：“上好坚果，每磅四便士”。

瓦伦丁盯着这两块标识牌，感觉这是一个狡诈的玩笑。他转而去看那个红脸膛的水果商，只见他正在为这颠三倒四的广告牌气呼呼地向街两头张望。水果商并没有说什么，只是快速地将纸牌放回到原处。瓦伦丁仔细地观察了这家店面一会儿，然后问道：“为什么这两块标识牌会放错地方？这与一高一矮的两个教士有关吗？”

水果商瞪起了眼睛，仿佛要冲到瓦伦丁身上去似的。最后，他怒气冲冲地说：“这和你有什么关系？如果他们是你的朋友的话，你可以转告他们，如果他们再来和我的苹果捣蛋，那么我可不管他们是不是神父，我都要敲掉他们的脑袋。”

“哦？”瓦伦丁同情地问，“他们弄乱了你的苹果吗？”

“他们中的一个干的，”苹果商继续愤怒地说，“他把苹果滚得满街都是。要不是我不得不把苹果捡回来，我一定可以抓住那个混蛋。”

“那两个神父向哪里走了？”瓦伦丁问。

“左手第二条马路，然后穿过了广场。”苹果商迅速回答说。

“谢谢。”说着，瓦伦丁转眼就不见了。在第二个广场对面，他看到有个警察站在那里，就问：“警官，你看见一高一矮两个教士了吗？”

警察哈哈大笑起来，说：“先生，我看见了。他们中的一个喝醉了，站在马路中间，昏头昏脑的……”

“他们向哪条路走了？”瓦伦丁急忙打断了他的话。

“他们上了一辆黄色的公共汽车，是到汉普斯泰去的。”警察回答。

瓦伦丁向警察出示了自己的公务证明，匆匆地说：“叫两个你们的人随我去追。”说完，他精神抖擞地穿过马路。那个警察立刻奉命行动起来。不到两分钟，瓦伦丁就和一名警察以及一位便衣在人行道上会合了。

“先生，到底是什么事？”警察傲气十足地问。

瓦伦丁指了指黄色的公共汽车说：“上了车我再告诉你们。”转眼，三个人已经坐在了黄色公共汽车的上层座位上。警察说：“坐出租车要快十倍。”

“那当然，”瓦伦丁平静地说，“如果我们知道应该去哪儿的话。”

“那么，你要去哪儿呢？”便衣瞪着眼睛问。

瓦伦丁皱了皱眉头，说道：“如果你知道一个人做什么，你就会赶在他前头；如果你只能猜测一个人做什么，那么你就会落在他后头。他闲逛你就得闲逛，他停下你就得停下，这样你才能看到他在看什么和做什么。我们现在要做的就是注意观察异常情况。”

“哪种异常情况？”警察问。

“所有。”瓦伦丁回答，随后陷入到了完全的沉默当中。黄色公共汽车在公路上缓慢地行驶着，瓦伦丁始终保持沉默，两个当地警察也就不便再说些什么了。他们感到时间爬得比蜗牛还慢，差不多都睡着了。突然，瓦伦丁跳起来拍拍他们的肩膀，喊驾驶员停车，随后跳下了车。两个当地警察跟随瓦伦丁摇摇晃晃地下了车，却始终不明白为什么要下车。瓦伦丁指着马路左边的一扇窗户给他们看，神情很是得意。那扇窗户很大，属于一家金碧辉煌的饭店。

“终于找到线索了，”瓦伦丁喊道，“有破碎玻璃的地方。”

“什么线索？”警察茫然地问道。

瓦伦丁没有回答他的疑问，带他们走进饭店里。三个人很快被安顿在一张小餐桌前，吃这顿被推迟了的午饭。

“我看到你们的窗户被打破了。”付账的时候，瓦伦丁对侍者说。

“没错，先生。”侍者回答，同时弯着腰忙着数钱，瓦伦丁给了他一笔可观的小费。随后，侍者直起腰来，神情略微激动地说：“先生，发生了一件很奇怪的事情。”

“真的吗？给我们讲一讲。”瓦伦丁漫不经心地说。

“有两个穿黑衣服的绅士来过，”侍者说，“是两个外国神父，看起来像是来旅游的。他们安安静静地吃了一顿便宜的午餐。其中一个付了账出去了，另一个正要出去的时候，我发现他们多付了三倍的钱。于是我对那个就要出门的神父说：‘你们付钱付得太多了。’可是他只是淡淡地说：‘哦，是吗？’我说：‘是的。’拿起账单给他看。可是，他可真是一个怪人。”

“怎么回事？”瓦伦丁问。

“那个神父对我说：‘抱歉，弄乱了你的账。不过这多余的是用来付那扇窗户的。’我问：‘什么窗户？’他说：‘就是我要打破的那扇窗户。’说着，他就用他的雨伞把窗户给打破了。”

三个客人一齐叫了起来。侍者继续说：“在那一瞬间，我真被他给弄晕了，只是傻站着。那个人走出去和他的朋友会合，转过街角，然后飞快地走上了布洛克街。我去追赶他们，但没有追上。”

“布洛克街！”瓦伦丁重复道。说着，他带着两个外国同事，向那条大街飞奔而去。

之后，他们走上了一条光秃秃的砖路，街上的灯光十分稀疏，住户也很少。天渐渐黑了，就连那两个伦敦警察也分辨不出他们在向哪个方向走。不过瓦伦丁心里明白，他们最终会走到汉普斯泰德荒原。突然，瓦伦丁在一家装修得花里胡哨的糖果小店前停了下来，犹豫了一下之后，他走了进去。

店里有一个年龄稍大的女人。当她看到瓦伦丁身后那个穿着制服的警察时，眼睛里闪现出警觉的神情。“如果你们是为了那个包裹来的，那么我已经把它寄走了。”女人说。

“包裹？”瓦伦丁用疑问的神情盯着女人看。

“我指的是那两个教士留下来的。”

“看在老天爷的分上，”瓦伦丁第一次流露出热切而且坦率的神色，俯身向前说道，“快告诉我们发生了什么事情。”

“嗯，大约半个小时之前，有两个教士走进来买了一些薄荷糖。他们说了一会儿话，就向荒地那边走去了。但是过了一会儿，一个教士跑了回来，问我他是否遗落了一个包裹。我到处看了看，没有看到。他说：‘不要紧，不过如果找到了，就把它寄到这个地址。’他留下一个地址，给了我一先令后就走了。奇怪的是，我后来竟然在刚才找过的地方找到他掉的一个棕色纸包。我按照他给的地址寄走了。那个东西也许很重要，我想警察就是为这个来的。”

“没错。”瓦伦丁回答，又问，“汉普斯泰德荒原离这儿近吗？”

“一直走，十五分钟就到了。”女人回答。

瓦伦丁跑出商店，那两个伦敦警察也跟了上去。不久，他们便走到了一片空地上。站在斜坡上，瓦伦丁向对面的山谷望去，一眼就看到了他要找的人。他看到有两个穿教士服装的人，一个非常高，一个非常矮，正在向前走着。瓦伦丁加快脚步，逐渐缩短他与那两个教士之间的距离。当他与两个教士离得更近一些时，他惊讶地发现，那个矮个子教士正是他在哈维奇火车上认识的朋友，那个矮胖的埃塞克斯神父。瓦伦丁曾对他的棕色纸包提出过警告。

事情到了这个地步，一切都变得合理起来。瓦伦丁今天早上打听到，有一位从埃塞克斯来的布朗神父，携带着一个镶有蓝宝石的银十字架，那是件价值连城的文物。布朗神父将蓝宝石十字架带来，是为了让参加“圣体会议”的诸位外国神父观赏。在火车上时，布朗神父就形容了自己携带的“带蓝石头的银器”，想必弗兰博已经知道了这件事情。所以，弗兰博一定起了偷盗之心。按照弗兰博一贯的做事手法，他一定会将自己装扮成神父，把布朗神父骗到像汉普斯泰德荒原那样的地方去，伺机而动。瓦伦丁想到这里，看到小个子的布朗神父无依无靠的身影，同情之感油然而生。想到弗兰博竟然会打天真淳朴的布朗神父的主意，瓦伦丁不由得感到义愤填膺。但是，瓦伦丁同时又不禁想道，布朗神父手中的蓝宝石十字架与往墙纸上泼汤有什么关系？与之后发生的种种怪事又有什么关系？他感到百思不得其解。

他们尾随两个教士爬上一座顶部葱茏的庞大山体。当离被追逐者越来越近时，他们就不得不弯下腰，躲在树丛后面，或者在深草中匍匐前进。渐渐地，他们可以听到两个教士的谈话了。不过，还听不清字句，只能分辨出“理智”这个不断被提及的词。最后，两个神父找到了一个破凳子，在上面坐了下来。瓦伦丁示意伙伴在一个枝叶繁茂的大树后躲了起来。在这里，他们第一次清晰地听到两个教士的谈话。

听了一分半钟之后，一种糟糕透顶的感觉慑住了瓦伦丁。他感到，自己将两个伦敦警察拖到这种荒凉的地方来，简直笨极了。因为那两个神父所说的话，完全是神父时常谈论的那种话题，他们正在从容不迫地谈论着与神学有关的内容。瓦伦丁憋了一肚子火。他想，那两个伦敦警察现在一定在偷笑，笑自己愚蠢。他打算从自己躲着的地方站起来，悄无声息地溜掉。就在这时，他听到高个子神父说话了。高个子神父的头依然低着，姿势和声音都没有改变，他说：“把你的蓝宝石十字架给我，好吗？现在就我们两个人在这里，我可以像撕碎稻草人那样把你撕碎。”

高个子说话的语气虽然并不吓人，但他话语的含意却让人心里发冷。然而，小个子的布朗神父仍然带着满脸傻相，面容僵硬地待在那里。

“对，我就是弗兰博，大盗弗兰博。”高个子神父以同样的声调和姿势继续说，“喂，你到底给不给我十字架？”

“不给。”矮个子神父淡淡地说。

弗兰博突然抛掉所有教士的伪装，亮出强盗的身份。他在座位上向后一靠，低声冷笑起来。“不给，”他叫道，“你这个骄傲的教士！要我来告诉你你为什么不愿意给我吧，因为它已经在我手里了，就在我胸前的口袋里。”

布朗神父转过脸来，一脸茫然，怯生生地问：“你确定吗？”

弗兰博愉快地叫了起来：“说真的，我肯定你就是个傻瓜，于是做了一个和你的纸包一样的复制品。现在，我的朋友，你身上揣着的是复制品，而我身上的才是真珠宝。布朗神父，这只是一个老把戏而已。”

“是的，”布朗神父搔着头说，“我以前听说过。一个我不能告诉你名字的人，他来找我向天主忏悔，他告诉我的。所以你明白了吗？当我开始怀疑你的时候，我就想到了这个可怜的家伙。”

“你什么时候开始怀疑我的？”弗兰博紧张地问。

“我们初次碰面的时候，我就怀疑你了，难道你没看出来吗？那时我已经知道你是干什么的，所以就打定主意，要确保十字架的安全。当我看到你调包的时候，我又把它调了回来，然后把真的留在后面，难道你没看出来吗？”

“什么意思？”弗兰博的声调变了。

“我回到糖果店，问他们我是否掉了一个包裹，还给了他们一个地址，告诉他们如果找到包裹就寄到那里。我还给了足够的钱。当然，我知道我没掉包裹，不过我在走的时候故意把它留下了。所以，与其说蓝宝石十字架在我这里，不如说它已经被寄给了我的一个朋友。”

弗兰博从口袋里掏出一个棕色纸包，撕开，将它扯得粉碎。里面除了纸和铅条之外什么都没有。弗兰博一跃而起，俯视着布朗神父喝道：“快把它交出来，否则我就动武了！”

“噢，你不能动武，”布朗神父镇静地说，“第一，它确实不在我身上；第二，我们不是孤零零的，那棵树后面就有两个身体强壮的警察和一个世界上最有名的侦探。”布朗神父指了指瓦伦丁藏身的树，“哎呀，当然是我把他们引来的。怎么引来的？我可以告诉你。起初，我不敢肯定你是强盗，就准备测试一下你。当一个人发现咖啡里放的是盐时，一定会大惊小怪。如果他保持沉默，那么一定是出于某种原因。我把盐和糖调换了，而你保持沉默。一个人如果发现他账单的钱多了三倍，一定会提出反对。如果他付了账，一定是出于某种动机。我改了你的账单，而你却付了账。”

弗兰博目瞪口呆地听着。

“你不会给警察留下痕迹，当然别人就不得不留下。”布朗神父接着说，“我们每到一个地方，我都会仔细地做点什么，譬如泼脏墙壁、打翻苹果、打破窗户，等等。你看，我想保住蓝宝石十字架，就保住了。”

这时，瓦伦丁带着两个伦敦警察从树后跳了出来，弗兰博已无路可逃。

图书在版编目(CIP)数据

让你欲罢不能的侦探故事 / 邢卓主编. —成都：天地出版社，2017.4（2021.12重印）
（悦读库）
ISBN 978-7-5455-2494-9

Ⅰ. ①让… Ⅱ. ①邢… Ⅲ. ①儿童故事—作品集—世界 Ⅳ. ①I18

中国版本图书馆CIP数据核字（2017）第026405号

RANG NI YUBABUNENG DE ZHENTAN GUSHI

让你欲罢不能的侦探故事

出品人	杨　政
主　编	邢　卓
责任编辑	陈文龙　李　蕊
责任印制	董建臣　张晓东

出版发行	天地出版社 （成都市槐树街2号　邮政编码：610014） （北京市方庄芳群园3区3号　邮政编码：100078）
网　址	http://www.tiandiph.com
电子邮箱	tianditg@163.com
经　销	新华文轩出版传媒股份有限公司

印　刷	水印书香（唐山）印刷有限公司
版　次	2017年4月第1版
印　次	2021年12月第4次印刷
开　本	720mm×1020mm　1/16
印　张	15.75
字　数	252千字
定　价	25.00元
书　号	ISBN 978-7-5455-2494-9

咨询电话：（028）87734639（总编室）
购书热线：（010）67693207（营销中心）

如有印装错误，请与本社联系调换。